Der zweite Morgen

Über den Inhalt:
In nicht ferner Zukunft bestreiten die Menschen ein Leben in einer technologielos gewordenen Welt. Unter ihnen gibt es einige wenige wagemutige Abenteurer, die sich an gefährliche Orte begeben, um Artefakte der *Alten Welt* zu suchen. Nathan, einer jener *Schatzjäger*, verlässt gemeinsam mit seiner Nichte und Schülerin Alina die Heimat, um das größte Geheimnis ihrer Zeit zu erforschen: Was ist mit der Menschheit wirklich geschehen und wer zieht hinter den Kulissen die Fäden?

Über den Autor:
Philipp Bernhard Geiger ist besessen von Science Fiction, jenen mysteriösen Welten, die dem Bewusstsein Freiheiten gewähren und es weit über die starren Grenzen des alltäglichen Lebens hinauswandern lassen. Er promovierte in Physik in Wien und schreibt neben seiner Arbeit im Softwarebereich an Geschichten, die unterhalten sollen; über spannende Welten und liebenswerte Charaktere.

Philipp Bernhard Geiger

DER ZWEITE MORGEN

ein postapokalyptischer Roman

Bibliografische Information der Deutschen Nationalbibliothek:
Die Deutsche Nationalbibliothek verzeichnet diese Publikation in
der Deutschen Nationalbibliografie; detaillierte bibliografische
Daten sind im Internet über dnb.dnb.de abrufbar.

© 2019 Philipp Bernhard Geiger
Cover, Satz, Layout: Philipp B. Geiger, www.derzweitemorgen.net
Lektorat: Erik Kinting, www.buchlektorat.net
Herstellung und Verlag: BoD – Books on Demand, Norderstedt

1. Ausgabe

ISBN: 978-3-7448-3125-3

Für meinen Sohn Samuel,
der gerade seinen ersten Morgen erlebt.

Teil I.

Vergangenheit

Erinnerungen

Die zerbeulte Blechdose schlug mit einem dumpfen Scheppern auf dem ausgetrockneten Boden auf. Brauner Staub wirbelte in die Höhe und verharrte dort erstaunlich träge; in dem trostlosen Gebiet wehte kein Lüftchen.

Nathan Brunner, der Mann, der die Dose so unfein getreten hatte, dass sie in einem hohen Bogen durch die Luft geflogen war, rieb sich die Nase. Es knirschte und Sandkörner rieselten seine Finger hinab. *Überall Sand, verdammt!* Die Gegend machte ihm zu schaffen, darüber hinaus war es stickig, die Sonne brannte wie die Glut in einer Pfeife und zu allem Überfluss hing auch noch der Geruch nach faulen Eiern in der Luft.

Er blickte über das Geflecht der Risse am Boden, sah die Dose an, die verformt und korrodiert im Staub lag. »Wie lange liegst du schon einsam und verdreckt hier?«

Die Frage war mehr als nur der Versuch eines einsamen Wanderers, die bedrückende Einsamkeit zu entschärfen. Vielmehr stellte er sich gerne derartige Fragen, die für die meisten bedeutungslos waren. Er nämlich, ein Grübler, interessierte sich für den Ursprung und Zweck von Dingen und Lebewesen und gab sich selten mit dem Wissen um ihr schlichtes Vorhandensein zufrieden.

»Unmöglich, dass in dir noch irgendwelche Reste des ursprünglichen Inhalts sind.« *Der muss über die Jahre zu Staub und noch kleineren Teilchen zerfallen sein.*

Seit geraumer Zeit schon gab es keine Konservendosen mit Lebensmittel mehr. Einzig die alten, wie diese, lagen noch hier und da in der Gegend herum, halb vergraben in der staubigen Schicht aus Asche und Sand, die über der Erde lag. Für Nathan waren diese alten Dosen Symbole einer Welt, die längst vergessen war, nur noch eine verblassende kleine Insel im Meer des kollektiven Unterbewusstseins der Menschen. Als ein Mahnmal der Vergangenheit sprachen sie von Vergänglichkeit und altem Ruhm.

Er sah sich um: So weit das Auge reichte, gab es nur Staub und Steine. Im Norden waren schwach die Umrisse der Berge zu erkennen. Dadurch wusste man sich auch dem Wald nahe, der am Fuße der Berge lag. Dies gab dem Wanderer, der diese karge Gegend durchzog, Hoffnung, dass das Ödland bald ein Ende hatte. Sowohl im Westen wie auch im Osten versperrten rostbraune Hügel die Sicht. Im Süden gab es nur Sand und Staub und irgendwann einmal *Ödhafen*, ein Dorf, das diese Bezeichnung kaum wert war.

Also weiter Richtung Wald.

Nathan setzte seinen Marsch fort. Er war müde, hungrig und durstig. Da sich seine momentane Situation aber nicht verbessern ließ, spuckte er nur den Sand aus, der sich in seinem Mund angesammelt hatte, und band das Tuch fester, das ihn genau davor schützen sollte.

»Gott, wie sehr ich diesen Staub hasse. Allgegenwärtig ist er«, nuschelte er, den Kopf in den Nacken gelegt, durch das Tuch an den Himmel gewandt.

Er wartete etwas, doch wie schon vermutet kam keine Antwort und so schleppte er sich, sein Schicksal für den Augenblick akzeptierend, seufzend weiter.

An diesem Tag schlug ihm die Gegend besonders aufs Gemüt. Sie schien verlassener als gewöhnlich und bar jeden Lebens zu sein. Außerdem war er miserabler Stimmung und würde dem Untergang dieses öden staubigen Planeten mit einem resignierenden Lächeln zusehen.

Ganz verlassen war die Ödnis dann aber doch nicht, denn eine auf einem einsamen knorrigen Stamm sitzende Krähe schlug kräftig mit ihren Flügeln und krächzte laut, als sie ihn näherkommen sah. Ihr Gefieder war braun und hatte das perfekte Tarnmuster für diese Landschaft. Sie war nicht so wie die Raben der Alten Welt, dachte er und erinnerte sich an die großen kohlschwarzen Raben, die er in seiner Jugend gekannt hatte. Seine Mutter hatte ihm, als er noch sehr klein war, auf dem Hinterhof ihres Hauses einen Raben gezeigt, von dem sie behauptet hatte, er sei so intelligent, dass er jedes gesprochene Wort verstehen konnte. Es gab jetzt auch keine Raben mehr – zumindest hatte er schon seit Ewigkeiten keine mehr gesehen – und die kleineren Krähen sahen mager und dreckig aus.

Wieder fiel ihm die Farbe ihres Gefieders auf. *Das Tragen der Kleider des Landes, in das man reist, wie die Alten zu sagen pflegten.*

Ein Fuß vor den anderen. Mit jedem Schritt kam er etwas mühsamer voran. Die Müdigkeit drang unaufhörlich in seinen Körper ein und manifestierte sich als Schwere in seinen Gedanken. Aber hier konnte er nicht lagern. Der Waldrand war nahe, dorthin musste er.

Die Augen wurden ihm schwer und kurz dämmerte er sogar weg. Erinnerungen ließen ihn vorgestern noch mal durchleben …

Kühler Wind hatte ihm ins Gesicht geblasen, sodass er Schutz hinter einer Tanne suchte, die alt und einsam in der trostlosen Gegend stand. Es war April. Überall nur Steine. Wenn es wenigstens Felsen gewesen wären, aber es war nur Kies – Schotter, der einem das Gehen schwer macht und bei jedem Schritt knirschende Geräusche von sich gibt.

Hinter ihm lag das alte Dorf. *Es muss einmal hübsch gewesen sein, eine Kirche in der Mitte und nette Häuser mit bunten Dächern rundherum. Enge Gassen verbanden die Gebäude.* Ein Ort, wo Leute spazierengingen, ihre Einkäufe tätigten, ihren Kaffee tranken und den Kindern beim Spielen zusahen. Vielleicht trog ihn aber auch die Erinnerung an die damalige Zeit und die eigene Vorstellungskraft spielte ihm einen Streich. Es standen nur noch Ruinen dort, die Dächer waren meist eingestürzt. Jede Spur von Leben, jedes Besitztum war verschwunden – entweder lange verfallen oder schon vor Jahren geplündert.

Am Hauptplatz stand ein Brunnen, natürlich ausgetrocknet und zerbrochen. Er war stehengeblieben und hatte an das Leben gedacht, das es dort einst gab, stellte sich die Leute vor. Dann erinnerte er sich, dass er nicht grundlos hergekommen war, und ging weiter.

Sein Weg führte ihn hügelaufwärts, denn er hatte erfahren, dass es in dieser Gegend ein altes Werk gegeben haben soll. Nur ein Gerücht, das musste aber genügen, denn mehr hatte man selten.

Er begann mit der Suche nach Spuren: ein Eingang, rostiges Metall vielleicht, Steine, die einmal Ziegel waren – irgendetwas. Zum Glück ließ der Wind nach. Wie frisch die Luft roch! Mit der Nase voran kroch er, der geübte Sucher, durchs Gestrüpp.

Er fand auch etwas, doch es war nicht das Tor zu einem Schatz aus der Vergangenheit, wie Technik, Technologie, oder Wissen, sondern etwas Lebendiges – eine Gefahr: Vor ihm war deutlich die Spur eines Kesselebers zu sehen … furchtbare Kreaturen. Der doppelt gespaltene Huf war unverkennbar. Und das Tier musste groß sein, wahrscheinlich hundertfünfzig Kilo. Instinktiv fasse er nach hinten, taste nach dem Gewehr, aber das stand zu Hause im Schrank.

Er folgte der Spur eine Weile, um zu sehen, ob der Eber das Gebiet verlassen hatte. Sie verlor sich, doch er kam zu dem Schluss, dass er unbehelligt würde weitersuchen können.

Am nächsten Morgen fand er die Höhle. Sie war nicht natürlichen Ursprungs, sondern Teil einer alten Anlage, einer Fabrik möglicherweise. Die Überreste von Holz und eine fast vollständig verrostete Stahlplatte verdeckten einen Schacht. Es war nass. Wasser tropfte von der Decke und machte den Boden glitschig. Überall wuchs Moos.

Er befestigte sein Seil an einem Balken über sich. Bevor er hinunterstieg, wollte er sehen, was ihn erwartete und ließ deshalb zuerst die Öllampe hinab. Fünf Meter waren es vielleicht, nicht mehr. Dann kletterte er in den nach Moder riechenden Schacht.

Fester Boden. Die Lampe enthüllte ihm, was er auf keinen Fall sehen wollte: Es war alles verschüttet. Er fand die Knochen eines Menschen. Der Unglückliche war vom Zusammenbruch der Mauer erwischt worden, ein großer Brocken hatte ihm den Schädel eingedrückt. Er lag schon lange dort, hatte nichts bei sich, das die Zeit überstand. Da waren nur ein Kunststoffbehälter und ein paar Fetzen Kleidung.

Es stank so sehr nach Schimmel, dass er würgen musste. Die Feuchtigkeit machte ihm das Atmen schwer.

Er tastete sich an einem Teil der intakten ursprünglichen Wand entlang. Sie fühlte sich überraschend warm an. Er würde die Ruine gerne erforschen, aber ihm fehlte die Ausrüstung, also brach er die Sache ab.

Im Freien sog er begierig die frische kalte Luft in seine Lungen. Dann sah er den Eber: schwarz, riesig – ein Monstrum!

Er riss die Augen auf, merkte, dass er wie ein Schlafwandler weitergetorkelt war, schüttelte sich und meinte, dass zumindest der Staub etwas nachgelassen hätte – sowohl der in der Luft als auch der am Boden.

Tatsächlich wurde es steiniger, hier und da standen vereinzelt armselige Sträucher am Wegrand, die tapfer ums Überleben kämpften.

Die Sonne war schon am Untergehen. Einen geeigneten Lagerplatz zu finden würde schwer werden, aber es musste sein; die Nacht konnte in der offenen Ödnis sehr gefährlich werden. Wie zur Bestätigung heulte laut ein Wildhund, der nicht allzu weit entfernt durch die Gegend streifte.

Instinktiv griff Nathan nach dem langen Jagdmesser. Er hoffte, dass es nicht zu einem Kampf kommen würde. Obwohl Wildhunde selten Menschen anfielen, gab ein einzelner Wanderer für ein ausgehungertes Rudel durchaus eine potenzielle Beute ab. Unberechenbar genug es zu versuchen, waren sie sicher.

Die Gegend kam ihm bekannt vor. Eine tief liegende Erinnerung regte sich, die er aber nicht ganz zu fassen bekam. In seiner Vergangenheit gab es so manchen dunklen Fleck. Vieles schlummerte – selbst für ihn – im Verborgenen.

Während er müde weiter einen Fuß vor den anderen setzte, hatte Nathan erneut Zeit zum Grübeln. Außerdem war, wie so oft, der triste Anblick, der sich ihm hier bot, auch diesmal Anlass und Gegenstand schwermütiger Gedanken.

Früher war die Welt anders. Statt der öden staubigen Landschaft könnten hier einst Symbole der technologisierten Welt gestanden haben. Jener Welt, die in den Tiefen unserer Erinnerungen immer mehr verblasst und trotzdem noch unser Bewusstsein gefangen hält.

Unsere Basis, die all unseren Werken irgendwie zugrunde zu liegen scheint. Doch wie löst man sich von den Geistern der Vergangenheit?

Vergangenheit, ein Wort, das eigentümliche Empfindungen auslöste. Bilder vom Leben der Eltern und dem Vergleich mit dem eigenen schwammen träge, aber doch nicht fassbar, wie ein Stück Treibholz auf dem See der Erinnerungen. Und irgendwo in der Mitte war ein Strudel, als die Welt sich so plötzlich gewandelt hatte. Alles war schlagartig anders geworden. Doch dies war vor langer Zeit geschehen, sodass kaum noch jemand einen Bezug zu dem Leben in jener anderen Welt hatte, die einst für jedermann so normal gewesen war. *Ja, alles ist anders geworden und beinahe wäre totales Vergessen über alle gekommen.* Was blieb, waren diese destruktiven Erinnerungen an die Alte Welt, die einem ständig den verloren gegangenen Glanz vor Augen führten. So mancher dachte dann wehmütig an jene Zeiten zurück. Richtige Erinnerungen allerdings besaß kaum noch jemand …

Er riss den Kopf nach hinten und hielt die Augenlider krampfhaft offen. Wieder war er im Laufen fast eingeschlafen.

Verflucht! Ich werde alt, so wie ich mich um die Gefahren der Wildnis kümmere. Ich grüble lieber, als dass ich mich um meine naheliegenden Probleme kümmere.

Kopfschüttelnd schritt er weiter und erkletterte eine Felsstufe.

Beinahe zu Hause

Der Wald lag endlich vor ihm. Tiefgrau hoben sich karge Föhren von dem etwas helleren Grau der Wolken am immer dunkler werdenden Himmel ab. Neben den verkrüppelten älteren Bäumen und den spärlich wachsenden Jungbäumen wurde die Landschaft nun auch steiniger und dank der tief stehenden Sonne warfen die Felsen lange Schatten, sodass der Boden zwischen ihnen kaum zu erkennen war. Der Weg wurde allerdings mühsamer, denn immer wieder musste Nathan Hindernisse überklettern und aufpassen, nicht über einen Stein zu stolpern.

Abgestorbene Schlingpflanzen hingen wie ausgefranste Wäscheleinen quer über den schmalen Pfad und ein besonders großer Felsen versperrte ihm schließlich den Weg. Er war breit, moosbewachsen, aber nicht schwer zu erklettern. In den Fugen am Rand fand Nathan Halt. So schnell wie möglich wollte er das Hindernis überwinden und zog sich hinauf, anstatt es zu umgehen. Oben angekommen, blickte er kurz über den Rand auf die einen Meter unter ihm liegende Sandfläche und sprang hinab.

Der Boden fing seinen Sprung nicht richtig ab. Stattdessen gab der Sand unter seinen Füßen nach. Ein Knirschen folgte, er knickte ein und fiel hin.

»Verflucht!« Eine Beinverletzung würde ihm ernstliche Probleme verursachen.

Behutsam zog er sich auf die Knie, versuchte so, sein Gewicht gleichmäßig zu verteilen, und erhob sich langsam, doch der Boden unter ihm gab dennoch nach. Es bildeten sich Risse, Sand versickerte und verschwand im Boden. Nathan wollte sich nach vorne werfen, aber schon brach er ein und stürzte. Wenige Augenblicke später schlug er hart auf.

Dunkelheit umgab ihn. Sein Brustkorb schmerzte, jede einzelne

Rippe stach und es dauerte einen Moment, bis seine Lunge ihren Dienst wieder aufnahm.

Licht fiel in einem schmalen Kegel durch das Loch, durch das er gestürzt war und erhellte seine Absturzstelle bescheiden. Obwohl er sich bemühte, misslang der Versuch, etwas in dem Zwielicht erkennen zu wollen. Schon die Augen offen zu halten, verursachte Schmerzen. Dann registrierte seine Nase seltsame Gerüche: Die Luft war alt … Eine Erinnerung kam hoch, das plötzliche Empfinden, wieder in der Alten Welt zu sein.

Noch wagte er es nicht, sich zu bewegen. Zu groß war die Angst, Knochenbrüche erlitten zu haben. Bei jedem Atemzug erwartete er, etwas zu spüren, Schadensmeldungen, die sein Körper ihm schicken mochte. Vielleicht war er kurz ohnmächtig und wahrscheinlich verdankte er dem harten Aufprall das Aufwallen von Eindrücken seiner letzten Wanderung. Jedenfalls füllte Angst für kurze Zeit sein gesamtes Bewusstsein aus.

Steh' auf du Memme, ermahnte er sich, gehorchte trotz schmerzender Knochen und zwang seinen Oberkörper schließlich in eine sitzende Position. Ausgelöst von einem weiteren schrecklichen Gedanken, stieg gleich wieder ein neues Angstgefühl in ihm hoch. Es konnte sich hier um eine Felsspalte handeln, in die er gestürzt war und aus der es kein Entkommen gab. Glücklicherweise befand sich seine Tasche mit all seiner Ausrüstung neben ihm. Er hoffte, dass alles heil geblieben war.

Licht! Ich muss etwas sehen können, um zu erkennen, wo ich mich befinde.

Er entfachte ein Streichholz und damit wiederum den Docht seiner kleinen Öllampe. Im schwachen Schein offenbarte sich ihm nun ein Bild, das so überwältigend war, dass er sich in einen Traum versetzt fühlte: Überall um ihn herum standen Stühle und Tische. Weiter entfernt konnte er die Umrisse eines Tresens ausmachen, der von Hockern eingerahmt war. Stark korrodiert, aber immer noch als Metall erkennbar, blitzte die Form einer großen alten Kaffeemaschine aus der Ecke.

»Ah, Kaffee!«, seufzte er sehnsüchtig. Der Duft von dampfendem, frisch gemahlenem Kaffee überlagerte plötzlich den Geruch der alten Luft.

Dann erinnerte er sich ernüchternd, dass es Kaffee nicht mehr gab. Schon seit Jahrzehnten hatte er keinen mehr getrunken und bezweifelte, dass seine Erinnerung den Geruch richtig heraufbeschworen hatte.

Er war wohl in ein Restaurant oder einen Imbiss der Alten Welt gestürzt. Abgesehen von der Eigenartigkeit dieser Situation war der Umstand merkwürdig, dass die alten Karten, die er sich im Lager angesehen hatte, in diesem Gebiet keine frühere Siedlung zeigten. Diesbezüglich waren sie damals sehr penibel gewesen und man hatte für gewöhnlich sehr genau auch die unbedeutendsten Wege und die kleinsten Dörfer in den Karten eingezeichnet. Da es für einen Schatzjäger von Vorteil war zu wissen, wo früher was gestanden hatte, war ein guter Satz Karten eine Notwendigkeit. Niemand konnte Nathan Leichtsinnigkeit unterstellen und so hatte er sich schon vor langer Zeit gute Karten besorgt.

Er humpelte zum Tresen und strich mit der Hand über das einstmals glatt polierte Holz. Eine zentimeterdicke Staubschicht wirbelte auf und brachte ihn zum Niesen.

Ein leises Scharren war hinter ihm zu hören. Er fuhr herum, vermochte das Zwielicht aber nicht zu durchdringen. Staub und Kies rieselte von der Decke und ein Schatten huschte über das Loch, das in der Decke klaffte. An den Rändern war abgebröckelter Beton zu sehen.

Kopfschüttelnd wandte er sich wieder der Erforschung der Wunder zu, die dieser Ort für ihn bereithalten mochte. Er verspürte wieder die Neugierde der Jugend. Oft hatte er sie schon verloren geglaubt und doch immer wieder gefunden.

Hinter der Theke befand sich eine Tür, die sich aber bei näherer Betrachtung als verschüttet herausstellte. Das schlechter werdende Licht der Sonne, das ohnehin kaum durch das kleine Loch fiel, stoppte aber mögliche weitere Erkundungen, denn der Schein der kleinen Öllampe reichte dafür nicht aus. Außerdem war er immer noch entsetzlich müde.

In einer der alten Tischnischen fand er ein Plätzchen, das ihm zusagte, räumte den Schutt weg und breitete seine Decken zu einer Mulde aus. *Ein gemütliches Lager für die Nacht in den Armen der Alten Welt habe ich da.*

Die Müdigkeit ließ ihn zusammensinken.

Er fuhr auf, denn wieder rieselte etwas Staub von der Decke herab. Nathan sah schnell zum Loch hoch und war sicher, den vorbeihuschenden Schatten eines Hundes gesehen zu haben. Besorgnis verspürte er aber keine, denn er glaubte nicht an eine Gefahr, die ihn hier unten würde erreichen können.

Ein Traum plagte ihn, denn obwohl der Raum Geborgenheit vermittelte, waren die Erinnerungen der Alten Welt hier stark und so störte Unruhe seinen Schlaf. Bilder bedrängten ihn, tauchten auf wie Gasblasen aus den dunklen Tiefen eines Gebirgsees. Aus dem Weltraum betrachtet durchzogen Lichterketten wie Adern weite Bereiche der Erdoberfläche. Jedes dieser Lichter sprach von Leben, sprach von Wohnungen und Häusern, Familien mit Kindern, Einkaufszentren, Unterhaltung, Theater und Geborgenheit, aber auch Unwissenheit und Ignoranz. Blitze zuckten durch diese Bilder. Gewitterwolken breiteten sich über die Erdoberfläche aus. Wie eine tiefgraue, fast schwarze Decke bedeckten sie den Erdball. Grelle Blitze zerrissen immer wieder das Dunkel. Es gab Flammen, Lärm und Zerstörung. Der Tag des jüngsten Gerichts aus einem der heiligen Bücher der Alten Welt. Der Höhepunkt war eine Feuersäule, ein Blitz; und Nathan wurde aus dem Traum gerissen, wie ein Ertrunkener, der Wasser ausspuckt, um gierig nach Luft zu schnappen.

Er schlief sogleich wieder ein, bis zum nächsten Hochschrecken – und so ging es die ganze Nacht ...

Das erste Licht des Morgens fiel durch das Loch. Nathans Gelenke und Knochen beklagten ächzend das harte Lager und trotz Dehnung ging er steif ans Werk und durchsuchte ein zweites Mal den Raum. Wehmütig blickte er dabei auf die Kaffeemaschine und wünschte sich in diesem Moment nichts sehnlicher als ein dampfendes Getränk aus den Eingeweiden dieser Maschine.

Er inspizierte den Raum gründlich, blickte hinter schief in den Angeln hängende Schranktüren und in Schubladen.

Unter dem Tresen glitzerte etwas. Er keuchte, als er sich verrenken musste, um in die Ecke zu gelangen. Er streckte seine Finger, spreizte sie, so weit es ging. Sie streiften etwas Hartes, Metallisches. In der Hoffnung, etwas Wichtiges entdeckt zu haben, schob er den Müll zur Seite, streckte sich so weit wie möglich und zog mit zittrigen Fingern den Gegenstand heraus.

Gold!

Unter viel Dreck verborgen, sah er es glänzen. Er wischte die Oberfläche vorsichtig blank und zum Vorschein kam eine Scheibe. Sie war schwer, vermutlich aus massivem Gold. Linien wie Bilder und eine unbekannte Schrift waren darauf graviert. Er zerrte daran, doch eine Kette verhinderte, dass der Gegenstand freikam.

Er entfernte mehr Müll, zerrte heftiger und plötzlich gab die gesamte Oberfläche des Schuttberges unter dem Tresen nach und befreite die Überreste eines fast vollständig verwesten Menschen. Die goldenen Glieder der Kette klemmten zwischen seinen Halswirbeln fest.

Schon wieder die Überreste eines Menschen.

Seine Neugierde war erwacht. Wer mochte das gewesen sein und welche Rolle hatte er in der Gesellschaft der Alten Welt?

Ich frage mich, was ich sonst noch alles hier finden kann.

Bald war die Leiche freigelegt. Die Verschüttung hatte offenbar lange nach dem Tod stattgefunden, denn etliche Knochen wiesen Kratzer und andere Beschädigungen auf. Als er den Arm vom Schutt befreite, fand er noch etwas: Unter einem schweren Brocken, dessen Entfernung ihn viel Kraft kostete, lag ein staubiger Koffer.

Behutsam nahm er Koffer und Medaille und brachte beides an einen Tisch in der Mitte des Raumes. Mehr Zeit, als notwendig war, um zu erkennen, dass der Koffer aus Kunststoff bestand und bis auf einige Kratzer unbeschädigt war, blieb ihm allerdings nicht, denn von draußen drang ein lautes Bellen an seine Ohren.

Er erinnerte sich an den Wildhund vom Vorabend und das Bild von einem braun gefleckten verwilderten Köter, dreckig und stinkend, huschte durch seinen Geist. Etwas im Klang des Bellens ließ ihn aufhorchen und er vermeinte, einen warnenden Unterton darin zu vernehmen.

Etwas stimmt nicht. Etwas ist da draußen und der Hund hat anscheinend Angst davor.

Er wollte keine Zeit verlieren, packte schnell seinen Rucksack, band den Koffer mit einer Schnur daran fest und erhob sich vom Tisch.

Gerne hätte er sich noch ein wenig länger umgesehen und auch die Kaffeemaschine mitgenommen, um sie später einzutauschen. Jetzt hielt er es aber für besser, erst einmal zu verschwinden. Da er als Einziger von diesem Ort wusste, konnte er jederzeit wiederkommen, um ihn genauer zu untersuchen.

Das Loch, durch das er in den Raum hineingestürzt war, befand sich mehr als einen Meter über seinem Kopf. Um es erreichen zu können, musste er darunter einen Schuttberg aufhäufen.

Als er diesen schließlich erklomm, bekam er gerade so mit der Hand den Lochrand zu fassen. Er hoffte, dass die brüchige Kante sein Gewicht würde aushalten können, zog sich mit einer Hand hoch und streckte seine andere Hand aus dem Loch. Seine Finger gruben sich in eine Ritze im Stein, rutschten aber wieder ab, nur um gleich darauf schließlich in einer anderen Spalte Halt zu finden. Schmerzhaft hievte er seinen Körper ganz heraus, rollte von der Kante weg und tat einen tiefen Atemzug kühler Morgenluft. Der Staub ließ ihn husten.

Er tastete nach der Schnur, die er sich ans Bein gebunden hatte, und löste sie. Dann zog er Rucksack und Koffer hoch, die daran befestigt waren.

Die Sonne stand schon knapp über dem Kamm der fernen Berge und brach sich in den dicken Staubwolken, die allerorts träge in der Luft hingen, sodass diese aussahen, als würde ein Feuer in ihnen brennen.

Nathan erhob sich, genoss kurz den Anblick und dachte traurig, dass dies die einzige Zeit am Tage war, zu der die Welt schön aussah. Es gab zu viel sauren Regen, stürmischen Wind und dunkle

Gewitterwolken, dafür viel zu wenig Pflanzen, als dass sich allzu oft ein schöner Anblick finden würde.

Ein Rascheln riss ihn aus seiner Starre und brachte ihm den Grund seines überhasteten Aufbruchs wieder in Erinnerung. Seinen geschärften Sinnen vertrauend, warf er sich zu Boden und rollte hinter einen hohen Grasbusch. In dieser gefährlichen Umwelt durfte man kein Geräusch ignorieren.

Angestrengt blickte er zwischen den Grashalmen hindurch auf der Suche nach einem Feind. Obwohl er nichts wahrnehmen konnte, hatte er ein eigentümliches Gefühl, als ob ihn jemand – etwas – beobachten würde. Hatte er dort bei dem großen Felsen nicht etwas metallisch blitzen gesehen? Es roch auch unterschwellig nach altem Fett oder Maschinenöl.

Kein Risiko.

Hier abzuwarten konnte sehr gefährlich werden. Er entschied, auf seine Schnelligkeit zu vertrauen, zog sich den Rucksack mit dem Koffer daran an und jagte über die offene Landschaft davon.

Obwohl sein Tempo hoch war, verursachte der geübte Ödlandläufer bei seiner Flucht zwischen Föhren und moosigen Felsen kaum ein Geräusch. In gleichförmigem Takt trugen ihn seine Beine über Sand, Fels und braunes Gras. Je länger er lief, desto mehr wich der karge graue Wald rotbrauner Steppe. Sich umzusehen wagte er nicht, denn dafür hätte er langsamer werden müssen. Er spürte aber seinen Verfolger, so als ob der kalte stinkende Atem einer Bestie in seinem Nacken hängen würde. Angst trieb ihm den Schweiß noch stärker aus den Poren. Kälte lag in der feuchten Morgenluft des Graslandes. Wo noch Augenblicken zuvor die ersten Sonnenstrahlen die Luft erhellt und erwärmt hatten, lag nun der feuchte Schleier des Nebels.

Nathan strengte alle seine Sinne bis zum Maximum an. Seine Augen suchten nach Formen in den Schatten und seine Nase nach etwas anderem als Nässe in der feuchten Luft. Seine Haut kribbelte, als der morgendliche Wind den Schweiß verdunstete. Er schmeckte Blut im Mund und fragte sich, ob er sich wohl in die Zunge gebissen hatte.

Immer schneller lief er, doch das Gefühl hörte nicht auf. Dann stürzte er, als plötzlich der Boden nicht mehr trittfest war und morastig wurde. Schlamm spritzte auf.

Von einem öden Grasland direkt in eine schlammige Pfütze, wunderte er sich, während er sich hektisch wieder hochkämpfte.

Wieder blitzte am Rande seiner Wahrnehmung etwas metallisch auf. *Ist das mein Verfolger?* Vor seinem geistigen Auge sah er einen Hund, so groß wie ein Mensch. Er trug eine Art Rüstung aus Metallplatten. Geifer troff ihm aus dem Maul, aus dem auch noch ein halb abgenagter – wahrscheinlich menschlicher – Oberschenkelknochen hing. Er spuckte ihn aus und hetzte zähnefletschend hinter dem Fliehenden her. Das Bild verschwand.

Nathan schüttelte die Einbildung ab. *Metallische Hunde! Ob ich deliriere?*

Er konzentrierte sich weiter auf seinen Kampf durch Schlamm und Moorgras. Wie Schlangen wand sich das Gras um seine Schenkel, das Moor sog an seinen Stiefeln und nur mühsam ließ sich ein Fuß vor den anderen setzen. Doch so plötzlich, wie der Morast begonnen hatte, war er auch wieder zu Ende. Auf festem Boden konnte er endlich wieder laufen.

Die Gegend änderte sich abermals und als ob er eine magische Grenze überquert hätte, als er vom Grasland auf ein felsiges Plateau wechselte, war das Gefühl der Gefahr plötzlich vorbei. Auf einem niedrigen Ast, knapp über seinem Kopf, saß ein Vogel. Sein Gefieder schimmerte hell mit einem Stich ins Grüne, während sein Bauch ganz dunkel war. Er zwitscherte melancholisch ein trauriges Lied über den Verlust einer besseren Welt, die vor Leben nur so strotze. Worin auch immer die Gefahr bestanden haben mochte, die Bedrohung war nun verschwunden. Sonnenstrahlen lösten den Nebel auf und die Gegend lag in Frieden vor ihm ausgebreitet.

Nathan fiel auf die Knie. Begleitet von den Klängen des singenden Vogels sog er einige Herzschläge lang tief Luft in seine schmerzenden Lungen. Die Erleichterung war groß, denn er hatte überlebt. Nun, da er Zeit hatte, darüber nachzudenken, und obwohl ihm seine Instinkte das Gegenteil sagten, kam es ihm so vor, als ob er zwar gejagt, aber niemals ernsthaft bedroht war.

Als seine Lungen endlich wieder schmerzlos ihren Dienst taten und auch sein Herzschlag auf einen vernünftigen Takt verlangsamt war, richtete er sich auf und sank gleich wieder zurück: Schmerz durchfuhr seinen Körper und nagelte ihn zu Boden wie die stählerne Spitze eines Speeres. Der Boden unter ihm war voller Blut. Beim Sturz in den Tümpel musste er sich verletzt haben. Vielleicht ein altes Metallteil, das seinen Oberschenkel aufgeschlitzt hatte.

Für Rast und Erholung blieb aber noch keine Zeit und so erhob er sich schwerfällig. Humpelnd aber immer noch zügig setzte er seinen Weg fort, um seinen Bunker so bald wie möglich zu erreichen.

Ganz oben auf dem letzten Hügel standen die ersten Wegmarken, die das Ende des Hügellandes anzeigten. Nathan wusste sich endlich in vertrauten Regionen.

Bald sah er auch schon die Stadt *Menschenhand*, die zwar kaum mehr als ein Dorf, aber doch die größte Ansiedlung im Umkreis von vielen Kilometern war. Eine Vielzahl von Blech- und Holzhütten erinnerte ihn kurz an einen Pilzhain im tiefen Wald, dann fand er den Vergleich aber unzutreffend, sein Verstand war offenbar sehr müde.

Überall rauchte es aus den grob gemauerten Kaminen und der Duft von Gebratenem lag in der Mittagsluft. Die Siedlung besaß einen Schutzwall aus Betonbrocken, Zaundraht und Holzplatten. Ein gebogenes rostiges Blechdach war als behelfsmäßiger Torbogen im Boden verankert und erlaubte ein Durchschreiten der improvisierten Stadtmauer. Am höchsten Punkt des Bogens war ein Schild aufgehängt worden, das windschief jeden Ankömmling begrüßte: ENSCHEN AND.

Durch die schwere Nebeldecke der Erschöpfung registrierte Nathan das Fehlen der beiden Buchstaben. Warum war ihm niemals zuvor aufgefallen, dass man bei den mit einfachen Pinselstrichen in blauer Farbe gemalten Lettern das M und H vergessen hatte? *Oder sind sie etwa übermalt worden?*

Während der Wind das Steppengras glatt streifte und die Blechteile der Palisade verbog, beobachteten wachsame Augen seinen Gang durch das Tor. Nach einem kurzen Augenblick wurde er erkannt und sofort freudig begrüßt:»Freund, du humpelst ja.« Eine Hand fuhr unter seinen Arm, stützte ihn und bewahrte ihn so vor dem Zusammenbrechen. Eine andere Hand erschien in Nathans Gesichtsfeld und deutete in Richtung des gezackten Gebirgswalls, der sich weit im Norden abzeichnete.»Ich habe dich gewarnt, dass es da oben merkwürdige Dinge gibt. Ist fast so schlimm wie im Pfortenwald im Süden mit all seinen Geistern. Hat dich eins von den monströsen Viechern erwischt, die es dort oben gibt? Eines dieser aggressiven Wildschweine?«

Kaum eines der Worte drang zu Nathan durch. Unterbewusst, von der Begrüßung heraufbeschworen, hatte er das Bild des riesigen schwarzgrauen Ebers mit den charakteristischen vier Stoßzähnen vor Augen. Es dauerte etwas, bis er endlich seinen Freund Wuddler erkannte. Jetzt, da er sein Ziel erreicht hatte, übermannte die Erschöpfung Nathan vollständig und seine Beine gaben nach.

»Halte noch ein paar Schritte durch«, meinte Wuddler, der ihn nach Kräften stützte.»Ich bringe dich zu Rosa.«

Die Straße führte in gerader Linie durch die Siedlung. Schmale Gassen zweigten überall ab und einfache Hütten mit Blechdächern säumten ihren Verlauf. In einer Hütte, die nicht allzu weit von der Palisade und ihrem Tor entfernt lag, wurde Nathan von Wuddlers etwas molligen Frau in Empfang genommen. Mithilfe ihres Mannes bugsierte sie Nathan in eine Schlafnische und machte sich dann an die Untersuchung seiner Wunden.

»War er in einem heißen Gebiet?«, fragte sie ihren Mann, da Nathan nicht ansprechbar war.

Wuddler schüttelte nur den Kopf.

»Ah ... was haben wir denn da ... ja, das muss ich wohl aufschneiden ...« Sie stand auf, um ihre Utensilien zu holen.

Als Nathan sich darüber klar wurde, dass er sich in den Händen seiner Freunde und damit in Sicherheit befand, ließ er einfach los. Wie Wasser, das über ihm zusammenschwappte, zog ihn erlösende Dunkelheit in die Tiefen der Ohnmacht. Das Letzte, was er vernahm, bevor sein Bewusstsein endgültig versank, war das Bellen eines Hundes. *Vielleicht zum Abschied*, dachte er noch.

Ein Sonnenstrahl fiel durch ein Loch im Fensterladen und blendete Nathan. Er rappelte sich hoch und stützte sich auf die Bettkante, als der Schmerz in seinem Bein ihn durchfuhr wie ein glühendes Messer. Er humpelte mühsam durch den Raum und schob ungeschickt den Vorhang beiseite. Der Lärm, die Gerüche und das Getümmel des morgendlichen Treibens in Menschenhand drangen auf ihn ein. Überall gab es Bewegung, die diesem Ort Leben verlieh.

An der Spitze eines hohen Mastes, der am Rand der Siedlung stand und auf dem allerlei Seile gespannt waren, erweckte eine einsame Krähe Nathans Aufmerksamkeit. »Guten Morgen, Freund Corax«, grüßte er zum Mast hinauf.

»Guten Morgen, Nathan«, grüßte Rosa zurück.

Er fuhr herum. Sie war hinter der Hütte hervorgetreten. Ein Messer in der einen und ein Bündel Karotten in der anderen Hand war sie offenbar gerade am Kochen. Gleich neben der Tür befand sich eine einfach gemauerte Kochstelle, deren Feuer bereits einen Topf Wasser erwärmte. Fachmännisch schnitt sie die Karotten in kleine Scheiben, die sie ins Wasser plumpsen ließ.

»Dir scheint es ja wieder besser zu gehen. Mutters Salbe kann alles heilen. Frag aber lieber nicht, aus was sie gemacht wird.« Sie lachte.

»Vielen Dank, ich schulde dir was.« Nathan verbeugte sich leicht.

»Was kann ein alter Mann wie du mir schon geben.« Kokett blinzelte sie ihn an und lachte dann wieder. »Überanstrenge dich nicht, außerdem gibt es bald Essen.«

Er hatte es wieder geschafft. Ein Gefühl der Lebendigkeit ließ ihn dankbar tief einatmen. Die Luft war frisch und roch angenehm nach Frühling. Wie herrlich es doch war zu leben und erfolgreich eine tödliche Gefahr gemeistert zu haben.

Ihm war nach einem kleinen Rundgang. Trotz der heftigen Schmerzen im Bein fühlte er sich fit genug dafür und so humpelte er los, durch die vertrauten Gassen, grüßte hier und da Bekannte und versuchte, etwas Tratsch und Klatsch aufzuschnappen. – In einer Welt ohne Informationen war jede noch so kleine Nachricht Gold wert.

An der Ecke zum Siedlerweg, der Hauptstraße, die sich durch die gesamte Stadt zog und so bedeckt von orangenem Sand war, dass man die Pflastersteine nur noch vereinzelt erkennen konnte, befand sich die erste *Sehenswürdigkeit* von Menschenhand: der Fleischstand. Fliegen summten um den Holztisch, einen blutdurchtränkten Hackstock, in dem ein riesiges Beil steckte. An der Rückwand der Bude hing der aufgenagelte Kopf eines Kesselebers, aus dessen borstigen Maul vier lange, geschwungene Hauer ragten. Daneben, hing dar riesige abgetrennte Schädel einer Aschenviper. Das Maul der Höllenkreatur war weit aufgerissen und zeigte Zähne wie Messer. Der bullige Fleischhauer hackte gerade mit seinem Beil an einer Lammkeule herum. Als ihm die Stücke klein genug waren, warf er sie in einen Kübel an der Seite. Blut besprenkelte den Sand, hinterließ ein feines rotes Mosaik. *Er muss eine Maschine sein, die als Mensch getarnt hier steht und arbeitet.* Seine Bewegungen waren so akkurat und mechanisch, dass der Zuseher das Hackbeil nur verschwommen wahrnahm und beinahe in Trance verfiel, bei dem Versuch ihm zu folgen. Dies und die Tatsache, dass er kaum jemals eine Pause machte, hatten ihn zu einer Berühmtheit werden lassen. Es wurde gespöttelt, dass es eigentlich im Kessel – dem großen Bergkessel, in dem sie alle lebten – gar kein Vieh mehr geben konnte.

Nathan marschierte weiter den Siedlerweg entlang. Zu beiden Seiten lagen Hütten und Stände von langjährigen Bekannten. Vor dem Laden des Schusters blieb er stehen und begutachtete einige besonders für Schatzjäger interessante Lederwaren: Taschen, Bänder, Schnüre, Rucksäcke, verstärkte Westen, Stiefel – Ausrüstung für das Ödland und die geheimnisvollen Wälder an den nördlichen Hängen.

Eine knochige Hand umklammerte seine Schulter, der Griff war hart wie die blanken Metallzähne einer Zange.

Erschrocken drehte Nathan sich um. »Hallo, Mutter, wie geht's«, grüßte er.

Eine alte Frau, deren weiße Haare in alle Richtungen abstanden, sah ihn mit starrem Blick an. »Morgens spucke ich kiloweise Schleim, bevor ich meinen ersten Atemzug nehmen kann«, sagte sie.

»Nun …«

»Hier, nimm!« Sie reichte ihm ein Bündel Kräuter. Sie verbreiteten einen intensiven harzigen Geruch. »Das wirst du brauchen, dort wo du hingehst.«

»Was ist das?«

»Donwulb heißt es.«

»Davon habe ich nie gehört.«

»Oder doch Weißenguld …«

»Sag, weißt du gar nicht, was du mir da gibst?« Er sah sie kritisch an. *Sie ist etwas verwirrt, oder?*

»Doch, sicher … Siebenhalm.«

»Hier, nimm es zurück. Ich will es nicht.«

Er wollte ihr den Bund zurückgeben, doch sie verschränkte die Arme und hob trotzig das Kinn. »Nein, ich hab's dir geschenkt und will sie nicht mehr. Wirst sie brauchen in der Dunkelheit, die vor dir liegt. Öffnet die Augen und verleiht vielleicht auch ein Quäntchen Weisheit. Wer kann das schon sagen. – In deinem Fall, meine ich.«

Ich sollte sie nicht mehr aufregen. Ich werfe es einfach später weg. »Hab vielen Dank, Mutter«, sagte er betont respektvoll und von einem Kopfnicken begleitet.

Er wollte schon gehen, doch die skelettartigen Finger der Alten gruben sich tiefer in seinen Arm. Es war, als würde sein Fleisch unter ihren Fingern um einige Grad abkühlen. »Ein Wort der Warnung möchte ich dir mitgeben: Ihr werdet euch verändern. Ob zum Guten, vermag ich nicht zu sagen, doch euer bisheriges Leben, eure Welt, war wie eine Erbse – die Zukunft sieht daneben wie ein überreifer Apfel aus.«

Eilig verschwand er. Ihre Worte hallten nach. *Ihr werdet euch verändern … Ihr?* Er wedelte die Kräuter in ungleichmäßigem Takt von einer Seite zur anderen, während er eilig davonhumpelte.

Einige Hütten weiter lag der gemauerte Abgang zu Hermanns

Höhle. Woher diese Bezeichnung ursprünglich kam, war mittlerweile vergessen. Ein zufällig gemachter Scherz vielleicht: *Hermann vergräbt sich wieder in seiner Höhle und arbeitet an seinen Spielzeugen.* Oder so ähnlich. Mittlerweile verwendete jedenfalls jeder diese Bezeichnung. Die steil abfallende Treppe konnte für einen Verwundeten schnell zu einem tückischen Hindernis werden und so hüpfte Nathan vorsichtig, immer darauf bedacht, nur sein gesundes Bein zu belasten, die Stufen hinab.

Er betrat die Gewölbe der Werkstatt des städtischen Büchsenmachers. Im Kellergeschoss der großen Hütte gelegen, die Hermann mit seiner Frau und seinen sieben Kindern bewohnte, lag die am besten ausgestattete Werkstätte im Kessel. Sie bestand aus einem Arbeitsraum, der wie eine mittelalterliche Schmiede anmutete. Überall standen Maschinen zur Bearbeitung von allerlei Materialien, hauptsächlich Metall, aber auch für Holz und sogar für Textilien und Leder. Keine Restaurierungsarbeit war Hermann je zu mühevoll gewesen und nun, nach all den Jahren, besaß er alles, was notwendig war, um alte Gerätschaften wieder auf Vordermann zu bringen.

Hermann war einer der wenigen, die mechanische Geräte der Alten Welt wieder funktionstüchtig machen konnten, und war sogar imstande, sie teilweise nachzubauen. So kümmerte er sich nicht nur um die vielfältigen Wünsche der Bewohner von Menschenhand und der umliegenden Siedlungen, sondern hielt auch mit viel Liebe seine alten Maschinen in Schuss. Er war *der* Mann für jedwede feinere Metallarbeit.

»Hallo Hermann«, grüßte Nathan beim Eintreten.

Der Angesprochene drehte sich langsam auf seinem Drehstuhl um. Ein Vergrößerungsglas, das mittels Lederriemen und Metallgestell vor seinem Gesicht befestigt war und so jede Bewegung seines Kopfes mitmachte, ließ eines seiner Augen absurd groß erscheinen und gab ihn ein albernes Aussehen. In der Hand hielt er eine kleine spitze Feile, von der feine Späne rieselten, die kupferfarben schimmerten. »Sieh an, hab' dich schon lange nicht mehr gesehen. Wie geht es dem Gewehr?«

Immer um seine Arbeit besorgt. Wie Kinder sind seine Stücke für ihn. Als ob er nicht schon genug richtige hat, um die er sich Sorgen machen kann. »Genau deshalb bin ich hier. Ich habe keine Munition mehr.«

Letztes Jahr, hatte Nathan ein Gewehr aus einer halb versunkenen Hütte geborgen. Rostig, das Holz faulig, hatte es sich in keinem besonders guten Zustand befunden, war aber immer noch als ein besonders schönes handgefertigtes Repetier-Jagdgewehr von einst höchster Qualität zu erkennen gewesen. Er hatte es umgehend zur Restauration zu Hermann gebracht und verwahrte das nun völlig wiederhergestellte Stück wie einen Schatz in seinem Bunker.

»Wenn ich mich richtig erinnere, brauchst du ein Spezialkaliber, das ich aber nicht auf Vorrat habe. Dazu müsste einer meiner Jungs«, er meinte einen seiner beiden Lehrlinge, »ein paar Hülsen ziehen und Geschosse gießen. Wie viel brauchst du?« Nicht nur Handwerker, sondern auch ganz Geschäftsmann, wandte Hermann ihm jetzt seine volle Aufmerksamkeit zu.

Einer unbekannten Eingebung folgend und ohne recht zu wissen warum, antwortete Nathan: »So viel, wie du in kurzer Zeit herstellen kannst.«

Sie feilschten etwas um den Preis der teuren Munition und Hermann versprach, bis übermorgen zwei Schachteln mit je fünfzig Patronen bester Qualität zu liefern: selbst gemachtes Schwarzpulver, Hülsen aus reinem Messing und Projektile aus bestem Kupfer.

Bevor Nathan ging, schaute er sich noch mal in dem Raum um und bewunderte das mechanische Werken der Maschinen. Es schien fehl am Platz, fremd, in dieser nun fast technologielos gewordenen Welt.

Die Sonne hatte ihre Macht verloren und die Schatten waren so lang geworden, dass sie fast keine Konturen mehr besaßen und sich mit der Dunkelheit der beginnenden Nacht verwoben. Den ganzen Tag über hatten die Winde ihr Spiel getrieben und alles, was nicht starr war, heftig gebeutelt. In der Abenddämmerung beruhigte sich die Luft nun. Es war die Zeit, wenn der Gott der Winde müde von seinem Treiben ruhte, um neue Kräfte zu sammeln. Stille kehrte ein und so manchem aufmerksamen Menschen wurde erst zu diesem Zeitpunkt bewusst, welche Lautstärke die Natur eigentlich hatte. Aber nicht nur die Menschen, sondern auch Mücken liebten diese Zeit.

Wuddler schlug sich in den Nacken und besah sich seine Finger: Sie waren voller Blut. Er seufzte und wischte die zerquetschte Mücke an der Hose ab.

Das Feuer loderte heftig. Sie hatten guten, ausschließlich lange getrockneten Kuhdung dafür verwendet. – Holz war zu wertvoll und wurde nur selten zum Feuermachen verwendet. In der Gegend gab es viel zu wenig Bäume, doch solange das Gras wuchs und ihren Rinderherden zur Verfügung stand, war immer genug Brennstoff vorhanden.

Behutsam hob Nathan sein verletztes Bein und rutschte etwas unbeholfen über den Boden, um seine Sitzposition zu richten. Seit er sich hierhergesetzt hatte, drückte ihm eine Wurzel in den Rücken.

»Du siehst schon wieder ganz gut aus«, sagte Rosa zwischen zwei Löffeln. »Willst du sicher keine Suppe mehr? Es ist noch genug da.«

»Danke, aber ich hatte schon genug.« Gedankenverloren spielte Nathan mit dem Inhalt seiner Jackentasche und betrachtete dabei die hohen Sträucher, die den Platz am Bach zu einem angenehmen, abgeschiedenen Ort für ein Lagerfeuer machten.

»Wir hatten noch keine Gelegenheit uns richtig zu unterhalten. Was ist dir da draußen denn nun widerfahren?«, fragte sein Freund.

»Ich war einige Zeit unterwegs. Ich brach zu einem meiner Rundgänge auf und bin einem Hinweis gefolgt, einer Spur, der ich unbedingt nachgehen musste. Schließlich kam ich bei Klarbach runter. Als ich vorletzte Nacht auf der Suche nach einem Lagerplatz war …« Nathan zögerte, ihm missfiel der Gedanke, von seinem Fund zu berichten.

Wuddler und Rosa sahen ihn fragend an, doch entgegen seiner sonst aufrichtigen Art entschied Nathan sich, nur einen Teil der Geschichte zu erzählen: »Ich spürte eine Gefahr. Zuerst dachte ich, dass es ein Rudel Wildhunde auf mich abgesehen hätte und so schlief ich in dieser Nacht kaum. Am nächsten Morgen warnte mich das Bellen eines Hundes dann vor einer anderen unbekannten Gefahr. Ich floh. So viel Angst hatte ich schon lange nicht mehr. Es war etwas Kaltes und Unmenschliches, dass mich verfolgte. Irgendwann, als ich dann eine andere Gegend erreichte, war es plötzlich und ohne ersichtlichen Grund verschwunden.«

»Ich habe solche Geschichten auch schon von anderen gehört. Im ganzen Kessel kommt es immer wieder zu Sichtungen. Geister, die von manchen als metallisch beschrieben werden. Ich habe aber noch nie gehört, dass sie Menschen verfolgen oder ihnen sogar etwas anhaben wollen.«

»Was auch immer es war, ich bin sehr froh, dass ich es bis in die Siedlung geschafft habe.«

Rosa hatte gebannt zugehört, die Augen weit aufgerissen – wie immer, wenn von Geistern die Rede war. Nichts liebte sie so sehr und verursachte ihr gleichzeitig so viel Unbehagen, wie Schauergeschichten. »Deine Wunde war tief. Ein langer Schnitt über den halben Oberschenkel. Ich habe viel Faden aufgebracht, um sie zusammenzunähen.«

»Ich bin wirklich froh, dich zu kennen Rosa, das kannst du mir glauben.«

»Ha!« Sanft streichelte sie das Knie seines gesunden Beines.

Nathans Finger spielten wieder mit dem Inhalt seiner Jacketttasche.

»Was hast du da, das deine Finger die ganze Zeit so beschäftigt?«, fragte Wuddler.

Nathan zog die Hand aus der Tasche und war selbst ein wenig überrascht von dem Bündel Kräuter, das er zwischen den Fingern hielt. »Ach die … wenn ich die nicht völlig vergessen hätte, dann würden sie jetzt schon auf dem Kompost verrotten.«

»Ah, lass mal sehen! Sieht aus wie … Deiner Vergesslichkeit sei gedankt!« Wuddler hielt plötzlich eine lange Holzpfeife in der Hand und brummte: »Kostbares Kraut.«

Nathan war schockiert. »Du willst das wirklich rauchen?«

»Nein, wo denkst du hin. Normalerweise bereitet man einen Aufguss davon. Muss getrunken werden.« In die Pfeife stopfte er stattdessen die weithin bekannte Mixtur aus getrockneten Pilzen und aromatischen Kräutern. Entzündet verströmte die Pfeife schließlich ihren stark würzigen Geruch. »Rosa, komm Weib, hol den Topf und lass uns Wasser heiß machen.«

Rosa funkelte ihn an, überlegte kurz und stand dann auf, um Wasser zu holen. Wuddler grinste schelmisch. – Seine Frau hasste es, wenn er sie *Weib* nannte, würde aber nie vor anderen mit ihm streiten. Das würde er bestimmt später um die Ohren bekommen.

Wuddler blies eine dichte Rauchwolke in die Luft. Lange verharrte sie über ihren Köpfen, sodass der helle Schein der Flammen den Rauch von innen heraus in einem kräftigen Rot zum Leuchten brachte.

Rosa kam mit einer Kanne Wasser und einem Holzbecher zurück. Sorgsam zerriss Wuddler einige Blätter und gab sie in die Kanne.

Nathan starrte auf das Wasser und beobachtete den Auszug der Kräuter. »Bist du dir sicher, dass man das trinken kann?«

»Die sind sehr selten. Du würdest so einiges dafür eintauschen können. Aber ja, der Geruch ist unverkennbar. Hab's jedoch selber noch nicht probiert.«

»Und was bewirkt es?«

»Visionen. Manche sagen, dass man damit nach draußen blicken kann, ich meine, aus dem Kessel hinaus.«

Eine Stunde später saßen sie immer noch auf ihren Plätzen um das Feuer und warteten auf das Eintreten einer Wirkung.

Nathan merkte, dass auf ihn eingesprochen worden war. »Was?«, fragte er.

»Ich sagte, dass ich mich mit dem Kraut wohl geirrt habe. War doch nichts Besonderes.«

Nathan nickte, zumindest wollte er das, doch es gelang nicht. Er konnte seinen Kopf nicht bewegen, denn ein Faden, stark wie ein Drahtseil, hielt ihn in aufrechter Position. Ohne den Kopf zu drehen, richtete er seinen Blick auf die Silhouetten seiner Freunde: Auch aus ihren Schädeln führten dünne Fäden senkrecht nach oben, bis in das Blätterdach und darüber hinaus. Kleine Bilder, wie Fotografien, manche schwarz-weiß, manche farbig, entstanden in der Luft vor ihm. Sie begannen sich zu bewegen, schwirrten um ihn herum. Er erkannte sie. Es waren Episoden aus seinem Leben, bizarr festgehalten, anscheinend von einer Person, die immer hinter, neben oder über ihm war – ein fremder Beobachter.

Die Bilder änderten sich. Keines handelt von seinem Leben im Kessel. Jahrzehnte zogen dahin. Hohe Gebäude, Straßen, andere Wunderwerke unbekannter Architekten verkamen, zerbröckelten und zerfielen im Verlauf der Jahre. Hier und da setzte eine Riesenhand neue Dinge, bewegte Figuren auf dem Schachbrett. Zahnräder, Tausende, bewegten sich, kompliziert ineinandergreifend. Auch hier die Titanenhand, die willkürlich Räder versetzte. Ein Rad fiel zu Boden, achtlos weggeworfen. Metallische Armeisen krabbelten in Scharen darüber und zersetzten es, bis nur noch ein Haufen Staub auf der vertrockneten Erde übrig blieb.

Mitten aus der Bilderlandschaft tauchten wieder seine Freunde aus dem Meer der Sinneseindrücke. Zusätzlich zu den Fäden, die aus ihren Köpfen kamen, waren nun auch Hände und Füße damit verbunden. Die Riesenhand aus den Bildern war Wirklichkeit geworden und zupfte nun an den Fäden, ließ Hände und Füße tanzen und bewegte seine Freunde wie Puppen. Dann zerfloss der Platz mit dem Dungfeuer. Farben vermischten sich. Seine Freunde waren nur noch Schemen.

Hinter den Bildern, nicht auf ihnen, tauchte eine blonde Frau auf. Sie stand bei Wuddler, war ihnen offenbar wohlwollend gesonnen und nickte. Auch das Kind, das plötzlich auf seinem Knie saß. Im Feuer lag ein Ei, das sich erhitzte und zu glühen begann. Risse bildeten sich. »Auf, auf, auf«, sagte etwas aus dem Inneren. Nathan wollte in die Flammen greifen und das Ei anfassen, die Schale aufbrechen, doch das Kind klopfte ihm auf die Finger. Er zuckte zurück. »Hab ich es mir doch gedacht«, sprach die Stimme. Die blonde Frau antwortete. Nathan erschrak und wandte ihr blitzartig den Kopf zu, verharrte in der Position, doch die Welt drehte sich ungeachtet dessen weiter. Beschleunigte. Aus dem Wirbel sprühten Farben und hinterließen Kleckse auf Bäumen, Sträuchern und Gras. Nathan tippte sich mit dem Finger gegen die Spitze eines der Hörner, die dem Kind gerade gewachsen waren, und ein Tropfen goldenen Blutes ran daran herab. Eine Kuh stand hinter ihm, fuhr mit ihrer langen Zunge über das Gesicht des Kindes. Dann grinste es Nathan an und sprach: »Die Welt ist aus Feuer erschaffen und die Kühe sind ihre Götter. Knie nieder vor mir und deine Erbschuld sei vergeben!«

Blödsinn, dachte er. *Das kann nicht sein, denn wenn Kühe Götter wären, dann* ... Was war das noch mal?

Die blonde Frau saß auf dem Stier. Ihre Brustwarzen bestanden aus Gold. Der Stier ritt davon, eine Spur aus Gold durch die Landschaft ziehend. Eine Träne quoll ihm aus dem Auge. Keine Trauer. Das Feuer! Ja! Das Ei kochte immer noch.

Die Vision dauerte noch einige Zeit an. Dann, nachdem die Wirkung ganz abgeklungen war, tranken sie etwas Gewürzbier, wickelten sich in ihre Decken und legten sich gleich neben dem Feuer schlafen.

Die restlichen Tage, die notwendig waren, um Nathan vollends auf die Beine zu bringen, verbrachte er weiterhin im Haus seiner Freunde. Er war sehr unruhig und gereizt und in Gedanken immer abwesend. Es zog ihn nach Hause. Ein allgegenwärtiger Drang, den er sich nicht erklären konnte und der unterschwellig wie ein unsichtbarer Kobold, auf seiner Schulter saß und Ermahnungen flüsterte. Es handelte sich aber nicht um die Präsenz eines Lebewesens, sondern vielmehr von etwas Leblosem, eine rationale Kälte, eine Art Meta-Energie, die auf seinen Verstand wirkte. Es war fast zu viel für ihn.

Manchmal spielten seine Finger mit dem Schloss des erbeuteten Koffers und gedankenverloren drehte er dann an den Rädchen. Sich selbst beschimpfend und innerlich einen ungeduldigen Idioten nennend, packte er sodann energisch den Koffer und schob ihn in den Rucksack zurück. *Geduld!* Sobald sein Bein endlich gesund war, konnte er aufbrechen und würde später noch genügend Zeit haben, das Schloss zu knacken und den Inhalt des Koffers zu untersuchen.

Niemand würde ihn dann dabei stören und keine fremden Augen sein Tun beobachten.

Einige Tage später, als er wieder halbwegs kräftig auf den Beinen stand, entließ Rosa ihn rituell aus ihrer Fürsorge mit den Worten: »Der Kessel hat dich wieder, großer Abenteurer. Mögen deine Knochen heil bleiben und dein Verstand scharf.« Es blitzte schelmisch in ihren Augen, als sie dies sagte und dabei etwas wie *alter Mann* stumm mitklingen ließ.

Nathan bemerkte ihren Schalk allerdings nicht. Seine Gedanken waren woanders, denn endlich konnte er nach Hause.

Wieder unterwegs

Die sanften, von grünen Wiesen bedeckten Hügeln sprachen von Heimat. Lange Grashalme bogen sich sanft in der frischen Morgenbrise, die den Geruch von Reif über die Ebene trug.

Das Lager war noch nicht abgebaut. Ausgebreitet und zerknittert lag die Schlafrolle neben der kalten Feuerstelle. Nathan saß auf einem Zipfel seiner alten geflickten braunen Decke. Weit in der Ferne ragten die felsigen Wände des Kesselgebirges in die Höhe und waren zum Teil, besonders im Westen, noch von Schatten bedeckt. Hätte er sich umgedreht, wären ihm die Felswände hinter ihm weit gigantischer vorgekommen, da sie viel näher lagen. Doch da er ihnen den Rücken zukehrte, fing sein Blick nur die offene Weite vor ihm ein.

Ist das, was ich vor mir sehe, richtig? Etwas fehlt mir hier.

Der Wanderer hatte den Eindruck, dass er eine Illusion sah, die jeden Moment zerplatzen konnte. Sollten dort hinter dem Hügel nicht graue Häuser stehen, eine breite Straße das Land durchschneiden und Autos wild hupen?

Nein, erinnere dich! Das ist schon lange vorbei. Jetzt ist es anders.

Er erinnerte sich. Es war vor wenigen Tagen gewesen, dass er den Ort entdeckt hatte: Das Gewitter war abgezogen und kräftige Strahlen der mittäglichen Sonne schnitten zackige Löcher in die aufreißende Wolkendecke. Die verlassene Hütte, die ihm als Unterschlupf gedient hatte, sah aus, als ob sie jeden Moment in sich zusammenfallen könnte. Er stieß gegen die Tür. Abgebrochenes Gehölz, vom Wind mitgerissen und vor den Eingang getrieben, verhinderte, dass sie aufging. Er zwängte es zur Seite, schritt schließlich nach draußen und nahm einen tiefen Atemzug, um den Gestank nach Moder aus der Nase zu bekommen. Der Wald war dicht an jenem Ort. Die Kronen der Laubbäume hingen sehr tief und immer wieder versperrten ihm Äste den Weg und versuchten, ihm das Gesicht zu zerkratzen. War es Absicht? Lag ein schalkhafter oder gar böser Wille dahinter? Er konnte es nicht sagen. Zuzutrauen wäre es diesem ungastlich-düsteren, weit hinter jeder sicheren Grenze gelegenen Wald aber sicherlich. Nicht umsonst sagte man, dass der Norden tückisch war.

Wenig später hatte sich das Blätterdach über seinem Kopf wieder geöffnet, der Wald wurde lichter und so stieß er auf die ersten Spuren, von ehemaligen menschlichen Bauten. Kleine, dunkle, eigenartig ausgefranste Brocken stachen aus dem weichen Waldboden. Was hatte einst hier gestanden? Immer häufiger lagen die Brocken herum und dank ihrer Farbe ließ sich ihnen einfach folgen.

Jäh war der Weg abgebrochen, endete in einem tiefen Loch. Der Boden war ein Stück zur Seite den Hang abgerutscht. In dem Loch war Kies zu sehen und bestätigte, was er schon vermutet hatte: Hier war früher eine Straße gewesen.

Er war in das Loch hineingeklettert. Hinter dem Kies befand sich ein Durchbruch. Er streckte sich und spähte über den hellen Rand, grub seine Finger in das bröckelige Erdreich um das Loch und schob sich schließlich selbst ganz hindurch …

… und betrat eine andere Welt. Eine riesige Fläche lag unter ihm, sodass eine volle Drehung seines Kopfes nötig war, um sie ganz zu erfassen. Auf dem Platz standen Hütten und braune Überreste, große rostige Metallklumpen. Es war ein Friedhof für alte Maschinen, hauptsächlich Kraftfahrzeuge, aber gelegentlich stand auch das ausgefranste Skelett eines Flugzeugs dazwischen. Alles war so zersetzt, dass es hier für einen Schatzjäger nichts mehr zu bergen geben würde. So verwundert er über das Vorhandensein und den ehemaligen Zweck dieses Platzes auch war, der übermäßig schnelle Verfall verwunderte Nathan noch mehr. Wolken verzogen sich und Sonnenstrahlen brachen durch das Walddach, illuminierten den metallenen Schutt auf überirdische Weise. Die Kontraste mit den Schatten gaben dem Ort etwas Unheimliches. *Hier leben eindeutig Geister*, hatte Nathan gedacht, abgesehen von ihnen würde er nichts finden. Abrupt hatte er sich umgedreht und war über den Weg, den er zuvor genommen hatte, verschwunden.

Dieser Ort ...

Der eigentliche Umbruch lag viel, viel länger zurück. *Der Umbruch – ein Wort mit so viel Bedeutung: Der Wechsel von Alter Welt zu Neuer Welt.*

Alles hatte sich grundlegend verändert und war dann doch wieder schnell zur Normalität geworden: kein Chaos, keine Unruhen, keine Kämpfe. Die Umstellung war hart gewesen, aber relativ ruhig verlaufen.

In uns liegt eine Kraft verborgen, die immer dann in Erscheinung tritt, wenn wir um das Überleben kämpfen müssen. Wir tun, was getan werden muss, und bevor wir uns versehen, haben wir uns daran gewöhnt und die neue Form zu leben zur Routine gemacht.

Ganz reibungslos war der Umbruch aber auch nicht geschehen. Spezielle Einstellungen verankerte das Leben fest in den Köpfen der Menschen und die Öffnung dieser Knoten – oder eigentlich eher die Umbildung – nahm einige Zeit in Anspruch. Besonders ein Aspekt der alten gesellschaftlichen Systeme hatte sich hartnäckig zu halten versucht, aber das Prinzip *die Nachfrage regelt das Angebot* – was früher allgemein als Leitmotto angesehen und gemeinhin durch psychologische Methoden verkehrt herum angewandt worden war – galt so nicht mehr. Das Angebot war beschränkt und wenn etwas benötigt wurde, musste nach Wegen gesucht werden, um es zu bekommen oder es selbst herzustellen. Die Menschen hatten mit dem Verlust der alten, auf Konsum ausgerichteten Wirtschaft lange zu kämpfen gehabt.

Nathan wusste noch, dass er als junger Mann versucht hatte, sich ein Handwerk anzueignen. Handwerker waren sehr gefragt gewesen und genossen ein hohes Ansehen in den Siedlungen des Kessels, doch trieb es Nathan schlussendlich in die Wildnis auf die Suche nach Abenteuern, unbekannten Orten, alten Geheimnissen und wertvollen Artefakten. Ein Beruf, der spannend und ertragreich sein konnte, aber oft auch mit einem schmerzhaften Tod endete. Nur die cleversten Schatzjäger entwuchsen dem jugendlichen Alter. Eine zu große Portion Neugier war oftmals fatal.

Neugierde, ein Trieb, den auch Nathan nie abgelegt hatte, war paradoxerweise aber auch ein Grund dafür, dass er in seinem Beruf immer noch tätig sein konnte. Immer wieder zog er durch die entlegensten Orte des Kessels, von einer Seite des riesigen Tals zur anderen. Rundherum eingeschlossen von Bergen lagen hier nicht nur die einzigen bekannten menschlichen Siedlungen, sondern auch viele wundersame Orte. Oftmals fanden sich an diesen mysteriöse Artefakte und andere Fundstücke der Alten Welt, Gerätschaften zum Erforschen und Tauschen. Ebenso häufig war es aber auch so gefährlich, dass ein falscher Tritt oder eine kurze Berührung mit einer unbekannten Substanz zu einem schnellen Tod führen mochte.

Nur manchmal, besonders nach einer mühsameren Schatzjagd, überkam ihn für eine kurze Zeit der Wunsch nach Sesshaftigkeit. Mehr als eine kurze Ruheperiode, die er dann in seinem Heim oder bei einem ausgedehnten Besuch in Menschenhand zubrachte, war es schlussendlich aber selten. Natürlich wusste er auch um die Gefahr, die darin lag, zu viel Zeit in der Wildnis zu verbringen, die Vereinsamung, die entstand, wenn man zu wenig Kontakt mit anderen Menschen hatte.

Vergiss nicht, wir sind Rudeltiere. Interessierst du dich für menschliche Verhaltensweisen, dann führe dir diese Tatsache vor Augen und alle Handlungsweisen werden dir klar werden. Diese Worte hatte er in seinem Gedächtnis abgespeichert. Und wenn er auch nicht mehr wusste, wer sie zu ihm gesprochen hatte, hatte sich ihre Richtigkeit doch oft bestätigt.

Natürlich ließ sich nicht alles mit dieser Betrachtungsweise erklären, doch oft war Nathan überrascht, wie einfach sich so manches menschliche Verhalten erklären ließ, wenn im rechten Licht und besonders unter Berücksichtigung des Rudeltieraspekts betrachtet.

Nicht weit von den Hügeln, über die sich Menschenhand erstreckte, lag ein Ausläufer der Berge, die den riesigen Kessel bildeten. In ihm war ein kleines Tal und am Rande dieses Tals eine grüne Anhöhe. Im Schatten der hohen Bergflanken lag der natürlich getarnte Eingang zu Nathans Haus: ein in den Felsen gehauener Bunker.

Für gewöhnlich war das aus dickem Stahl bestehende Tor geschlossen und ein komplizierter Schließmechanismus hinderte neugierige Fremde daran, ungebeten ins Innere zu gelangen. Eine kurze Berührung der verbogenen Abtasteinrichtung genügte jedoch, ihn außer Kraft zu setzen, woraufhin ein Motor zu surren begann und die Tür mit einem leisen metallischen Kratzen auffuhr. Jedes Mal, wenn er den Öffnungsmechanismus aktivierte, erinnerte sich der Schatzjäger daran, dass er – enttäuschenderweise – die genaue Funktionsweise der Mechanik nicht verstand. Er wusste, wie sich die Tür programmieren ließ, aber sonst so gut wir gar nichts darüber.

Licht sprang an und enthüllte eine lange Treppe, die tief unter die Erde führte. Der bekannte schwache Geruch nach kühler Feuchtigkeit, den Nathan zugleich auch mit Geborgenheit assoziierte, stieß ihm entgegen.

In einem kühlen Vorraum endete die Treppe. Dahinter lag Nathans Heim.

»Hallo Onkel« Die singvogelgleiche Stimme von Alina, der Tochter seiner verstorbenen Schwester, machte seine Heimkehr wie immer zu etwas Wunderschönem.

Er verriegelte die schwere Metalltür hinter sich. Die ehemalige Militäreinrichtung – der Bunker, in dem sie lebten – war zwar immer noch als solcher zu erkennen, besaß aber mittlerweile den Charme einer Wohnung, die von Frauenhand in Schuss gehalten wurde.

Alina sprang dem heimgekehrten Schatzjäger um den Hals, küsste ihn auf die Wange und sagte vorwurfsvoll: »Du warst lange fort.« Dann wieder fröhlich: »Du bist sicher hungrig, komm. Du musst mir beim Essen erzählen, was es in der Welt Neues gibt.«

Sie zog ihn mit in die Küche und begann geschäftig mit Schüsseln und Töpfen zu klappern. Nathan setzte sich an den Tisch und legte ein altes Buch beiseite, damit Platz für seinen Teller war: VOM AUSLÖSER DER KATASTROPHE UND DER ZWÖLF MONATE DANACH, las er flüchtig den Titel.

»Nun«, begann sie, »was ist draußen los?«

»Im Dorf gibt es wenig Neues«, berichtete er. »Ivan ist wie immer der gefragteste Mann. Die Leute bringen ihm mehr Geräte, als er reparieren kann …«

Zwischen Menschenhand und Nathans Heim gab es noch eine Siedlung, die keinen Namen besaß und immer nur *das Dorf* genannt wurde. Schritt man den Hügel, auf dem der Bunker lag, talabwärts, so gelangte man bald zu einem Bach, der immer voller Forellen war und dessen Ufer dicht mit hohem Adlerfarn bewachsen waren. Bald danach, bei gemächlichem Schritt wenig mehr als eine halbe Stunde später, gelangte man in das Dorf. Es besaß ein paar schlichte Holzhütten und eine kleine, grob gemauerte Mühle in ihrem Zentrum. Auf der Rückreise von seinem Genesungsaufenthalt in Menschenhand hatte er dort einen Zwischenstopp eingelegt und die Nacht bei seinem Freund Ivan verbracht. Ivan war neben Hermann einer der angesehensten Männer in der Gegend, denn er kannte sich wie kein anderer mit Elektronik aus. Brachte man ihm ein kaputtes Gerät, so wurde man selten enttäuscht und bekam es repariert zurück. Eine wichtige Kunstfertigkeit in einer Zeit, in der man auf Reparaturen angewiesen war. Neues wurde kaum hergestellt und man musste für gewöhnlich mit dem auskommen, was man besaß. Es gab natürlich noch die Schatzjäger, Nathans eigene Zunft, und noch ein paar andere Gruppen, die mit der Beschaffung von alter Technik beschäftigt waren. Auch deren Fundstücke mussten meistens renoviert werden und landeten deshalb auch nicht selten in Ivans Händen. Nebenbei brannte er in seiner Freizeit auch noch ausgezeichneten Schnaps, der nicht minder zu seinem Bekanntheitsgrad beitrug.

»Pfff, dieser Ivan. Wichtig mag er ja sein, aber ich wette, es ist sein Wodka, der dich immer wieder zu ihm treibt.«

Unbeirrt fuhr Nathan fort. »Er hat das Funkgerät zum Laufen gebracht und so stehen wir wieder mit den anderen Siedlungen in Kontakt.«

»Gut. Hast du Marie gesehen? Wie geht es ihr?«

»Leider nicht gut. Sie hat vorgestern schon wieder ein Baby verloren.«

»Nein! Schade, aber bei den vielen Fehlgeburten, die es gibt, leider auch nicht überraschend.«

Nathans Gedanken wanderten, wie so oft in den letzten Tagen, zu dem Restaurant der Alten Welt und dem Fund, der ihm dort in die Hände gefallen war. Er stützte seinen Kopf auf die Faust und starrte ins Leere.

Das Essen war fertig und der Teller mit gebratenen Zwiebeln und Kartoffeln schwebte einen Augenblick vor Nathans Nase.

»Was hast du, ist etwas passiert?«, fragte Alina und riss Nathan aus seinen Gedanken.

»Das Essen riecht großartig. Ich liebe nichts so sehr wie den Geruch von gebratenen Zwiebeln.«

»Ich weiß, aber bitte sag mir, was dich so sehr beschäftigt.«

»Etwas Eigenartiges. Ich war schon wieder aus den nördlichen Gebieten zurück, hatte also eigentlich die wirklich interessante Gegend bereits verlassen, als mir etwas Seltsames passierte. Zuerst fiel ich in den Speiseraum eines Alte-Welt-Gebäudes und fand dort eine Leiche mit …« Behutsam legte er den goldenen Gegenstand auf den Tisch neben seinen Teller. »… und dann, am nächsten Morgen, verfolgte mich … eine Präsenz … etwas … ein Wesen, das ich noch nie zuvor …«

Ganz leicht berührte Alina die goldene Oberfläche des Gegenstandes, der vor ihr lag.

»Dieses Wesen hat mich lange verfolgt und dann plötzlich damit aufgehört«, fuhr er fort.

»Wie sah es aus?«

»Ich kann es nicht sagen, denn ich habe es nie wirklich gesehen. Es war einfach *da*, eine kalte, eiskalte Präsenz. Feuchte Morgenluft, die Strahlen der Sonne noch kraftlos, ein metallisches Schimmern … Etwas sucht nach mir, nein, wartet eher auf mich.«

»Hatte es wirklich vor, dich zu fangen?«

»Oder wollte es mich vielleicht nur vertreiben? Möglich«, meinte Nathan. »Und nachdem ich weit genug entfernt war, hat es dann von mir abgelassen.«

Der Blick ihrer großen blauen Augen, der gebannt an seinen Lippen gehangen hatte, richtete sich wieder auf das Objekt zwischen ihren Finger. Hatte es etwas damit zu tun?

Nathan schüttelte stumm den Kopf, um die Bilder der Erinnerung abzuschütteln. Er stieß endlich die Gabel in die Kartoffeln auf seinem Teller und widmete dem Essen seine volle Aufmerksamkeit.

Nach dem Essen suchte Nathan seinen Raum auf.

Eine alte Lampe, die auf seinem Schreibtisch stand, warf ihren Lichtkegel auf die abgenutzten Möbel. Die Einrichtung bestand aus den restaurierten Funden vergangener Schatzsuchen. Da waren ein kleines Bücherregal, ein einfaches Bett, ein massiver Holzschreibtisch und davor ein sehr alter Teppich. Hier fühlte er sich zum ersten Mal seit vielen Tagen wieder geborgen und genoss den Zustand, als die nervöse Anspannung abfiel und Erleichterung seinen gesamten Körper durchdrang.

Er öffnete sein Tagebuch und notierte die Erlebnisse der letzten Tage.

Vollständig in seine Auszeichnung vertieft, bemerkte er nicht, dass seine Nichte von hinten an ihn herangetreten war, und erschrak heftig.

Ihre Finger spielten mit dem goldenen Gegenstand, den er in der Küche hatte liegen lassen. »Ich habe etwas darauf entdeckt.« Sanft fuhr ihr Zeigefinger über die Oberfläche. »Sieh her.« Sie zeigte auf die feinen Linien, die Gravur, die die gesamte Oberfläche bedeckte.

Da sie nichts sagte, sondern nur mit ihrem Finger über einer Stelle verharrte und offenbar darauf wartete, dass ihm etwas Offensichtliches selbst auffiel, strengte er sich an und konzentrierte sich auf das Muster. Es war eine schön gearbeitete Gravur, die wie ein Spinnennetz aussah und bis zum Rand der handtellergroßen Scheibe verlief, ein feines Geflecht, das nichts Konkretes darzustellen schien, wie chaotische Bahnen eines Wassertropfens auf Glas. Er konnte nichts Geometrisches darin erkennen und war davon überzeugt, dass es sich nur um eine Verzierung handelte – Kunstwerke der Alten Welt waren oftmals sehr abstrakt.

Alina konnte sehen, dass ihr Onkel noch nicht verstand. »Ich glaube, die Linien verbergen ein Geheimnis.«

»Denkst du? Ich entnehme deinem Blick, dass du bereits eine Vermutung hast, um was es sich dabei handeln könnte.«

Sie brachte eine Karte zum Vorschein, die sie hinter ihrem Rücken verborgen gehalten hatte. Sie zeigte den Kessel so, wie er vor der neuen Zeitrechnung ausgesehen hatte. Als sie die Medaille daneben hielt, konnte Nathan deutlich erkennen, dass Alina recht hatte: Eine Karte war kunstvoll in das Gold graviert worden. Da die Linien aber sehr gerade und die Konturen nicht zusammenhängend dargestellt worden waren, ließ sich dies nicht auf den ersten Blick erkennen.

»Und das ist noch nicht alles. Da, wo sich der Punkt mit den vier kurzen Linien trifft und so etwas wie einen Stern bildet ... Vergleiche diesen Punkt mit der Karte.«

Seine Augen wurden groß, als sein Finger auf den gekennzeichneten Ort auf der Karte zeigte. »Himmelshafen!«

»Der Ort, an dem der alte Einsiedler lebt«, vollendete Alina.

»Das muss eine Bedeutung haben.«

»Aber welche? Dieser Gegenstand, obwohl er neu aussieht, stammt aus der Alten Welt. Himmelshafen ist, auch wenn sie früher sicher einen anderen Namen trug, eine unbekannte Einrichtung aus der Alten Welt. Vielleicht gibt es da eine Verbindung.«

»Ich habe etwas vergessen. Die ganze Zeit über konnte ich meine Gedanken kaum davon losreißen und nun, da ich zu Hause bin, habe ich es ganz vergessen. Bring mir bitte meinen Rucksack. Er lehnt noch am Eingang, neben der Luke.«

Schnell war sie wieder zurück. Gespannt beobachtete sie, wie ihr Onkel die Schnur lockerte, die den Koffer an dem Rucksack fixierte. Es war ein einfacher Koffer aus Leder, abgewetzt und an den Kanten angeschlagen. Ein Messingschloss mit Rädern, um einen dreistelligen Code einzugeben, schützte einstweilen noch den Inhalt.

»Wenn er nun leer ist? Das wäre wirklich eine Enttäuschung.«

Nathan antwortete nicht, sondern stieß bereits spitze Stichlinge und feine Schraubenzieher in das Schloss. Nach einigen Minuten klickte es und der Koffer sprang auf.

»So wie deine Augen leuchten … wage es nicht, ohne mich zu gehen«, sagte seine Nichte in einem für sie ungewöhnlichen Befehlston. Sie kannte ihren Onkel wie kein anderer und wusste um seine stark ausgeprägte Neugierde. – Besonders, wenn es sich um etwas handelte, das im Zusammenhang mit der Alten Welt stand. Die Muskeln ihrer linken Wange zuckten und ihre Lippen wurden zu einem weißen Strich.

Nathan betrachte seine Nichte. Die Vorstellung hierbleiben zu müssen, machte ihr offensichtlich schwer zu schaffen. Bei all den Gefahren, die einem heutzutage begegneten, konnte er es da wagen, sie mitzunehmen? Andererseits, auch wenn der Bunker ihr Schutz bot, so musste sie auf die Welt draußen vorbereitet werden. Irgendwann musste sie ihr eigenes Leben leben und nicht nur Teil von seinem sein.

Wehmütig seufzte Nathan. »Ich werde wohl langsam wirklich alt und der Name *Alter Mann*, mit dem du mich oft titulierst, wird immer passender. Ich möchte aber eigentlich noch einige Zeit hierbleiben. Zumindest so lange, bis ich wieder ganz bei Kräften bin.« Er tippte sich sanft auf den Oberschenkel, schob das Hosenbein hoch und zeigte ihr den Verband – der Beweis von Rosas Fürsorge um ihn. »Dann kannst du mit mir kommen, denn es wird allmählich Zeit, dass du mehr vom Kessel kennenlernst.«

Wortlos küsste sie ihn auf die Wange und sprang freudestrahlend und so geschmeidig wie eine Gämse in Richtung ihres Zimmers.

Nathan sah ihr nach. Ungefähr zehn war sie gewesen, als er sie aufgenommen hatte. Seither hielt sie den Bunker in Schuss, kümmerte sich um den Garten und besuchte – als einzige Abwechslung – gelegentlich das Dorf. Insgeheim hoffte sie aber, einmal in die Fußstapfen ihres Onkels zu treten, um selbst die alten Wunder zu erforschen, die der Kessel zu bieten hatte. Nun bekam sie ihre Chance.

Nathan hörte das Schlagen von Kastentüren und vermutete, dass sie bereits ihren Rucksack packte. Er selbst machte sich an die Aufgabe, die alte Wäsche aus seinem Gepäck durch frische zu ersetzen. Dies fiel ihm besonders schwer, da ihm diese Handlung etwas vor Augen führte: Die Pause würde sehr kurz ausfallen.

Er streckte das Bein und kratzte sich am oberen Rand des dicken Verbandes. Die Wunde zog und das Jucken würde ihm in der nächsten Zeit noch zu schaffen machen. Zumindest konnte er mittlerweile das Bein wieder voll belasten. Trotzdem, ein paar Tage Ruhe wären ihm sehr lieb gewesen. *Andererseits ...*

Er drehte den noch offen neben ihm stehenden Koffer in seine Richtung. Behutsam betaste er den Inhalt und streichelte sanft über die metallene Oberfläche des Gegenstands. Nur zu gerne hätte er Klarheit über dessen Funktion gehabt. Auch wenn momentan noch die Müdigkeit wie eine dämpfende Decke über seinem Geist lag, wusste er, kannte sich selbst gut genug, um zu wissen, dass die Neugierde in immer heftigeren Wellen kommen und seinen Verstand einnehmen würde.

Nathan nahm sein Jagdgewehr aus dem Spind. Auf seiner letzten Reise hatte er es aus Munitionsmangel nicht mitnehmen können. Dieser Missstand war nun behoben und ein Gefühl der Sicherheit breitete sich wohlig in seinem Körper aus, als seine Finger den polierten Holzschaft des Gewehrs umfassten und ihm der Geruch nach frischem Waffenöl in die Nase stieg. Er stellte es neben seinem Bett ab.

Morgen, aber nicht zu früh, dachte er. *Zumindest will ich erst richtig ausschlafen. Danach kann von mir aus ein neues Abenteuer beginnen.*

Das Bett knarrte, als die alten Holzlatten sein Gewicht abfederten. Am Fußende, auf Nathans Schreibtisch, befand sich eine elektrische Lampe, deren warmes Licht erst kurz flackerte, bevor es die angenehme Atmosphäre schuf, die Nathan so gerne beim Lesen hatte. Auch jetzt lud sie ihn dazu ein, eines der abgegriffenen alten Bücher zu nehmen und ein paar Sätze aus dem wortgewaltigen Repertoire der Alte-Welt-Dichter zu genießen. Tastend fand seine Hand in dem Regal über seinem Kopf auch sofort sein Lieblingsbuch. Es war in Leinen gebunden und schon sehr alt, der Inhalt aber noch um einiges älter. Es handelte von Gott, dem Teufel und einem Gelehrten, der zwischen ihnen stand.

Nach nur wenigen Versen war das schwere Buch auf die Brust des Schlafenden gerutscht, ihre Magie in die Wurzeln seiner Träume verwoben.

Stark verkrüppelte Bäume waren alles, was es in dieser Gegend zu sehen gab. Ihr Wuchs zeugte von dem alltäglichen Kampf, den sie gegen die Unbill des Wetters auszutragen hatten. Karger felsiger Boden, starke Winde, die wie eisige Sicheln ohne Unterlass über die Hügel bliesen – ein Ödland, in dem es kaum Leben gab. Und obwohl ihr armer Wuchs deprimierend anzusehen war, stellten die vereinzelnd stehenden Bäume das einzig Lebendige dar, das es in dieser Trostlosigkeit zu sehen gab. Wohl in der Absicht, diese Feststellung zu verhöhnen, sprang eine kleine Maus über den Weg. Die Pflastersteine wirkten riesig im Vergleich zu ihren winzigen Pfoten. Abwartend blieb sie einen Moment hocken, beobachtete die beiden Wanderer und war, so schnell sie aufgetaucht war, auch wieder zwischen einer der vielen Ritzen des zerklüfteten Bodens verschwunden.

Ein böiger Wind blies den Hang hinauf. Wie ein Ochse den Pflug, so zog er den Gestank nach Abfall hinter sich her.

»Was stinkt hier so?«, fragte Alina leise.

Es waren seit geraumer Zeit die ersten Worte, die sie sprach, und Nathan hätte viel darum gegeben zu erfahren, was sie so still hatte werden lassen. Vielleicht sollte er einfach fragen, aber da dies nicht seine Art war, ließ er es – zumindest vorerst – auf sich beruhen. Er würde sie gewiss nicht drängen.

»Es gab hier einmal eine Müllhalde«, sagte er. »Der ständige Wind, der hier immer weht, legt sie wohl allmählich frei. Wir sollten auf jeden Fall vorsichtig sein, denn wo Abfall ist, gibt es auch Müllsammler, die versuchen, dem Gott von Verwesung und Verfall die Beute zu entreißen.«

»Ich verstehe nicht so recht, warum wir diesen Weg dann überhaupt genommen haben. Wir sind erst in den Ausläufern der Berge und viele Wege führen zu den Steilpfaden auf den Hängen.«

Nathan dachte kurz über ihre Worte nach, schüttelte aber dann den Kopf und erklärte: »Ein wenig Vorsicht sollte ausreichend sein. Es ist ein Risiko, das wir eingehen müssen, denn ich habe hier etwas zu erledigen.«

Alina fragte nicht, um was für ein Risiko es sich dabei handelte, denn obwohl sie neugierig war, würde ihr Onkel früher oder später selbst darauf zu sprechen kommen.

Nathans Gedanken drehten sich bereits um die Orte, die vor ihnen lagen. Bald kam die große Halde, ein gefährlicher Platz, den er gerne umgangen hätte, doch genau dahinter lag die Abzweigung zum Hochplateau. Dort lebte jemand, den er aufzusuchen gedachte und der ihnen vielleicht etwas über den Ort, der das Ziel ihrer Reise war, sagen konnte.

Unbehelligt folgten sie der Straße die Hügel hinauf und wieder hinab und verließen ein wenig erleichtert die Gegend.

Der Wind wurde immer böiger, brachte aber zumindest keinen Gestank mehr mit. Auch Wolken zogen auf. Ihre tiefgraue Farbe deutete auf Regen hin – und dieser würden wie immer sehr sauer werden. Aus ihrem Gepäck förderten sie Regenmäntel zutage, denn abgesehen von der Nässe, würden diese ihre Haut auch vor Verätzungen schützen.

Erste Tropfen, daumendick, platschen auf die Steine des Weges.

Die große Halde war ein alter Müllplatz, der zu einer modernen Müllwiederverwertungsanlage umfunktioniert worden war. Allerlei Verwertbares ließ sich hier noch finden, denn so manches technische Gerät, das in den Abfallmassen herumdümpelte war, wenn auch vielleicht nicht mehr funktionstüchtig, so doch noch oft eine Zusammensetzung vieler brauchbarer Einzelteile und Rohstoffe, die nicht selten auch einen hohen Tauschwert besaßen. Zwielichtige Leute hatten sich hier versammelt. Schrottsammler aus allen Gegenden des Kessels und andere, meist wenig vertrauenswürdige Gesellen, durchwühlten den Müll und bohrten Gänge, um das abzubauen, was einmal weggeworfen worden war und heute wieder

Wert besaß. Mittlerweile war hier sogar eine eigene Zunft entstanden – mehr noch, möglicherweise eine eigene Rasse, anscheinend mehr Maulwurf als Mensch, dabei mit einer gehörigen Portion Gier ausgestattet.

Die Müllhalde selbst bestand aus mehreren Gruben und Hügeln. Davor gabelte sich die große Straße, die aus dem Kesseltal bis hier hinauf führte. Während ein Weg sich eng zwischen umgewühlten Schuttbergen und finsteren Stollen hindurchschlängelte, konnte man über den zweiten das Zentrum der Halde außen umgehen. Leider standen gerade dort aber auch die Gebäude der Siedlung. Es gab Quartiere, Bars, Kantinen, ein Verwaltungsgebäude, ein Bad – Nathan bezweifelte, dass es oft besucht wurde – und Stallungen für die Esel der Händler.

Genau hinter diesem Stall versteckten sich Alina und Nathan, als eine grau gekleidete Gruppe an ihnen vorbeizog. Die Leute hatten Tücher um die Köpfe gewickelt und Brillen mit dicken gelben Gläsern vor den Augen.

Als sie vorbei waren, sagte Alina mit leiser Stimme: »So gefährlich sehen die gar nicht aus. Eher komisch.«

»Täusche dich nur nicht in ihnen, sie ähneln eigentlich Sektierern. Für sie ist ihre Arbeit fast eine Religion und sie hüten ihren Berg aus Schutt wie eine heilige Stätte. Wenn sie jemanden erwischen, der durch ihr Gebiet zieht, behandeln sie ihn, als ob er eine Blasphemie begangen hätte.«

Sie mussten auf das Dach einer Hütte klettern, denn mitten auf dem Weg hatten sich einige *Maulwürfe* versammelt, um sich lautstark zu unterhalten. Ein rostiges Blech, das über der Hütte befestigt war, verbarg sie vor deren Blicken. Die Zeit, die die beiden zusammengekauert dahinter ausharrten, verging langsam, gab ihnen allerdings auch die Gelegenheit, den Maulwürfen bei der Arbeit zuzusehen. Wenn einer von ihnen – bewaffnet mit einer Lampe, langen Handschuhen und einem Stab mit Metalldorn – in einem Stollen verschwand, blieb er oft lange Zeit verschwunden. Sie vermuteten deshalb, dass die Stollen tief untertage reichten. Wenn sie dann später die Stollen verließen, trugen sie meistens irgendein altes Elektrogerät in Händen. Als Ausnahme hörten sie einmal einen Schrei, gedämpft, aber eindringlich. Als ein Müllsammler aus dem Gang trat, aus dem einige Minuten zuvor der Schrei gekommen war, zog dieser eine rote Spur hinter sich her. Über und über war er mit Blut bespritzt. Ein anderer kam angelaufen, lachte und klopfte ihm auf die Schulter. Blut spritzte dabei wie eine Wolke feinen Nebels auf.

Nathan war schockiert von dem Gedanken, dass anscheinend etwas diese Gänge bewohnte. Der Menge des Blutes nach zu urteilen, war dieses Etwas auch recht groß, mindestens so groß wie ein Schwein, schätzte er.

Der blutbespritzte Maulwurf wandte sich von dem Gang ab. Gedämpfte Flüche zeugten von dem Ärger, den er empfinden musste. Als Nathan die Richtung erkannte, in die sich der lautstark Schimpfende wandte, revidierte er seine anfängliche Einschätzung über den Zweck des Badehauses. Vielleicht wurde es doch häufiger als vermutet verwendet.

Als sie endlich das Dach verlassen konnten, lag nur noch ein längliches Gebäude zwischen ihnen und dem Ende der Müllhügel. Wie schon vermutet, handelte es sich dabei um ein Lagerhaus. Sie konnten nicht umhin, einen Blick hineinzuwerfen. Die Neugierde, zu sehen, was an diesem Ort alles erbeutet wurde, war einfach zu groß.

Ein kleines schmutziges Fenster an einer der Straße abgewandten Seite bot ihnen Gelegenheit zu einem schnellen Blick. Lange Reihen von zerlegten Geräten, die alle einmal Schrott gewesen waren lagen, zwar sorgfältig geschichtet, aber nicht gepflegt, in dreckigen Regalen. Da die Müllratten wenig mehr konnten als graben, vermutete Nathan, dass sie die Geräte mehr oder weniger als Ganzes in die Siedlungen brachten. Dort würden sie dann von fähigeren Händen gesäubert und zerlegt oder repariert werden.

Plötzlich ging die Tür zum Lagerhaus auf und hätte Alina um ein Haar getroffen. Neugierde – der Blick auf die vielen alten Gerätschaften – hatte sie unvorsichtig werden lassen. Doch anstatt sich ganz zu öffnen, fiel die Tür sofort wieder zu. Aus ihrer Schockstarre erwacht, bemühte sich Alina nun, leise zu verschwinden. Zum Glück hatte die Tür sich gleich wieder geschlossen. Dahinter erklang eine Stimme, die etwas Unverständliches schrie. Offenbar war derjenige, der gerade das Gebäude hatte verlassen wollen, wieder zurückgerufen worden.

Als sie sich schon einige Schritte vom Gebäude entfernt hatten, trieb das laute Quietschen von rostigen Angeln ihnen eine Gänsehaut über den Rücken. Die Tür wurde nun doch geöffnet und ein junger, unvermummter Mann trat auf die staubige Straße. Sein Gesicht war verdreckt, dick beschmiert mit einer Mischung all jener Substanzen, die es auf einer Müllhalde geben mochte. In den Händen trug er einen viereckigen Kasten, den er umklammerte, als hielte er ein Neugeborenes in den Armen. Kaum war er damit aus der Tür getreten, da stolperte er und der Kasten flog in hohem Bogen durch die Luft. Nathan musste den Impuls unterdrücken hinzueilen, um den Kasten aufzufangen. Man hörte ein Klirren und Splittern, als er auf dem Boden aufschlug.

Der Junge rappelte sich auf, sein Gesicht nun noch schmutziger. Schlamm tropfte von seiner Kleidung. Kraftvoll wurde die Tür des Lagerhauses nun zum dritten Mal aufgerissen und gegen die Wand geschmettert, als ein fetter Maulwurf sich durch den Rahmen quetschte. Es handelte sich um eine Frau, denn ihr Gesicht war auch unverhüllt und leuchtete vor Wut in einem kräftigen Rot.

»Tollpatsch. Du zu nichts zu gebrauchender Wurm«, schrie sie hysterisch.

Plötzlich hielt sie einen Stab in der Hand, an dessen Ende eine Holzkugel an einer Schnur baumelte. Der Junge am Boden erbleichte und riss die Hände hoch, um sein Gesicht zu schützen.

Wahrscheinlich nicht das erste Mal, dass er Prügel bezieht, dachte Nathan.

Sie holte aus und ließ ihr Bestrafungsinstrument mit aller Wucht auf den Jungen niedersausen. Der Aufschlag verursachte kaum ein Geräusch, doch der Schrei des Jungen musste in der gesamten Müllhalde zu hören gewesen sein. Man konnte eine Kakofonie aus Schmerz, Leid und Angst darin erkennen. Doch niemand kam angerannt, um zu sehen, was hier passierte. Niemand schien sich auch nur im Geringsten dafür zu interessieren.

Sie schlug noch ein paarmal zu. Der Junge lag mit dem Gesicht im Schlamm und wimmerte. Die Tränen strömten ihm über die Wangen. Die Schläge waren so heftig, dass ihm selbst zum Schreien nicht genügend Luft blieb. Nathan wollte eingreifen, doch die Vernunft hielt ihn zurück. Was sollte er machen? Es würde sich nichts ändern, wenn er die Bestrafung unterbrach, außer, dass ihm und Alina ein ähnliches und wahrscheinlich noch schlimmeres Schicksal blühen würde.

Von ohnmächtiger Wut erfüllt kehrten sie der Szene den Rücken und verließen ungesehen die Müllhalde.

Einige Kilometer von der Müllhalde entfernt, glaubte Nathan immer noch das Zischen und das schmerzverzerrte Wimmern des Jungen zu vernehmen. Es war unmöglich, dass es wirklich etwas zu hören gab, doch ließ ihn der an seiner Seele zerrende Klang der Bestrafung einfach nicht los.

Nicht schwarz, nicht weiß

Der Tag war zu einem kühlen aber zumindest trockenen Abend geworden. Die schwachen Flammen eines kleinen Feuers wärmten ihr karges Mahl, als sie Gesellschaft bekamen. Knirschende Steinen warnte sie und verriet ihnen die Anwesenheit von zumindest einer Person. Obwohl, wie überall in den unbewohnten Gebieten, Vorsicht geboten war, hatten sie keine Angst, denn das Geräusch war eine Geste der Höflichkeit.

Trotzdem legte Nathan seine Finger auf den Schaft seines Gewehrs und sagte:»Tritt aus dem Schatten und wärme dich an unserem bescheidenen Feuer.«

Eine gebeugte Gestalt kam in den schwachen Schein des Lagerfeuers. Sie war in einen alten Regenumhang gehüllt und ging langsam und gebückt. Ein metallisches Klimpern begleitete jede ihrer Bewegungen und ein säuerlicher Geruch ging von ihr aus.

Der Neuankömmling nannte – ganz wie der Ödlandbrauch es verlangte – zuerst seinen Namen:»Ilo, der Einsame, nenne ich mich. Ich grüße euch und würde mich gerne an eurem Feuer etwas wärmen. Im Austausch dafür kann ich euch Informationen über die Gegend hier bieten, wenn ihr dies wünscht.«

Nathan stellte sich selbst vor und lud ihn mit einer Handbewegung ein, Platz zu nehmen.»Ein Sauwetter, findest du nicht? Dieser ständige Nieselregen geht einem in die Knochen«, sagte er. Er musterte die wettergegerbten Gesichtszüge des Fremden, der ihm bekannt vorkam.

»Wie recht du hast. Aber ist es in letzter Zeit nicht immer schlecht um das Wetter bestellt? Ich weiß gar nicht mehr, wie Sonne aussieht, so lange habe ich sie nicht mehr gesehen.«

Ilo stopfte sich behäbig seine Pfeife. Entzündet verbreitete sie einen intensiven Kräutergeruch.»Was treibt euch so weit in die Berge?«, fragte er schließlich.

»Wir sind auf der Suche nach dem Ort, der Hoher Horst genannt wird. Manche kennen ihn auch unter dem Namen Himmelshafen.«

»Hmm, außer dem alten Verrückten werdet ihr dort aber kaum etwas finden. Warum wollt ihr gerade dorthin?«

»Das ist allein unsere Sache.«

»Ganz recht und auch ganz gut so. Zumindest will ich euch sagen, dass ihr auf dem falschen Weg seid. Folgt weiter diesen Bäumen da und ihr werdet morgen umkehren müssen.« Mit diesen Worten klopfte er seine Pfeife aus, stand auf und verschwand in die Dunkelheit, mit nichts weiter als einem Kopfnicken als Abschiedsgruß. Es sah aus, als ob ein schwaches Lachen seinen Weggang begleitete.

»Was war das für ein merkwürdiges Zusammentreffen?«, fragte Alina verblüfft.

»Vergiss, was er sagte. Wir brauchen nicht umkehren. Dieser Weg führt uns zu unserem Ziel und außerdem will ich noch vorher bei jemandem vorbeischauen.« Er blickte in die Dunkelheit hinter Ilo her. Nachdenklich kratzte er sich den von grauen Haaren durchzogen Bart. »Mir ist nicht mehr nach schlafen zumute. Versuch' du es. Ich werde wachen.«

Am nächsten Morgen weckte sie das verspielte Gezirpe der Vögel. Der Klang war so schön, dass er nicht recht in die Ödnis passen wollte.

Der lange Marsch bergauf ging weiter. Sie hatten das Gefühl, im Kreis zu gehen, denn hartnäckig hielten sie sich links. Im Wortsinne stimmte dies auch beinahe, denn topologisch betrachtet befanden sie sich in einem fast perfekten Talkessel und ihr Weg führte sie an dessen Innenseite entlang. Sie konnten nicht mehr allzu weit entfernt sein, denn von ihrer Position aus war die Schneise, die in den Kessel führte, schon fast zu sehen, und direkt oberhalb, an einer der Flanken der Schneise, lag Himmelshafen.

Hier, fast in Sichtweite ihres Ziels, war aber ihrem Marsch ein Ende gesetzt, denn der Weg endete abrupt in einem Steinbruch.

»Das kann nicht sein, verdammt«, fluchte Nathan.

»Was jetzt? Es muss von hier doch einen Weg geben. Von weiter unten konnten wir den Pfad doch schon sehen.«

»Das glaube ich auch, aber das Gelände ist sehr gefährlich hier. Es ist steil und es gibt überall tiefe Schluchten, in die man leicht stürzen kann. Wir könnten umkehren. In der Nähe der Müllhalde verläuft noch ein anderer Weg, der meines Wissens auch nach Himmelshafen führt.«

»Wieder zur Müllhalde zurück? Wir sind gestern fast erwischt worden!«

»Wir könnten die Müllhalde auch umgehen, aber dann müssten wir den steilen Weg die Hochstraße entlang nehmen und durch das Gebiet hindurch, das die Grauen ihr Eigen nennen.«

»Man sagt, sie seien friedlich.«

»Das stimmt schon, aber manchmal auch unberechenbar. Man kann nie sagen, was ihrem Häuptling gerade einfällt.«

Nach kurzem Beratschlagen kamen sie zu der Übereinkunft, dass sie es über die Hochstraße versuchen wollten, denn anders als die Müllsammler war das Grauweihervolk zumindest ein friedliebendes Volk.

Nathan schulterte sein Gepäck, das er zuvor abgestellt hatte, und schritt zielstrebig aus. Alina starrte ihm nach und beobachtete die schwankende Bewegung seines Wanderrucksacks, als er den Steinbruch verließ. Sie fragte sich, was diese Inszenierung sollte. Dieses Ziel hatte er doch offenbar von Anfang an im Sinn. Wahrscheinlich wusste er auch von dem abrupten Ende des Weges.

Hochgewachsene kräftige Bäume standen windgebeugt auf dem Plateau, das deutlich höher an der Kesselflanke lag als die Müllhalde. Die Winter waren hier kälter als in den Siedlungen am Kesselboden, zogen sich länger hin und so blies jetzt immer noch der kalte Atem des Winters, wo überall sonst bereits der Frühling Einzug gehalten hatte. Gelang es dem Frühling aber schließlich dann doch, mit ein wenig Verspätung, das Plateau zu berühren, wurde eine Natur offenbar, die es sonst im Kessel kaum gab. Hier war es grüner, denn das Plateau hatte eine Vielfalt an Tieren und Pflanzen zu bieten. Dicke Forellen schwammen in dem klaren Bach, der kräftig dahinströmte und dabei große Mengen frischen Bergwassers ins Tal beförderte. Auch im Sommer war das Wetter milder. Zwar blies zurzeit der Wind ungewöhnlich stark, war im Regelfall aber kaum mehr als ein schwaches Lüftchen, denn zu gut geschützt lag das Plateau in einer tief eingeschnittenen Aussparung der Berge.

Der Weg hinauf war uneben und steil, aber glücklicherweise nicht lang. Von ihrem Standort, einer felsigen Stelle, schlängelte er sich serpentinenförmig nach oben, um dann den Lohn für den mühsamen Aufstieg bereitzuhalten: Wasser floss in kleinen Rinnsalen und Wasserfällen vorbei und über sie hinweg – an einer Stelle führte eine Brücke unter einem hindurch – und majestätische Bäume trotzen mit erhabener Gleichgültigkeit Wind und Wetter. Eine Rarität im Kessel, in dem es sonst nur knorrige verkrüppelte Bäume gab, die selten eine Höhe von mehr als fünf Meter erreichten.

Staunend standen sie vor einem der großen Bäume, daneben das Ende des Waldwegs, der nun hinter ihnen lag und steil in die Düsternis abfiel.

»Alina, wir werden nicht versuchen, uns heimlich über das Plateau zu schleichen. Erstens glaube ich nicht, dass wir es schaffen könnten, und zweitens sollten wir im Falle einer Entdeckung nicht um unser Leben fürchten müssen.«

»Du warst vor zwei Jahren schon einmal hier. Sie werden dich doch wiedererkennen.«

Nathan lächelte bei der Erinnerung an seinen letzten Besuch. »Ich weiß nicht. Letztes Mal reiste ich mit einer Abordnung aus Menschenhand hierher, um über Handel zu sprechen. Es endete, hmm, nicht sehr gewinnbringend für beide Seiten.«

Als sie der Weg über die letzte Kante führte, lag das Plateau offen vor ihnen. Ein kleiner Vogel schoss über ihren Köpfen hinweg und zirpte herausfordernd, ein schwarzer Fleck vor dem sonnig blauen Himmel.

Alina staunte: »Wie schön es hier ist! Warum wollen die Leute von unten im Kessel nicht alle hier leben?«

»Sie hätten wenig Erfolg bei dem Versuch einer Besiedelung und ihr Streben würde blutig für sie enden. Die Leute hier verstehen es, ihr Eigentum zu verteidigen. Außerdem glaube ich, dass es hier zum Teil nur deswegen so schön ist, weil die Leute in Harmonie mit ihrer Umwelt leben. Schau, dort drüben kannst du es sehen!« Er zeigte den Weg entlang in das Unterholz des Waldes hinein.

Alina musste ihre Augen anstrengen, doch konnte sie nicht erkennen, was ihr Onkel meinte. Er hatte nicht in das Unterholz gezeigt, sondern durch das Unterholz hindurch.

Er fuhr fort: »Sie bauen keine Hütten aus Metall, Stein oder Holz, denn sie wollen sich nicht von der Welt trennen und verstecken, wie wir Städter es gerne machen.«

Alina schmunzelte. Der Gedanke, dass jemand sie, die so abgeschieden lebten, als Städter betrachten könnte, war absurd.

»Ja, für sie sind wir alle, die im Tal leben, Stadtmenschen. Zumindest jeder, der innerhalb von vier Wänden wohnt. Sie leben in einfachen Zelten. Das gibt ihnen das Gefühl, immer noch in der Natur zu sein, auch wenn sie schon im Schutz ihres Heimes sind. Der Wind peitscht an die Plane, das Krächzen der Krähe dringt ungestört ins Innere und der Boden, auf dem sie sitzen und schlafen, ist Erdreich, auf dem nur ein Teppich liegt.«

Sie setzten ihren Weg fort und schon bald kamen die ersten Menschen in ihr Sichtfeld. Misstrauische Frauen, die Babys in ihren Armen trugen, neugierige Kinder, deren Knie vom Spielen aufgeschlagen waren, und Wächter mit Bögen, die sie zwar nicht sehen konnten, von denen Nathan aber wusste, dass sie sie schon eine geraume Zeit aus Verstecken beobachteten.

Sie blieben stehen. Im Sinne alter Traditionen, um zu zeigen, dass man waffenlos kam, hob er die Hände zum Gruß. »Ich bin Nathan Brunner«, rief er. »Ich bin hier, um den Ältesten, den Ersten Grauen, zu begrüßen und ihm Neuigkeiten aus dem Tal zu bringen.«

Alina vertraute ihrem Onkel blind, die Situation machte sie trotzdem sehr nervös.

Ein alter Mann trat aus einer Hütte. Er ging aufrecht, aber sehr langsam, seine gesamte Würde zur Schau tragend. »Sei gegrüßt, Nathan, der Schatzjäger. Wir erinnern uns an dich. Dein Name und Gesicht sind nicht vergessen«, sprach er mit wohlartikulierten Worten. »Bitte kommt und setzt euch an unser Feuer. Der Tag neigt sich bald seinem Ende zu und noch sind die Nächte sehr kalt.«

Als sie dem Häuptling durch das Zeltdorf folgten, flüsterte Alina: »Man kann hier nirgends Alte-Welt-Technologie sehen. Sie verwenden Tonkrüge, um ihr Wasser zu lagern, und füttern ihre Kinder mit Holzlöffeln. Auch eine Schmiede kann ich sehen. Sie verwenden also Metall.«

Sie kamen am Gebirgssee vorbei und verstummten für einen langen Moment. Hohe Kiefern bewachten die Ufer des zentral am Plateau gelegenen Weihers. Keine Wellen störten das flüssige Silber, aus dem die Oberfläche zu bestehen schien; ein natürlicher Spiegel, der die Farbe der umliegenden Felswände auffing und allem, dass sich in seiner Nähe befand, eine grau glänzende Färbung verlieh. Das Gewässer reichte zwar nicht bis in unbekannte Tiefen des Berges, bildete aber doch das Fundament dieses Ortes und seiner Bewohner.

Geduldig wartete der Häuptling etwas abseits und erfreute sich an ihrem Staunen.

Nach einiger Zeit antwortete Nathan seiner Nichte leise: »Ja, du hast recht, für sie ist Technologie böse und sie verwenden sie nicht nur nicht, sondern haben sogar Angst davor, als ob sie sich daran mit einer tödlichen Krankheit anstecken könnten. Was sie mit ihren Händen herstellen können, genügt für ihr Leben. Sie schmelzen Erz und erzeugen einfache Stahlmesser davon, würden aber niemals Messer von den anderen Siedlungen kaufen, denn ihrer Meinung nach stecken böse Geister in ihnen. Es hat etwas mit ihrer Philosophie zu tun. Zum Beispiel danken sie dem Berg und entschuldigen sich bei dem Felsen, aus dem sie Erz mit dem Pickel schlagen.«

Alinas Augen leuchteten. »Interessant, mir wird es hier gefallen.«

»Noch magst du ihre Philosophie interessant finden. Das wird sich aber ändern, wenn du Folgendes hörst. Sie halten Bücher für geistlos, nicht böse, aber tot, und würden niemals eines lesen, selbst wenn sie es könnten.«

Der Glanz in Alinas Augen verschwand und wich einem Funkeln. So tolerant sie auch war, ihre geliebten Bücher nahmen einen Großteil ihres Lebens ein und sie hatte für derartige Ansichten kein Verständnis.

Als sie weitergingen, sahen sie in einiger Entfernung einen Wolf stehen. Er war vorsichtig und kam den Menschen nicht zu nahe, zeigte aber keine Angst. Eine junge Frau, kaum mehr als ein Mädchen, kam aus einem Zelt. Sie hielt die Keule eines geschlachteten Lamms in der Hand. Es war ganz frisch, sodass noch Blut von dem Fleisch tropfte. Die junge Frau blieb in einiger Entfernung vor dem Wolf stehen und legte das Fleisch mit einer Verbeugung vor ihm zu Boden. Sie ging ein paar Schritte zur Seite und wartete darauf, dass sich der Wolf das Fleisch holen kam. Nathan erwartete, dass der Wolf die Lammkeule gleich fressen würde, doch widerstand dieser offensichtlich seinen natürlichen Instinkten, hob die Keule mit seinem Maul auf und trug sie würdevoll in den Wald. Das Mädchen verbeugte sich nochmals und sah dem silberfarbenen Wolf nach.

Der Häuptling, der auch hier stehengeblieben war, um seinen Gästen die Höflichkeit zu gewähren, diese Szene zu beobachten, wartete, bis sich ihre fragenden Gesichter ihm zuwandten. »Ihr fragt euch sicher, warum wir einen wilden Wolf füttern.« Der Häuptling wartete die Antwort nicht ab und fuhr fort: »Dies war keineswegs eine Fütterung, wie es sie in einem Zoo der Alten Welt gab. Ihr saht eine Respektbezeugung. Wie es der Geist der Natur befiehlt, zollen wir der Kraft des Wolfes unseren Tribut, indem wir einen symbolischen Anteil unseres Essens an ihn abgeben. Als Antwort darauf erweist er uns Respekt und wird in unserem Revier keine Schafe reißen. Zumindest, solange er nicht Not leidet, denn dann wird er selbstverständlich diesen Respekt hinter den Drang zu überleben zurückstellen.«

Die Nacht hatte Einzug in das Zeltdorf gehalten. Die Bewohner des Dorfes und ihre Gäste hatten sich im Gemeinschaftszelt versammelt. Nathan war mit dem Häuptling in ein Gespräch vertieft und Alina, sich selbst überlassen, trat aus dem Zelt, um die Frische der kühlen Abendluft zu genießen. Obwohl das Zelt einen Abzug hatte, war die Luft rauchig und schwer zu atmen.

Auch vor dem Zelt war ein großes Feuer entfacht worden. Hier wurde zur Begrüßung der Besucher gerade ein Lamm gebraten und die Luft roch intensiv nach verbranntem Fett. Es zischte laut, als wieder eine große Menge davon ins Feuer tropfte. Eine der Frauen drehte den Spieß, auf dem das Schaf steckte, während andere um das Feuer herum saßen und sich um die Beilagen kümmerten. Etwas abseits saß noch eine Frau, die ihr Haar zu vielen langen Zöpfen gebunden hatte und gerade einen Säugling an ihrer Brust stillte.

Alina setzte sich zu ihr und beobachte sie einige Zeit schweigend. Im tanzenden Schein des Feuers ließen Schatten die Tätowierungen, die ihre gesamte Haut bedeckten, beinahe lebendig wirken. Auch ihre großen Brüste waren vollständig mit Bildern und Symbolen überzogen und so sah es aus, als ob das Baby seinen Mund auf einem Stern hatte, der einen feurigen Schweif besaß.

Als ihr auffiel, dass ihr Starren bemerkt worden war, zuckte sie schuldbewusst zusammen. Die Frau lächelte aber nur, nahm den Säugling von der Brust und hielt ihn Alina hin. Im ersten Moment wusste sie nicht, was sie tun sollte, doch dann nahm sie das Baby mit seinem milchverschmierten Mund entgegen. Sie wusste, dass Säuglinge nach dem Essen aufstoßen mussten und so legte sie sich ihn etwas unbeholfen über die Schulter.

Währenddessen war die tätowierte Frau aufgestanden, ihre vollen Brüste wackelten schwungvoll. Etwas Milch lief noch über ihre Tätowierungen, als sie ihr einfaches Kleid über ihren Oberkörper zog. Sie schlüpfte in Sandalen und eilte, ohne auch nur ein Wort gesagt zu haben, leichtfüßig davon.

Alina klopfte geistesabwesend dem Kind auf den Rücken. Es rülpste laut und sie wunderte sich wieder einmal über die Eigenarten dieser Leute hier.

Der Abschied vom Plateau und dessen Bewohnern war Alina nicht leicht gefallen und wehmütig dachte sie daran, wie gerne sie noch länger bei diesen einfachen Leuten mit ihrer wundervoll bejahenden Lebensart geblieben wäre.

»Ich habe dich gestern Abend gesehen, wie du die ganze Zeit den Säugling im Arm hattest«, begann Nathan am Morgen ein Gespräch.

Sie stiegen gerade einen eine abschüssige Stelle des Weges hinab. Kiesel machten den Pfad rutschig und sie mussten bei jedem Schritt aufpassen, um nicht den Halt zu verlieren.

»Und ich habe beobachtet, wie du im Anschluss an dein Gespräch mit dem Häuptling den Tisch gewechselt hast. Recht lange hast du dich heimlichtuerisch mit einem finster dreinblickenden Typen unterhalten. Ihr habt die Köpfe zusammengesteckt wie zwei Buben, die einen Streich planen«, erwiderte sie.

»Du meinst Fuchs. Ja, er sieht etwas mürrisch aus, ist aber ein netter und meist auch freundlicher Kerl.«

»Kennst du ihn schon lange? Es hat nämlich ganz danach ausgesehen.«

»Von früher. Er ist auch Schatzjäger.«

Der Aufenthalt bei den Plateaubewohnern hatte seiner Nichte sehr gefallen, soviel war Nathan nach ihrem Abschied klar gewesen. Ein etwas längerer Besuch hätte ihr sicher gutgetan. Wahrlich, es gab schlechtere Erfahrungen, als einmal in das Leben dieses bemerkenswerten Volks einzutauchen. Außer dem Bunker und dem Dorf hatte sie in ihren jungen Jahren noch nicht viel gesehen. *Es ist nur natürlich, dass sie besonders nach der Nähe zu einer so gänzlich unterschiedlichen Lebensweise verlangt.* Genau jetzt aber ließ sich eine Verzögerung nicht in Kauf nehmen und unter keinen Umständen würde sie alleine hierbleiben wollen. Sein Verstand war nur auf eine Sache gerichtet: In seinem Kopf spukte immerzu das Bild der Medaille, drehte sich wie an einem dünnen Faden hängend immer im Kreis herum, dazu die in das Gold gravierten feinen Linien, sich verändernde Muster, die fast wie etwas Lebendiges vor seinem geistigen Auge heraufbeschworen wurden. Wie bei einem Wollknäuel versuchte er, die unbekannten Linien im Geiste zu entwirren. Es gelang nicht. Eine ihm unbekannte Technik war dafür notwendig. Doch auch so war sein Geist außerstande von den goldenen Linien abzulassen. – *Eine Falle für den Verstand vielleicht?*

Es ließ ihm keine Ruhe. Tagsüber war er gereizt und nachts war sein Schlaf nicht erholsam. Und obwohl er die Medaille mit sich herumtrug, nahm er sie kein einziges Mal aus der Tasche, um sie im Licht des Tages zu betrachten, sondern drehte sie immer wieder zwischen den geistigen Fingern, nur beleuchtet von dem Licht seines Verstandes.

Auch der Gedanke an den Gegenstand im Koffer, der seinem Verstand noch größere Rätsel aufgab, trug zu seiner Unruhe bei. Zwar lag er sicher in einem Versteck zu Hause im Bunker, doch ließ ihn die unbegründete Befürchtung, jemand könnte ihn entwenden, nicht los. *Irrational. Völlig irrational. Beruhige dich*, ermahnte er sich dann. Bei der Stärke der alten Schlösser, die den Bunker schützten, fiel ihm niemand ein, der imstande wäre, dort einzubrechen.

Alina andererseits traute ihrem Onkel nicht ganz, denn sie vermutete, dass er diesem Fuchs das Artefakt gezeigt hatte. Nachdem sie einige Zeit getuschelt hatten, waren beide aufgestanden und verschwunden. Warum weihte ihr Onkel sie nicht ganz ein. Niemals zuvor waren ihr Zweifel über seine Aufrichtigkeit ihr gegenüber gekommen und nicht ein einziges Mal ihr Vertrauen in ihn erschüttert worden. Warum er sich gerade jetzt so heimlichtuerisch verhielt, blieb ihr ein Rätsel.

So vergingen die Tage und die beiden wanderten an der Innenseite des Kessels entlang, diesmal in etwas höheren Lagen. Viel Freude empfand Alina dabei nicht. So nahe hatte sie sich dem Ziel schon geglaubt und nun marschierten sie genau in die entgegengesetzte Richtung. Tatsächlich war dies aber nur ein subjektives Empfinden, denn aus der Sicht eines Vogels, der in hoher Höhe über den Kessel flog, würde die Gegend nach der Müllhalde tatsächlich nahe ihrem Ziel, Himmelshafen, erscheinen. Für ein erdgebundenes Lebewesen allerdings galt es, noch so manchen Höhenmeter zu überwinden. Da sie an der Innenseite der Berge, die den Kessel vom Umland abgrenzten, entlanggingen, führte sie ihr Weg im Kreis.

Als ihrem Kompass zufolge der Weg von Süden nach Südsüdwest wechselte – gestartet waren sie in Richtung Nordost –, wussten sie, dass ihr Ziel nicht mehr weit sein konnte. Bald darauf hatten sie auch tatsächlich den Ausläufer der Berge erreicht. Von hier aus ging es nicht mehr weiter, denn fast genau im Süden hatte der Kessel eine Schneise, durch die man von außerhalb direkt in das Tal des Kessels gelangen konnte, ohne die Berge überqueren zu müssen.

Schließlich erreichten sie ihr Ziel. Von unten nicht sichtbar stand wie ein Wächter am höchsten Punkt der Taleinfahrt ein Gebäude, dessen Fenster und Terrassen einen hervorragenden Blick über die Gegend ermöglichten, besonders auf jene Wege, die in das Tal hinein beziehungsweise hinaus führten. Der Zweck dieses Gebäudes war ursprünglich jedoch ein gänzlich anderer gewesen. Welcher genau, war nur noch einigen wenigen bekannt, denn kaum jemand verstand heutzutage noch den Sinn der riesigen parabelförmigen Schüssel, die über dem Gebäude angebracht war. Gigantisch ragte sie empor und zeigte kaum Spuren von Beschädigung.

Auch Nathan und Alina wunderten sich über die Eigenartigkeit der Architektur des Gebäudes, vor dem sie nun schwitzend und müde standen. Doch noch bevor sie richtig zu Atem gekommen waren, lenkte sie der Ausblick, den es hinter dem Gebäude zu sehen gab, vollkommen ab.

Nathan erklärte seiner Nichte, was es hier zu sehen gab: »Nachdem man die Pforte, die genau unter uns liegt, verlassen hat, erreicht man dort«, er deutete mit der Hand auf das beginnende Umland, »die weite Steppe. Nichts als hüfthohes Schwertgras das, sobald es dürr ist, das Aussehen von rostigem Stahl bekommt und wie solcher tief in die Haut schneidet. Regnen fällt selten und sobald man die Pforte durchschritten hat, kann man entweder zum Fluss«, er zeigt mit der Hand in die Ferne zu ihrer Rechten, »oder zur Alten Stadt.« Sein Arm schwenkte weit nach links.

»Die Alte Stadt ... hmm ... Wie es dort wohl ist?« Träumerisch schweiften ihre Gedanken zu den Geschichten ihrer Kindheit.

»Stimmt es, dass dort die Skelette von Häusern stehen, die viele Meter in die Höhe ragen?«

»Ja. Und noch höher«, antwortete eine tiefe Stimme hinter ihnen.

Neue Perspektiven

Sie fuhren herum und starrten in das Gesicht von Ilo, ihrem nächtlichen Besucher vor einigen Tagen. Im Schein des Lagerfeuers wirkte es verschlossen, nun hingegen fast freundlich.

»Kommt, ich habe Tee zubereitet. Seid bitte meine Gäste.«

Irgendetwas stimmt nicht.

Als er ihm in das Gebäude folgte, betrachtete Nathan die Gestalt von Ilo genau. Etwas war eigenartig, eine Kleinigkeit, die nicht recht passen wollte.

Ein Bild durchzuckte seinen Geist. Er saß in der Dämmerung in einem schwarzen Moor. Hohes feuchtes Gras bog sich dem Matsch entgegen, als ob es viel zu schwer für seinen schlanken Wuchs sei. Dahinter lag der Eingang einer Höhle und davor stand ein Mann, hell beschienen vom Licht des vollen Mondes. Er war gebeugt, aber doch als riesenhaft zu erkennen. Verstohlen blickte er sich um und schob dann einige Äste beiseite, um kurz danach im Inneren der Höhle zu verschwinden. Was mochte er in der Höhle verstecken? Bevor Nathan dies ergründen konnte, wurde das Bild des Riesen zu Ilo, der wartend in der Eingangshalle seiner Behausung stand und ihn abwartend musterte.

Der *Hohe Horst*, eine Anlage der Alten Welt, die einschüchternd auf die Pforte des Kessels herabsah und doch auch irgendwie dem Himmel entgegengerichtet zu sein schien, vermittelte einen Eindruck von Größe. So wie sie hier stand, ein einsamer Wächter, musste man ihr einen besonderen Zweck unterstellen – auch wenn dieser keinem Kesselbewohner klar war, versuchte sich kaum einer an einer Spekulation.

In der Eingangshalle wartete bereits ein Junge, wahrscheinlich kaum älter als sechzehn Jahre. Er blickte so mürrisch drein, als ob er einem Befehl gehorchen musste, der ihm Unmenschliches abverlangte. Ilo sprach zu ihm wie zu einem Gehilfen, trug ihm auf, Tee im Panoramazimmer zu servieren, und geleitete seine Gäste daraufhin selbst zu dem Raum.

Das untere Stockwerk war kaum möbliert und wirkte dementsprechend unbenutzt; trotzdem, die Spuren einer ehemaligen Arbeitsstätte für Wissenschaftler, Militärs oder wen auch immer waren noch deutlich erkennbar. Zwischen Abteilen, in denen einstmals wohl Bürotische gestanden hatte, lagen Abstellräume, sanitäre Einrichtungen und das verglaste Büro des Chefs. Obwohl genug Platz vorhanden war, wies die Etage überraschenderweise keine Einrichtung auf. Das Wenige, dass aber zu sehen war, erinnerte Nathan an das Aussehen der Einrichtung des alten Imbisses, in den er gestürzt war. War es Wunschdenken, dass er hier an diesem andersartigen Ort, den sein Verstand nicht ganz fassen konnte, Ähnlichkeiten mit dem Imbiss sah, oder beschwor er selbst bekannte Bilder und Eindrücke herauf? Worauf gründete sich eigentlich der Verdacht auf diese Gemeinsamkeit? Er konnte es nicht sagen. Tatsächlich mochten die kahlen geraden Gänge und präzise Aufteilung der Räume, die viele Alte-Welt-Gebäude charakterisierte, der Grund dafür sein.

Im oberen Geschoss befand sich die Wohnung von Ilo. Hier lebte, arbeitete, schlief und aß er. In einem großen Raum, der als Wohnraum eingerichtet war, gab es eine alte Ledercouch, ein großes Bücherregal und durch eine Tür konnten sie in einen weiteren kleineren Raum blicken, in dem ein Bett stand.

An einem runden Tisch in der Mitte eines weiteren großen Raumes, der nicht zu Ilos Wohnung gehörte und nur spärlich eingerichtet war, nahmen sie schließlich Platz. Als ihr Gastgeber wieder sprach, erkannte Nathan, was ihn vorher an Ilo gestört hatte: Die Stimme passte nicht zu der des nächtlichen Gastes, der sich ihnen als Ilo vorgestellt hatte. – Dies war nicht Ilo!

»Ihr seht mich so abschätzend an«, sagte ihr Gastgeber nun. »Liege ich richtig mit der Vermutung, dass ihr Ilo kennengelernt habt und nun versucht, ihn in mir zu erkennen? Seid versichert: Ich bin nicht er.« Er stellte sich als Edmund Nadschläger vor.

Es war sehr hell, da Tageslicht durch ein großes Panoramafenster in den Raum fiel. Zusammen mit dem Licht gab es aber auch einen wunderschönen Ausblick. Einmal bemerkt, konnten Alina und Nathan ihren Blick nicht mehr davon abwenden. Es brachte sie hinaus, weit über die Pforte hinweg, die aus dem Kessel führte, und damit weit weg über das Land, das ihre gesamte subjektive Welt ausmachte. Jenseits der Ebene lag aber eine riesige Welt, ihren Augen aufgrund der Entfernung verborgen. Was es wohl dort draußen alles geben mochte? Keiner der Kesselbewohner wusste es, denn es hatte noch nie eine Funkverbindung zu jemandem von außerhalb gegeben. Viel zu stark waren die Störungen. Störgeräusche überlagerten den Funk, durch die kein noch so starker Sender hindurchkam. *Ich erinnere mich, dass lange gerade Straßen das Land durchzogen, auf riesengroßen Landflächen, die Milliarden von Menschen bevölkerten. Was mag aus ihnen geworden sein? Gibt es sie noch oder sollten nur wir hier im Schutz der Berge überlebt haben?*

Wieder ahnte ihr Gastgeber seine Gedanken. »Von hier oben habe ich eine gute Sicht auf die Länder außerhalb. Ihr könnt mich als eine Art Wächter betrachten, der einsam auf diesem Felsen lebt und genau beobachtet, wer unsere Pfade nimmt. Es gibt Leben dort draußen, aber es ist anders als hier, denn die Menschen haben sich verändert.«

»Was meinen Sie mit *verändert*?«, fragte Alina interessiert.

»Worte können das nicht gut vermitteln. Man muss es selbst sehen. Die Veränderungen sind sehr unterschiedlich. Etwas ist ihnen allen aber gemein: Es ist in ihren Augen oder besser gesagt fehlt es ihnen.«

Bei diesen Worten bekamen die Gäste eine Gänsehaut.

Der Tee kam. Eine Hand hinter dem Rücken schlurfte der Junge in den Raum, die Parodie eines Butlers der Alten Welt, und balancierte ein Tablett mit drei Tassen Tee. Sein Erscheinen unterbrach ihr Gespräch, bis die dampfenden Tassen vor ihnen abgestellt waren.

»Machen diese Veränderungen sie denn gefährlich?«, fragte Alina.

»Wer weiß. Ich habe nie gehört, dass jemand von ihnen verletzt worden sei. Jedoch steckt, wie ich selbst bezeugen kann, eine eigenartige Aggressivität in ihnen.«

Das Gespräch wandte sich anderen Themen zu, weniger schwermütigen, und dank ihres Gastgebers fühlten sie sich zum ersten Mal seit einigen Tagen endlich wieder einmal wohl. Der Tee hatte ein unbekanntes Aroma, schmeckte aber ausgezeichnet und schien ein wenig die Sinne zu stimulieren.

Geräusche, die unterschwellig im Hintergrund zu hören waren, verliehen diesem Ort einen unbekannten Zauber – ungewöhnlich, aber doch beruhigend. Ein tiefes Brummen, das leise durch die Wände zu ihnen drang, ein Piepsen, künstlich zwar, aber fast wie ein in seiner Tölpelhaftigkeit liebenswürdiger Vogel, der erfolglos versucht, die Töne einer Tonleiter zu treffen. Und wie um der Szene das letzte Fünkchen Realität zu rauben, flatterte ein Schmetterling, eine sehr selten gewordene Erscheinung, durch das große offene Fenster in den Raum. Es war nur ein kurzer Besuch, sogleich verschwand er wieder und ließ sie an der Wirklichkeit zweifelnd zurück. Alina und Nathan fragten sich – jeder auf seine eigene Art – ob ihre Wahrnehmung vielleicht durch einen Trick verändert worden sei. Waren sie Opfer eines Taschenspielertricks geworden oder sahen sie vielleicht, hier an diesem abseits gelegenen Ort, die Welt zum ersten Mal, wie sie wirklich war?

»Das Leben ist anders hier oben«, fasste Nathan seine Eindrücke zusammen.

»Ja, die Berge schützen das Tal vor den Schrecken, die außerhalb herrschen. Ich habe die Technik, die mir hier zur Verfügung steht, eingesetzt, um über die Grenzen hinauszugehen, doch sind meine Versuche bis jetzt mit nur geringem Erfolg belohnt worden. Der Kessel ist meine Heimat und in erster Linie kümmere ich mich um ihn.« Während er sprach, benutzte Edmund ausholende Gesten, um jedes seiner Worte zu untermalen. »Ich will euch eine Geschichte über die Menschen von außerhalb erzählen«, sagte er nun mit einer gewissen Feierlichkeit: »Es war an einem herbstlichen Morgen, an dem die Luft feucht von Tau und kühl war, die Sonne aber noch soviel Kraft besaß, um auf der Haut eine wohlige Wärme zu erzeugen. Ich streifte durch den Wald, den ihr dort knapp außerhalb des Kessels erkennen könnt. Anders als die Bäume hier, sind die Bäume dort von hohem Wuchs, aber dunkel und knorrig. Ich war auf Patrouille, ging meine Wegmarken ab und sah nach meinen, hmm ... Schützlingen. Als ich zu dem Platz kam, an dem einer bereits auf mich wartete, stockte mir im ersten Moment der Atem. Ich wusste nicht, wie ich reagieren sollte. Etwas, dass mehr wie ein großer Affe, denn wie ein Mensch aussah, war in der Nähe einer meiner Wegmarken. Ich stand still, zu überrascht, um einen klaren Gedanken zu fassen, geschweige denn einen Plan zu entwerfen. Der Halbmensch musste mich aber gehört oder möglicherweise gewittert haben, denn er schnüffelte und drehte sich zu mir um. Bevor ich reagieren konnte, rannte er schon wild dreinblickend direkt auf mich zu, wich aber im letzten Augenblick aus und verschwand ins Unterholz. Lange betrachtete ich die Stelle, an der er verschwunden war, aus Angst er könne zurückkehren. Ich stellte mir sein Bild noch einmal vor, ließ es vor meinem geistigen Auge wieder entstehen. Die Projektion meines Geistes ließ mich schaudern: groß, zottelig und düster, und Augen wie Eis, die nichts Menschliches mehr aufwiesen.«

Sie plauderten über den Kessel und darüber, wie das Leben für die Talbewohner war. Bald schon konnte sich Nathan aber nicht mehr zurückhalten. Auch Alina, die die meiste Zeit schweigend an seiner Seite saß und dabei immer wieder bewundernde Blicke aus dem Fenster warf, stieß ihn nun auffordernd mit dem Ellbogen an. Die Medaille hatte sie hierher gebracht und musste nun Edmund gezeigt werden. Ihre Zweifel, ob man diesem eigenartigen Mann, der ganz alleine hier oben wohnte und möglicherweise nachts durch die Wälder zog, um Reisende zu erschrecken, oder einen merkwürdigen Zwillingsbruder hatte, der dies für ihn übernahm, trauen konnte, würden auch in weiteren Stunden oder gar Tagen nicht ganz verschwinden. Es war deshalb nur logisch, an diesem Ort, der das Ziel ihrer Reise darstellte, nun ihren Fund zu präsentieren.

Edmund beobachtete seinen Gast aufmerksam, als dieser ein Baumwollfetzen aus der Tasche hervorholte. Mit staubigen Fingern schlug der Schatzjäger vorsichtig das Tuch auf. Als ein Sonnenstrahl auf den Gegenstand fiel, der darin eingewickelt war, blitze es kurz auf. Golden schimmerten die Reflexionen an der Decke. Als Nathan die Medaille langsam zwischen den Fingern drehte und der Winkel passte, hoben die feinen Gravuren sich erkennbar von der Oberfläche der Scheibe ab. Auf der Rückseite konnte Edmund eine kleine Inschrift erkennen. Er starrte gespannt abwechselnd auf die Medaille und auf Nathan, der diese auf eine Art in den Händen hielt, die deutlich machte, dass es sie als seinen wertvollen Besitz betrachtete.

»Die Inschrift hat uns hierher zu Ihnen gebracht«, sagte Nathan. »Wissen Sie, was dies bedeutet? Es scheint mir, wenn ich den Grund dafür auch nicht benennen kann, überaus wichtig zu sein.«

Edmund starrte auf die Scheibe und presste die Handflächen aneinander. »Nein, so etwas habe ich noch nie gesehen. Bitte, darf ich sie mir genauer ansehen?« Er streckte die Hand aus.

»Zum Aktivieren ist es zu schwach«, murmelte er, als er das Objekt zwischen den Fingern drehte.

Nathan hatte es gehört. *Aktivieren? Für was ist es nicht stark genug?*, fragte er sich. Ein Widerwille, den sich Nathan nicht erklären konnte, bemächtigte sich seiner. Nur zögerlich hatte er die Scheibe aus der Hand gegeben. Die Art, mit der Edmund über ihre goldene Oberfläche strich, strafte die Worte über dessen Unkenntnis lügen. Zu vertraut schien sie ihm und fast liebevoll glitten seine Finger darüber, als wolle er sich der Existenz von etwas versichern, dass er seit langer Zeit verloren geglaubt hatte.

»Ein interessantes Schmuckstück habt ihr da«, sagte ihr Gastgeber nach einer Weile. »Ihr vermutet wahrscheinlich eine Karte in den Linien. Auch die Schrift ist sehr sonderbar. Hier stehen die Worte *Stützpunkt dreiundzwanzig P Punkt und A-C-H Punkt am Hoher Fels*. Mehr als das kann ich aber auch nicht dazu sagen.«

Zögerlich gab er die Scheibe an Nathan zurück, der sie sofort, nachdem er flüchtig die Inschrift betrachtet hatte, die ihr Gastgeber ihnen gerade vorgelesen hatte, wieder einwickelte und in seiner Weste verstaute. »Ja, diese Linien brachten uns hierher. Die Inschrift, die Sie uns vorgelesen haben, konnten wir aber nicht erkennen, geschweige denn entziffern. Haben Sie eine Vermutung, was diese Scheibe mit diesem Ort, an dem Sie hier leben, zu tun haben könnte?« *Und ich hoffe, du bist ehrlich mit uns, denn alleine, dass du diese Schrift lesen kannst, zeigt mir, dass du wahrscheinlich einiges darüber zu sagen weißt.*

Edmunds Blick wurde abwesend. Er mochte sich nochmals die Linien vor seinem geistigen Auge vorzeichnen, um über das Muster, das sie bildeten, nachzudenken oder sich vielleicht – was Nathan eher vermutete – eine gute Lüge zurechtlegen. Ein Gedanke zuckte ungewollt durch Nathans Bewusstsein. *Wir müssen die nächsten Tage sehr vorsichtig sein.* Er hatte die Gier in Edmunds Augen sehr wohl wahrgenommen.

Dieser sagte: »Ich lebe erst seit einigen Jahren hier und bin mir über den Zweck dieser Einrichtung der Alten Welt nicht ganz sicher. Vielleicht war das hier eine militärische Anlage. Ich bezweifle das zwar, es ist aber immerhin im Bereich des Möglichen. Wenn das der Fall war, dann lassen sich bezüglich ihrer Verwendung keine Spuren mehr finden. Meine selbstauferlegte Aufgabe ist es, die Pforte zu beschützen.«

Alinas Interesse war geweckt worden. »Warum denken Sie, dass dies keine militärische Anlage war?«

Diesmal kam die Antwort blitzartig: »Spuren davon müssten doch überall zu finden sein. Dies war ein Labor oder etwas Ähnliches, da bin ich mir sicher. Es gibt viele Schriften von früher und keine sieht militärisch für mich aus. Auch jene nicht, die ich nicht zu lesen vermag.«

Dies war quasi eine unausgesprochene Einladung, jene Schriften anzusprechen, die ihr offenbar gebildeter Gastgeber nicht lesen konnte. Sie ließen es jedoch bleiben.

»Es gibt sicher eine interessante Geschichte darüber, wie ihr die Scheibe gefunden habt. Gab es an jenem Ort eigentlich noch mehr? Das würde vielleicht etwas Licht in die Sache bringen«, fragte Edmund, scheinbar ohne besonderes Interesse, ganz so, als ob lediglich Höflichkeit hinter seiner Frage stehen würde.

Nathan blinzelte. Die Stimme seines Gastgebers hatte etwas Ungewöhnliches an sich. Sie schien Nathan aus dem Schlaf zu wecken. *Schlaf? Aber ich bin gar nicht müde.* Nach einem kurzen Moment des Zögerns antwortete er: »Nein, dort gab es nur eine Leiche und Schutt.« *Eine Lüge, ja, aber notwendig, denn dir traue ich nicht über den Weg.*

»Dies ist ein besonders schöner Frühlingsabend. Der Wind ist zwar kalt hier, aber dafür scheint die untergehende Sonne umso schöner über die Gipfel der Berge. Sie sind so nahe hier oben«, sagte Alina verträumt.

Edmund Nadschläger hatte sie eingeladen, hierzubleiben. Auch wenn er angemerkt hatte, dass sein Wissen begrenzt sei und er ihnen bei der Erforschung der Medaille nicht weiter behilflich sein könne, willigte er ein, seinen Gästen einige Gerätschaften aus der Alten Welt zugänglich zu machen die, so behauptete er, ihnen möglicherweise dabei helfen könnten, einen Hinweis zu finden, der Herkunft und Zweck der Medaille erhellen konnte.

Ein Zimmer für die Nacht war für sie vorbereitet worden. Es war sauber, besaß aber sonst kaum Einrichtung und wirkte deshalb nicht besonders einladend. Vor dem Zimmer befand sich eine langläufige Terrasse, die sich durch eine schmale Tür erreichen ließ. Dort standen die beiden nun und beobachteten den Untergang der orangeroten Sonne.

Verzaubert vom Anblick des grünen Meeres, das sich unter ihnen bis zur Pforte des Kessels hinzog, entging ihnen im ersten Moment die schemenhafte Gestalt, die durch das Unterholz huschte. Erst ein ungewöhnliches Zischen ließ sie darauf aufmerksam werden.

»Was ist das? Gibt es außer unserem Gastgeber und seinem Diener noch jemanden, der an diesem Ort lebt?«, fragte Alina.

»Schau genau hin, das ist unser Gastgeber. Nur gebeugter. Er sieht irgendwie . . . Ilo!«

Alina musste zustimmen. Es konnte sich bei der Gestalt, die sich dort drei Meter weiter unten durch die Büsche schlug, nur um Ilo handeln. Er war direkt auf das Gebäude zugelaufen und kurz bevor er den Wald hätte verlassen müssen zur Seite abgebogen. Nun lief er weiter am Waldrand entlang.

»Sieht sehr gehetzt aus, der Arme«, sagte sie besorgt.

»Etwas geht hier vor. Ein Geheimnis umgibt diesen Ort. Ilo und Edmund sehen wie eineiige Zwillinge aus. Sie unterscheiden sich nur durch ihr Gebaren, dem Ausdruck in den Augen und durch ihre Stimmen. Sind es Brüder, die gemeinsam hier leben?«

Sie beobachteten, wie die Gestalt von Ilo im dichter werdenden Wald verschwand. *Warum war er so nahe an das Gebäude herangekommen, nur um dann an ihm entlangzulaufen? Gerade in Sichtweite, sodass wir ihn beobachten konnten? War das ein Schauspiel, das für uns aufgeführt worden war?*

Nathan wurde von Alinas Hand an seiner Schulter auf etwas anderes aufmerksam gemacht, das sich durch den Wald bewegte – offenbar auf Ilos Spuren. *Möglicherweise ein Verfolger, der Ilo jagt?* Er konnte dessen Gestalt nicht mehr erkennen. Doch als die letzten Strahlen der untergehenden Sonne auf den Wald fielen, war es ihm, als ob ein metallisches Schimmern von dem Verfolger ausgehen würde. *Was für ein geisterhafter Wächter! Versucht er, Ilo von hier fernzuhalten? Vielleicht sogar von uns fernzuhalten?*

»Mir macht dieser Ort Angst, Onkel. Kennst du seine Bedeutung? Ich meine früher. Welchen Zweck hatte dieses Gebäudes zu erfüllen?«

»Ich kann mich an solche Schüsseln erinnern. Wir haben damit das Fernsehen empfangen. Natürlich war unsere Schüssel nicht zwanzig Meter im Durchmesser wie diese hier. Du weißt, meine Erinnerung an die alte Zeit ist ein wenig vernebelt. Ich glaube, sie haben mit den großen versucht, Nachrichten von Lebewesen von dort draußen zu empfangen ...« Er zeigte mit dem Finger auf den immer dunkler werdenden Himmel. »Außerirdische nannte man sie.«

»Komische Menschen müssen das damals gewesen sein, Spinner.« Sie schüttelte den Kopf.

»Vielleicht waren sie das, denn wie hätten sie es sonst so weit kommen lassen können? Eine Welt wie diese durch Gier und den

Verlust jeglicher Demut zuerst an den Rand des Abgrunds zu führen und dann …« Er besann sich und versuchte seine Gedanken nicht zu schwermütig werden zu lassen, indem er die Richtung ihres Gesprächs leicht veränderte. »Da wir schon komische Menschen erwähnen: Dieser Edmund verursacht mir Unbehagen.«

»Und ganz offenbar verbirgt er etwas vor uns, eine Menge sogar, möchte ich wetten. Er sagt, er kenne den Zweck nicht, den diese Einrichtung früher hatte, pah! Ich glaube, er war in der Alten Welt schon hier, denn er passt so gut hierher, dass man meinen könnte, dieses Gebäude sei um ihn herum erbaut worden.«

Der Klang ihrer Stimme hatte etwas Sprechgesangartiges, als ob sie in Trance wäre und über Erinnerungen spräche. Der Eindruck verflog zwar rasch wieder, aber Nathan musste ihr recht geben, und mehr noch, er vermutete, dass diese Anlage hier immer noch eine Bedeutung, irgendeine wichtige Aufgabe zu erfüllen hatte.

»Ob er nicht auch etwas von dem Gegenstand vermutet, den wir zusammen mit der Scheibe gefunden haben? Seine Frage, ob etwas zusammen mit der Medaille gefunden worden war … Er hat etwas erwartet«, sagte Nathan leise. In Gedanken mahnte er sich aber, nicht zu paranoid zu werden.

Alina gähnte.

»Wir sollten zu Bett gehen«, meinte Nathan. »Diese ganze Grübelei bringt uns auch nicht weiter. Kuschel dich aber nicht zu fest in deine alte Wolldecke. Die Strohmatratzen auf unseren Betten sehen wohlig aus und sollen uns zu tiefem Schlaf verführen. Besser wir bleiben wachsam. Etwas hier führt dazu, dass sich die Haare auf meiner Haut sträuben.«

»Ach ja, da fällt mir noch etwas ein, eine Frage, die mich schon den ganzen Tag beschäftigt. Du kennst den Kessel wie kaum ein anderer, bist an allen Orten gewesen. Wie kommt es, dass du Edmund nicht kennst?«

»Wenn du das so sagst, klingt es schon etwas merkwürdig und außerdem bilde ich mir auch ein, dass ich vor einigen Jahren den Eremiten von Himmelshafen getroffen habe. Es ist allerdings keine klare Erinnerung und jetzt kommt mir auch nichts bekannt vor.«

Schläfrigkeit übermannte die beiden. Weitere Gespräche mussten bis zum Morgen warten.

***

Dr. Edmund Nadschläger, ehemaliger Astronom und Leiter des Observatoriums *Himmelshafen*, kletterte die Leiter hinauf, die ins Innere der Parabolantenne führte. Er hatte eine Fehlermeldung von seinem Computer erhalten und musste nun den Empfänger kontrollieren.

In Gedanken zählte er die Sprossen mit, fast wie ein Kind der alten Zeit, das in einem Zug den Drang verspürte, synchron mit der Sprechanlage die Stationen anzusagen. Bei der fünfundsiebzigsten Sprosse fand er eine korrodierte Stelle. Er nahm sein Werkzeug, zwickte an Drahtstücken herum, isolierte sie neu und begutachtete sein Werk zufrieden. Nun würde das Gerät wieder senden und empfangen können.

Er war etwas in Verzug geraten. Die anderen Stationen warteten schon auf seine Sendung und er war auch schon sehr gespannt, was es Neues gab. Der Große Plan musste vorangetrieben werden. Jahrzehnte lief das Projekt nun schon und seine Vollendung stand kurz bevor – zumindest seiner Meinung nach. Langsam stieg er wieder die Leiter hinab. Kurz dachte er daran, dass eine falsche Dosierung des Betäubungsmittels den Tod seiner Gäste hätte nach sich ziehen können, aber das war letztlich nicht so wichtig. Nathan ging ihm sogar in gewisser Weise auf die Nerven, denn er tauchte immer wieder auf und entwickelte sich zur Plage. Ein kleiner Unfall wäre also gar nicht mal so unwillkommen. Andererseits ...

Er beeilte sich und klettere noch energischer. Der Wind blies kräftig und ließ die Haare des Wissenschaftlers dabei tanzen.

Wandel und Irrungen

Am Morgen ging die Sonne über dem Kessel genauso schön auf, wie sie für Alina und Nathan am Abend zuvor untergegangen war. Als die ersten Strahlen die Gipfel des Kessels überwanden, lag das Tal immer noch in Dunkelheit gehüllt und nur die Zacken des westlichen Gebirgskamms leuchteten orangerot wie die Spitzen glühenden Eisens. Zuerst weckten ihre Strahlen Tiere und Blumen beim Observatorium und am Westhang des Kessels, erst recht spät kam die Siedlung am Grauweiher an die Reihe, deren Plateau auf der Innenseite des östlichen Gebirgszugs des Kessels lag.

Der Tau tropfte von den Grashalmen und den Blättern der Pflanzen. Erste Insekten erwachten aus ihrer Starre und begannen gemeinsam mit der Wärme der morgendlichen Sonnenstrahlen ihr tägliches Geschäft.

In Menschenhand drehte sich Wuddler, der Torhüter und Büttel der Siedlung, auf die andere Seite, weg von den ersten Strahlen der aufgehenden Sonne, die durch das Fenster fielen. Sein Arm legte sich über den warmen Körper seine Frau. Mit einem kurzen Brummen, in dem ihre ganze Unwilligkeit zum Ausdruck kam, drehte auch sie sich zur Seite, um jedweder Störung ihres Schlafes zu entkommen. Instinktiv reagierte Wuddler darauf und zog sie noch fester an sich. Die Schwäche, die Männer an so manchem Morgen zu plagen pflegte, bekam Rosa dabei zu spüren und entlockte ihr ein Lächeln. Sie gab nach und genoss das Gefühl seiner Berührung.

In der Müllhalde ächzte das Bett, als die massige Vorarbeiterin ihren Bauch und ihre schweren Oberschenkel über den Rand ihres Bettes schob. Sie hatte schlecht geschlafen. Ein Traum, in dem sie von jemandem beobachtet worden war, hatte sie aufgewühlt. Ein Untermaulwurf war nicht erschienen, sein Arbeitsplatz verweist. Er heckte etwas aus, einen absurden Fluchtplan wahrscheinlich. Der

Traum beschäftigte ihren Geist noch lange nach dem Aufwachen. Sie furzte laut. Ihre Verdauung machte ihr in den letzten Tagen sehr zu schaffen. Sie hatte Verstopfung und der Gestank ihrer Fürze war so stark, dass sie selbst kurz das Gesicht verziehen musste. Bevor sie sich aufmachte, um ihr Glück in der Latrine zu suchen, nahm sie ihre Peitsche vom Hacken an der Wand. Heute musste jemand leiden. Sie freute sich schon auf den ersten kleinen Fehler, den einer ihrer Arbeiter machen würde. Beim Gedanken daran liebkosten ihre Finger das Leder der Peitsche.

Weit oben auf dem letzten bewohnten Hochplateau saß ein kleines Mädchen am erloschenen Feuer des Vortages. Sie hatte nicht schlafen können, denn das Heulen eines Wolfes hatte ihr Angst gemacht und sie war unter die Decken ihrer Mutter geflohen. Doch da diese nur ein Lachen für ihre Ängste übrig gehabt hatte, war auch hier, in der Zuflucht ihrer Mutter, keine Erlösung von den Schrecken zu finden. Das Mädchen war immer noch ängstlich, aber nun auch verärgert über den Spot. Wenn sie schon von einem Wolf gefressen werden sollte, dann sicher nicht ängstlich unter dem Bett verkrochen. Es war nun einige Stunden her, dass sie sich angezogen hatte und hinausgeschritten war. Neben der alten Eiche nahe der Feuerstelle sitzend, beobachtete sie, wie der Himmel von Schwarz zu Grau wechselte. Der Wolf war noch da, auch er hatte auf den Morgen gewartet und diesen auf seine Art begrüßt. Die vielen Geräusche, die der Wald machte, die besonders dann den Verstand verhöhnten, wenn man bereits verängstigt war, hatten das Mädchen während ihrer Wache begleitet. Nun im Morgengrauen jedoch, als das Licht eines neuen Tages die Schatten des alten vertrieb, lösten sich auch alle Schrecken der Nacht auf. Wo vorher Geister im Zwielicht getanzt hatten, begann nun das Treiben der Natur und das Mädchen konnte endlich wieder lächeln.

Der fleckige Hund stand breitbeinig über dem Loch, durch das man den Imbiss der Alten Welt sehen konnte. Er schabte mit seinen Pfoten am Rand, sodass einige Steinchen hinabrieselten. Kühle Luft wehte ihm aus dem Loch entgegen, worauf er winselnd zurückwich. Plötzlich zuckten seine Ohren, als ob sie etwas wahrnahmen, das für andere unhörbar war. Ein Geräusch, das nur der Hund hören konnte. Er winselte nochmals, diesmal lauter, machte einen Satz rückwärts und verschwand zwischen den hohen Grasbüscheln. Der Wind, eine Brise im Zwielicht des beginnenden Tages, trug eine kalte Präsenz mit sich.

Erholt und mit einem Lächeln begrüßte Alina den neuen Tag. Bevor sie ihren Augen gestattete, das Licht der Morgensonne aufzunehmen, genoss sie die Wärme auf ihren Wangen. Ihre Gesichtszüge verzerrten sich sofort, als sie die Härte des Bodens unter sich spürte.

Kein Wunder, dass düstere Träume ihren Schlaf beeinträchtigt hatten, dachte sie, denn sie lag nicht mehr auf der angenehmen Matratze in ihrem Bett in der mysteriösen Anlage des noch mysteriöseren Edmunds. Eine Stimme drang sanft an ihre Ohren, angenehm und leise, aber Aufmerksamkeit heischend, sodass sie unwillkürlich ihren Kopf in die Richtung, aus der die Stimme kam, drehen musste.

»Wach' auf, mein Täubchen, und verlasse dein Nest.« Ilo schritt irgendwo außerhalb ihrer Sicht durch das Unterholz. Das Moos unter seinen Füßen verursachte schmatzende Geräusche wie beim Ausdrücken eines nassen Schwamms.

Mühsam erhob sie sich, denn ihre Gelenke schmerzten von den kalten Steinen, die ihr als Bett gedient hatten. Sie fragte sich, wie es wohl möglich gewesen war, dass jemand sie hierher hatte bringen können, ohne sie dabei aufzuwecken. Ein Traum? Nein, denn so fühlte es sich nicht an. Andererseits war es denkbar, dass vielleicht ihr Besuch in Himmelshafen nur ein Traum gewesen war.

Sie tat, was alle verunsicherten Menschen taten und was in ihrer Situation auch das Naheliegendste war. Sie fragte: »Was ist mit mir geschehen?«

Ilo antwortete: »Von mir kannst du keine Antworten erwarten, denn ich bin nicht hier, verstehst du?«

»Nein, ganz und gar nicht. Spielen Sie keine Spiele mit mir. Wo ist mein Onkel?«

Der Alte entfernte sich langsam. Schwächer werdend hallte seine Stimme leise an ihr Ohr: »Geh von hier nach Osten. Dort ist ein geschützter Ort. An ihm – im Schatten von Fels und Kiefer – wirst du mehr erfahren. Sei vorsichtig, denn der Wald an diesem Ort ist gefährlich ...«

Er war verschwunden. Alina tastete nach ihrem Rucksack, der vollständig gepackt neben ihr lag. Obwohl sehr verwirrt, tat sie, wie geheißen, erhob sich und schlug die angegebene Richtung ein.

Die Wahrnehmung war verzerrt an diesem Ort. Wie durch milchiges Glas betrachtet waren alle Formen verwaschen, der Wirklichkeit entrückt. Vorsichtig setzte Alina einen Fuß vor den anderen, immer mit der Erwartung, dass jedes Aufsetzen auf dem Boden zu einer Explosion oder etwas Ähnlichem führen würde. Etwas knackte, zerbrach lautstark in der unheimlichen Ruhe des Waldes. Sie erschrak heftig und musste für einige Augenblicke stehenbleiben, um sich wieder zu sammeln.

Ich werde Wochen brauchen, wenn es mit diesem Tempo weiter geht.

Vor ihr flimmerte die Luft. Aus einiger Entfernung betrachtet konnte es sich um einen Schwarm Mücken handeln, doch sie bezweifelte das. Sie hatte bis jetzt keine Spuren von Leben entdecken können.

Hier riecht es nach Tod.

Überraschend viele Bäume standen wie Wächter in Reih und Glied und stützen diesen Ort wie die Säulen eines Bauwerks. Sie hatten etwas Eigentümliches an sich.

Ich hab's! Ein Gefühl der Erregung schoss durch ihren Geist. *Die Zeit steht hier still!*

Ein Knistern unter ihren Stiefeln verriet ihr, dass sie besser auf den Weg geachtet hätte, denn nun war es zu spät. Ein Stiefel steckte bis über den Absatz in einer blauen Flüssigkeit, die kein Wasser war. Kälte breitete sich von ihren Zehen über den Knöchel, den Schenkel, die Hüften immer weiter in ihrem Körper aus. Verzweifelt versuchte sie, den Fuß freizubekommen. Sie zog heftig, doch es gelang ihr nicht. Die Kälte lähmte sie und sie konnte auch spüren, wie ihr Bewusstsein davon betroffen wurde. Ihre Augen wurden schwer.

Konzentriere dich.

Zu ihrer Rechten hing ein blattloser Ast noch knapp innerhalb der Reichweite ihrer Hände. Sie zwang ihre Schultern, die Arme zu heben, umfasste den Ast mit beiden Händen und zog ihn kräftig nach unten. Er brach. Wie einen Hebel steckte sie ihn unter ihre Fußsohle und legte ihr ganzes Gewicht darauf. Mit dem Geräusch von schnalzendem Saugen kam ihr Stiefel frei und sie fiel, das Gleichgewicht verlierend, nach hinten.

Jedes Gefühl war aus ihrem Fuß gewichen und das Bild eines leblosen, schwarz verfärbten Stummels anstelle ihres Fußes brachte sie der Panik nahe. Sie riss an den Schnallen des Stiefels und versuchte krampfhaft, die Lederriemen zu lösen, um so schnell es nur ging ihren Fuß zu untersuchen. Als der Stiefel endlich ab war, kam das Leben in ihre Extremität zurück. Instinktiv riss sie sich auch den Socken herunter und wackelte erleichtert mit ihren Zehen, um sich endgültig Gewissheit zu verschaffen. *Immer müssen wir es mit den eigenen Augen sehen, bevor wir es glauben. Sehen ist der Sinn, mit dem wir unsere Wirklichkeit erschaffen.*

Heilfroh, der Falle entgangen zu sein, rieb sie noch etwas Wärme in ihren Fuß und begann sorgfältig, die blaue Flüssigkeit von den Stiefeln zu kratzen.

Langsam aber ereignislos erreichte sie schließlich ihr Ziel.

So wie Ilo es angedeutet hatte, befand sich im Schatten von Felsen und Kiefern etwas, das möglicherweise Bedeutung haben mochte. Hinter einer rostigen Gusseisenplatte – sie hatte diese erst von dicken Zweigen und altem Laub befreien müssen – lag der Eingang zu einer Höhle verborgen. Das Innere war finster und anders, als man es an diesem Ort hätte erwarten können, war die Luft trocken. Kein Schimmel, überhaupt keine Form von Verunreinigung war im Schein von Alinas Lampe erkennbar. Es handelte sich um einem kleinen Raum, der früher vielleicht als Lager verwendet worden war. Die herumstehenden alten Kisten waren jetzt aber leer und etwas enttäuscht ließ Alina den Deckel der zuletzt untersuchten zufallen. Wahrscheinlich standen sie schon lange leer, vor Jahrzehnten geplündert und von allem Interessanten befreit. Leider gab es dadurch aber auch keinen Hinweis auf den ehemaligen Zweck dieses Raums.

Ein kleiner Raum, in den Fels gehauen und gemauert, mitten im Wald, muss mehr als nur ein Lagerschuppen gewesen sein.

Verzweifelt starrte sie so intensiv in alle Ecken, dass ihre Augen zu brennen begannen.

Wozu dient dies alles und was spielt Ilo für eine Rolle dabei? Etwas stimmt hier ganz und gar nicht. Nicht nur hier – im ganzen Kessel ist etwas nicht in Ordnung.

Sie trat wieder nach draußen, betrachtete den Wald und das Spiel von Licht und Schatten zwischen den Zweigen und auf dem Boden. Die Bäume vermittelten Beständigkeit und dienten ihrem Bewusstsein als Anker.

Zu Hause im Bunker fühlt sich alles noch relativ normal an, aber jetzt habe ich das Gefühl, dass die Wirklichkeit, die ich wahrnehme, unecht ist. Ist Nathan dem immer ausgesetzt, wenn er sich bei seinen Suchen an die abgelegenen Orte begibt? Was für einen Blödsinn denke ich da. Die Wirklichkeit ist wirklich. Nur, was ist die Wirklichkeit? Sicher nicht das, was ich hier wahrnehme.

Wie auf Befehl erschienen leuchtend rote Tentakel, die aus der Luft über ihr kamen und sich direkt auf sie zubewegten. Sie presste die Augen zusammen und sagte sich »Das ist nicht wirklich« immer wieder wie ein Mantra vor. Sie öffnete die Augen und die Tentakel waren verschwunden. Halluzinationen, Nachwehen ihres ungesunden Schlafes letzte Nacht.

Oder war da noch mehr?

Flüchtig tauchte das Bild von Porzellan auf, wurde zu einer Tasse mit schwarzem Tee. Ohne darüber nachgedacht zu haben, verschwand es wieder. Nur ein bitterer Geschmack lag auf ihrer Zunge – und ein Nachhall von Ekel.

Hier scheint das, was ich als wahr empfinde, unwirklich. Zweidimensionale Bilder, die die drei Dimensionen des Raumes aufbauen. Oder ist es vielleicht ein Problem, dass etwas mit der vierten Di-

mension nicht stimmt? Wie öfters verursachte tieferes Nachdenken Alina bald starke Kopfschmerzen.

Sie betrat den Raum wieder und setzte sich hin, um ihrem Kopf ein wenig Ruhe zu gönnen. Dabei bemerkte sie, dass an der Wand hinter ihr etwas ungewöhnlich war. Obwohl die Oberfläche glatt und ebenmäßig aussah, stand an einer Stelle eine Platte unscheinbar ein wenig hervor. Sie hatte dieselbe Farbe wie die Wand und ungefähr die Größe eines Handtellers. Alina spreizte die Finger, platzierte sie darauf und erschrak heftig, als eine unbekannte Mechanik mit einem lauten Knirschen ansprang. An der Decke war eine Öffnung entstanden, die vorher durch eine andere getarnte Platte verdeckt wurde. Nun geöffnet, sah Alina in einen langen dunklen Schacht, der scheinbar endlos nach oben führte. Eine metallische Leiter glitt automatisch herab und blieb – als wäre es eine Aufforderung, den Schacht zu erkunden – mit sanftem Ruck genau vor Alina stehen.

Zaghaft berührten ihre Fingerspitzen die Sprossen. Roststückchen bröselte von dem Metall ab. Auch wenn die Leiter noch verwendbar war, wirkte sie doch schon recht mitgenommen. Jetzt, wo sie darauf aufmerksam wurde, fiel Alina auch auf, dass der Rest der Einrichtung recht alt wirkte. Das war eigenartig, denn die meisten Dinge der Alten Welt schienen bedeutend besser erhalten und das, auch wenn sie nicht von Wind und Wetter geschützt, wie der Inhalt dieses Raumes, waren.

Kopfschüttelnd stoppte sie ihr Grübeln. *Sonst sprengt das Hämmern in meinem Kopf noch meinen Schädel.*

Die Finger umfassten eine staubige Sprosse nach der anderen. Sie schaute nach unten: Finsternis. Mit jedem Handgriff zog sie sich weiter dem Licht entgegen, den Schacht oder Kamin hinauf. – Schweiß brach ihr aus. *Kamin?* Unten mochte gerade das Feuer angeheizt werden. Die heißen Abgase würden durch den Sog des Schachtes ins Freie geblasen, jeder Fremdkörper dabei verbrannt und mitgerissen.

Sie schüttelte heftig den Kopf. Es gab unten kein Feuer. *Und dies ist gar kein Kamin*, ermahnte sie sich.

Sie sah wieder nach unten in die Finsternis. Ihr Fuß trat auf die nächste Sprosse, sie zog sich weiter hinauf. Das Ende war noch nicht in Sicht. *Wie lange werde ich noch in dieser Enge nach oben klettern müssen? Und was ist, wenn es dort oben nichts gibt?*

Mit einem kräftigen Stoß wurde die Luke geöffnet und Alina sog staubige Luft in ihre Lungen.

Ich kann mich nicht erinnern in dem Schacht geatmet zu haben.

Es war ein kleiner Raum, hell und mit vielen Fenstern. Sie löste sich von dem bedrückenden Gefühl der Beklemmung, legte es ab wie eine zu warme Winterjacke.

Die Fenster des Raums gaben einen wundervollen Blick auf den Kessel preis. Der Raum war in die Felswand gebaut, die hinter ihr senkrecht nach oben führte. Es war eine Kuppel aus Metallrahmen, Fensterglas und einer Luke, die auf das Dach hinauf führte. Von dort konnte ein Bergsteiger die Felswand leicht erklimmen. Alina hatte dies aber nicht vor. Sie war viel mehr an der Technik interessiert.

Sie wusste nicht, ob die ganzen Lichter erst mit dem Öffnen der Luke zum Leben erwacht waren oder ob sie schon über viele Jahre hinweg ihren Dienst taten. Die Schrift auf den Steuergeräten ließ sich nicht lesen, denn es handelte sich um eine Schrift, die nur in der Alten Welt Verwendung fand. Von einem Schalter vermutete sie aber, dass er der Hauptschalter sein könnte. Sie legte ihn um und mit einem Mal erwachte alles endgültig zum Leben. Nacheinander flackerten die nicht zerbrochenen Bildschirme träge in ihr digitales Leben. Alina war fasziniert, niemals zuvor hat sie etwas Vergleichbares gesehen.

Es roch nach verbrannten Haaren – Staub, der sich in einem Netzteil oder Transformator über die Jahrzehnte angesammelt hatte und sich nun aufheizte. Zu viele Eindrücke stürmten auf sie ein und ihr wurde schwindelig. Es blinkte überall.

Sie richtete den Blick aus dem Fenster und über den Kessel hinweg. Saftig grün im hellen Licht der Frühlingssonne lag die Landschaft zu ihren Füßen, doch die Bildschirme zogen sie unwiderstehlich an. Sie wollte ihre Geheimnisse ergründen, doch Angst hielt sie zurück, überforderte ihren Verstand.

Sie senkte den Blick auf die Tischplatte unterhalb der Bildschirme und entdeckte ein in Leder gebundenes Buch. Bevor sie es in ihre Tasche steckte, fuhr sie sanft mit den Fingerspitzen über das Leder. Es piepste plötzlich. Alina war alarmiert und sah auf den Bildschirm, auf dem es im Gleichtakt zu den Tönen in verschiedenen Farben blinkte. Eine Karte war zu sehen: Wald, Wasser, Berge und Weg. Rote Punkte bewegten sich langsam über die Karte. Sie befanden sich alle am Südrand des Kartenausschnitts. Ein paar der Punkte bewegten sich schneller als andere, sie zielten auf einen blauen Punkt. Der blaue Punkt war am Rand eines Berges eingezeichnet. Alina begriff, dass der blaue Punkt ihr Standort war und die roten Punkte immer näher kamen. – Sie hatten das Erwachen der Station bemerkt.

Um was auch immer es sich dabei handelte, Alina wollte es nicht herausfinden. Sie hastete zu der Luke, die zur Leiter nach unten führte, blieb stehen, kehrte noch mal um und schaltete alles ab. Dann eilte sie die Sprossen hinab. – Nicht überhastet, denn ihr Onkel hatte ihr beigebracht, dass man im Angesicht einer Gefahr nie den Kopf verlieren durfte.

Unten angekommen verließ sie den Raum und verschwand durch den Wald, bevor das Unbekannte den Ort erreichte.

In seinem Kopf klickte es. Er konnte fast das Geräusch vernehmen, das Zahnräder verursachten, die sich schon lange nicht mehr bewegt hatten und plötzlich krachend – den Rost aufsprengend – anliefen. Oft hatte er das starke Gefühl, dass Nebel die Bilder seiner Gedanken verschleierte. Vieles lag in seinem Kopf verborgen, dessen war sich Nathan ziemlich sicher. So stellte er sich zum Beispiel gerade die Frage, wann er den Kessel zum ersten Mal betreten hatte. Er konnte sich beim besten Willen nicht erinnern, obwohl eine Erinnerung, die damit verknüpft war, zum Greifen nahe war. Je mehr er aber versuchte sie zu fassen und scharf zu stellen, desto tiefer glitt sie im Nebel seines verwirrten Verstandes davon. War er vielleicht schon sein ganzes Leben lang hier? Wenn er aber an seine verschwommenen Kindheitsjahre dachte, dann konnte er sich dies kaum vorstellen. Es war fast, als ob etwas seine Erinnerungen trübte. Doch um was sollte es sich dabei handeln? Was war der Zweck des Ganzen?

Er ließ los und sein Verstand trieb davon. Er sah Wolken. Sitzend spielte er mit der hellgrauen Substanz, aus der sie bestanden. Wie ein Kind, das mit einem zufriedenen Grinsen die Hände im Schlamm hatte und diesen über sich und allem, was sich in der Nähe befand, freudig verteilte. Eine riesige Hand, wie die eines Titanen aus den alten Büchern seiner Bibliothek, fasste ihn am Gewand und hob ihn, wie eine Katzenmutter ihr Junges, aus den Wolken und stellte ihn auf fester Erde ab. Er blickte nach oben, doch der Himmel war strahlend blau und keine Wolke war zu sehen. Erst langsam bemerkte er, dass er auf dem Gipfel eines hohen Berges stand und es frostig-kühl war. Der Hauch seines Atems verursachte kleine Wölkchen über seinem Kopf und er versuchte – wieder ganz das Kleinkind – sie zu fassen, um sie dann zu kneten. Seine Finger fanden diesmal aber nichts Festes und bitter enttäuscht stampfte er mit dem Fuß so stark auf, dass der Berg erzitterte, Felsstücke abbrachen und Steine ins Tal rollten. Das Beben hörte nicht auf und wurde sogar so stark, dass es Nathan von den Beinen riss, er umfiel und hart in der Wirklichkeit aufschlug.

Mit geschlossenen Augen ließ er die Vision ausklingen. *Vision?* Sein Verstand war noch träge, eine Schläfrigkeit, die sich nicht ganz abschütteln ließ. Es fühlte sich an wie die Nachwehen von etwas – fast wie am Morgen nach einem Abend bei Ivan.

Seine Gedanken wurden etwas klarer. Der Kessel barg ein Geheimnis, das alle Bewohner fest im Griff hatte. Dessen war sich schon seit Längerem sicher.

Was ist es bloß? Wo muss ich zu suchen beginnen, um das Geheimnis zu enthüllen?

Nathan öffnete die Augen und fand sich auf einer Wiese sitzend. Die morgendliche Sonne wärmte sein Gesicht und Libellen flogen in der Nähe.

»Alina!«, rief er. »Wo sind wir?«

Aber es kam keine Antwort. Er erhob sich und marschierte los.

Am nächsten Tag regnete es. So weit sein Blick reichte und damit alles einschloss, was momentan seine gesamte Welt ausmachte, war in Grau gehüllt. Der Nieselregen, so fein, dass sich nicht bestimmen ließ, ob der Regen von oben fiel oder direkt auf der Haut kondensierte, durchnässte die Kleidung.

Zu seiner Rechten und weit oberhalb der Bergflanke donnerte es: Eine Felslawine hatte sich gelöst und faustgroße Steine hämmerten auf Äste und Felsen ein. Nathan bekam den Steinschlag aber nur am Rande mit, denn in Gedanken war er immer noch bei Alinas Verbleib. Er war unermüdlich durch die Gegend gezogen und hatte nach ihr gesucht. Manchmal kam noch ein anderes Gefühl hinzu: der Verdacht etwas vergessen zu haben oder dass ihn eigentlich ein spezieller Gedanke beschäftigen müsse. – Schüsseln! Es hatte etwas mit Schüsseln zu tun. Beim besten Willen konnte er das aber nicht in Verbindung mit seiner momentanen Situation bringen. Er war überrascht, dass er seine Empfindungen nicht zu enträtseln vermochte.

Unwillkürlich fasste er in seine Tasche. Seine Finger suchten etwas ... *Etwas Bestimmtes?* Als sie es fanden und die harten Kanten einer metallenen Scheibe entlangstrichen, war er beruhigt.

Etwas später kam ihm ein Gedanke: *Eigentlich sollte ich den Gegenstand gar nicht mehr besitzen.* Bevor Klarheit bezüglich des Gegenstands kam, vergaß er es aber auch schon wieder.

Er kannte die Gegend, fragte sich jedoch, was ihn so weit von seinem Bunker weggebracht haben mochte und warum er so verzweifelt Alina suchte. Warum war sie eigentlich nicht zu Hause?

Unbeirrt stampfte er durch das spärliche Unterholz und vergaß dabei sogar beinahe, vorsichtig zu sein. Um ein Haar hätte er laut den Namen seiner Nichte gerufen.

Nicht weit entfernt sah er etwas. Es war wie ein Schemen, der von Baum zu Baum huschte. *Was ist das hier? Immer huscht etwas zwischen den Bäumen herum! Oder irre ich mich und verwechsle meine Eindrücke mit den Erinnerungen an alte Träume?* Er konnte es nicht genau erkennen, war aber sicher, dass es sich bei dem Schemen um einen Menschen handelte. Mehr noch sagte ihm diese

Eingebung unbekannter Quelle, dass es sich um einen alten Mann handelte.

Die Zeit, ihr Tempo, war verschoben, und verging mal rasend schnell, nur um sich dann wieder lang dehnend hinzuziehen. Eine Jagd fand statt. Zwischen den Schatten der Bäume und durch fast greifbare Feuchtigkeit hindurch eilte seine Beute, immer gerade noch erkennbar, aber doch nicht näherkommend dahin. Gebückt aber schnell.

Plötzlich war die Jagd zu Ende, als Helligkeit und frisches Grün sich vor Nathans Augen auftaten und er ein Stück offener Wiese erreichte. Mit den Bäumen war auch der Schatten verschwunden.

Wie aus einem intensiven Traum erwachend blieb Nathan verwirrt stehen. Schon öfters in den letzten Tagen hatte er das Gefühl gehabt, aus einem Traum zu erwachen.

Von der Seite sprang ihn etwas an und er erschrak so heftig, dass sein Herz kurz aussetze. Naheliegenderweise hatte er im ersten Moment den alten Mann im Verdacht, doch ein wohlbekannter Geruch belehrte ihn sofort eines besseren und er wusste, dass er Alina endlich gefunden hatte.

»Onkel, wie hast du mich gefunden? Ich war auf dem Weg nach ...«

»Hast du einen alten Mann gesehen? Ich habe ihn hierher verfolgt«, unterbrach er sie, seine Gedanken noch nicht ganz losgelöst von der Jagd.

»Nein, ich habe niemanden gesehen. Meinst du Ilo? Ist er auch zu dir gekommen und hat dir Antworten versprochen?«

»Ilo? Der Name sagt mir nichts.« Nathan spürte schon wieder das eigentümliche Gefühl von Watte in seinem Kopf.

»Was heißt das, der Name sagt dir nichts ... Du weißt doch: der finstere Alte, der uns am Feuer vor einigen Tagen Gesellschaft leistete. Er ist irgendwie mit Edmund verbunden.«

Nathan schüttelte den Kopf. Er bot einen bemitleidenswerten Anblick.

»Onkel, was ist mit dir? Fehlt dir etwas?«

Nathan sagte mit Nachdruck: »Ja, verdammt, etwas stimmt hier ganz und gar nicht. Ich bin letzte Tage durch die Gegend gezogen, wie in einem Traum. Werde ich verrückt?«

Alina schloss langsam die Augen, die Last der Welt auf ihren Schultern.

»Ich kann es kaum glauben, aber nachdem, was du mir erzählt hast, sind mir die Erinnerungen von einer ganzen Woche oder mehr abhandengekommen. Glaubst du, dass dieser Edmund dahintersteckt?«

Nathan und seine Nichte saßen auf einem Felsen, der tief eingebettet in die Erde auf dem höchsten Punkt eines Hügels lag. Ein Blätterdach umgab sie. Bäume, die am Fuße und an den Hängen standen, streckten ihnen schützend die Äste entgegen, ließen den Platz am höchsten Punkt des Hügels aber frei. Weit vor ihnen, aber gut sichtbar, sahen sie die Pforte – den Ausgang aus dem Kessel – und den Wald, der dort dicht wuchs, sowie die hohen Felsen, die ihn flankierten.

»Weißt du, ich glaube ...« Nathan machte eine Pause, um seine immer noch leicht verwirrten Gedanken zu ordnen. »Wir sind hier einem Geheimnis auf der Spur. Etwas, das alle Bewohner des Kessels betrifft. Ich denke, dass etwas unser Leben steuert. Warum es das tun sollte, kann ich mir zwar nicht vorstellen, aber irgendwie fühle ich mich wie eine Laborratte. Machen wir etwas richtig, gibt es Futter. Verhalten wir uns aber nicht nach Vorschrift, dann ist unsere Belohnung ein Stromschlag.« Er ballte die Hände zu Fäusten, beruhigte sich aber sofort wieder. »Dieses Überwachungszimmer, ich vermute *Kontrollraum* trifft es besser, hat eine Bedeutung, denn sonst wärst du von Ilo kaum dorthin geschickt worden. Er wollte, dass du es siehst. Beschreib mir den Raum bitte noch mal ganz genau.«

»Ich hatte Angst, denn es gab so viel Geblinke. Immer klickte etwas und die Elektronik verursachte beständigen Lärm, in etwa so wie das Knistern eines Generators. Ein Alarm ging los und ich konnte erkennen, dass etwas auf mich zukam. Zumindest vermute ich das. Als ich das Überwachungszimmer betrat und alles eingeschalten habe, da wurde die Alarmanlage aktiv. Ich sollte das wohl nicht sehen. Ich schaltete es sofort wieder ab und floh.«

Er nickte. *Wurden wir vielleicht darauf trainiert, Technik zu missachten? Ich kann mir zwar vorstellen, dass Alina von einem Bildschirm fasziniert ist – aber Angst? Was war der Grund für diese Reaktion? Kam es daher, dass sie gezwungen worden war, etwas zu betrachten, auf das sie konditioniert wurde, es nicht zu sehen? Da sie nicht wegschauen oder gar fliehen konnte, schaltete ihr Gehirn möglicherweise auf Abwehr um.* Ein weiterer Gedanke kam ihm: *Gibt es vielleicht noch mehr, auf das wir konditioniert sind, es nicht wahrzunehmen?*

»Ach ja, das hier habe ich noch eingesteckt.« Sie holte das alte Buch aus der Tasche.

Nathan nahm es ihr ab und untersuchte es genau. Es standen viele Zahlen darin, der Text aber war unlesbar. Wenn er sich stark auf etwas konzentrierte, das er für ein Wort hielt, dann war ihm, als ob er die Buchstaben kennen und die Bedeutung des Begriffs eigentlich verstehen müsste. Die Worte verschwammen jedoch sofort wieder.

Er gab auf, als es hinter seinen Schläfen zu pochen begann. »Ich kann es nicht lesen. Mir ist die Sprache zwar nicht bekannt, aber irgendwie fühle ich doch eine eigentümliche Vertrautheit.« Er gab ihr das Buch zurück. »Eine Frage beschäftigt mich noch«, fuhr er fort. »Wenn wir beide getrennt einige Zeit – teilweise verwirrt und ohne Ziel – durch die Gegend gezogen sind, ist es doch überraschend, dass wir wieder zusammengefunden haben.«

»Ich bin ganz deiner Meinung, Onkel.« Den Verdacht, dass Ilo womöglich nachgeholfen hatte, äußerte sie nicht. »Was jetzt? Wie geht es weiter?«

Nach einer kurzen Pause und dem Einsammeln aller gedanklichen Fühler, die sich auf den Pfaden seiner Möglichkeiten entlangbewegten, antwortete er: »Gehen wir doch dorthin zurück, wo alles begonnen hat.«

»Du meinst diesen Imbiss, nicht war?«

Da fiel Nathan etwas ein. »Auf der Karte, die du im Kontrollraum auf dem Bildschirm gesehen hast, was genau war darauf zu sehen?«

»Es ging so schnell, aber ich kann mich daran erinnern, die Felsformation der Gebirge des Kessels gesehen zu haben. Die Pforte und der Wald waren zu sehen. Ein blauer Punkt zeigte vermutlich meinen Standort. Rote Punkte markierten die Wächter. Sonst habe ich nur Linien gesehen, die offenbar irgendwelche geografischen Merkmale markierten.«

Nathan entfaltete seine eigene Karte, die mit seinen persönlichen Notizen und Zeichen übersät war. Er studierte einen Abschnitt und zeigte schließlich auf ein Symbol: »Hast du hier etwas gesehen?«

Alina betrachtete die Karte eine geraume Zeit und versuchte, sich den Bildschirm wieder vor ihr geistiges Auge zu führen. »Es kann sein, dass an dieser Stelle auch ein Punkt war, aber sicher bin ich mir nicht«, sagte sie schließlich. »Wie du mich selbst gelehrt hast, erinnern wir uns oft genau so, wie wir uns erinnern wollen.«

»Egal, das reicht mir. Der verschüttete Imbiss ist unser Ziel.«

Alina betrachtete nochmals die Karte. Aus der Vogelperspektive sahen die Entfernungen anders aus, weshalb ihr erst jetzt klar wurde, wie weit sie sich von Himmelshafen entfernt hatten. Sie befanden sich am Kesselboden in der Nähe der Pforte – Himmelshafen lag ganz oben auf dem Ausläufer. Bemerkenswert, dass Ilo sie beide in einer Nacht, wahrscheinlich auf geheimen Pfaden, hier heruntergebracht hatte.

»Komm, der Tag ist noch jung. Essen wir eine Kleinigkeit und dann los. Vielleicht können wir in zwei Tagen dort sein.«

Alina sah in Richtung Norden. Sie versuchte das Ziel ihrer Reise auszumachen, doch war die Entfernung zu groß und viel zu viel Hügeln und Bäume versperrten ihr die Sicht.

Plötzlich kam ihr ein Gedanke. Entsetzt fragte sie: »Die Medaille … Hast du sie noch? Edmunds Blick war … Ich konnte deutlich Gier darin erkennen.«

Nathan legte die Hand auf seine Jackentasche. Er erinnerte sich an den Impuls im Wald und die Erleichterung, als seine Finger das kalte Metall ertastet hatten. »Ich hab' sie noch.«

Alina war überrascht, doch passte das auch irgendwie ins Bild, denn nicht umsonst hatten sie Hilfe bei ihrer Flucht gehabt. Die Medaille hatte wohl mit dem Ganzen zu tun.

Die Köpfe voll mit Vermutungen, Unsicherheiten und Erwartungen, brachen sie Richtung Norden auf.

Künstlerischer Hochmut

Ihre Reise über die bekannten Wege des Kesselbodens verlief ereignislos. Als sie ihrem Ziel endlich näherkamen, veränderte sich das Wetter und immer mehr Wolken zogen ab, als es dem Frühling endgültig gelang, alle Spuren des Winters zu vertreiben. Auch wenn es das aufgeregte Leben, das die Natur der Alten Welt geboten hatte, nun nicht mehr gab, so war es doch immer noch eine schöne Zeit im Jahr. Das Gras war etwas grüner und die Sonne strahlte etwas mehr, es gab weniger sauren Regen und manchmal konnte man sogar eine farbenfrohe Blume in der kargen Landschaft finden.

Was immer damals der Natur so zu schaffen gemacht hatte, war offenbar immer noch aktiv. Viele Pflanzenarten und Tiere gab es nicht mehr. Das Ende der Alten Welt hatte so manches in die Luft freigesetzt und doch war es verwunderlich, dass die Natur sich nur so langsam erholte. Es schien manchmal, dass das, was früher geschehen war – das Ereignis, das die Alte Welt ausgelöscht hatte – in kleinerem Maßstab immer noch passierte.

Sie befanden sich am Rande des kleinen Loches, durch das Nathan vor mehr als zwei Wochen in das verschüttete Bauwerk gestürzt war. Die Schulter an den Stamm eines verkümmerten Nadelbaums gelehnt, beschäftigten Nathan aber Sorgen anderer Art. Auch wenn es hin und wieder vorkam, dass er die Vaterrolle, die er Alina gegenüber einnahm, absichtlich etwas lockerte, machte er sich doch Sorgen um sie. Sie war clever und geschickt, aber diese Welt betrachtete er für sein kleines Mädchen als absolut ungeeignet. Wo immer man auch hinschaute, fand man nur Gefahren, und abseits von diesen bot das Leben nicht viel mehr als das Stammesleben der vorzeitlichen Völker der Alten Welt. Wie es die Schulen von früher gelehrt hatten, mochten diese Zeiten zwar überaus interessant, aber zum Glück vorbei sein. Doch was wusste er über diese längst vergangenen Zeiten wirklich? Nicht viel, wie er sich eingestehen musste.

Er prüfte zum wiederholten Mal die Stabilität der Öffnung, ließ sich dann langsam durch das Loch gleiten und sprang den letzten Meter geschmeidig hinab. Kaum hatte er festen Boden unter den Füßen, sah er bereits Alinas Beine neben sich in der Luft baumeln und ihm die Übung mit geschmeidiger Leichtigkeit nachmachen.

»Bemerkenswert, ich habe so etwas noch nie gesehen.« Alina war überwältigt von den immer noch kräftigen Farben, der Einrichtung und den Bildern an den Wänden.

»Ja, die Alte Welt hatte viel Schönes, obwohl es gegen Ende immer mehr kompliziert wurde, dabei aber übertrieben aussah. Man legte nur noch auf eine günstige Herstellung wert. Schönheit und Qualität wurden kaum mehr geachtet.«

Alina sah sich im Raum genau um. »Wonach soll ich suchen?«, fragte sie.

»Wenn ich das sagen könnte. Ich glaube, dass dieser Imbiss die Kombüse einer Einrichtung war, ähnlich jener, in der du die Kontrollzentrale eingeschaltet hast, wahrscheinlich nur deutlich größer. Die halb verschüttete Tür dort hinten müsste eigentlich in eine Küche führen. Eine zweite kann ich nicht sehen, obwohl es sie sicher einmal gegeben hat. Wahrscheinlich hier auf dieser Seite.« Er zeigte mit dem Finger auf die Stelle. »Leider ist alles verschüttet.«

»Können wir nicht die Tür zur Küche freiräumen?«

»Uns wird nichts anderes übrig bleiben, obwohl die Arbeit schwer werden wird.«

Sie kamen besser voran als gedacht. Alina benutzte ihren Klappspaten fürs lockere Geröll, während Nathan die größeren Brocken mit der Hand zur Seite schaffte. Nach einiger Zeit hatte sie so ein Loch geschaffen, dass groß genug zum Durchsehen und vielleicht auch ausreichend zum Durchzwängen war. Zum Glück war nur der Torbogen verschüttet worden, dahinter wurde ein leerer Raum von ihrer Lampe beleuchtet. Ihr Ziel lag aber nicht in der Küche, um die es sich wie vermutet handelte, sondern im Bereich dahinter. –

Zumindest hofften sie, dass dahinter Räume lagen.

Die Stunden vergingen mit Schufterei und mühsamem Graben. Obwohl die freigelegten Räume größtenteils frei von Schutt waren, wurden sie doch immer wieder von versperrten Türen aufgehalten. Am ersten Tag schafften sie es so, in die Küche und einen Waschraum zu gelangen und einen langen Gang dahinter zu durchqueren.

Ihr Arbeitsgerät, Sparten und Pickel, war verdreckt und nass vom Schweiß. Die mühsame Tätigkeit der Schuttbeseitigung nahm kein Ende und bald verließ sie jedwede Hoffnung, dass statt Erde und Felsen ein Raum, der militärische oder sonstige interessante Anzeichen aufwies, vor ihnen liegen mochte.

Am Abend, die Arme schwer von der Schufterei, kochte Alina in einer Konservendose einen Eintopf aus getrocknetem Fleisch.

Nathan war mürrisch. »Wo soll das nur hinführen? Wenn das so weiter geht, werden uns noch die Arme abfallen, bevor wir etwas finden.«

»Wir könnten jemanden zu Hilfe holen.«

»Noch möchte ich mein Geheimnis niemandem offenbaren. Selbst Wuddler habe ich nichts über diesen Ort erzählt.«

»Wuddler – Buddler! Ha! Mit diesem Namen müsste er eigentlich die geeignete Hilfe sein«, scherzte Alina.

Nach der Nachtruhe, während der sie wie tot schliefen, begannen sie frühmorgens mürrisch und kaum erholt mit der Arbeit. Beim Öffnen einer Tür, die in den Buchstaben der für sie unlesbaren alten Schrift beschildert war, wurden sie aber schließlich für all ihre Mühen belohnt.

»Wofür wurde dieser Raum wohl verwendet? Vielleicht ein Abstellraum?«, fragte Alina.

»Möglich, schau! Da ist so etwas wie ein Wartungsschacht und die Stahlsprossen bilden einen Abgang nach unten.«

Alina sah skeptisch in den Schacht, der etliche Meter in eine bodenlose Tiefe führte. Nachdem sie einen ähnlichen Schacht vor einigen Tagen nach oben geklettert war, hatte sie wenig Lust, diese

Erfahrung so bald schon zu wiederholen.

Bevor sie Einwände erheben konnte, war Nathan bereits im Schacht verschwunden. »Komm, der Weg führt uns direkt ins Herz der Anlage. Ich kann es bereits schlagen fühlen«, echoten seine Worte aus der Luke.

Alina seufzte und folgte ihm.

Der Schacht erstreckte sich so weit um sie, dass die Wände auf der gegenüberliegenden Seite nicht zu erkennen waren. Unter ihnen lag nur Finsternis, wie ein tiefschwarzes Kissen, körperhaft und fast greifbar. Immer weiter in die unbekannte Dunkelheit stiegen sie die Leiter hinab, nur das kalte Metall der Sprossen zwischen den Fingern. Dabei kamen sie einige Male an Vorsprüngen vorbei, von denen geschlossene Türen zu unbekannten Räumen führen mochten, doch fanden sie, dass das, was sie an diesem Ort suchten, wahrscheinlich so weit unten wie möglich lag.

Nach einer Weile, die ihnen wie eine Ewigkeit vorkam, erreichten sie den Boden. Ein Gang führte tiefer in den Komplex hinein. Glücklicherweise war alles hier in gutem Zustand. Der Schein der Lampe zeigte ihnen intakte Wände und staubige, aber unverschüttete Räume und Gänge; die Luft war abgestanden, roch und schmeckte nach Alter.

Leise, als ob er Angst hätte, Geister zu wecken, flüsterte Nathan: »Aufgeregt, Alina? Wir werden Dinge sehen, die die Menschen des Kessels sonst nicht zu sehen bekommen. Vielleicht werden wir einige interessante Geschichten zu erzählen haben, wenn wir hier fertig sind.«

»Ja, aber ich finde, dass die Geschichte bis jetzt schon ziemlich spannend war.«

Die Dunkelheit, die abseits des Lichtkegels herrschte, war absolut und erinnerte an die Tiefe, in der sie sich befanden, an die vielen tausend Tonnen Stein über ihren Köpfen.

Sie folgten einem feuchtkühlen Gang und gelangten schließlich zu einem Raum, dessen versperrte dicke Stahltür den Eindruck vermittelte, etwas von Bedeutung zu beherbergen. Neben der Tür hing ein Schild, das offenbar auf Wichtiges hinzuweisen hatte, aber aufgrund der unlesbaren Sprache der Alten Welt, nicht zu entziffern war.

»Warum kannst du diese Schrift nicht lesen? Du bist doch noch in der Alten Welt aufgewachsen?«

Nathan hatte sich das selbst auch schon unzählige Male gefragt und auch dies nährte seine Skepsis bezüglich der Geschehnisse im Kessel. »Ich kann dir das nicht beantworten, denn eigentlich ... Es ist lange her, aber ich denke nicht, dass man das so vollkommen verlernen kann«, antwortete er aufrichtig. »Aber es gab in der Alten Welt viele Sprachen mit unterschiedlichen Schriftsystemen. Vielleicht ist das hier der Fall.«

»Und wenn wir schon beim Thema sind ...«, hakte Alina nach, »wir haben auch Bücher zu Hause, die alt genug sind, um aus der Alten Welt zu stammen und die wir trotzdem lesen können.«

Nathan nickte seiner Nichte zu. Seine Gedanken wurden schwammig, als er versuchte, den von seiner Nichte angestoßenen Weg weiterzudenken. Er verlor die Konzentration und spürte, wie ein Hämmern in seinen Schläfen einsetzte.

Sie ließ nicht locker. »Aber bist du nicht sogar in dieser Gegend aufgewachsen? Sollte das dann nicht auch deine Sprache sein? Ich glaube, dass auch sonst niemand im Kessel diese Sprache versteht.«

Es wurde schlimmer. *Quäl mich nicht mehr, bitte.* Er schüttelte nur den Kopf. Die Verwirrung, die sich in seinen Gedanken breitgemacht hatte, wurde so stark, dass er befürchtete, die Besinnung zu verlieren.

Auch Alina schüttelte nun den Kopf. Sie fragte sich, was hinter Nathans Denkblockade steckte, denn etwas anderes konnte es doch wohl nicht sein, das diesen sonst so klugen Mann in dieser Weise einschränkte.

Nach einigen Augenblicken hatte Nathan sich wieder einigermaßen gesammelt. Er schüttelte sich, wie ein nasser Hund, dann straffte er sich. »Komm, Alina, hier sind wir richtig, ich kann es spüren. Lass uns durch diese Tür gehen.«

Zu ihrer Freude war sie leicht zu öffnen, der Raum dahinter entpuppte sich als wahre Schatzkammer. Früher wohl eine Werkstätte oder ein Elektroniklabor, beherbergte er immer noch all jene Gerätschaften, die an solchen Orten Verwendung gefunden hatten. Verborgen unter großen Tüchern standen Messgeräte und Vorrichtungen auf Tischen, sowohl an den Wänden als auch mitten im Raum. Schränke, hoch bis an die Decke, waren gefüllt mit elektronischen Kleinteilen. Die Krönung aber, die Apparatur, die ihren Blick anzog, war ein großes mechanisches Gebilde, das Ähnlichkeiten mit einem riesigen Arm hatte und an dem offenbar bis zuletzt gearbeitet worden war, denn Drähte hingen überall heraus, an denen auch ein großen Bildschirm angeschlossen war.

Die Möglichkeiten, die in all dem hier stecken mochten, waren kaum zu fassen. *Diese Technologie hat vielleicht sogar das Potenzial, uns in eine bessere Zukunft zu führen.* Nathan konnte sich nicht sattsehen an der Fülle von Schätzen, deren Auffindung er sein Leben gewidmet hatte.

Auch wenn sich der Drang nur schwer unterdrücken ließ, war eine genauere Untersuchung des Raumes jetzt nicht möglich. Hier, wo es sicherlich viel zu entdecken gab, würden sie keine Antworten auf ihre unmittelbaren Fragen finden, was jedoch schwerer wog, als die bloße Befriedung der Neugier. Sie waren sich einig, dass diese Anlage noch bedeutendere Geheimnisse barg. Irgendwo existierten verwertbare Informationen. Eine Bibliothek voll Bücher zum Beispiel.

Bei einem letzten Blick zurück in den Raum gab Nathan sich das Versprechen, eines Tages, vielleicht gemeinsam mit Ivan, zurückzukommen, um den gesamten Schatz alter Technologie zu bergen.

Am Ende eines weiteren Ganges, der an einigen leeren Büros vorbeiführte, fanden sie eine schmale Treppe, die sie in ein noch weiter unten liegendes Stockwerk brachte. Alina verspürte ein beklemmendes Gefühl. Die verputzte Decke des Abgangs, die sich nur wenige Zentimeter über ihrem Kopf befand, trug eine schwere Last. Unfreiwillig versuchte sie mit ihrem geistigen Auge Schicht um Schicht Stein, Sand und Erde zu durchdringen und bis an die Oberfläche zu gelangen. Der Gedanke an das Gewicht ließ sie nicht los und sie versuchte sich vorzustellen, wie viele Tonnen Gestein und Erde sich wohl über ihrem Kopf befinden mochten. Plötzlich schien die Decke näherzukommen. Zum Glück endete ihre beginnende Panik jedoch gleich wieder, denn der Abgang öffnete sich in einen riesigen Raum.

»Das ist eine Grotte …« Verwunderung klang aus Nathans Worten, die aus allen Richtungen zu ihnen zurückhallten. »… man kann die Feuchtigkeit spüren.«

Alina beleuchtete mit ihrer Lampe den Boden und die Steinfliesen, die vor ihnen an einer Kante endeten. »Es ist ein Becken voll Wasser«, staunte sie.

Das matte gelbliche Licht ließ die ruhige Oberfläche in einem rötlichen Glanz erscheinen. Einzelne Lichtstrahlen brachten die Flüssigkeit zum Funkeln, nur um ihr gleich darauf einen bläulichen Schimmer zu entlocken.

Alina kniete am Beckenrand und fuhr mit den Fingern hindurch. Sie erkannte sogleich, dass es gar kein Wasser war; dafür war die Flüssigkeit zu ölig. Sie hielt sich die benetzten Finger vors Gesicht, um daran zu riechen, versuchte es zumindest, aber blitzschnell packte ihr Onkel ihren Arm. Seine Schatzjägerinstinkte hatten angeschlagen und nun wollte er verhindern, dass die Flüssigkeit Alinas Nase zu nahe kam. Bei Alte-Welt-Dingen konnte man nie vorsichtig genug sein.

»Wisch die Hand an der Wand ab, dann spül nach.« Er hielt seine Wasserflasche bereit.

Alina nickte nur, nachdem sie den ersten Schreck über Nathans heftige Reaktion verdaut hatte. Es war gedankenlos von ihr, einfach die Hand hineinzutauchen, es hätte sonst was sein können, sogar Säure. Immer wieder hörte man von Fundstücken, aus denen ätzende Flüssigkeiten liefen und schlimme Verletzungen anrichteten.

Neben dem Becken führte eine Metalltreppe noch ein Stück weiter hinab. Sie brachte die beiden aber nicht in ein anderes Stockwerk, sondern nur auf die Höhe des Beckenbodens. Ein Gang, an einer Seite begrenzt durch eine gläserne Beckenwand, führte an der Längsseite entlang. Wieder erzeugte der Schein ihrer Lampe einen

Tanz von Farben, der diesmal aber nicht von der Oberfläche ausging, sondern aus dem Inneren kam. Wie ein gigantischer Bernstein schimmerte es surreal – jede sanfte Bewegung der Flüssigkeit
hauchte der Substanz ein unwirkliches Leben ein.

Etwa fünfzig Meter folgten sie dem Gang, bis das Becken zu Ende war und eine weitere Treppe sie wieder nach oben führte. Un-
entwegt ließ Nathan den Schein seiner Lampe von einer Seite zur
anderen wandern, schaffte es dadurch aber kaum, die schwere, ne-
belhafte Dunkelheit zu vertreiben, sondern beleuchtete nur immer
wieder die dicke Staubschicht, die die Stufen direkt vor ihnen bedeckte – der Beweis, dass jahrzehntelang kein Mensch mehr hier
gewesen war.

An der letzten Treppenstufe blieben sie stehen und starrten verwundert in einen weiteren Raum, dessen Wände metallisch schimmerten. Ein schwaches Leuchten schien von ihnen auszugehen, das
gerade ausreichte, die Umrisse eines merkwürdigen Podests erkennbar zu machen.

Sie traten näher heran. Es zeigte sich, dass die Wand auf der abgewandten Seite des Raumes doch nicht, wie vermutet, aus Metall
bestand, sondern aus durchsichtigem Glas, hinter dem sich aber bis
auf einen ganz schwachen Schimmer nichts erkennen ließ. Das Becken lag in dieser Richtung.

Nathan mühte sich, das Gesehene zu verstehen. Er umkreiste
die Apparatur, wich allerlei Gerätschaften aus und befreite sie von
Staub. Er versuchte, so viele Einzelheiten wie möglich zu erfassen,
um ihrem Zweck näher zu kommen.

*Ein Podest vor einem Fenster, durch das man in das Becken sehen
konnte?*

Genau betrachtet, handelte es sich um einen Ring, einen nicht
ganz geschlossenen Torus, der aus dem schwarzen metallähnlichen
Material bestand. Eine unbekannte Form der Energie schien unterhalb der Oberfläche zu fließen, denn das Metall – wenn es sich denn
um ein Metall handelte – vibrierte leicht unter den Fingerspitzen. Im
düsteren Licht der Öllampe ließ es sich nicht genau erkennen, aber
Nathan vermutete, dass in die Oberfläche ein Geflecht aus engver-

netzten Symbolen graviert worden war. Von der Decke, direkt über dem Torus, hing eine durchsichtige Scheibe, umrahmt von demselben dunklen Metall.

Wie ein magischer Kreis, dem Zwecke nach zum Beschwören von Dämonen, steht dieser Torus hier. Es könnte aber auch ein Käfig sein. Doch um wen gefangen zu halten?

Er erkannte, dass es einer Person vermutlich möglich war, sich in die Mitte des Torus zu stellen. Vor seinem geistigen Auge stellte er sich solch eine Person vor, wie sie starr da stand, den Blick genau auf die Scheibe gerichtet, unfähig mehr zu tun, als nur die Finger zu bewegen.

Nach kurzem Zögern trat Nathan selbst hinein. Seine Augen funkelten vor Neugierde und kaum, dass er die möglichen Konsequenzen seines Tuns abgewogen hatte, lagen seine Hände schon auf den zarten Linien der Symbole auf der Metalloberfläche. Nur sein Blick war noch nicht auf die Scheibe, sondern starr nach unten und zur Seite gerichtet; zum Fenster hin, durch das ganz schwach der Bernstein des Beckens schimmerte.

In seinem Kopf blitze es. Farben, Geräusche, Vibrationen und sogar der Geruch nach frischen Sägespänen vermengten sich und reizten die Nerven. Augenblicke später war die Empfindung vorbei. Nichts davon war wirklich gewesen, alles hatte sich nur seinem Kopf abgespielt.

Ein elektrischer Schock, verursacht durch die Berührung mit diesem eigenartig warmen, lebendigen Metall?

Alina stand hinter ihm. »Komm schon, Onkel, drück auf ein Symbol. Zögere nicht, denn deswegen sind wir doch hergekommen, oder?«

Die Linien woben filigrane Muster, die ineinander übergingen. Keines der Symbole schien sich von den anderen in irgendeiner Weise abzuheben oder gar besonders zu unterscheiden. Die vage Andeutung von etwas ... Vertrautem zog seine Aufmerksamkeit auf sich. Nicht ganz davon überzeugt, das Richtige zu tun, ließ ihn die schlichte Wahrheit in Alinas Worten Folge leisten und seine Fingerspitze glitt sanft darüber ... nichts geschah.

Sie lauschten gespannt, doch nichts tat sich.

Eine nochmalige Untersuchung der Tasten ließ Alina freudig auf eine besonders auffällige zeigen. »Dies hier muss die Hauptstromversorgung einschalten.« Bevor Nathan etwas erwidern konnte, hatte sie das Symbol schon berührt.

Wieder blieb alles ruhig. Abgesehen von der schwachen Energie, die unter dem Metall des Rings schlummerte, zeigte die Anlage kein Leben.

»Es fehlt Energie, um das hier zu wecken«, mutmaßte Nathan.

Alina ging zum Fenster. »Aber ich höre ein leises Brummen. Und schau dir mal die Oberfläche der Flüssigkeit im Becken an. Es ist deutlich eine Strömung zu erkennen. Ist hier vielleicht nur Notbetrieb? Die fehlende Beleuchtung deutet auch darauf hin.«

»Möglich. Komm, vielleicht finden wird den Generator.«

Ihr Suche dauerte einige Stunden. Sie schritten durch die alten Gänge, entfernten staubige Decken von unbekannten Gerätschaften und wühlten in Schränken und Schubladen verlassener Büros.

Ihr wichtigster Fund war ein Lageplan der Anlage. Obwohl sie wiederum die Symbole nicht verstanden, erkannten sie doch eines, das aussah wie ein Blitz und deshalb vielleicht den Generator darstellen mochte. Der Plan zeigte insgesamt drei Ebenen. Außer der, auf der sich gerade aufhielten, war da noch eine größere nahe der Oberfläche. Das vermeintliche Generatorsymbol befand sich in einem dritten, kleineren und weiter unter ihnen liegenden Stockwerk.

»Da wir keine weitere abwärtsführende Treppe gefunden haben, würde mich sehr interessieren, wie wir dahin kommen wollen«, sagte Alina.

»Wir haben sie bloß noch nicht gefunden, denn eine Anlage wie diese muss doch ein Treppenhaus haben. Wir haben es bis hier über eine Wartungs- oder Notfallleiter geschafft. Das war sicher nicht der Weg, auf dem die Leute, die früher hier tätig waren, zu ihren Arbeitsplätzen gelangten. Soweit ich mich erinnere, besaßen solche Anlagen auch etwas, das man Aufzug nannte.«

»Kann es das sein, was du meinst?« Alina deutete auf ein Symbol im Plan, das eine Figur in einem Rechteck zeigte. Zwei gegenläufige Pfeile befanden sich darüber.

»Klar, das muss es sein. Es war die ganze Zeit vor meinen Augen! Aber wie kommen wir da hin?« Ausgehend von dem Punkt, der ihren Standort anzeigte, fuhr er mit dem Finger bis zu dem Symbol. »Ich bin mir recht sicher, dass wir dort schon gewesen sind.«

Trotz der Bedenken machten sie sich zu der Stelle auf.

Bald wurde ihnen klar, warum sie vorher nichts bemerkt hatten, denn eine unscheinbare Metallwand trennte den Gang einfach ab.

»Wir müssen hier durch. Ich kann aber keine Griffe sehen«, bemerkte Alina.

»Ich vermute, dass es sich dabei um eine Schutzvorrichtung der Anlage handelt. Vielleicht, um sie vor Feuer zu schützen oder um sie … zu versiegeln. Hm.«

»Hier ist eine verschraubte Metallplatte. Ich werde sie öffnen, vielleicht gelingt es uns, den Türmechanismus zu finden.«

Nathan beobachtete seine Nichte, wie sie die Schrauben der Verkleidung löste. *Selbst für jemanden mit Elektronikkenntnissen und Erfahrung mit Alte-Welt-Technologie dürfte es sehr schwer sein, ein elektronisches Schloss zu öffnen. Es sei denn …*

»Schau dir das an! Ich glaub' nicht, dass das der Schaltkreis eines Schlosses ist. Die Bauelemente sind viel zu einfach und es blinkt auch überall. Die Schaltkreise für ein Schloss wären nicht so leicht zugänglich.«

Nathan warf einen Blick auf das geöffnete Paneel. Alina hatte recht. Dies war offenbar ein Mechanismus, mit dem man die Tür manuell öffnen konnte, ein Überbrückungsschaltkreis. Es gab vier Drehköpfe, die isolierte Leitungen besaßen, die wiederum zu sechs Lampen führten. Momentan leuchteten sie alle gleichzeitig.

»Ich glaube, dass man einfach alle Lampen zum Erlöschen bringen muss, um die Tür zu öffnen.«

Seiner Meinung nach hörte sich das viel zu einfach an, um richtig sein zu können. Bevor er aber noch Einwände bezüglich der potenziellen Gefahren unbekannter Technologie erheben konnte, betätigte

Alina bereits den ersten Drehknopf. Nach einer Viertelumdrehung rastete er ein. Sowohl die erste als auch die vierte Lampe erloschen. Alina betätigte den zweiten Drehknopf und die erste Lampe ging wieder an.

Ah, ein Logik-Rätsel, dachte Nathan. *Warum um alles in der Welt würde jemand hier ein Rätsel einbauen?*

»Ich glaube, wenn wir die Symbole verstehen würden, könnten wir auch den wahren Zweck der Einstellräder erkennen. Ich denke aber, dass wir die Tür auch so aufbekommen.«

Sie fuhr fort, die Drehknöpfe auszuprobieren. Jeder von ihnen brachte verschiedene Lämpchen zum Leuchten, während er andere erlöschen ließ.

Nachdem die jeweiligen Funktionen herausgefunden waren, war es ein Leichtes für sie, die Drehknöpfe so zu stellen, dass nach nur wenigen Fehlversuchen alle Lampen aus waren. Die Tür glitt daraufhin lautlos zur Seite.

Nathan klopfte ihr anerkennend auf die Schulter.

Sie durchschritten den nun offengelegten Korridor und gelangten so zu einem Raum, der laut Plan eine Verbindungsader der Anlage war.

Nathan hatte zwar nicht erwartet, dass sie nach unten würden fahren können, denn auch dann, wenn Strom vorhanden gewesen wäre, hätte er niemals einer schäbigen jahrzehntealten Kabine vertraut, die an einem verrosteten Stahlseil über einem leeren Schacht baumelte. Doch dort, wo die Aufzüge waren, war es seiner Meinung nach nur logisch, dass es auch Treppen geben musste.

Seine Hoffnung erfüllte sich, denn das Haupttreppenhaus, durch das sich das unterste Stockwerk erreichen ließ, lag leicht zugänglich direkt neben den Aufzugstüren. Einige Stufen tiefer hing ein Schild am Ausgang zur untersten Ebene, das für sie wieder nicht lesbar war, jedoch auf eine gewisse Art bedrohlich wirkte.

»Wahnsinn, es gibt hier Notbatterien, die immer noch Saft haben. Dies hier muss für alle möglichen Eventualitäten gebaut worden sein.«

Als Nathan den Schalter für den Hauptgenerator drückte, ging eine Vibration durch den Raum. Durch eine Scheibe beobachteten sie, wie der Generator gemächlich anlief – ein langsam drehender blau leuchtender Rotor in einer Röhre. Funken sprühten von einem alten Gerät, das den plötzlichen Spannungsanstieg nicht mehr aushielt. Die Luft knisterte und es roch stark nach Ozon.

Ozon Geruch? Der kommt meines Wissens zustande, wenn es Funkenüberschläge in der Luft gibt. Sehnsüchtig seufzte er. »Was wurde hier wohl erforscht, das solche Spannung und solche Leistung benötigt?«

Im Kessel war Elektrizität an sich schon eine Seltenheit.

Auf dem Gang war es so hell geworden, dass ihre nicht mehr an Licht gewohnten Augen schmerzten und sich nur mit zusammengekniffenen Lidern etwas erkennen ließ. Jeder Gang und jeder Raum war jetzt in ein grünes Licht gebadet.

»Zumindest müssen wir nun nicht mehr in der Dunkelheit durch die Anlage schleichen.« Für Alina war dies eine große Erleichterung, denn ihr Arm, der die Laterne trug, schmerze schon heftig.

Interessanterweise wirkte die Anlage in diesem Licht noch verlassener und fast erwarteten sie, Gespenster mit durchsichtigen Körpern durch die Korridore ziehen zu sehen.

Das Becken, dessen volle Schönheit ihnen vorher entgangen war, präsentierte sich nun in voller Pracht. Weißes Licht fiel kegelförmig von der hohen Decke auf die Oberfläche und spiegelte sich in allen Farben des Regenbogens auf der bernsteinfarbenen Flüssigkeit. Sanfte Wellen brachen das Licht noch zusätzlich. Die Reflexionen der Wellen erzeugten an den Wänden und der Decke ein wirres und beeindruckend komplexes Farbspiel.

Nathan sagte: »Und ich dachte immer, dass nur Ivans sechs Monate gelagerter Selbstgebrannter für mich wie flüssiges Gold aussieht, aber das hier …«

Als sie an den durchsichtigen Beckenwänden entlanggingen, sahen sie etwas, dass ihnen vorher entgangen war: Mitten im Becken stand ein kubusförmiges Gebilde. Tiefe Krater, die in geometrisch rechtwinkeligen Formen Teile aus dem Kubus schnitten, verliehen dem Gebilde das Aussehen eines mechanisch-technologischen Ameisenhaufens. Gerne hätte Nathan sich das Objekt aus der Nähe angesehen, denn obwohl es recht groß sein musste – sicher fünf Meter in der Breite und drei Meter in der Höhe – war auf die Entfernung, und bedingt durch die eigenartige Lichtbrechung der Flüssigkeit, wenig davon zu erkennen.

Sie gingen weiter und erreichten den kleinen Raum mit der Steuerplattform. Er hatte sich verändert, war größer geworden – eine weitere Trennwand war offensichtlich nach dem Einschalten des Stroms in die Höhe gegangen. Monitore hingen an der Wand, dick mit Staub bedeckt.

Zielstrebig betrat Nathan den Ring aufs Neue. Diesmal pulsierte merklich Leben in der Vorrichtung. Die Haut kribbelte, als seine Finger das Metall des Rings berührten. Es leuchteten auch einige Lichter, die vorher noch dunkel waren.

Nathan brachte sich wieder in Position und diesmal bewirkte die Berührung eines Symbols etwas. Formen und Farben bildeten sich mit einem Knistern in der Luft über dem Becken. Es gab ein Grollen, als ob ein Drache erwacht wäre. Sonst geschah nichts, obwohl die beiden noch einige Augenblicke eingeschüchtert abwarteten.

Plötzlich blinkte eine Kontrolle auf dem Ring auf. Zwischen den Symbolen ging ein zuvor nicht erkennbarer kleiner Schirm an. Ein waagerechter Strich blinkte hinter drei kleinen Punkten.

»Es sieht auffordernd aus.«

»Ja, aber was soll ich tun? Die Symbole sind mir alle unbekannt.«

Zorn überkam Nathan. Sie waren so weit gekommen und mussten jetzt vielleicht aufgeben. Er ballte die Hände zu Fäusten und schlug damit auf den Steuerring. »Verdammtes Ding, tu etwas«, schimpfte er und wäre dabei fast aus dem Ring gefallen.

»Spracheingabe aktiv«, sagte eine kräftige Stimme, die von überall zu kommen schien.

Nathan riss die Augen auf. »Was? Wer bist du?«

»Identifiziere mich als SAK – Selbstprogrammierender autonomer Kybernismus.«

Nathan hatte sich schnell wieder gefasst. Zwar verstand er noch nicht so recht, was hier vorging, wusste aber mit Bestimmtheit, dass er jetzt die Gelegenheit hatte, etwas in Erfahrung zu bringen. Sekunden vergingen, als Nathan eingeschüchtert nachdachte, sich seine Worte zurechtlegte und kaum einen logischen Gedanken fassen konnte.

Geduldig wartete SAK.

Endlich fand Nathan seine Stimme wieder. »Was ist deine Aufgabe hier an diesem verlassenen Ort?« Er ärgerte sich bereits in dem Moment, als die Worte ausgesprochen waren, über seine naive Wortwahl.

»Lernen. Mein Ziel ist die Aufnahme von Informationen. Weiterentwicklung. Selbsterkenntnis. Perfektion.«

Ihren Blick suchend, wandte Nathan sich zu Alina um und erschrak. Sie sah aus, als würde sie jeden Moment den Verstand verlieren. Andererseits sah er vermutlich gerade genauso aus. Hier sprach ein Geist aus der Vergangenheit zu ihnen.

Er wandte sich wieder dem Ring zu. »Wir haben den Generator der Einrichtung eingeschaltet. Als wir zuerst in den Raum kamen, warst du nicht ... wach. Hast du die ganze Zeit geschlafen?«

Stille breitete sich aus und ließ Nathan erschauern.

Dann endlich erfolgte eine Antwort. »Die Frage ist nicht verarbeitbar«, sagte die Stimme in einem neuen Tonfall, mit weniger Modulation, wie eine Aufzeichnung. »Selbstdiagnose wird gestartet.«

Ein Surren ertönte, begleitet von sich wiederholenden Klickgeräuschen.

Alina fragte mit bebender Stimme, die eine gewisse Ehrfurcht verriet: »Was hältst du davon? Ist es ... eine künstliche Intelligenz? Das sind doch nur Mythen, dachte ich.«

Jetzt wo sie dem Wesen einen Namen gab, empfand auch Nathan dessen Präsenz einschüchternd. »Du hast recht. Wir müssen vorsichtig sein. Andererseits ist das genau das, was wir gesucht haben. Wir können ...«

»Diagnose beendet. Synchronisierung mit Atomuhr ergab eine Differenz von eins Komma null vier sechs null sechs fünf fünf Gi-

gasekunden. Wahrscheinliche Ursache: Abschaltung der Energie-
zufuhr. SAK dankt für Wiedereinschaltung.«

Nathan sagte übertrieben selbstbewusst:»Gern geschehen.«
Gleichzeitig verkrampfte er sich, als ihm bewusst wurde, dass er
sich mit einer Maschine unterhielt. Nach den vielen Jahren des
fast zur Gänze techniklosen Lebens war dies hier mehr als nur
befremdlich und erdrückend.

Er blickte aus dem Fenster. Nun, da der Raum, der eher eine Halle war, mit schwachem Licht erhellt wurde, erkannte man deutlich
das Becken. Von diesem glaubte er, ein leichtes Plätschern zu vernehmen, das vielleicht etwas mit der deutlich stärker gewordenen
Strömung zu tun haben mochte.

Kurz blinkte das Display auf, dann sagte die Stimme:»Momentane Situation nicht erfassbar. Sensordaten müssen ausgewertet werden.«

Mittlerweile hatte Nathan die genaue Quelle der Stimme ausge-
macht, die zwar von überall aus dem Raum zu kommen schien, aber
eigentlich von einem metallenen Gerät stammte, das über Nathan
hing. Einer Eingebung folgend sagte er:»Ist eine visuelle Ausgabe
möglich?«

»Das Interface ist dazu nicht geeignet. Bitte warten …«

Im Raum glitt laut, Metall auf Metall reibend, eine Tür zur Seite.

Der Schatzjäger betrachtete dies als klare Aufforderung und verließ den Steuerungstorus, um sich die neu zugängliche Räumlich-
keit genauer anzusehen. *Wahrhaft*, dachte er, *ein geheimer Gang
tiefer ins Herz der Schlafstätte dieses alten Dämonen.*

Eine Wendeltreppe aus Holz mit Messinghandlauf brachte sie
in einen tieferliegenden Raum. Nachdem sie das Licht über einen
Schalter an der Wand eingeschaltet hatten, staunten sie nicht wenig:
Ein luxuriös eingerichtetes Zimmer, das mehr zum Entspannen als
zum Arbeiten einlud, besaß den Charme eines Separees einer Bar,
in der Staatsmänner über wichtige diplomatische Angelegenheiten
beratschlagt haben mochten. Auf dem Parkettboden lag ein dicker
Teppich, kleine massive Holzbücherregale standen an der Wand und
vier Ledersessel waren um einen niedrigen Holztisch angeordnet,

auf dem noch eine verstaubte Flasche – *Whisky?* – stand. Ein großer Schirm hing leblos an der Wand.

»Einen so schönen Raum habe ich noch nie gesehen«, staunte Alina und ließ sich in einen der Sessel fallen, sodass es heftig aufstaubte und das Leder knarrte. Ihr Blick glitt über die Bücher in den Schränken.

Mit einem statischen Knistern fing der Schirm an zu leuchten. Linien und Symbole huschten über das riesige Display, das den Raum in kaltes grünes Licht tauchte. Neben der Armlehne eines der Sessel, auf einer Konsole, von der sich der Eindruck gewinnen ließ, dass sie substanzlos in der Luft hinge, erschienen beleuchtete Symbole.

Auf naive Art hatte Nathan erwartet, die künstliche Intelligenz personifiziert als menschlich wirkendes Gesicht auf dem Schirm zu sehen. Stattdessen liefen nur Zahlenkolonnen, Symbole und so manches unlesbare Wort darüber.

»Kannst du mir deinen Zweck mitteilen?«, fragte Nathan an den Schirm gewandt.

»Kontrolle und Steuerung aller Prozesse dieser Einrichtung.«

»Was ist der Zweck dieser Einrichtung?«

»Überwachung.«

»Deine Antworten sind sehr kurz gehalten.« Nathan seufzte. *Na gut*, dachte er. *Ich werde diesem Ding schon ein paar Antworten entlocken!*

»Sie stellen unpräzise Fragen.«

»War dies eine militärische Forschungseinrichtung?«

»Nein, es gab hier kein Militär. Dies war eine Einrichtung des Uni-Home-Security-Konzerns.«

Wenn Unternehmen, die von Privatpersonen gegründet und auch geführt wurden, Einrichtungen, die so militärisch wie diese hier anmuten, besessen haben, dann muss dies für die Gesellschaft sehr beunruhigend gewesen sein. Nathan schluckte. »Trotzdem sieht es mir eher nach einer militärischen Einrichtung aus. Wurde sie für kriegerische Zwecke erschaffen?«

»Nein, die Intention der Forschung, die hier betrieben wurde, war profitorientiert.«

Richtig. Als diese Einrichtung gebaut wurde, herrschten Groß-konzerne über die Erde. Nur ein solcher konnte sich Forschung, wie sie hier betrieben wurde, leisten. »Hast du Daten, wie und warum die Alte Welt geendet hat?«

»Unbekannt. Es fehlen Daten. Die Abschaltung dieser Anlage muss vorher geschehen sein. Es werden Informationen aus der vorhandenen Sensorik gewonnen und ausgewertet.«

Nathan bemerkte, dass die KI mittlerweile bessere Antworten gab und die Sätze, die sie sagte, komplexer wurden. Er holte die goldene Medaille aus der Tasche und hielt sie vor den Bildschirm. »Kennst du das?«, fragte er.

»Fehlende Berechtigung.«

Nathan stellte noch ein paar Fragen, doch erhielt er meistens dieselbe Antwort, dass ihm die Berechtigung fehle.

Alina, die die ganze Zeit über still im Hintergrund gewartet hatte, wurde zornig. »Wir können dir den Strom wieder abdrehen, wenn du uns nicht sagst, was du weißt«, schrie sie.

»Sie sollten die Einrichtung verlassen. Das Gebiet hier ist nicht sicher«, sagte die KI emotionslos und unbeeindruckt.

»Was heißt nicht sicher? Wir leben hier.«

»Ein Umzug ist empfehlenswert. Die alten Anlagen sind noch aktiv. Forschung läuft.«

»Was bedeutet das? Erkläre es uns!« Nathan hatte plötzlich das brennende Gefühl, dass sie ihrem Ziel nahe waren.

»Fehlende Bere...«

»Jaja, ich weiß, mir fehlt die Berechtigung«, unterbrach er die Maschine. »Gibt es die Möglichkeit, eine Berechtigung zu bekommen?«

»Berechtigungen werden vom Zentralknoten erteilt.«

»Wie erhalte ich Zugang zu dem Zentralknoten?« Langsam verlor er die Geduld.

»Die Verbindung ist unterbrochen. Nur das lokale Netzwerk ist erreichbar.«

Nathan klopfte ungeduldig mit dem Finger auf den Rahmen.

»Physischer Kontakt zu ZK-KI muss hergestellt werden. Ursprünglich gab es eine Verbindung zwischen den beiden Einrichtungen, die aber nicht mehr existiert.«

»Wo ist diese zweite Einrichtung?«

»Einhunderteinundzwanzig Komma vier eins drei Kilometer in Richtung einhunderteinundsechzig Komma drei acht vier Grad Südsüdost. Zur Zeit der Abschaltung gab es dort eine große Stadt.«

Eine lange Reise. Gefährliches unbekanntes Gebiet. Ist die Wahrheit das wert? Und was, wenn ich dort auch nicht mehr erfahre?

»Werde ich dort Antworten auf meine Fragen erhalten?«

»Unbekannt«, antwortete die künstliche Intelligenz.

»Kannst du uns wenigstens sagen, wo genau diese KI zu finden ist?«

Es gab ein kurzes heftiges Geräusch, ein heiseres Sirren, dann fuhr ein Stück Papier aus einem Schlitz am Kontrollring. Es war eine grobe Karte, wie sich bei näherer Betrachtung herausstellte.

»Na gut, versuchen wir es anders: Was genau wurde hier erforscht?«

»Fehlende Berechtigung.«

»Worin besteht die Gefahr, die du erwähntest?«

»Fehlende Berechtigung.«

»Gibt es andere Möglichkeiten, Informationen über diese Anlage zu erhalten?«

»Fehlende Berechtigung.«

»Wirst du es uns sagen, wenn wir dich dann nicht abschalten?«, fragte nun Alina wütend.

»Fehlende Berechtigung. Kommunikation wird bei weiteren Verstößen gegen das Protokoll eingestellt.«

»Was zum …« Nathan sah Alina wütend an, die jedoch nur mit den Schultern zuckte.

Alina hatte noch eine Frage. »Was machst du jetzt? Wird dein Generator halten?«

»Zeit bis zur erneuten Abschaltung bei gleichbleibender Generatoreffizienz: sechs Komma drei drei sieben eins vier Gigasekunden.«

»Wie lang ist eine Gigasekunde?«, fragte Alina genervt.

»Eine Milliarde Sekunden«, sagte die KI.

Nathan überschlug das kurz und war beeindruckt: rund zweihundert Jahre. *Es muss den Konstrukteuren wirklich um einen Dauereinsatz gegangen sein.* »Was für eine Technologie steckt hinter deiner Energiequelle, dass sie so einen langen Einsatz ermöglicht?«

Als sich nach ein paar Sekunden Stille über den Raum senkte, fürchtete Nathan schon, die KI mit dieser Frage endgültig zum Schweigen gebracht zu haben, doch dann sagte SAK: »Raum-Zeit-Singluaritätserzeugung.«

Das klang wichtig, mehr fiel Nathan dazu nicht ein. Er hatte noch nie von so etwas gehört.

Müde, wie er war, ließ seine Aufnahmefähigkeit nun deutlich nach. Es war Zeit, seinen Nerven etwas Ruhe zu gönnen. Er kam mit der störrischen KI ohnehin nicht weiter. Irgendwann würden sie eine falsche Frage stellen und SAK damit womöglich dauerhaft deaktivieren. Es war sicherer, sich die Option auf ein weiteres Gespräch – mit Berechtigung – offenzuhalten.

Er wollte sich schon aus dem Sessel erheben, entschied sich dann aber, das Risiko einzugehen: »Ich kann die Schrift, die hier überall verwendet wird, nicht lesen. Kannst du mir dabei irgendwie helfen?«

»Welche Sprache können Sie lesen?«

Nathan war verblüfft. »Ich kann lesen, nur weiß ich nicht, welchen Namen die von mir beherrschte Schrift hat. Wir haben hier im Kessel kein Wort dafür, denn wir sprechen alle gleich. Auch die meisten Schriftstücke sind gleich. Zumindest war es so, bis wir in diese Anlage gelangten.« *Weil hier nichts verfälscht ist.* Ein heftiger Stich im Kopf begleitete diesen Gedanken.

Auf dem Bildschirm erschien eine Liste.

Nathan entdeckte die ihm bekannte Sprache, die allerorts im Kessel gesprochen und geschrieben wurde und in der auch alle Bücher seiner Bibliothek verfasst worden waren. »Diese hier, die Dritte.«

»Wörterbuch wird erstellt ...«

Aus dem Schlitz am Kontrollring kam ein langes Papier geschossen, das sich jedoch selber faltete und zu einer Art Buch zusammenklappte.

»Sie können damit die gewünschte Standardschrift erlernen.«

»Ich danke dir«, sagte Nathan. »Wir gehen jetzt.«

Die KI schaltete sich ab oder schwieg einfach. Ein paar Kontrolllämpchen erloschen. Sie verließen den Raum, dessen Beleuchtung danach automatisch deaktiviert wurde. Die Tür schloss sich wieder.

»Das war interessant Onkel«, sagte Alina.

»Ja, aber lass uns nun schnell von diesem Ort verschwinden. Ich habe genug für heute.«

Kann ich dem, was ich erfahren habe, trauen? Egal, denn mir bleibt so und so nichts anderes übrig, als den Kessel zu verlassen, wenn ich mehr über das System, das über uns herrscht, erfahren möchte.

Die Welt ist für uns so klein geworden, dass jede Information über sie wie ein Strohhalm ist, an den sich ein Ertrinkender klammert. Ich werde also den Kessel verlassen und eine Stadt suchen, die es vielleicht gar nicht mehr gibt. Die Karte der KI zeigt keine Wege dorthin, sondern nur ungefähr die Position der Stadt und die Position der anderen KI in der Stadt. Das heißt, dass wir uns einen Weg suchen müssen. Vielleicht gibt es dort draußen auch gar nichts mehr. Warum kann ich mich nicht einfach damit abfinden, dass hier etwas vor sich geht, das nicht aufgedeckt werden möchte? Das Leben ist eigentlich nicht schlecht. Wir sind ja alle glücklich hier, die Arbeit ist nicht zum Totschinden. Warum will ich dann insgeheim ausziehen, um einen Grund zu finden, der dies alles hier gefährdet und möglicherweise zerstören wird?

Die Antwort schien einfach: *Weil ich ein Schatzjäger bin.*

Er war ein Mensch und Menschen strebten immer nach mehr – auch auf die Gefahr hin, dass es zum Wahn wurde. Er musste diese Stadt finden …

Dann fiel ihm ein, wo er gerade war: Mückenschwärme in der Luft und Blutegel im Wasser – Nathan wünschte sich an einen anderen Ort. Ein eigenartiger Duft lag in der Luft, verströmt von einer ebenso merkwürdigen Pflanze, die am gesamten Ufer des Baches zu seiner Rechten wucherte. Hellblaue Blütenblätter, zart und un-

schuldig wirkend, verbargen ein tödliches Geheimnis, wie der geübte Wanderer sehr wohl über die Blume, die *Kesselkissen* genannt
wurde, wusste. Den intensiven Geruch hatte Nathan aber nicht mehr
in Erinnerung gehabt und so hoffte er nur noch, dass nicht die gif-
tigen Sporen der Pflanze diesen begleiteten.

Die Hose hochgekrempelt schritt er barfuß durch den Bach und
achtete genau darauf, keinem der kleinen schlangenähnlichen Blut-
sauger zu nahe zu kommen. Kristallklar strömte das kalte Wasser
durch das Bachbett und vereinigte sich in dem kleinen Becken, das
unmittelbar vor ihm lag. Der Wasserstand wurde immer tiefer und
zwang Nathan schließlich dazu, ans Ufer zu klettern.

Er wollte alleine sein, nachdenken, sich über das Ziel ihrer kom-
menden Reise klar werden und hatte einen Zwischenstopp an einem Ort der Ruhe eingelegt, während Alina ihrer Freundin Marie
im Dorf einen Besuch abstattete. Es war nur eine kurze Rast, ein
Weg, um sich vom Kessel zu verabschieden und ihm Lebewohl zu
sagen.

Nathan entfaltete ein Tuch. Der Inhalt, den es schützend verborgen gehalten hatte, erinnerte ihn daran, dass er zu Alina nicht aufrichtig gewesen war, obwohl sie sie gesehen hatte – ihn und Fuchs,
seinen Schatzjäger Kollegen, der gelegentlich seinen Platz bei dem
Grauweihervolk beanspruchte. Er hatte ihn konsultieren müssen,
denn nur das Wissen eines anderen Schatzjägers war umfassend genug, um diese Art von Alte-Welt-Technologie zu verstehen. Auch
wenn er den Koffer aus dem Imbiss und dessen Inhalt nicht mitgenommen hatte, war er mit Fuchs doch zu einer Erklärung über
dessen Funktionalität gelangt.

Haben wir recht – und vielleicht haben wir das ja tatsächlich –,
dann wird der Inhalt das Leben im Kessel verändern.

Er wurde etwas traurig. *Meine liebe Alina, es tut mir leid dich*
belogen zu haben, aber deine Schultern sind noch nicht stark genug,
die Last solch eines Wissens zu tragen.

Er betrachtete wieder den Gegenstand zwischen seinen Fingern.
Es war ein Karton in Form einer kleinen Karte, gezeichnet von
Fuchs, mit mehreren Symbolen darauf. Eines davon, das in der rech-

ten unteren Ecke, war das Zunftsymbol der Schatzjäger, die anderen aber würden dabei helfen, ein Rätsel zu verstehen. Außerdem waren sie der Code, um jene Technologie zu verwenden.

Teil II.

Gegenwart

Ein langer Tag

Tag 1   Ich fühle mich eigenartig, denn jene Verwirrung, die uns alle nach dem Munterwerden befällt, will nicht schwinden. Ich bin nun schon einige Zeit wach, doch kann ich immer noch nicht klar denken und auch kaum sehen. Düsteres Zwielicht herrscht um mich herum. Ich kann Wände erkennen, die mich gefangen halten und eine metallische Tür, die zwar eine kleine Klappe hat, aber sich nicht von innen öffnen lässt. Eigenartig, dass ich mir kaum Erinnerungen bewusst machen kann, aber die Worte mir flüssig von der Hand gehen, die ich auf diese einfachen Papierbögen schreibe, welche ich zusammen mit einem Stift auf dem Boden vorgefunden habe. Langsam scheint mein Verstand wieder zu funktionieren, denn ich beginne mich zu fragen, wo ich hier bin und weswegen ich eingesperrt bin. Ich muss versuchen, mehr zu erfahren …

… und das habe ich getan. Ich verbrachte die letzten Stunden damit, die Nervenreize in meinem Körper zu erkunden. Ich habe für alles ein passendes Wort. Ich kenne Hunger und Durst. Ich habe meine Blase bis zum Maximum gefüllt. Der Drang zu urinieren, hat mir die Tränen in die Augen getrieben. Ich spüre alles, mein Körper funktioniert richtig. Nur meine Augen sind nicht ausgelastet, denn es gibt nichts zu sehen.

Wer bin ich, dass ich einen funktionierenden Körper habe, mein Verstand aber ohne Erinnerungen auskommen muss?

Tag 2   Obwohl ich bei klarem Verstand bin, kann ich mich nicht an Vorgestern erinnern. Auch nicht an davor. Ich bin nicht, denn ich habe keine Vergangenheit. Wie kann ich mich definieren, erkennen, wenn ich keine Erfahrung besitze, die all die kleinen Entscheidungen, die es zu treffen gilt, wie selbstverständlich übernimmt? Wenn etwas nicht benannt werden kann – also keinen Namen hat wie ich – wie kann es dann existieren? Lebe ich möglicherweise gar nicht?

Heute ging die Klappe an der Türe auf und ein Teller mit einer Mahlzeit wurde in die Zelle gestellt. Ich war überwältigt, denn mein Ich war bis zu diesem Zeitpunkt einzig nach innen gerichtet gewesen. Die äußere Welt – wenn auch auf meine enge Zelle beschränkt – ist eine fantastische Erfahrung für all meine Sinne. Ich kann riechen. Zwiebeln. Etwas Normales, sollte man meinen, doch eigenartig neu für mich. Wurde ich gerade geboren? Warum kann ich dann schreiben und komplexere Gedanken formulieren? Warum weiß ich zum Beispiel, dass eine algebraische Polynomgleichung n-ten Grades genau n komplexe Wurzeln hat?

Tag 3   Ich höre Schreie. Vielleicht kommen sie aus einer Nachbarzelle. Sie hören nicht auf. Monoton anhaltend und immer im gleichen Tonfall. Eine Aufnahme in Endlosschleife?

Die Schreie verändern sich – eine heiser werdende Stimme. Stunden vergehen, in denen ich nicht denken kann. Ich beginne, mit den Fäusten gegen meine Schläfen zu klopfen, vielleicht kann ich ein Hämmern in meinen Kopf erzeugen, um die Schreie zu übertönen ...

Die Schreie sind plötzlich verstummt, obwohl, vielleicht doch nicht ganz plötzlich, denn vorher gab es noch einen einzigen lauten Aufschrei, dann einen dumpfen Schlag und jetzt ... endlich Ruhe. Ich betaste mein Gesicht und bemerke zum ersten Mal, dass ich völlig durchnässt bin. Tränen und Schweiß laufen Hals und Rücken hinab.

Wie schön Ruhe sein kann, denn nur meine Gedanken schweben durch die Leere. Leben spüre ich erst jetzt, da kein Geräusch um mich herum zu hören ist, als ob ich mich erst durch Einsamkeit meiner selbst bewusst machen kann. Mein Bewusstsein glüht hell in dem Zwielicht, doch überkommt mich die Erleichterung so stark, dass ich erst jetzt meine Müdigkeit bemerke ... das Schreiben fällt schwer, vor meinen Aug...

Tag 3 – noch immer?   Zum ersten Mal wird mir bewusst, dass ich eine Art Tagebuch schreibe, ein Journal, das irgendjemandem bestimmt ist zu lesen. Ab jetzt schreibe ich für dich, mein gesichtsloser

Leser, und beginne damit, mich vorzustellen. Nenne mich *Es*. Etwas Besseres kann ich beim besten Willen nicht finden, denn meine Identität lässt sich nicht festlegen. Ich kann mich nicht fassen. Jedoch ... alles braucht eine Bezeichnung, um existieren zu können. Da ich meinen Namen nicht kenne, soll eine Definition aushelfen, weswegen ich wünsche, *Wesen* genannt zu werden.

Zweitens beschreibe ich dir den Ort, an dem ich mich gerade befinde. Es handelt sich um eine dreimal drei Meter große Zelle. An einer Seitenwand befindet sich eine metallische Pritsche, ein Loch an der gegenüberliegenden und eine schwere Stahltür in der Wand vom Bett aus gesehen rechts. Die andere Wand ist leer. Schwaches Licht, das durch zwei kleine vergitterte Öffnungen in der Decke fällt, bietet mir kaum die Möglichkeit, die Farbe der Wände zu bestimmen. Manchmal flackert es auch und meine Nerven beginnen, sich auf die Frequenz einzustellen, ganz so, als ob das Flackern meine Resonanzfrequenz auszuloten versucht. Alles schwingt dann und meine Gedanken treiben wie auf Wellen getragen hinfort ... ich beginne zu schwinden, ins namenlose Dunkel, in die Tiefen meines Unbewusstseins.

Tag 4 Ich vernahm heute zischende Laute aus einer der Nachbarzellen. Es hörte sich an, als ob jemand die Ungerechtigkeiten des Universums beklagen würde. Die Stimmlage erhöhte sich schrittweise, bis sie zu einem leisen Kreischen wurde. Metallisches Hämmern unterbrach es dann. Als auch dieses aufhörte, konnte ich endlich schlafen. Ein Dröhnen im Boden weckte mich und ich konnte Rauch riechen. Das Licht flackerte kurz und dann war alles wie immer.

Ich wage kaum, darüber zu berichten, ich schiebe es schon länger auf, aber die Wahrheit ist, dass ich mich verändere. Warum ich mir dessen sicher bin, weiß ich auch nicht, aber ich tue es, soviel ist sicher. Wenn ich versuche, mein Bewusstsein zu lokalisieren, es auf irgendeinen Punkt in oder außerhalb meines Körpers einzuschränken, dann schaffe ich dies beinahe. Aber jenes Bewusstsein scheint doch nicht ganz meines zu sein, es ist zu klar und irgendwie *befallen*, denn immer, wenn ich mich ganz stark konzentriere, dann visualisiert sich mein Bewusstsein als heller Klumpen, der von dunklen Adern durchzogen wird. Diese Adern sind nicht von mir, haben meinen Geist fest im Griff und manipulieren ihn.

Mir wird gerade bewusst, dass ich sehr naiv, fast kindlich vor mich hin schreibe und jedem Leser sehr einfältig vorkommen muss. Doch muss ich so unverblümt schreiben, denn die Worte müssen, so wie sie entstehen, zu Papier gebracht werden. Kein Filter soll ihre Bedeutungen verschleiern, denn nur so kann ich mir selbst helfen, dieses Gefängnis zu überstehen. Gefängnis? – Ja. Habe ich mir eigentlich schon einmal wirklich die Frage gestellt, wo ich hier bin? Ein Gefängnis ist es sicher, denn ich bin eingesperrt. Nur welcher Art genau, kann ich nicht bestimmen, denn keine Wärter besuchen mich, deren Taten mir Aufschluss darüber geben könnten, zu welchem Zweck ich hier gehalten werde. Vielleicht spielt sich das alles nur in meinem Kopf ab und ich sitze in Wirklichkeit gerade unter einem Baum, mein Ich innerhalb von Wänden gefangen, die aus meinen Schädelknochen gemacht sind ...

Gerade eben ist das Licht, das durch die Schlitze meiner Zellentür fällt, stärker geworden. Ich höre jetzt Geräusche, als ob schwere Metallklötze auf Stein geschlagen würden. Der Takt ist gleichbleibend. Bum. Bum. Bum. Bum. Schritte? Sie sind nahe, sehr nahe. Sie sind da. Meine Zelle, die Nachbarzelle gegenüber? Eine Tür wird aufgeschlagen. Gegenüber, denke ich. Ein Wimmern, kaum menschlich. Elektrisches Knistern, dann ein Brutzeln – Fleisch in der Pfanne? Ein Aufschlag. Der Takt der Schritte beginnt von Neuem. Etwas wird durch den Gang gerollt. Es ist weg.

Ich wage wieder, zu atmen.

Zeit ist vergangen und die Schritte sind nicht wiedergekommen. Ich würde so gerne einen Blick nach draußen werfen und der namenlosen Bedrohung ansichtig werden, von der ich fühle, aber nicht mit Bestimmtheit sagen kann, dass sie da ist. Paradoxerweise fühle ich mich in meiner Zelle aber auch geborgen und manchmal möchte ich über den kalten Boden in die entfernteste Ecke kriechen und mich dort wie ein Häufchen Elend zusammenrollen, fest in die Ecke geschmiegt.

Das Licht in meiner Höhle ist düsterer als sonst. Nur ein schwaches Grün. Ich höre das Tropfen einer zähen Flüssigkeit und es riecht abgestanden und nach Kälte. Ich möchte schlafen, aber die Einsamkeit hält mich wach und so versuche ich, sie zu überwinden, indem ich Stift und Blatt transzendiere und mir einen Leser imaginiere. So sitzen die Leser dieses Journals um mich herum und lauschen meiner Stimme, die Worte sprechend, während ich sie schreibe.

Tag 5   Ich merke, als ich diesen neuen Eintrag beginne, dass ich nicht glaube, die Zeit richtig bemessen zu haben und ich schon weit länger hier bin als fünf Tage, denn was ich *Tage* nenne, sind in Wirklichkeit Wach- und Schlafzyklen und selbst da bin ich mir nicht ganz sicher, da ich möglicherweise verschiedene Stufen von Wachsein und Schlaf durchlaufe. In dieser düsteren Einsamkeit ist so manches nicht fassbar.

Tag 6   Ich glaube, dass jemand in der Zelle war, als ich schlief. Ich habe juckende Stellen am ganzen Körper und wenn ich mich an ihnen kratze, spüre ich geschwollenes Gewebe. Oder wünsche ich mir so sehr ein Ende der Einsamkeit, dass ich diese körperliche Reaktion unbewusst erzeuge, um einen heimlichen Besucher zu begründen? Ich bin es leid, nicht zu wissen, warum ich hier bin und warum eine Zelle um mich herum ist. Ich verbrachte einige Zeit bei der Suche nach Schwachstellen, nach losen Wandplatten oder korrodierten Scharnieren an der Tür. Ich muss raus, die Wände kommen immer näher.

Tag 6/2   Ich schlafe nicht mehr, denn wenn ich schlafe, kommen sie und machen etwas mit mir. Jedes Mal fühle ich mich anders. Sie testen und verändern mich. Sie prüfen mich, brauchen mein Fleisch ...

Tag ...?   Wie lange soll das noch gehen. Ich wache nicht mehr richtig auf, denn meine Nerven verkümmern und mein Bewusstsein schwindet. Ich kann schon Jahre oder auch nur eine Woche hier liegen. – Ich weiß es nicht und es spielt keine Rolle mehr. Das Leinen auf meiner Pritsche reibt auf meinem Rücken. Die Haut juckt und dieser Juckreiz lässt Leben in meinen Körper zurückkommen. Ich drehe mich auf den Bauch und versuche, meine Gedanken zu sammeln, solange ich noch kann.

Ich muss etwas tun, sonst werde ich ausbrennen, den letzten Funken Verstand verlieren.

Nächster Eintrag Ich suchte einen Ausweg und habe diesen im Halbschlaf wohl gefunden. Ich sprang von meiner Pritsche auf und rannte so schnell ich konnte gegen die Zellentür. Das Metall gab nicht nach, ich aber auch nicht. Noch mal sprang ich gegen die Tür und noch mal. Es klang wie ein Hammer, der auf einen Amboss schlug. Metall auf Metall. Ich bin wohl irgendwann ohnmächtig zusammengebrochen. Blut strömte aus Platzwunden. Schmerz strömte durch meinen Körper.

Schmerz erinnert mich daran, was ich bin. Sie erinnern sich, dass ich *Wesen* genannt werden wollte. Lebe-*Wesen*.

Ja, ich fühlte, dass ich lebte. Ich setzte mich auf – da bemerkte ich erst, dass ich halb auf der Pritsche gelegen hatte. Ich stand ganz auf und tastete mich zur Tür. Ich wollte sehen, ob mein Wahn auch etwas bewirkt hatte. Ein kleiner Beweis für meine Stärke zumindest. Ich strich über die Oberfläche und fand … nichts. Aber als meine Hand den Rahmen entlangstrich, entdeckte ich, dass die Türe nicht mehr geschlossen war.

Ich kann also endlich raus. Was wird mich draußen erwarten? Ich werde es erfahren. Ich verspüre Angst, die sicher bald zu Panik erwachsen wird, doch die wird vergehen, sobald die Ungewissheit ein Ende findet. Dieses Journal werde ich wohl nicht mehr brauchen. Lebt wohl, meine Leser, meine Mitgefangenen, meine Freunde.

Er öffnete die Tür, das letzte Tor, das er zu öffnen hatte, bevor er ins Freie treten konnte. Hoffnung, wo es zuvor keine gab, verlieh ihm Kraft und er stieß seinen ohnehin schmerzenden Körper hart gegen die Tür. Wie ein Blitz überflutete Tageslicht das Zwielicht des Gefängnisses und beendete die lange Nacht der Einsamkeit seiner Zelle.

Er fiel auf die Knie, seine Augen brannten und er hielt sie fest zusammengepresst. Tränen liefen ihm übers Gesicht. Kühler Wind trocknete seine Wangen und die dadurch entstehende Kälte erinnerte ihn an seine Aufgabe. Langsam öffnete er seine Augen wieder und sah überall hohe Bäume. Er befand sich offensichtlich auf einem Hügel, denn er sah auf ein grünes Meer hinab, dessen Wogen vom Wind, der durch die Baumwipfel blies, verursacht wurde. Keine Zeichen menschlicher Siedlungen waren zu sehen. Von der Einsamkeit einer Zelle zur Einsamkeit des Waldes.

Er drehte sich um und Abscheu überkam ihn beim Blick auf die Stätte seiner Gefangenschaft. Nicht viel von dem Gebäude war zu erkennen, genug jedoch, um es als abschreckend hässlich zu empfinden. Ein Betonklotz, in den Berg gerammt – ein Schlitz wie ein Zyklopenauge und eine Tür wie ein gefräßiger Mund.

So schnell ihn seine schmerzenden Gliedmaßen trugen, floh er von dem verwünschten Ort. Es ging abwärts. Für ihn fühlte es sich aber anders an, denn mit jedem Schritt strömte mehr Leben in seinen Körper.

Neue Freundschaften

Nathan hielt an. Langes Gras, Libellenhaar genannt, zerrte an seinen Schenkeln, während er sich zu Alina umdrehte, sie an den Schultern fasste und ihr mit erstem Blick in die Augen sah. »Du weißt, wo wir sind. Hier beginnt der dichte Wald der Pforte. Berücksichtigt man unsere letzten Erfahrungen hier, so sollten wir sehr vorsichtig sein.«

»Ich spüre Nervosität und einen Drang, der mich zurückhält, der mir sagt, dass wir etwas Falsches tun. Da ist eine Stimme in meinem Kopf, die nicht meine ist und mir zuflüstert: Tu es nicht. Wie wird es dort draußen wohl sein?«

»Wenn ich darauf nur eine Antwort hätte.« Er seufzte tief. »Hoffentlich nicht viel anders als hier, aber ich befürchte, eher schlimmer. Wir werden viel Neues sehen und auf jeden Fall um einige Erfahrungen reicher zurückkommen. Aber freust du dich nicht auch, andere Teile unserer Welt zu sehen und die Abgeschiedenheit des Kessels endlich hinter dir zu lassen?«

Sie ließ sich einige Augenblicke Zeit mit der Antwort. »Ich muss gestehen: viel weniger, als ich vermutete hätte.« Ihre Nervosität war offensichtlich.

Sie wanderten weiter durch den dichten Wald und bestaunten den festen Wuchs der Bäume hier.

Sie erreichten gegen Mittag die Pforte. Dabei passierten sie den Rand des Waldes und Alina überschritt zum ersten Mal in ihrem Leben die Grenzen der ihr bekannten Welt. Ihr erster Eindruck war, dass die Luft hier leichter wirkte und nach Frühling roch. Sie lächelte über diesen Gedanken.

Wind blies ihnen ins Gesicht. Ohne den Schutz der Bäume waren sie in der Steppenlandschaft, die sich nun vor ihnen auftat, den Elementen stärker ausgesetzt. Anders als im Kessel gab es keine Berge um sie herum, die sie vor allzu bösartigen Wetterlaunen schützten. Nach Westen, Süden und Osten verlor sich der Himmel am Horizont; die Weite lag vor ihnen ausgebreitet und gab ihnen ein Gefühl der Winzigkeit und des Verlorenseins. Noch hatten sie die Steppe aber nicht erreicht, denn die Ausläufer der Berge, die Teil des Gebirges rund um den Kessel waren, reichten noch weit in die Ebene hinein.

»Schau, Onkel, auf dem Felsen dort hinten, beim letzten der großen Bäume, sitzt jemand.« Überschwänglich, ganz entgegen ihrem Naturell, winkte sie und rief der Gestalt ein lautes »Guten Tag« zu.

Erschrocken zuckte die gebeugt sitzende Person zusammen und fuhr herum, wie ein Hund, auf dessen Schwanz getreten worden war.

»Wer seid ihr?«, fragte der Mann furchtsam, aber offenbar bestrebt, nicht allzu ängstlich zu klingen, als die beiden Wanderer ihn erreicht hatten.

»Seid nicht beunruhigt. Wir sind Kesselbewohner und zum ersten Mal hier. Wir wollten uns nur nach Informationen über die Gegend erkundigen«, antwortete Alina. Sie trat vorsichtig näher. Der Mann zeigte das Verhalten eines scheuen Rehs, worauf Alina dementsprechend reagierte.

»Auch mein Weg führte mich bisher niemals an diesen Ort … denke ich. Ich komme aus den Bergen.«

Alinas Eindruck war, dass der Fremde schon länger nicht mehr gesprochen hatte. Seine Stimme krächzte, als ob Kieselsteine auf einem Waschbrett reiben würden. »Wandert ihr schon lange? Ich bin Alina Brunner und das hier ist mein Onkel Nathan.« Sie war jetzt nahe genug, um das Gesicht des Fremden zu erkunden. Er war sehr blass und wie bei einer Kinderkrankheit überzogen rote Flecken seine Haut. »Seid ihr krank?«, fragte sie.

»Ja, kommt mir nicht zu nahe.«

Nathan, der seiner Menschenkenntnis vertraute, war von der Harmlosigkeit des Fremden überzeugt. Er hatte schon öfter gesehen, wie Alina ein krankes Tier gesund pflegte und so war für ihn offensichtlich, dass es hier zu etwas Ähnlichem kommen würde.

Er zog seinen Rucksack und das Jagdgewehr über die Schulter und ließ beides ins hohe Gras gleiten. Gleich daneben fand er einen gemütlichen Platz, an dem er sich mit dem Rücken gegen einen umgefallenen Baum lehnen konnte. Er wollte die Zeit, die Alina mit dem Fremden benötigte, nutzen, um sich in das Wörterbuch zu vertiefen, das SAK ihm gegeben hatte.

Nathan schreckte auf, als er Alinas Stiefel neben seiner Hand sah. Er war in seine Lektüre vertieft gewesen und hatte nichts von dem mitbekommen, was sich zwischen dem Fremden und Alina zugetragen hatte. Dafür war er sich nun sicher, dass er das meiste von dem verstehen konnte, was irgendwo in der alten Schrift geschrieben stand. Es hatte sich als recht einfach erwiesen, da sich nicht die Sprache, sondern nur die Schriftzeichen unterschieden. Es musste einfach nur ein altes Zeichen durch ein neues ersetzt werden und schon ließ sich die Schrift entziffern. Jetzt, da diese Anleitung vor ihm lag, hielt er auch einen Beweis in Händen. Etwas, das sein Gehirn nicht leugnen konnte. Diese Schrift existierte und nun war ihm, als müsste er das alte Schriftsystem nicht wieder erlernen, sondern einfach aus der Tiefe seiner Erinnerungen heraufheben. Er wunderte sich über sich selbst, dass ihm das nicht schon vorher aufgefallen war. Andererseits arbeitete sein Verstand seit dem Verlassen des Kessels viel klarer. Zumindest kam es ihm so vor.

Ob Einbildung oder nicht, Hauptsache ich habe einen Nutzen davon. Bücher mit vertauschten Schriftzeichen und nachträglich mit alten Einbänden versehen? War all dies künstlich erschaffen, inszeniert worden? Wenn ja, von wem und warum?

»Bist du damit einverstanden, dass wir ihn mitnehmen?«, riss ihn Alina nun endgültig aus seinen Gedanken. »Er ist fast wie ein kleines Kind und ich denke, er würde hier auf sich selbst gestellt sterben.«

Noch in Gedanken bei der möglichen Verschwörung, die Menschen im Kessel unwissend zu halten, konnte Nathan nicht gleich fassen, was sie da sagte. Als es ihm dann klar war, verzog er das Gesicht. Sie würden langsamer vorankommen und den Proviant teilen müssen. Darüber hinaus mochte Nathan Gesellschaft nur dann, wenn er selbst ein Verlangen danach verspürte. Jedoch bat seine Nichte selten um etwas und wenn, dann war es meisten durchdacht und sinnvoll. Er konnte es ihr also kaum abschlagen, versuchte aber halbherzig, sie doch noch umzustimmen. Dabei erntete er jedoch nur ein Schnauben und einen Blick, der ihn zu fragen schien, ob er denn den Verstand verloren habe, einen Menschen, der Hilfe brauchte, zurückzulassen.

Es erwies sich, dass die Landschaft jenseits der Pforte nicht viel anders war, als sie es von der Talebene des Kessels gewohnt waren. Eine weite Steppe, braunes Ödland, in dem nicht viel mehr wuchs als mageres Gras und verkümmerte Sträucher. Sie hatten ursprünglich etwas anderes erwartet, da ihnen der dichte Wald, der die gesamte Pforte umfasste und dort den Kessel von der Außenwelt trennte, die Idee in den Kopf gesetzt hatte, die Vegetation würde außerhalb des Kessels überall so weitergehen. Der Wald war ein Symbol für alle Kesselbewohner, denn er repräsentierte den Übergang von Heimat zu Fremde. Deshalb, so nahmen zumindest alle Talbewohner an, ohne genauer darüber nachzudenken, musste die Welt außerhalb überall dicht bewaldet, schattig und düster sein.

Einige Kilometer südlich trafen sie auf die ersten Anzeichen der großen Siedlungen, die es hier einst gegeben haben musste. Eine Straße, der Asphalt mit armdicken Rissen durchzogen, schnitt schnurgerade durch die Steppe. Ihr schlechter Zustand ließ vermuten, dass sie schon lange nicht mehr befahren worden war, um jetzt nicht viel mehr als ein Überbleibsel der Alten Welt darzustellen. Dieser Eindruck mochte aber auch täuschen. Bilder von Fahrzeugkolonnen durchzuckten Nathans Kopf. Eine lange Schlange in der untergehenden Sonne, am Ende eines Arbeitstages. Viel Lärm und Gestank. Manchmal bewegte sie sich mit hoher Geschwindigkeit fort und manchmal lag sie regungslos, aber nicht still, denn kaum hatte die Bewegung gestoppt, produzierte die Metallschlange eine Kakofonie von Lauten, die einem verendenden Tier glichen. *Wer weiß, vielleicht fahren hier noch vereinzelt Fahrzeuge? Mit geringer*

Geschwindigkeit mag dies durchaus noch möglich sein.

Aufgrund einer mangelnden Alternative – die beste Idee war jemanden zu finden, der ihnen Informationen über die Landstriche und Gefahren geben konnte –, führte Nathan seine kleine Truppe die Straße entlang. Für gewöhnlich verbanden Straßen menschliche Siedlungen und da sich ihr Wissen um diese Gegend als *nicht vorhanden* bezeichnen ließ, war es nur vernünftig, ihr zu folgen. Die Straße war, wenn auch teilweise stark von Vegetation überwuchert, ein guter Pfad, der zumindest größtenteils ein schnelles Vorankommen ermöglichte.

Am Hang eines Hügels war ein großes Stück ausgebrochen und das abgesunkene Erdreich die bewaldete Böschung hinabgeschlittert. Das Ergebnis war nun eine staubige Grube, in der zu allem Überfluss auch eine dornige Rankenpflanze wuchs. Mit ein wenig Kletterei und zerkratzter Haut erreichten sie aber bald die andere Seite.

Abseits des grauen Asphalts der Straße blieb das Land eine recht karge Steppe, bedeckt von nur spärlicher Vegetation. Das lange Steppengras wogte im Wind hin und her. Die Hügel waren dem Flachland gewichen, die rostrote Farbe der Erde schimmerte durch das Gras und erinnerte dabei an die sonnenverbrannte Kopfhaut eines Mannes mit beginnender Glatze. Tief stand die Sonne bereits am Himmel und die langen Schatten erinnerte sie an die Mündigkeit, die sie alle verspürten.

Aus dem hohen Gras unmittelbar vor ihnen sprang ein Hase über die Straße. Er besaß ein dunkelbraunes Fell und weiße Flecken an den Löffeln.

Überrascht blieb ihr namenloser Begleiter abrupt stehen und sah fasziniert den Bewegungen des Hasen zu. »Ich weiß, dass das ein Hase ist, aber ob ich schon jemals einen gesehen habe, kann ich nicht sagen. Seine Bewegungen sind so schön, als ob er nur erschaffen worden sei, sich in dieser Umwelt zu bewegen.«

Der Hase verharrte einen Moment, sah die Menschen überrascht an und verschwand dann hopsend im langen Gras.

Sie gingen weiter. Da ihr Tag schon lange gedauert und sie viele Kilometer zurückgelegt hatten, schlugen sie etwas früher als gewöhnlich ihr Nachtlager auf. Auch auf die Gefahr hin, weithin aufzufallen, sammelten sie Brennmaterial für ein großes Feuer. – Es sollte ihre Gemüter aufmuntern und helfen, sich auf die veränderten Umstände einzustellen.

Jeder auf seine Art waren sie gedrückter Stimmung, allen war aber eine Emotion gemein: Sie fühlten sich verloren in der Weite der schier unendlich ausgebreiteten Landschaft. Die Geborgenheit des Lichts und der Wärme eines prasselnden Feuers, sein Geruch und das Knistern der Äste milderten das Gefühl des Verlorenseins etwas. Hier, in den unbekannten Landen, wo sie davon ausgehen mussten, dass alles und jeder eine Gefahr für sie bedeuten konnte, durften sie auch nicht allzu leichtfertig handeln. So blieb das Feuer dann doch etwas kleiner, als ursprünglich geplant.

Als die Flammen Wärme spendeten und das Knistern des Holzes wie kleine Explosionen durch die Luft hallte, unterhielten sich Alina und ihr Begleiter leise. Nathan spielte an dem kleinen Flachmann herum, der noch Reste von dem magischen Kräutersud enthielt. Er war versucht, davon zu trinken; eine kleine Vision heraufzubeschwören, mochte sich als hilfreich erweisen. Da das Ritual aber eine Gruppe vorschrieb, ließ er es dann doch sein. Ohne die passende Gesellschaft würde er wohl keinen richtigen Gefallen daran finden.

Was soll ich von der Gesellschaft dieses einfältigen Fremden halten? Er benimmt sich wie jemand, der einen Schlag auf den Kopf bekommen hat, trotzdem aber über voll ausgeprägte kognitive Fähigkeiten verfügt. Wenn sein Verstand ganz durchbrennt, wird er womöglich gefährlich. Ich möchte wissen, was mit ihm passiert ist, dass er in solch einen hilfsbedürftigen Zustand geriet. Er hat zumindest dreißig Jahre auf diesem angeschlagenen Planeten verbracht, aber so wie er jetzt ist, hätte er kaum so lange überlebt. Ein Unfall? Ein Schlag auf den Kopf, der die Erinnerungen eines gesamten Lebens ausgelöscht hat oder eine Krankheit? Ach …

Nathan unterbrach seine Grübeleien, wohl wissend, dass er ohne weitere Informationen nicht mehr tun konnte, als zu raten. Er beobachtete Alina, wie sie dem Mann, der keine Ahnung hatte, wie er hieß, etwas über das Leben in Menschenhand erzählte. Wild gestikulierte sie dabei und ihr Zuhörer hing gebannt an ihren Lippen, wie ein Kleinkind, dem eine Piratengeschichte vorgelesen wurde. Im Schein des Feuers und von der Seite betrachtet gaben die beiden ein interessantes Paar ab: Sie, mittelgroß, zierlich, mit langen dunkelblonden Haaren, saß selbstbewusst aufrecht und sprach zu einem zusammengesunkenen großen Mann mit breiten Schultern, die sich deutlich unter seinem Gewand abzeichneten – auch wenn er etwas abgemagert aussah – wie zu einem Kind.

Nathan mischte sich nun in die Unterhaltung ein, als Alina gerade etwas über soziales Zusammenleben sagte. Er ließ sie ihren Satz beenden und fügte dann hinzu: »In jeder von Menschen geschaffenen Siedlung muss es etwas geben, das für ein funktionierendes Zusammenleben sorgt. Solch ein ordnendes Prinzip kann vieles sein, doch immer gibt es auch eine Kraft, die diesem Prinzip entgegenwirkt. Nehmt zum Beispiel die einfachste Möglichkeit dafür, einen Bürgermeister oder Häuptling oder dergleichen, der absolut regiert. Immer wird jemand zur Stelle sein, der ihn herausfordert, der gegen ihn aufhetzt und usurpiert, egal wie gut und erfolgreich der Häuptling auch sein mag. Dies ist ein Gesetz der Natur. Ein Tier, das ein Revier für sich beansprucht, muss dieses auch ständig verteidigen. Ein anderes Prinzip könnte die Individualität des Menschen sein. Fördert man diese, um eine Gesellschaft von vielfältigen Individuen zu schaffen, sodass jedermann nur auf das Höchste für sich selbst aus ist, muss er zugleich auch berücksichtigen, dass man das nur dann haben kann, wenn alle anderen dies auch haben. Es wird immer eine Strömung geben, die der Individualität entgegenwirkt, etwas, das man als *Gleichmacherei der Dinge* bezeichnen könnte. Auch dies ist ein Naturgesetz, denn ein Rudeltier ist sowohl individuell als auch nur ein Teil des Rudels.« Nathan, der sehr genau die Augen des Namenlosen beobachtet und dabei scharf aufgepasst hatte, ob dieser ihm folgen konnte, nahm einen Schluck aus der Tasse mit Tee, die ihm von Alina gereicht worden war.

Der Namenlose sagte: »Wenn Menschen so etwas machen, dann

handeln sie wie Tiere. Wenn ich ein Tier beobachte – wie den Hasen vorhin –, dann wünsche ich mir, so zu sein wie er. Er kann leben, ich nur zweifeln.«

Nathan nippte wieder an seinem Tee, denn er fand, dass genug gesprochen worden war und außerdem musste er über die Antwort des Namenlosen, und was dies über ihn aussagte, nachdenken.

Als das Thema nicht fortgesetzt wurde, begann Alina eine Geschichte aus der alten griechischen Mythologie zu erzählen. Getragen von den geschichtsträchtigen Wörtern und klingenden Namen, begann sich Nathans Verstand zu entspannen und in den Traumzustand hinüberzugleiten. Bald schlief er ein. Ein paar Fragmente ihrer Geschichte drangen noch zu ihm durch: ».. es gab Mischwesen, Zerberus, Chimära und andere, den Göttern an Macht gleichgestellt. Zeus, der Gottvater ...«

Bald schliefen sie alle. Der Mond stand hoch am Himmel und beleuchtete das Lager. Onkel und Nichte waren in ihre Schlafsäcke, der Namenlose in eine Decke gehüllt.

Am nächsten Tag verließen sie die Straße und folgten einem Kiesweg, der einen flachen Hügel hinab führte. Mehr noch als die Alte-Welt-Straße mochte er sie in bewohnte Gegenden bringen, denn vermutlich war er von Menschen in jüngerer Zeit angelegt worden. Hier bot sich ihnen auch die Gelegenheit, unbekannte Natur zu entdecken und die triste Eintönigkeit der zerstörten Straße zu verlassen. Saftige rote und grüne Büsche säumten den Weg und kleine scheckig belaubte Bäume mit langen jungen Trieben standen in einiger Entfernung auf den Hügeln. Hielten sie sich weiterhin südsüdöstlich, wie es die Vorgabe der KI war, müssten sie trotzdem irgendwann auf die alte Stadt stoßen.

Als der Weg zwischen den Hügeln einen steileren Anstieg machte, bemerkte Alina, dass der Namenlose humpelte. »Hast du Schmerzen?«

»Nein, ich fühle keine Schmerzen. Manchmal juckt meine Haut, aber Schmerzen habe ich schon lange nicht mehr gespürt.«

»Warum humpelst du dann?«

Er beugte den Kopf nach unten und sah sich so auf groteske Weise selbst beim Gehen zu.

»Du hast recht, meine beiden Beine bewegen sich auf unterschiedliche Art. Hat das etwas zu bedeuten?«

»Vielleicht. Machen wir uns aber lieber später darüber Gedanken«, meinte sie beruhigend, als sie Unsicherheit in seinen Augen zu erkennen glaubte.

Aufgrund der warmen Frühlingsluft und dem ständigen Hügelauf und Hügel-ab wurde ihnen bald sehr warm. Die Landschaft war aufregend und so genossen sie den Marsch trotzdem.

Nach einiger Zeit erreichten sie eine alte Holzbrücke, die einen reißenden Fluss überspannte, der vorher nicht zu erkennen gewesen war, da ihn sein Lauf zwischen den Hügeln hindurchführte. Nathans Vermutung nach beförderte er Schmelzwasser aus den Bergen, eine Aufgabe, die er reißend und laut dröhnend verrichtete. Die Brücke lag mehr als fünf Meter hoch über den Wassermassen, die weiß schäumend zwischen gefährlich aussehenden Felsen dahin brausten.

Um die Tauglichkeit der Brücke und insbesondere die Haltbarkeit des morschen Holzes zu prüfen, ging Nathan als Erster. Ein Blick genügte, um ihm die Zuversicht zu nehmen, denn er befürchtete stark, dass die Brücke sie nicht alle gleichzeitig würde tragen können. Er ließ die anderen warten, während er sich vorsichtig an die Überquerung wagte. Laut knirschte es unter seinen Füßen und jedes Mal machte sein Herz einen Sprung. Obwohl gelegentlich Teile des morschen Holzes abbrachen und in die Tiefe rieselten, kam er dennoch sicher, wenn auch recht verschwitzt, ans andere Ende.

Alina war als Nächste dran. Sie ging vorsichtig und versuchte, ihre Füße bei jedem Schritt gleichmäßig zu belasten. Als sie fast in der Mitte der Brücke angelangt war, knirschte es laut. Sie erstarrte vor Angst, verlor den Halt unter den Füßen und klammerte sich verzweifelt an das Geländer. Dank der Kraft ihrer Arme entging sie knapp einem Sturz. Während sie versuchte, sich wieder hochzuziehen, sah sie die Bruchstücke der Brücke unter sich in der starken

Strömung entschwinden.

Ihre Füße fanden schließlich Halt zwischen den Planken und sie schaffte es, sich hochzuziehen, ohne dass weiteres Holz abbrach. Es knirschte und ächzte. Vorsichtig verteilte sie die Belastung und machte einen weiteren Schritt. Ihr Atem war unregelmäßig. Allmählich verkrampften ihre Arme. Vorsichtig setzte sie ihren Fuß auf den nächsten Balken, verlagerte so ihr Gewicht. Der übernächste Balken wurde ihr zum Verhängnis, denn diesmal brach auch das Geländer unter ihren Fingern ab und sie griff panisch ins Leere. Stürzte. Fiel. Fünf Meter tief. Dann schnürte Eiseskälte ihren Brustkorb zusammen, ließ lila Blitze über ihre Netzhäute jagen und sie glauben, ein Pfeil würde ihren Kopf durchbohren.

Nathan schrie, doch noch bevor er zu irgendeiner Bewegung fähig war, sah er den Namenlosen schon in die Fluten springen. Die weiße Gischt zwischen den Felsen verhinderte die Sicht auf das Geschehen. Nathan rannte durch das Gehölz und sprang über moosbewachsene Felsen, um einen Weg zum Flussufer zu finden, versuchte, dabei etwas in der Strömung zu erkennen. Pausenlos rief er Alinas Namen, was völlig sinnlos war, wie er wusste, aber er konnte nicht anders. Mittlerweile würde die starke Strömung sie schon weit fortgebracht haben und ...

»Alina!«, rief er ein letztes Mal atemlos, dann überkam ihn Panik, die ihn noch schneller rennen ließ, schließlich dumpfe Verzweiflung, die seine Schritte kraftlos machte, sodass er kaum noch weiterkam. Dennoch zwang er sich mühsam weiter, Schritt für Schritt, bis er das Wasser erreicht und freie Sicht auf den Fluss hatte.

Seine Erleichterung war unbeschreiblich, als er sie dort fand. Der Namenlose hatte sie an einer Stelle, an der der Fluss eine scharfe Biegung machte, an Land gezogen. Jetzt lag sie zu seinen Füßen – klatschnass, blau gefroren, bewusstlos, aber noch am Leben.

Zügig zog Nathan ihr die Jacke aus und entkleidete sie vollständig. Der Fluss, abgekühlt durch das Schmelzwasser aus den Bergen, hatte eine winterliche Temperatur und da es Frühling war, war sie stark unterkühlt. Der Fremde natürlich auch, der sich aber hüpfend und mit den Armen um sich schlagend selber wärmte. Nathan wickelte Alina hastig in seinen Schlafsack und suchte dann eilig Feuerholz zusammen.

Der Namenlose, der sich mittlerweile auch ausgezogen hatte, nachdem er sah, dass Nathan das mit Alina tat – als wäre er alleine nicht darauf gekommen – begann, während Nathan bereits einen kleinen Holzstoß zusammengetragen hatte, Alina warm zu rubbeln.

Nathan verdrängte sämtliche Gedanken an Unsittlichkeit, die sich albernerweise in seinen Kopf schlichen, und mühte sich, das Feuer anzufachen. Zum Glück brannte das Holz schnell an.

Nun konnte er sich endlich seiner Nichte zuwenden: Ihre Lippen waren blau, die Haut weiß und durchsichtig. *Eine Unterkühlung, ja, aber zumindest atmet sie gleichmäßig.* Er bemerkte zarte Röte auf ihren Wangen, Resultat der Bemühungen des Fremden. Das Gefühl der Sorge ließ nach und die Anspannung verließ Nathans Körper hörbar mit einem erleichterten Atemstoß.

Er richtete den Blick auf den Namenlosen, um zu sehen, wie es ihm ging und ihm zu danken. Da fiel sein Blick auf dessen Rücken, da er sich an Nathans Stelle um das Feuer kümmerte und gerade Holz nachlegte, um es weiter anzufachen. Nathan stockte der Atem und er vergaß für einen Moment die Sorge um Alina: Der Rücken des Mannes war über und über mit Narben bedeckt, Zeugnisse von Verletzungen, die einst mit chirurgischer Präzision verursacht worden waren. Die dünnen Narben überzogen seinen gesamten Rücken wie ein Spinnennetz.

Nathan riss sich zusammen, denn er bemerkte, dass der Namenlose ihn ansah. Würde der naive Fremde überhaupt Anstoß daran finden, dass Nathan so unverhohlen glotzte? Trotzdem beeilte er sich, etwas zu sagen, um der Situation Herr zu werden: »Vielen Dank, dass du Alina gerettet hast.« Er blickte zum Fluss und dessen reißender Strömung. »Ham, nun ... auch wenn es komisch klingt, aber: Woher wusstest du eigentlich, dass du schwimmen kannst?«

»Das wusste ich nicht, aber ich musste doch handeln? In dieser Situation war es das Richtige.«

»Aber auch töricht.«

»Vielleicht, aber das Richtige zu tun ist manchmal die einzige mögliche Handlung.«

»Und was sagt dir, was das Richtige ist?«

»Etwas, das tief in mir liegt. Intuition könnte man es wohl nennen.«

»Nun … tja … Komm, leg dich zum Feuer, trockne dich und … Nochmals Danke.«

»Über seinen gesamten Körper ziehen sich Narben. Das waren aber keine Verletzungen, sondern chirurgische Eingriffe.«

»Wer sollte so etwas tun? Und warum?«, fragte Alina, die neben ihrem Onkel außer Hörweite des Namenlosen ging.

»Ich weiß nicht, aber ich vermute, sein fehlendes Gedächtnis hat etwas damit zu tun.«

Alina war schockiert und wechselte abrupt das Thema: »Fällt dir hier etwas auf? Die Landschaft hat sich verändert. Es riecht auch anders.«

Im Osten, zu ihrer Linken, waren die Hügel sanft und zur Gänze bewaldet. Die Steppe war einer Landschaft gewichen, die aus Blumenwiesen und Sträuchern bestand. Hier und da kreuzte sogar eine Biene auf der Suche nach den süßesten Blüten ihren Weg. Alina war entzückt, Nathan staunte und der Namenlose sprang vergnügt wie ein Junge herum. Nathan dachte bei sich, dass hier eine geeignete Gegend sei, um nach Siedlungen von anderen Menschen Ausschau zu halten.

Kurz darauf zeigte sich die Richtigkeit seiner Einschätzung, denn als sie den Gipfel des letzten Hügels überquerten, sahen sie im Tal zu ihren Füßen eine kleine Stadt. Eine Palisade aus angespitzten Holzpfeilern umgab sie, es sah aber trotzdem einladend aus. Sie hofften sehr, dass der Eindruck nicht täuschen mochte, und fühlten eine zurückhaltende Vorfreude, wieder Menschen zu sehen. Auch dann, wenn ihr Besuch nur dazu dienen sollte, ein paar Worte mit Leuten eines fremden Volkes auszutauschen.

Es roch nach frisch gebackenem Brot und irgendwo zu ihrer Linken, aber nicht allzu nahe, begleitete das Heulen eines Hundes ihren Einzug in die Stadt.

Unter Menschen

Das Tor lag offen und unbewacht vor ihnen. Ohne aufgehalten zu werden, durchschritten sie es und betraten unbehelligt die Stadt. Ihre Ankunft war aber nicht gänzlich unbemerkt geblieben, denn viele Leute musterten sie mit mäßig interessierten Blicken. Offenbar waren Fremde hier nichts Ungewöhnliches und die Städter an Gäste gewöhnt.

Die Erleichterung war Nathan anzusehen, seine Haltung war entspannter und sein Gesicht zeigte einige Sorgenfalten weniger: Menschen, normale Menschen bevölkerten diesen Ort und gingen alltäglichen Dingen nach. Halb hatte er erwartet, *Veränderte* hier zu sehen, jene Wesen aus der Geschichte von Edmund dem Eremiten. Entgegen seiner Befürchtung blickte er aber in überwiegend freundliche Gesichter von gesunden Leuten, wie es sie auch im Kessel gab.

»Wir brauchen eine Herberge, das hat oberste Priorität. Es wird sicher etwas in dieser Art hier geben, denn man kann erkennen, dass sie mit anderen Siedlungen Handel treiben.« Er wies auf ein pferdebespanntes Fuhrwerk, dass in einer Seitengasse stand. Stoffballen lagen daneben. »Es wird bald Abend und außerdem benötigen wir dringend Informationen«, schloss Nathan seine Anweisungen.

Hinter einer grauen Fassade, die für die Reisenden, die mehr an die Farben der Natur gewöhnten waren, trost- und leblos wirkte, versprühte die Stadt einen ungewöhnlichen Charme. Vielleicht lag es daran, dass es im Kessel nur zwei größere Siedlungen gab, aber etwas – Nathan konnte nicht mit dem Finger darauf zeigen – passte nicht zu den vielen grauen Wänden, sondern lag verborgen, vielleicht absichtlich vor Fremden hinter der Kulisse versteckt.

Hauptsächlich bestand die Stadt aus einfach ausgebesserten Häusern der Alten Welt. Rostiges Wellblech befand sich nun an Stellen, an denen früher fester Stein, Isolierung und Putz eine solide Mauer gebildet hatten. Wo einst eine massive Holztür den Eingang zu einer Wohnung verschloss, hing nun oft nicht mehr als ein zerrissener Vorhang.

Sie schritten auf einer teilweise gepflasterten Straße entlang. Kleine Kinder sprangen in ihren Spielen herum, die Regeln gehorchten, die nur ihnen selbst verständlich waren.

Nathan fiel auf, dass es überraschend wenig Schmutz gab. Kurze Zeit später wurde ihm der Grund dafür klar: Eine hübsche blonde Frau, bekleidet mit einer blauen Schürze über einer knielangen Hose, war aus einem der Häuser getreten. Ihre Holzpantoffeln klapperten unrhythmisch über die Pflastersteine, während sie einen Eimer schleppte. Er war schwer, schwappte etwas über und benässte ihre Schürze und Schuhe. Anstatt den Kübel aber mitten auf der Straße zu entleeren, wie Nathan es erwartet hätte, schritt sie damit bis zu einem rostigen Abfluss und schüttete den Inhalt, eine braune Brühe, dort hinein. Offensichtlich verfügte die Stadt über eine funktionierende Kanalisation. Etwas, das er schon lange nicht mehr gesehen hatte.

Immer noch beachtete sie niemand sonderlich. Sie hatten mittlerweile das Zentrum der kleinen Siedlung erreicht. In einer Stadt dieser Größe mochte die Hauptstraße der geeignete Ort sein, um nach einer Einrichtung für gesellschaftliche Zusammenkünfte zu suchen. Es schien Nathan deshalb vernünftig, hier nach einer Herberge zu suchen.

Die Menschen in dieser Stadt sehen genau so aus wie bei uns zu Hause, auch die Sprache ist gleich. Warum verwundert mich das? Wir sind ja noch nicht allzu weit vom Kessel entfernt. Früher musste dies noch derselbe Landesteil gewesen sein. Warum weiß ich eigentlich nicht mehr, wie man diese Gegend damals nannte? Wohnte ich schon zu jener Zeit hier? Und wieder Fragen, auf die ich keine Antworten in meinem Kopf finden kann. Was werde ich wohl noch alles vergessen? Nathan erschauderte. Es schien ihm jedoch, dass immer mehr Fragen seinen immer wacher werdenden Verstand bestürmten. Lag es vielleicht an dem immer größer werdenden Abstand zum Kessel?

Nathan sah zwei Männer aus einem Haus treten, die so aussahen, als ob sie gerade von einer Mahlzeit kamen. Das Haus war unscheinbar, kein Schild deute auf seinen Zweck hin und kein Fenster bot einen Blick ins Innere.

Er sprach die beiden an: »Entschuldigt bitte, wir sind neu hier und bräuchten ein warmes Mahl und auch einen Platz zum Übernachten.«

Der Ältere der beiden, ein etwas grimmig wirkender Mann in Nathans Alter, antwortete auf höfliche, aber nicht überschwängliche Art: »Es freut mich, euch einen längeren Marsch ersparen zu können, denn hinter mir ist der beste Gasthof in der Stadt. Das Essen ist ausgezeichnet, das Bier dunkler als sonst wo und die Bedienung freundlich. Ein Zimmer solltest du hier auch finden können. Bevor du gehst, sag mir bitte, woher ihr kommt, denn ihr seht – entschuldige bitte meine direkte Art – etwas eigenartig aus.«

Nathan überlegte einen Moment, ob es ungefährlich war, die Wahrheit zu sagen, fand aber keinen Grund, der dagegen sprach. »Wir kommen aus dem Norden. Aus einem Tal, das innerhalb einer Felsformation liegt, die wir den Kessel nennen.«

»Unmöglich. Hast du das gehört?« Er wandte sich an seinen stillen Begleiter. »Im Norden leben keine Menschen, denn die Gegend ist verwünscht. Wir handeln mit den nördlichen Gebieten, ja, aber um dorthin zu gelangen, umgehen wir sorgfältig das Gebirge da oben.« Er unterbrach sich und machte den Eindruck, als hätte er gerade den besten Einfall in seinem Leben gehabt. »Hmm ... wir stehen hier im Freien, wo uns der Mund beim Reden austrocknet. Genauso gut können wir uns bei einem schönen Schwarzbier unterhalten.«

Nathan sah den Rest seiner kleinen Reisegesellschaft an und folgte den beiden Einheimischen, die nun kehrtmachten, um wieder ins Innere des Gasthofs zurückzugehen, aus dem sie gerade gekommen waren.

Ein schwerer Vorhang schützte die Stube vor eindringender kalter Luft. Öllampen, die an steinernen Stützpfeilern hingen, beleuchteten schwach die holzvertäfelten Nischen und warfen schmale Kegel gelblichen Lichts auf die Tischplatten. Dicke Rußschwaden durchzogen die nach Öl, Fett und Gewürzwein riechende Luft.

»Willkommen in Altstadt, der letzten Stadt im Norden. Dies ist der Gasthof *Zur Plage*«, sagte ihr Führer feierlich.

Alina stöhnte. »Dieses Lokal heißt *Zur Plage*? Und hier sollen wir essen?«, fragte sie erschüttert.

»Richtig, meine Dame. Auf den Namen des Lokals sind wir sehr stolz, denn genau hier«, er deutete energisch mit dem Finger auf den Fußboden, »besiegte man vor ungefähr einem Jahrzehnt die große Plage, die damals allen Ländern schwer zusetzte.«

»In einem Gasthaus?«, fragte Alina.

»Ganz genau, aber diese Geschichte muss von jemand anderem erzählt werden. Kommt, dort ist ein Tisch frei.«

Alina sah den Mann irritiert an. Seine gesellige Redseligkeit passte nicht so recht zu seinem ansonsten grimmigen, fast schon finsteren Aussehen.

Sie setzten sich an einen großen Tisch, der in einer holzverkleideten Nische stand. Nach nur wenigen Minuten standen bereits große Krüge Bier vor ihnen, das so schwarz war, dass man glauben mochte, jemand hätte zur Färbung gebrauchtes Maschinenöl hineingegossen. Auch Schüsseln mit Eintopf wurden bald serviert und während sie aßen, kamen andere Gäste, Stadtbewohner und sogar ein reisender Händler, um mit ihnen zu plaudern. So dauerte es nicht lange und jedermann im Gasthaus war ihnen mit Namen bekannt. Eine Unterhaltung begann, an der scheinbar die gesamte Stadt Anteil hatte, obwohl nicht mehr als zehn Leute am Tisch saßen. Viel wurde erzählt und bald ging es fröhlich zu.

Nathan war hocherfreut. Endlich bekamen sie Gelegenheit, sich mit Leuten auszutauschen und Fragen zu stellen, die ihnen auf dem Herzen lagen. Um so viel wie möglich über die Stadt, das Land und die Welt im Allgemeinen zu erfahren, plante er, einige Tage hierzubleiben. Er schob das Ziel ihrer Reise beiseite, denn dies war ja der eigentliche Grund für den Aufbruch gewesen: mehr von dem zu erfahren, was in der Welt vor sich ging. – Und diese Welt war schlagartig um vieles größer geworden.

»Wir haben noch nie davon gehört, dass da oben jemand lebt. Dorthin gehen wir nicht, denn merkwürdige Dinge werden von dort berichtet. Menschen verschwinden und Ähnliches«, sagte der vollbärtige Schweißer, der sich vor einiger Zeit zu ihnen gesellt hatte. Er nahm einen kräftigen Schluck von seinem Bier.

»Also, eigentlich ist unser Leben recht ruhig im Kessel«, antwortete Nathan. »Wir haben zwar immer wieder Probleme mit wilden Tieren, aber sonst gibt es bei uns wenig Merkwürdiges.« *Zumindest dachte ich das bis vor Kurzem.*

»Wie auch immer, seid vorsichtig. Einige abergläubische Leute werden euch nicht wohlgesonnen sein.«

Der riesige rothaarige Holzfäller, der bei ihnen saß, reagierte bei diesem Thema heißblütig. »Pah!«, sagte er lautstark, sodass es jeder im Gastraum hören konnte. »Vergesst diese Narren. Es gibt in diesen Zeiten Aberglauben genug. Am schlimmsten sind aber diese Religionsfanatiker, die überall an Einfluss gewinnen.«

Das Schankmädchen legte ihm die Hand auf die Schulter: »Du weißt, dass die meisten Verstand genug haben, um diesen Blödsinn zu durchschauen.«

»Sie sind unermüdlichen bei ihren Predigen – der stete Tropfen höhlt den Stein. Außerdem bin ich nicht so überzeugt von der Klugheit der Leute. Einer alleine mag ja Verstand genug besitzen, ihre Parolen zu durchschauen, aber sie sprechen die Massen an und da gibt es nur ein mit ihnen oder gegen sie. Für feinere Überlegungen ist kein Platz.«

Nathan nickte unbewusst. Dies entsprach auch seiner Erfahrung.

Die Witwe – sie hatte sich als solche vorgestellt, ohne ihren Namen zu nennen – setzte ihr Glas Branntwein ab und sagte: »In Tollheim, einer Nachbarstadt, sie liegt vielleicht fünf Tagesmärsche östlich, soll einer dieser Wanderprediger sesshaft geworden sein. Angeblich haben sie ein Kirchengebäude der Alten Welt übernommen, es neu aufgebaut und zu ihrer eigenen Kirche gemacht. Sie haben natürlich alles, was auf die alte Religion hindeutete, vernichtet und durch ihre Symbole ersetzt.«

Der rothaarige Riese schüttelte wild den Kopf, als wolle er dieses Bild aus seinem Kopf schleudern. »Da seht ihr's. Es hat bereits begonnen.«

Nathan, der dieses Thema, das ihn nicht so sehr interessierte, beenden wollte, fragte: »Gibt es eigentlich viele Städte in diesem Land?«

Der schwarz Gekleidete, der bislang nicht viel gesagt hatte, gab ihm Antwort: »Die Welt ist viel größer geworden, als sie früher war. Wir kennen gerade noch unsere Nachbarsiedlungen. Dann wissen wir noch ein klein wenig über die Dörfer und Städte, die darüber hinaus liegen. Über die Gegenden also, die acht oder neun Tagesmärsche entfernt liegen. Was danach ist, ist uns fast schon unbekannt. Es gibt in den letzten Jahren wieder Bestrebungen, so etwas wie einen Städtebund zu machen, aber mehr außer Gerede und Gerüchte hat es bislang noch nicht gegeben.«

»Es muss etwas in dieser Richtung unternommen werden«, meldete sich die Witwe wieder zu Wort. »Es reicht sonst schon, dass sich irgend ein Flegel in einem entfernten Land zu einem Kriegsherrn auftut, ein paar Völker einsammelt und alle anderen Länder mit Krieg überzieht. – So wie es in den längst vergangenen Zeiten gelegentlich geschehen sein soll.«

Der Techniker zog an seiner Kappe, die er immer zu tragen pflegte, auch wenn er zu Tisch und in Gesellschaft saß, und sagte: »Ganz so einfach wird es diesmal aber nicht sein, denn auch wenn es sich aufgrund der vielen Störungen in der Luft als sehr schwierig gestaltet, so gibt es doch gelegentlich städteübergreifenden Austausch, Kommunikation über Funk und Radio.« Speziell an Nathan gewandt fuhr er fort: »Wir sind nicht ganz unwissend, was das Weltgeschehen anbelangt, musst du wissen. Wenn das Wetter gut ist und die sonstigen Umstände passen, gelingt es uns manchmal, weit entfernte Städte zu kontaktieren. Nichtsdestotrotz: Würde man alle Gegenden, von denen wir etwas wissen, auf einer Weltkarte rot anmalen, dann wäre sie immer noch fast weiß.«

Der Mann in dem schwarzen Anzug meldete sich wieder zu Wort: »Andererseits liegen wir hier aber auch recht abseits. Wer weiß, wie es andernorts aussieht. Vielleicht gibt es wieder Gesellschaften, die über Mittel verfügen, wie sie in der Alten Welt alltäglich waren?«

Die schweigsame Bäckerin wandte sich an Nathan. Ein Auge zugekniffen, das andere verschwörerisch blinzelnd, fragte sie:»Wenn ihr wirklich aus dem Norden kommt, müsst ihr doch etwas über die Monster wissen? Wir sehen sie manchmal, sie könnten einmal Menschen gewesen sein. Zumindest sehen sie uns etwas ähnlich. Sie durchstreifen die Wälder und Ödlande. Man sagt, sie jagen etwas, sind immer auf der Suche und töten, sobald sie es gefunden haben.«

Nathan versicherte, dass er noch nie einen dieser *Veränderten* gesehen, sondern selbst nur Geschichten über sie gehört habe. Er wollte gerade eine Frage zu diesen Wesen und ihrer Jagd stellen, kam aber nicht dazu, denn der Grimmige, der sie in die Gaststube gebracht hatte, schrie munter:»Wirt! Mehr Bier! Hast du auch etwas zum Beißen für mich?«

Der Wirt, der seine Gäste so gut wie Familienmitglieder kannte, kam mit einem großen Tablett an den Tisch und brachte Getränke und Häppchen. Es gab geräucherte Forelle, überbackene Champignons, Weißbrot, Schwarzbrot, in Öl eingelegte Tomaten, gebratene Auberginen und noch ein paar Dinge, die Nathan nicht sogleich identifizieren konnte. *Was für ein Festschmaus! Es muss den Leuten hier recht gut gehen, wenn sie aus solch einer Vielfalt jeden Tag wählen können.*

Nathan fühlte sich großartig. Er genoss die Unterhaltung, musste sich aber ermahnen, nicht zu viel zu trinken, denn dies würde ihm die Chance rauben, aus der Unterhaltung etwas mitzunehmen.

Der schwarz Gekleidete sagte:»In der Geschichte wurden Menschen immer von anderen ausgebeutet. Die Bauern von Königen, die Armen von den Reichen und später die östliche Welt von der westlichen. Aber uns beutet niemand aus. In unserer Stadt hat jeder seine Arbeit und verrichtet diese nur für sich selbst. Wenn die Zeiten auch manchmal sehr schwer sind, hat ein Leben wie unseres doch so manchen Vorteil.«

»Hört, hört!«, riefen die Anwesenden, erhoben ihre Gläser und tranken auf das Wohl der Stadt.

Nathan und Alina wurden von der Stimmung mitgerissen und

fühlten sich zugehörig. Sie waren, zumindest für den heutigen Abend, so etwas wie Ehrenbürger der Stadt. Was der Namenlose dachte, blieb unklar, denn obwohl er immer ein freundliches Lächeln für die Leute übrig hatte, war doch kein Wort über seine Lippen gekommen, seit sie die Stadt betreten hatten. Er wirkte interessiert, aber zugleich mit den Gedanken auch sehr weit entfernt.

Die hübsche Dame, deren Mann vor einiger Zeit bei einem Grubenunglück gestorben war, sah den Namenlosen nun mit einem Lächeln an: »Was ist mit dir, stiller Freund? Du sitzt hier und nimmst alles auf, als ob es die ersten Worte wären, die du jemals vernommen hast. Oder bist du eine Maschine in Menschengestalt, die als Spion alles aufzeichnet, was wir hier sprechen? Auch deine Geschichte muss sehr interessant sein.« Die Dame blinzelte den Namenlosen bei diesen Worten kokett an.

Mit einer Ruhe, die man selten bei Menschen sehen konnte – er mochte wirklich der absolut teilnahmslose Beobachter sein, als den sie ihn hinstellte –, sah er ihr zuerst fest in die Augen und sagte dann, sie weiterhin anblickend, aber offenbar an alle gewandt: »Ihr habt recht, die Welt ist mir fremd. Um in ihr leben zu können, muss ich viel lernen. So wie der Fisch schwimmt und weiß, an welchen Stellen im Fluss die Strömung ruhig und an welchen sie turbulent ist, muss auch ich wissen, wie ich an die Dinge herangehen soll.«

»Der gefällt mir! Vertraue mir und hab' Vertrauen in dich selbst. Denk nur an kleine Kinder. Denn wie jedermann weiß, fällt das Gehen viel leichter als das Stehen.« Beiläufig, aber mit einem dankbaren Blick hielt der Holzfäller das Bierglas in die Höhe, als der Wirt mit einem Krug zum Nachschenken kam.

Alina hatte sich unterdessen von dem Tisch entfernt und saß mit dem Schankmädchen und einem bisher recht stillen Städter, beide in ihrem Alter, in einer Ecke und unterhielt sich über Dinge mit ihnen, die jungen Leuten mehr Freude bereiteten.

Nathan trank mit zunehmender Dauer der Unterhaltung immer weniger und blieb so konzentriert wie möglich. Er sog jede Information aus den Gesprächen wie Mark aus einem Rinderknochen und lernte dabei so manches über diese Menschen.

Die Sonne schien schwach durch die verschmierten Glasfenster des Gasthofs, als die drei am Morgen wieder im Schankraum saßen, um ihre Frühstückseier zu essen. Außer ihnen und der dicklichen Frau des Wirtes war nur eine Person anwesend: ein finster dreinblickender Bauer in schmutzigen Hosen. Als er merkte, dass Nathan ihn musterte, sprang er von seinem Platz an der Theke auf. Nathan dachte im ersten Moment, dass der Mann das Lokal verlassen wollte, stattdessen blieb er genau vor ihrem Tisch stehen.

»Ihr seid gestern angekommen?« Tief und heiser klang seine Stimme in dem ruhigen Raum.

Nathan nickte nur und blickte misstrauisch hoch. Soweit er das sagen konnte, ging keine Gefahr von dem Mann aus.

»Ihr kommt aus dem Norden? Und habt, so hörte ich, ein paar merkwürdige Fragen gestellt? Ich kenne den Norden etwas.«

Nathan wies mit der Hand auf einen freien Platz und forderte ihn auf, Platz zu nehmen. »Wollt ihr vielleicht mit uns frühstücken? So unterhält es sich besser.«

Der Mann war offensichtlich ebenfalls misstrauisch. Nach einem kaum merklichen Kopfschütteln, mit dem er wahrscheinlich seine Zweifel loszuwerden gedachte, nahm er aber dennoch Platz.

»Mein Name ist Nathan Brunner, dies ist meine Nichte Alina und das unser namenloser Weggefährte und Freund.« Er wies in die Runde.

»Ich bin Tom Steinbrecher und habe einen Hof knapp außerhalb der Stadt an der Grenze zum Lichterwald.«

Sie unterhielten sich zunächst über Landwirtschaft, aufgrund Nathans ehrlichem Interesse und der Mitteilsamkeit des Bauern durchaus angeregt, und bald war das anfängliche Misstrauen vergessen.

Dann erzählte Tom ihnen eine Geschichte, der sie gebannt zuhörten: »Die Gerüchte über das Böse sind wahr, aber ob es tatsächlich aus dem Norden kommt, kann ich nicht mit Sicherheit sagen. Es ist schrecklich, denn ich habe es schon einige Male selbst gesehen.«

Nathan beobachtete, wie der Bauer ganz in seine Erinnerungen vertieft zum Tisch langte, um einen imaginären Bierhumpen zu ergreifen und ihn an seine Lippen zu führen. Dann erinnerte er sich, dass es früh am Morgen war und er noch gar kein Bier hatte.

»Also hört«, sagte Tom: »Es ist dunkel im Raum, meine Frau schläft an meiner Seite. Sie ist unruhig und dreht sich von mir weg. Ich stehe auf und gehe zum Fensterladen. Etwas – ich kann es deutlich spüren – ist in der Nähe. Es ist still, die gewohnten Geräusche der Insekten und anderen nachtaktiven Tiere sind verstummt. Ich öffne vorsichtig die Holzläden, während ich darauf warte, von etwas Furchtbaren erschreckt zu werden. Ein kleiner Spalt. Nichts. Ich öffne das Fenster ganz und ein Strahl hellen Mondlichts dringt in den Raum. Silbern flutet es wie von etwas Schwerem getragen durch die Luft. Es ist nur das Licht des vollen Mondes, ermahne ich mich, kein Zauberschleier. Ich strenge also meine Augen an und blicke auf meine Felder hinab. Alles ist still. Nichts bewegt sich. Dann aber doch. Dort! Deutlich!« Tom gestikulierte theatralisch, um seine leidenschaftliche Erzählung zu unterstreichen. Er genoss es wohl, aufmerksame Zuhörer zu haben. »Es ist, als ob eine Glocke laut schlägt und doch ist es nur mein Herz, das noch einmal kräftig pumpt, bevor es für einige Augenblicke pausiert. Eine Bewegung, eine Gestalt, kurz beleuchtet und dann wieder weg. Ich ducke mich und beginne wieder zu atmen. Was soll ich tun? Ich schleiche hinunter und gehe behutsam, denn ich will keinen Ton verursachen. Hoffentlich ist meine Frau nicht erwacht und macht Licht im Zimmer, denke ich und erschrecke bei der Vorstellung. Ich bin zu langsam, womöglich verliere ich das Wesen noch aus den Augen und bevor ich michs versehe, ist es vielleicht schon hinter mir im Raum. Feige! Ich bin doch sonst nicht so, aber es ist so unwirklich. Wie Magie. Soll ich raus und ihm entgegentreten oder meinen Nachbarn rufen, der nur ein paar Meter entfernt wohnt? Ich schaue aus dem Fenster und kann nichts erkennen, außer langen Schatten von Bäumen und Sträuchern im Mondlicht. Da! Es ist fast beim Haus. Wenige Meter entfernt steht es, nicht groß, vielleicht eineinhalb Meter. Es steht gebückt und dreht den Kopf in meine Richtung. Ich schreie, denn es ist nicht menschlich. Silberne Haut spannt sich um die Wangen.

Tiefschwarze Augen leuchten wie der Abgrund der Hölle. Lange Haare fallen wie eine Mähne über den Rücken. Es hat mich bemerkt und ist erstarrt. Verstecken kann ich mich nicht mehr und fasse mich, wie jemand, der vor der Hinrichtung steht und seinem Schicksal nicht mehr entkommen kann. Ich gehe zur Tür, öffne sie und schreite dem Albtraum entgegen. Das Ding wartet aber nicht, sondern macht kehrt und läuft davon. Ich atme tief durch, als sein Rücken zwischen den Bäumen verschwindet. Mein letzter Gedanke ist, dass es sich wie ein Tier auf allen Vieren bewegt hatte.«

Es war ruhig im Speiseraum. Niemand wagte es, etwas zu sagen, um den Nachklang – die letzten Bilder, die von der Geschichte heraufbeschwört worden waren und nun langsam zerfielen – nicht vorzeitig zu zerstören. Auch die Wirtin war an den Tisch getreten und hatte gebannt den Worten gelauscht, dabei hätte Nathan geschworen, dass jeder im Ort die Geschichte schon zu oft gehört hatte.

Nathan fühlte sich an die Geschichte von Edmund Nadschläger erinnert. Assoziationen mit den Veränderten aus dessen Geschichte tauchten auf. *Ist dies eines von den Geschöpfen, von denen Edmund uns berichtet hat? Da leben diese Wesen an unserer Grenze und doch wurden sie nie im Kessel gesehen. Ist das alles verflochten in das Geheimnis, das den Kessel umgibt?* »Du hast dies schon öfter erlebt?«, fragte er laut und als Tom nickte, fuhr Nathan fort: »Ich möchte mir dieses Wesen gerne selbst ansehen. Wer weiß, vielleicht können wir dir sogar helfen.«

Das Angebot wurde angenommen, denn der Bauer und auch dessen Frau waren zutiefst verängstigt. Es war keineswegs eine abgedroschen Geschichte gewesen, vielmehr hatte Tom es bisher nicht gewagt, sie zu erzählen, aus Sorge, man könne ihn für einen Narren halten. Die Schafe auf seinem Hof fraßen aber seither weniger, gaben kaum Milch und wurden immer magerer. Die Gemüsepflanzen, die um diese Jahreszeit schon längst wachsen müssten, lagen verkümmert und kraftlos auf der Erde. Jede Hilfe gegen den Fluch war dem Bauern also willkommen.

Er sagte: »Es ist jetzt schon wieder einige Tage her, seit wir das Wesen das letzte Mal sahen. Bald wird es uns wieder besuchen, ich rechne jeden Tag damit. Ich glaube, wenn ihr heute Nacht zu mir auf den Hof kommt, könnt ihr es zu Gesicht bekommen.«

Es war Vormittag, die langen Schatten, die das Rathaus am Hauptplatz warf, sahen aus wie der gehörnte Rücken eines Dämons. Dienstbeflissen liefen Menschen zwischen vier großen, von kräftigen Ochsen gezogen Holzwagen hin und her. Schwer beladen mit allerlei Waren standen sie auf dem gepflasterten Platz. Dünnes Blech stapelte sich hoch auf hölzernen Kisten, Saatgut, Säcke voll Gewebe – blutrotes, senfgelbes und himmelblaues – lagen obenauf. Ein anderer Wagen hatte große messingbeschlagene Kisten geladen, dessen Holzbalken sich lautstark beschwerten, als gerade mittels Seilzug eine weitere Kiste aufgeladen wurde. Die Zugtiere wiesen einen robusten Körperbau auf, besaßen lange Hörner und zeigten kaum Spuren von Intelligenz. Düster aussehende Treiber huschten hin und her, Befehlen gehorchend, die von einem in der Nähe stehenden Händler kamen. Jeder von ihnen trug ein Gewehr auf dem Rücken. Es herrschte Hochbetrieb, denn eine große Händlerkarawane wurde zum Aufbruch bereit gemacht.

Ein lauter Grunzlaut ließ die umstehenden Personen herumfahren und auf das Gespann des letzten Wagens blicken. Der linke Ochse schnaubte heftig, als eine daumengroße Kieselwespe vor seiner Nase herumschwirrte. Er trampelte auf der Stelle und stemmte sich heftig gegen sein Geschirr. Dabei wurde eine Kiste abgeworfen. Zerbrochene Latten und deren vormaliger Inhalt lagen im Staub des Hauptplatzes verstreut. Neben Löwenzahn, der zwischen den Ritzen der Pflastersteine wuchs, und Ochsendreck lag eine Ladung Puppen: Holz, Stoff und bemalte Gesichter, kleine Augen und Hände, die wie nach Hilfe suchend, in die Höhe gestreckt waren.

Ein Tag des Bummelns lag hinter ihnen. Sie waren durch die Stadt gezogen, hatten den Markt besucht, mit so manchem Einheimischen geplaudert und so Informationen über das Umland und das soziale Gefüge in der Gegend erhalten. Leider wussten die Leute hier nicht allzu viel Neues zu erzählen. Im Gegensatz zu der abendlichen Gesellschaft im Gasthaus – ein Glückstreffer, denn seine Stammgäste waren wohl nicht vom typischen Menschenschlag dieser Gegend – erinnerten Nathan die meisten Städter an die Leute im Kessel, die zufrieden dahinlebten, aber selbst wenig infrage stellten.

Immer wieder ging ihm die Geschichte von Tom und dem menschenähnlichen Wesen durch den Kopf und er fragte sich, um was es sich bei diesem wohl handeln mochte. Jedoch war es zum jetzigen Zeitpunkt für Spekulationen zu früh.

Lichterwald umfasste die Stadt wie eine sich schließende Faust, doch da in ihm fast ausschließlich knorrige alte Bäume wuchsen, die viel Platz benötigten und keine jungen Nachbarn duldeten, fehlte ihm die Dichte. Er war eine Einsäumung, ein löchriger grüner Wall, der die Stadt umgab wie ein Holzzaun, dem so manche Latte fehlte. Durch den Nordteil zog sich eine breite baumfreie Stelle, an der mehrere Bauern ihre Höfe gebaut und Felder angelegt hatten.

In einem dieser Häuser saßen nun Nathan, Alina, der Namenlose, Tom, seine Frau Rena und zwei der älteren Nachbarskinder am Küchentisch. Es gab Kaffee, der aus einer Kupferkanne ein umwerfendes Aroma im Raum verströmte. Als Nathan gefragt worden war, ob er eine Tasse Kaffee wolle, war er kurz sprachlos gewesen und nun, da er ihn tatsächlich riechen konnte, lief ihm das Wasser im Mund zusammen. Kostbarer als jeder andere Schatz erschien ihm dieser Moment, da er voll Erwartung, den herrlichen Duft in der Nase, darauf wartete, endlich davon zu kosten. Er beobachtete Rena. Dampf stieg auf, als das kräftige Braun die Tasse füllte. Behutsam führte er die Tasse an die Lippen.

Tatsächlich echt und sogar noch besser als in meiner Erinnerung.
»Ah … Kaffee. Welch lang vermisster Genuss!«

Die Gastgeberin strahlte bei seinen Worten. »Habt ihr etwa keinen Kaffee im Norden?«, fragte Rena interessiert.

»Nein. Und ich dachte auch immer, dass die Pflanzen hier nicht wachsen würden.«

»Das stimmt auch. Er ist bei uns eine begehrte Handelsware. Wir bekommen ihn aus dem Süden. Wir tauschen ihn in großen Mengen ein, weshalb er auch nicht allzu teuer ist.«

Wenn ich nach Hause zurückgehe, werde ich Handelsbeziehungen mit der Stadt aufbauen. Sollte es auch nur des Kaffees wegen sein, so soll keine Mühe zu groß sein, um diesen im Kessel erhältlich zu machen.

Der volle Mond beschien die Felder auch diese Nacht. Eine alte Eiche bot ihnen einen geeigneten Beobachtungsplatz mit gutem Überblick, der aber selbst kaum einzusehen war.

Schweigend warteten sie. Nebel zog auf und gemeinsam mit dem weißen Mondlicht und der Erinnerung an Toms Beschreibung des Schreckens, den sie noch zu erwarten hatten, glaubte sich Nathan in einer wahr gewordenen Gespenstergeschichte. Er dachte an Rosa und die Geschichten, die sie oft erzählte. *Heute Nacht, gute Freundin, hättest du bestimmt deinen Nervenkitzel.*

Gegen Mitternacht kam das Wesen. Eine unbekannte Macht teilte den Nebel wie durch Geisterhand, als es schnüffelnd über die Felder zog. Im ersten Moment erschraken Nathan und Alina bei diesem Anblick. Nur der Namenlose beobachtete den Neuankömmling so wie alles andere auch: mit der unschuldigen Neugierde eines Kindes.

Das Wesen ging gebeugt. Seine Arme berührten gelegentlich den Boden, sodass die langen, in Krallen auslaufende Finger Furchen in den Staub zogen. Fell, das der Mähne eines Löwen glich, bedeckte seinen Rücken, doch es war dunkler und wackelte bei jedem Schritt hin und her. Am schlimmsten war aber das Gesicht. Der Mensch darin war noch zu erkennen, was viel schrecklicher anzusehen war, als wenn es zur Gänze tierische Züge aufgewiesen hätte. Obwohl die riesigen Fangzähne einen gegenteiligen Eindruck erweckten, sprach Intelligenz, nicht Bosheit, aus seinem Blick.

Während sie noch vor Schreck erstarrt das Wesen musterten, gab es eine Veränderung in dessen Verhalten. Plötzlich blieb es stehen und streckte sein Haupt in die Höhe. Wachsam, die Schnauze weit ausgestreckt, stand es da und schnüffelte. Langsam drehte es den

Kopf zur alten Eiche, denn es hatte die drei gewittert.

Obwohl das tierische Aussehen des Wesens den Eindruck von Gewalt vermittelte, folgte Nathan seiner Intuition, die ihm sagte, dass es nichts Böses im Schilde führte. Behutsam stand er auf, um es nicht durch eine allzu schnelle Bewegung zu erschrecken. Alina sog hörbar die Luft ein und klammerte sich an den Unterarm des Namenlosen. Währenddessen spreizte Nathan die Arme auseinander und richtete die leeren Handflächen dem Wesen entgegen.

Aufmerksam betrachtete es ihn, folgte jeder noch so kleinen Bewegung wachsam, als er sich langsam, Schritt um Schritt, näherte.

»Wer bist du?«

Es verstand Nathans Worte nicht, soviel konnte er erkennen. Eine Antwort würde er also nicht erhalten. Es legte den Kopf schief, wie ein Hund, der den Befehlen seines Herrn lauschte, aber nicht begreifen konnte, was von ihm erwartete wurde.

Ein Wolf mit menschlichen Zügen – ein Werwolf? Hat diese Welt womöglich etwas hervorgebracht, das es früher nur in Sagen und Horrorgeschichten gab? Hat es sie vielleicht immer gegeben, nur dass jetzt der Lebensraum für sie freundlicher geworden ist?

Alina, die beim Auftauchen des Veränderten wie erstarrt war und ihn nur sprachlos beobachten konnte, war inzwischen, ohne ein Geräusch zu verursachen oder eine plötzliche Bewegung zu machen, an die Seite ihres Onkels getreten. Sie sah dem Wesen direkt in die Augen. Ihr Kopf war nur wenige Zentimeter von der zotteligen Stirn entfernt. Langsam streckte sie ihre Hand aus.

Nathan wollte sie aufhalten, hielt sich dann aber doch zurück.

Ihre Finger legten sich auf die grau behaarte Nase. Kurz, ganz kurz nur ließ das Wesen sie gewähren, gestand ihr das Recht der Berührung zu, dann schnaubte es und riss den Kopf zurück. Ein paar Augenblicke maß das Wesen die beiden Menschen, wandte sich dann ganz ab und rannte auf allen vieren davon.

Der Zauber des Augenblicks verflog.

»Von diesem Wesen geht keine Gefahr aus. Ich kenn' mich mit wilden Kreaturen aus, wir haben davon im Norden so einige und diese hier will euch nichts Böses«, sagte Nathan zu Tom, als sie wieder alle um den Küchentisch saßen.

»Aber was ist es?«, fragte Tom.

»Es war einmal ein Mensch ... oder zumindest seine Eltern ... und vielleicht ist es das irgendwie immer noch. Ob es sich natürlich entwickelt hat oder doch irgendwie erschaffen worden ist, kann ich nicht sagen. Behandelt es wie einen Wolf und es wird euch meiden.«

»Es wird unser Vieh reißen.«

»Das glaube ich kaum, denn es ist nicht zur Gänze ein wildes Tier. Stellt ihm vielleicht ab und an einen Teller Essen hin. Möglicherweise ist es euch dankbar und hält anderes Übel von euch fern.« *Die Leute sagen, dass diese Wesen etwas jagen würden. Vielleicht habe ich gar nicht so unrecht und sie halten wirklich etwas fern.*

Tom nahm Nathans Hand und schüttelte sie. Er war zwar immer noch etwas misstrauisch, doch erfüllte ihn Nathans Überzeugungskraft auch mit Zuversicht. »Vielen Dank mein Freund. Vielleicht können meine Frau und ich nun endlich wieder in Ruhe schlafen.«

»Nicht doch, eigentlich haben wir ja gar nichts getan. Für den köstlichen Kaffee deiner Frau muss ich dir danken. Er war mir um vieles mehr wert als die paar Stunden des Wartens und die geringen Mühen, die der Aufenthalt für uns hier bedeutet hat.« *Außerdem ist es mein Ziel, mehr über die Welt zu erfahren und heute habe ich wieder etwas über sie gelernt, dass sie nämlich Wesen hervorbringt, die es früher nur in Märchen gab.*

Sie verließen den Bauernhof und kehrten wenig später wieder im Gasthof *Zur Plage* ein. Aufgrund der fortgeschrittenen Nacht suchten sie ihre Zimmer statt des Gastraums auf, in dem sich ohnehin nur einige wenige, bereits angeheiterte Gäste aufhielten.

Bald gingen sie zu Bett. Doch bevor Nathan vor Müdigkeit die Augen zufielen, blickte er noch einmal durch das Fenster zu dem hell strahlenden Vollmond hinauf. In diesem Moment war ihm, als ob der Widerhall eines Heulens über die Dächer der Stadt bis zu ihm drang.

Eine Kerze ohne Docht

Ob es sein eigenes Schnarchen war oder sonst irgend ein ungewöhnliches Geräusch, das ihn aus tiefem Schlaf riss, konnte Nathan nicht sagen. Er drehte sich auf die andere Seite und zog sich die Decke bis über die Nase.

Das Mondlicht fiel immer noch durch die großen Fenster, die offen standen, um die angenehme, aber noch recht frische Frühlingsluft in das Zimmer zu lassen. Auch die Anziehungskraft des Mondes hatte nicht nachgelassen und wie gewöhnlich begleitete etwas Geisterhaftes seinen Schein. – Ein Versprechen der Welten, die jenseits der menschlichen Wahrnehmung warteten.

Im Dahindämmern sah er sich selbst zu einem Fenster schreiten. Er war wieder zu Hause. Doch seit wann besaß sein Bunker Fenster? Es war nicht irgendeines, sondern ein besonderes, das ihm einen kurzen Blick hinter jene Vorhänge erlaubte, die die Realität verdeckten. Er strengte sich an, da er wusste: Um es wahrnehmen und erkennen zu können musste man sich nur stark genug bemühen. Etwas kam, ein Erinnerungsfragment aus seiner Kindheit: *Egal, wie viel du für etwas bekommst, und egal, wie gut das Angebot auch ist, ziehe immer Qualität der Quantität vor.* Er konnte sich keinen Reim darauf machen, was das hier zu suchen hatte und warum der Mond solch eine Assoziation heraufzubeschwören vermochte.

Er öffnete wieder die Augen. *Der Schlaf war schuld*, sagte er sich. Er klopfte bereits an die sich öffnenden Türen seines Bewusstseins, versuchte es in seinen eisernen Griff zu bekommen und hinab in die Tiefen, in den See des unbewussten Seins zu ziehen. *Träume, der Ort an dem sich neue Welten …*

Gerade in dem Moment, als sich seine Augen wieder behaglich zu schließen begannen, krachte es im Zimmer. Nathan sprang auf, hellwach und bereit, jedem Feind kämpfend gegenüberzutreten.

»Ruhig mein Freund, ich habe dir etwas Wichtiges zu sagen«, kam eine Stimme aus dem Vorzimmer.

»Und warum musst du dazu in mein Zimmer einbrechen?«

Der in Schwarz gekleidete Mann, den er an ihrem ersten Abend im Gästeraum kennengelernt hatte, schritt durch das Zimmer bis vors Bett. »Weil es eilt. Wenn dir etwas an deinem Freund liegt, musst du mich begleiten. Sofort! Du wirst sonst keine Gelegenheit mehr haben, ihn zu retten.«

Die Schläfrigkeit noch nicht ganz abgeschüttelt, tat Nathan, ohne lange nachzufragen, wie ihm geheißen. Er sprang in seine Hose, zog sich eilig den Rest der Kleidung an und folgte dem Schwarzen das Stiegenhaus hinab und weiter in die dunkle Gasse hinter dem Gasthof.

Eine Laterne flackerte aufgeregt und beleuchtete im chaotischen Takt einen riesigen Schwarm Nachtfalter aller Größen. Hinter der Lampe lag eine weitere kleine Gasse, deren gepflasterte Straße tiefe Wellen und Schlaglöcher aufwies.

Während Nathan seinem nächtlichen Gast durch die Dunkelheit nachlief, drang ein aufdringliches Quietschen an seine Ohren, wie es von einer nicht gut befestigten, im Wind hin und her baumeln-den Tafel kommen mochte. Automatisch versuchte er, die Ursache für das nervende Geräusch zu finden, und hätte dabei fast seinen Führer umgelaufen, als dieser plötzlich stehenblieb, um auf ein zer-störtes Haus zu zeigen, das so zerfallen war, dass es nur noch aus einer Wohnung im ersten Stock bestand; alle anderen Räumlichkei-ten hatte entweder keine Wände oder kein Dach mehr.

»Dein Freund ist da drinnen. Du musst wissen, dass es in unserer Gemeinschaft nicht nur jene gibt, die Fremden gegenüber freund-lich gesinnt sind, sondern auch solche, deren Handlungen mehr von Argwohn geleitet werden. Solch eine Gruppe hat da drinnen Quar-tier bezogen. Sie werden in der Stadt von den meisten noch mit Misstrauen betrachtet, doch da wir versuchen, mit allen Menschen gut auszukommen, wurde ihnen nicht verboten, hierzubleiben. Jetzt haben sie deinen Freund und was sie mit ihm vorhaben, ist sicher nichts Schönes.«

Damit war er verschwunden und ließ Nathan verwundert und alarmiert zurück. *Und jetzt? Was erwartet er von mir?*

Zuerst musste er sich mehr Informationen beschaffen, da es ihm an Wissen darüber mangelte, was hier genau geschah. An der Hauswand des Nebengebäudes hing an verbogenen Schellen ein großes Rohr, das robust genug aussah, um sein Gewicht zu tragen. Es diente keinem erkennbaren Zweck mehr, doch ließ es sich vielleicht wie eine Leiter verwenden, sodass er damit zu einer höher gelegenen Terrasse gelangen konnte. Von dort hätte er einen guten Blick auf die Wohnung, in der sich vermutlich sein Reisegefährte, der Namenlose befand, denn nur ihn konnte der Schwarze gemeint haben.

Mit ein paar Handgriffen war Nathan oben und strengte seine Augen an, um etwas erkennen zu können. Er hatte Glück, durch das Fenster sah er den Namenlosen mit dem Rücken zu ihm sitzen. Er war offensichtlich gefesselt, denn obwohl Nathan es nicht genau erkennen konnte, befand sich sein Oberkörper in einer unnatürlichen Haltung. Eine dunkle Gestalt saß zu seiner Linken, wartend die Arme irgendwo aufgestützt. Was rechts passierte, konnte Nathan nicht erkennen, denn sein Blick wurde von einem großen Gegenstand versperrt.

Der Mann zur Linken gestikulierte plötzlich wild und schrie etwas, das über die Entfernung aber nicht zu hören war. Ein anderer Mann sprang auf. Auch diese Person gestikulierte wild und hielt dabei etwas in der Hand, das wie eine Waffe aussah. Nathan Herz schlug wild, doch die vermeintliche Waffe senkte sich wieder.

Bin ich es einem fast Fremden schuldig, mich für ihn in Gefahr zu begeben? Natürlich. Sie waren Reisegefährten und er hatte ihn hierher gebracht. Damit trug er eine Verantwortung für ihn, die sich nicht von der Hand weisen ließ. Und er hatte Alina gerettet …

Die Sicht wurde verzerrt, Licht von einer unbekannten Quelle flutete in seine Augen, blendete und zwang ihn, die Lider zuzupressen. Starr vor Schreck warf er sich flach zu Boden und trat einen Mauerstein los, der mit lautem Gepolter auf der tiefer liegenden Straße aufschlug.

Nathan verharrte in absoluter Starre und wartete, ob jemand aus dem Haus kommen würde, um nachzusehen, was für den Lärm verantwortlich sein mochte. Dabei fragte er sich, was das überhaupt für ein Licht war. Wie ein Suchscheinwerfer streifte es über Fassaden und Dächer. Dann schoss in ihm die Erinnerung hoch, wie der Namenlose sich ohne über die Konsequenzen nachzudenken für Alina in die reißenden Fluten gestürzt hatte und Nathan wurde von brennender Dankbarkeit erfüllt, die ihm jegliches weitere Zögern unmöglich machte.

Er glitt von der Dachkante hinab und lief geduckt zum Eingang des Hauses. Die Tür war unverschlossen. Langsam zog er sie auf und schlich weiter in den Hausflur. Anstatt die Treppe zu nehmen, sah er sich zuerst den Innenhof an, damit ihm nichts entging und kein unbekannter Umstand ihm später eine böse Überraschung bereiten konnte.

Über den Schutt eines abgebrochenen Vordachs konnte man zu Fenstern auf der Rückseite der Wohnung gelangen, die Nathans Einschätzung nach jene sein musste, in der der Namenlose gefangen gehalten wurde. Vorsichtig, um keinen Lärm zu verursachen, kletterte er zu den Fenstern hoch und spähte in die Zimmer der hell erleuchteten Wohnung. Er konnte niemanden sehen oder hören und wagte deshalb den Einstieg. Zwar hatte er sich noch keine Vorstellung davon gemacht, was er tun sollte, wenn er jemandem begegnen sollte, aber er ließ es – ganz entgegen seiner Natur – darauf ankommen.

Die Wohnung war riesig. Er schlich zuerst durch einen Raum, der offenbar als Speisezimmer genutzt wurde. Altes Essen und ungewaschenes Geschirr verströmten einen unangenehmen Geruch – eine Mischung aus altem Fett und etwas stark Säuerlichem wie Essig. Am Ende eines Ganges befanden sich mehrere Türen, die offenbar alle zu unterschiedlichen Zimmern führten, sodass Nathan, auf der Suche nach Licht, unter jeden Türspalt lugte. Erfolglos. Er schlich den Gang so lange weiter, bis er dessen Ende erreicht hatte. An beiden Seiten des Flurs lagen zwar noch weitere Türen, die auszuprobieren er sich aber scheute – die Gefahr entdeckt zu werden, war einfach zu groß. In wie vielen von diesen Zimmern mochten Betten oder andere Möbel stehen, die nur drauf warteten, ihn in der

Dunkelheit zum Stolpern zu bringen?

Die Minuten verstrichen und seine Sorge wurde rasch größer, denn es hatte vorhin schon so ausgesehen, als ob der Namenlose arg bedrängt worden war.

Nathan lehnte sich an die Wand und aktivierte sich. Er vollführte eines der Rituale seiner Zunft, das *Die bewusste Atmung* genannt und oft vor einer Jagd in der Wildnis angewandt wurde.

Wie immer half es dem Jäger auch diesmal sofort. Er konnte Stimmen hören, die zuvor noch von seinem schnellen Herzschlag übertönt worden waren, und fand dank seiner geschärften Sinne bald die Tür, hinter der sich die Gesuchten aufhalten mussten.

»... aber er kommt aus dem Norden. Die Menschen dort sind anders. Sie haben sich verändert – wurden verändert. Jetzt sind es gefährliche Monster bar aller Gefühle außer der Mordlust.«

»Jaja, ich weiß selbst – wie dir sehr wohl klar sein muss – bestens über sie Bescheid, aber der ist anders. Ihm schlitzen wir nicht einfach die Kehle in einer dunklen Ecke im Hof durch. Er hat noch eine Seele, das spüre ich deutlich. Sie ist verstümmelt und krank, aber noch vorhanden.«

»Bist du dir sicher?«, fragte die erste Stimme wieder. »Dann müssen wir das Wasserritual an ihm durchführen, damit seine Seele zu unserem Herrn finden kann.«

»Genau, sperr' ihn in den Raum und wecke unsere Brüder und Schwestern.«

Schritte kamen direkt auf Nathan zu. In geduckter Haltung schlich er schnell von der Tür weg und fand eine passende Nische, um sich zu verstecken. *Zwei im Zimmer – einer geht, der andere bleibt.* Seiner Intuition vertrauend, schlich Nathan weiter den dunklen Gang entlang, als der Fremde um die Ecke verschwunden war. Kurze Zeit später fand er schließlich den Raum, von dem er sicher war, dass der Namenlose in Kürze hergebracht werden würde, denn es war ein Versammlungsraum, in dem sich bereits einige verhüllte Gestalten aufhielten. Hier sollte wohl, nach dem Gespräch zu urteilen, das er belauscht hatte, eine Art religiöse Messe veranstaltet werden. Die Anwesenden saßen auf Kissen am Boden und unterhielten sich zischend. Nathan fand Deckung hinter einem Tisch, von wo aus er alles beobachtete. Immer mehr Kuttenträger betraten den Raum. Sie mussten alle aus dieser einen Wohnung stammen, wunderte sich Nathan. *So viele! Diese Religion muss sehr erfolgreich sein.* Er hätte die Gelegenheit nutzen sollen, als der Namenlose kurz nur von einem Mann bewacht wurde, ärgerte er sich, aber zu spät.

Immer noch strömten Jünger in den Raum und nahmen zielstrebig ihre Plätze ein. Dunkle Kutten verbargen in dem schwachen Kerzenlicht so gut wie jede Einzelheit ihres Aussehens. Einzig die Körperformen waren nicht ganz verhüllt und so konnte Nathan zumindest erkennen, dass sowohl Männer als auch Frauen dem Ritual beiwohnen würden.

Dann wurde es schlagartig still. Obwohl es kein sichtbares Zeichen gegeben hatte, saßen plötzlich alle ruhig auf ihren Plätzen, alle Gespräche waren verstummt und keine Kutte raschelte.

Der durchdringende Klang einer Messingglocke ertönte hart und scharf, ließ die Luft vibrieren. Würziger Rauch stieg aus verborgenen Löchern im Boden auf, sodass der gesamte Raum bald von dichten Schwaden erfüllt war, die in der Nase kitzelten und die Augen reizten.

Mit tränennassen Augen konnte Nathan nur noch schwerlich dem Geschehen folgen. Er fühlte, wie sein Körper auf den Rauch reagierte, und vermutete deshalb, dass bewusstseinsverändernde Kräuter mitverbrannt worden waren. Er hoffte, dass er halbwegs bei Sinnen bleiben konnte, um im richtigen Moment bereit zu sein, etwas zu unternehmen. Einen Plan, was er tun konnte, hatte er allerdings noch nicht. Angespannt hockte er in seinem Versteck und beobachtete so konzentriert wie möglich das Geschehen.

Einer merkwürdig geformten Öllampe wurde die Abblendung abgenommen, ihr Licht fiel flach von einer erhöhten Position aus in den Raum. Der besonders tief liegende Lichtkegel beschien den Rauch von unterhalb und erzeugte so den Eindruck von brennenden Schwaden in der Luft.

Ein großer Mann trat durch die Reihen der Wartenden. Sein energischer Gang brachte Bewegung in die Luft und Verwirbelungen bildeten sich an den Flanken, als sein Körper den Rauch durchschnitt. Er stand aufrecht und gestikulierte, den Raum mit seinen Händen durchschneidend, als ob diese Messer wären. Von ihm ausgehend schwebten Rauchwirbel durch den Raum. Dann umfasste er auf symbolische Art alle Anwesenden mit seinen ausgebreiteten Armen.

Als er sprach, ließ sein tiefer Bass den Raum erzittern:»Jünger des einzig wahren Gottes, der sich uns als die reinigende Flamme manifestiert.« Er stieß ein Zepter in die Höhe, das zischte, aufflammte und danach in einem kräftigen Rot brannte. »Heute haben wir einen wichtigen Grund für unser Zusammentreffen, denn eine Seele läuft Gefahr, verloren zu gehen.«

Er machte eine Pause und gab seinen Jüngern Zeit, über das Gesagte nachzudenken.

»Die Flamme verbrennt, rodet Wälder, Städte und Länder. Doch wo sie einmal war, dort kann sich neues Leben bilden, denn sie nimmt nicht nur, sondern gibt noch viel mehr zurück. In der Asche liegt die Saat für das Neue, das Reine, das Unverdorbene. Hier zeige ich euch jemanden, der einmal ein menschliches Wesen war, nun aber – durch das Verschulden der Verruchten, für die unsere Flamme nicht heilig ist – eine pervertierte Parodie des Lebens ist.«

Es gab schockiertes Gemurmel unter den Jüngern.

»Ihr habt richtig gehört: Ein Geschöpf der Ungläubigen!«

Er ließ sie empört aufschreien. Hob aber nach einigen Augenblicken beschwichtigend die Arme. Es wurde sofort still und er fuhr selbstgefällig fort:»Als Jünger des vergebenden Gottes ist es unsere Pflicht, das Geschöpf der Ungläubigen zu vernichten. Da es aber noch über die Reste einer Seele verfügt, können wir es nicht einfach töten.« Er deutete auf eine Person, die in der Nähe saß. »Schwester Lorinna, kennst du vielleicht einen Weg?«

Die Angesprochene erhob sich. Würdevoll schob sie die Kapuze zurück. Langes blondes Haar fiel ihr über die Schultern. »Er muss die göttliche Waschung erhalten und danach das Wasserritual vollziehen. Denn es steht geschrieben, dass Feuer und Wasser gemeinsam das Herz unseres Herrn bilden und dort, wo Feuer reinigt, verschmutzt Wasser, und was das Wasser löscht, hat die Flamme schon zuvor gereinigt.« Sie setzte sich wieder.

»Richtig, Schwester, unser Herr sagt auch: Und Glaube sei die Säule und nicht das Fundament des Lebens, denn dort wo die Flamme ist, braucht es nichts anderes mehr, und dort wo der Mensch die Seele hat, kann es nur Wasser geben, denn sie ist unveränderlich und rein.« Abrupt wandte er sich einer Tür im Hintergrund zu. »Führt ihn herein«, befahl er.

Die Kerzen flackerten in einem schwachen Luftzug und verströmten Ruß. Diesmal roch es nicht nach Gewürzen, sondern nach verbranntem ranzigen Fett. Ein Teil der Jünger begann mit einem Sprechgesang. Beschwörend hallten ihre unverständlich gemurmelten Worte durch den Saal.

»Und dort wo Ruhe ist, soll Stille herrschen; und dort wo Licht ist, sollen Flammen noch mehr Licht bringen. Der demütige Mensch muss dienen, um seinen Lohn zu erhalten, bis zu jenem Tage, da die Unheiligen kommen werden. Er muss sich vorbereiten auf deren Ankunft und dann kämpfen. Bis der letzten Tropfen Blut vergossen ist, der flammend die Luft durchschneidet, um dann auf verdorrte Erde zu treffen. Und dort soll es sickern und tränken und zu Wasser werden und alle vier Elemente sollen ein fünftes bilden, eine Waffe, geschmiedet, die Ungläubigen zu richten.«

Eine Tür fiel krachend gegen die Wand. Wie ein Hund wurde der Namenlose an einem eisernen Halsband hereingeführt. Er trug ein weißes Leinengewand, sein Kopf hing ihm tief auf der Brust.

Resigniert, aber nicht ängstlich.

Er wurde zu einem Holzbottich geführt und musste sich hineinstellen. Zwei junge Mädchen hoben einen Zuber über seinen Kopf und verharrten in dieser Stellung, die Gesichter selig, die Blicke stumpf.

Der Priester rezitierte: »Dieses Wasser ist heilig. Es kommt aus der Erde, wurde mit Luft gesättigt und soll dem heiligen Feuer als Nahrung dienen.«

Die Mädchen entleerten den Eimer über den Kopf des Gepeinigten. Eine zähe Flüssigkeit wie Öl ran über dessen Kopf, Hals und Oberkörper. Nathan hatte eine grausige Vermutung über den weiteren Verlauf des Rituals und das Adrenalin schoss wieder durch seine Adern. – Er brauchte sofort einen Plan.

Der Sprechgesang setzte wieder ein. Rauchschwaden, geschwängert mit den Aromen der psychoaktiven Substanzen, breiteten sich weiter im Raum aus.

»Und nun …«, sagte der Priester. Das Feuer seines Zepters entflammte wieder. Er richtete es auf den Namenlosen, der gebeugt dastand.

Öl tropfte in den Bottich, bedeckte Zehen und Füße des Gefangenen. Der Sprechgesang wurde lauter, die Flamme des Zepters heller.

»Und nun ist es so weit, die Seele dieses armen Geschöpfes zu reinigen.« Der Priester machte einen Schritt in Richtung des Namenlosen. Er hob das Zepter über den Kopf, zum Schlag bereit.

Der Sprechgesang wurde lauter, hob sich einem Höhepunkt entgegen. Gleich würde er enden. Nathans Gedanken rasten. Er blickte auf, betrachtete die großen Kerzen über ihm und hatte eine Eingebung. Er machte sich zum Sprung bereit.

Sie wurde geschüttelt, jemand hielt ihre Schulter gepackt. Trotz dieser Erkenntnis brauchte Alina einige Momente, bis es ihr gelang, den Schlaf abzuschütteln.

»Wach auf, wir müssen schnell weg. Raus aus dieser Stadt!«

Es war ihr Onkel.

Obwohl Alina noch die Instinkte einer Schatzjägerin fehlten, brachte sie es überraschend schnell fertig, wach zu werden und die Fesseln des Schlafes, die ihr Bewusstsein in den Tiefen der Träume hielten, zu lösen. »Ich komme schon«, brachte sie krächzend hervor.

»Mach aber schnell.« Nathan stopfte ihre Sachen zusammen, während der Namenlose in der Ecke stand und wie ein verletztes Tier dreinschaute. »Wir werden es bald mit ein paar sehr wütenden Stadtbewohner zu tun bekommen.«

Alina war binnen weniger Minuten aufbruchbereit und verblüffte ihren Onkel damit über die Maßen. Sie eilten, so lautlos sie konnten, die Stufen des Gasthauses hinab und hasteten im Zwielicht der aufgehenden Sonne zum Südausgang der Stadt.

»Was ist passiert Onkel? Warum seht ihr beide so aus, als hättet ihr einer Hexenverbrennung zugesehen?«, keuchte Alina endlich, als sie meinte, es wäre wohl doch nicht so schlimm wie befürchtet. »Und warum ist er so dreckig?«

»Du weißt gar nicht, wie nahe du der Wahrheit gekommen bist«, ächzte Nathan. »Wir haben aber später noch genug Zeit zum Reden. Jetzt renn!«

Sie erreichten das Stadttor und gelangten dahinter an eine schmale abschüssige Straße, die rechterhand am Lichterwald vorbei Richtung Süden führte. Ihre Pflastersteine durchschnitten das Grün der weitläufigen Frühlingswiesen. Vereinzelte Grasbüschel wuchsen aus den Ritzen und Apfelbäume säumten ihren Weg, deren Blüten so zahlreich waren, dass die Bäume einen weißen Mantel zu tragen schienen.

Nathan trieb Alina weiter, der Namenlose folgte apathisch aber schnell.

Schließlich hatten sie reichlich Abstand zwischen sich und die Stadt gebracht, hinter ihnen war alles ruhig und Nathan verfiel endlich in einen langsameren Gang, atmete kräftig durch und berichtete seiner Nichte nun schnaufend, wie ihr Kamerad beinahe einem unbekannten Gott geopfert worden wäre.

Wie immer hielt sich der Namenlose wortkarg, schien aber die Schrecken der Nacht schon überwunden zu haben, denn sorglos bewunderte er bereits wieder aufmerksam den Flug einer Hummel. Gleichsam fand er Gefallen an der wogenden Bewegungen des hohen Grases am Straßenrand und verfolgte aufmerksam das Gleiten eines Adlers in hohen Lüften.

Die frische Morgenluft tat ihren Lungen gut und kühlte die aufgewühlten Gemüter.

Bruder Dominicus und Bruder Lanius befanden sich im Amtszimmer des Dominicus bei einem Glas Branntwein. Sie besprachen die

Geschehnisse der Nacht und da sie gerade damit fertig geworden waren, ihre Gemeinde mit Worten der Vernunft und Logik über die Ereignisse in ihre Betten zu schicken, hatten sie Zeit, über das, was wirklich passiert war, zu reden: Ein Diener des Bösen war ihnen durch die Finger geschlüpft. Ein Stück pervertiertes Fleisch, das von unmenschlichen Händen geformt worden war, einzig und allein zu dem Zweck, das Böse auf der Welt zu verbreiten.

Bruder Lanius nahm einen Schluck, bevor er zum wiederholten Male fragte: »Wie konnte das geschehen?«

»Anders als ich es unseren Schwestern und Brüdern erzählt habe, muss ich dir gestehen, dass wir einem ordentlichen Betrug zum Opfer gefallen sind. Jemand, wahrscheinlich ein gottloser Begleiter des Andersartigen, hat ein Sakrileg begangen und unsere Messe mit simplen Tricks gestört.«

Da keine weitere Erklärung kam, fragte Bruder Lanius nach: »Aber wie? Ich kann mich nur erinnern, dass plötzlich viel Rauch im Raum war. Jemand schrie, als ob die läuternden Feuer unseres Herrn gerade ihre Arbeit täten. Licht flammte auf, so grell, dass es mir die Augäpfel aus den Höhlen zu brennen schien. Dann ein Knall, das Licht verschwand und als sich meine Augen an die Dunkelheit gewöhnt hatten, war der Halbmensch weg. Unsere Brüder und Schwestern sagen, dass hier Mächte am Werk waren, die wider unseren Herrn wirken. Bist du anderer Meinung?«

»Nur irdische Mächte. Taschenspielertricks, die richtig angewandt nur dem Zweck dienten, unsere Sinne zu verwirren. Der Rauch war einfach und das Licht könnte verbranntes Magnesium oder Schwarzpulver gewesen sein. Der Schrei war gut gemacht, doch wenn man genug Seelenschmerz hineinlegt – und allen Menschen haben von diesem normalerweise genug vorrätig –, dann lässt sich eine gepeinigte Seele wohl imitieren. Als wir alle noch geblendet und überrascht waren, huschte der Frevler aus seinem Versteck, befreite den Unmenschen und entkam mit ihm unerkannt im Durcheinander. Sei versichert, genau so ist es abgelaufen.«

»Was sollen wir jetzt machen? Sie verfolgen? Sie werden die Stadt schon verlassen haben, aber ein Besuch in ihren Räumen im

Gasthaus wäre vielleicht trotzdem sinnvoll.«

»Sie kommen nicht weit. Peter, der Sohn des Wirts, wird uns bald Bescheid geben. Wenn sie geflohen sind, werden wir sie erwischen.«

»Soll ich an unsere Gemeinschaften in den anderen Städte funken?«

»Ja. Und sag ihnen allen, dass die Fliehenden sofortige Läuterung durch die Heilige Flamme erfahren müssen. Solch ein Frevel muss mit doppelter Härte bestraft werden.«

Bruder Lanius leerte sein halb volles Glas in einem Zug. Der Branntwein machte seinem Namen alle Ehre und erzeugte wohlige Wärme in der Tiefe seiner Kehle.

Im Land der Flamme

Eine schwarze Wolke schob sich so plötzlich vor die Sonne, wie es sich sonst nur bei einem aufziehenden Berggewitter beobachten ließ. Dunkelheit senkte sich über den Teil des Weges, auf dem die Reisenden gerade unterwegs waren – der Rest des Landstriches erstrahlte weiterhin im hellen Sonnenschein. Doch war es keine Regenwolke, die sich über ihnen befand, sondern ein Schwarm Ödlandkrähen, so riesig, dass es schien, als würde er sich über den gesamten Horizont erstrecken. Das Flattern ihrer zahllosen Flügel brachte die Luft zum Vibrieren. Das Gekrächze aus ihren Schnäbeln dröhnte so laut, dass die Wanderer gezwungen waren, sich die Hände fest gegen ihre Ohren zu pressen, bis der scheinbar endlose Zug der Vögel vorüber war.

Das Land südlich der Stadt war nur schwach besiedelt, ein Umstand, der ihnen nun sehr entgegenkam. Am Ufer eines breiten Flusses, der die Steppenlandschaft durchschnitt, wie das Messer eines Betrunkenen eine Scheibe Butter, lagen hier und da kleinere Siedlungen, meist nicht mehr als eine Handvoll einfache Holzbauten, die um ein größeres Gebäude standen. Aus Angst vor Verfolgern – noch hatte es aber kein Anzeichen für solche gegeben – mieden sie diese Dörfer. Gelegentlich trafen sie jedoch auf einzelne Reisende: einen Bauern, der Handel trieb, eine Kaninchenjägerin und eine Schrottsammlerin mit einem Wagen voller verrosteter Metallteile, den sie hinter sich herzog.

Ihre Entscheidung, so wenig Aufmerksamkeit wie möglich zu erregen, erwies sich als klug, denn sie erfuhren, dass die Religion, deren Skrupellosigkeit sie in der Stadt zu spüren bekommen hatten, allerorts auf dem Vormarsch war. Nathan zweifelte nicht, dass sie in keinem Dorf sicher waren. Er behielt sein Vorgehen bei und führte sie bei jedem Anzeichen einer Siedlung in weitem Bogen um diese herum.

Doch auch ohne die Hilfe der Menschen, die hier lebten, gelang es ihnen, brauchbare Wege in den Süden zu finden. Die Großstadt, das Ziel ihrer Suche, befand sich irgendwo an der Grenze dieses Landstrichs und Nathan vermeinte sich bereits in ihrer Nähe. Fast konnte er es spüren, das Pulsieren ihres Herzens, jenes, das aus dem Nachklang von Hunderttausenden ehemaligen Lebewesen entstanden war und durch Zeit und Raum bis zu ihm getragen wurde.

Die Anzeichen häuften sich, denn immer regelmäßiger machte der Blick auf überwucherte Gebäude der Alten Welt sie neugierig. Oftmals handelte es sich um riesige Gebäude, die mittlerweile vollständig eingestürzt waren oder als Ruinen dalagen, den Skeletten von Dinosauriern gleich den Eindruck von Alter und Tod vermittelnd, als ob sie bereits Hunderte von Jahren vor sich hin verfielen. Auch Straßen gab es immer öfter. Teilweise waren sie sogar in so gutem Zustand, dass sie unter Umständen immer noch Verwendung finden mochten. Wie war das nur möglich? Die Zeit verging offenbar unterschiedlich schnell. War das möglich?

Trotz der guten Stimmung, die er darüber empfand, dass sie relativ gut und unbelästigt vorankamen, gab es etwas, das Nathan sehr missfiel: Seit ihrem Aufbruch waren sich Alina und der Namenlose, dem sie mittlerweile auf ihre liebevolle Art den Namen *Hylax* gegeben hatte, auf eine Weise nähergekommen, die zwangsläufig nur zu einem führen konnte. *Seit jeher müssen Frauen das Gefühl verspüren, gebraucht zu werden, dass das, was auch immer getan werden musste, ohne ihre Hilfe nicht funktionieren würde. Wir Männer spielen ihnen da für gewöhnlich in die Hände, indem wir uns hilflos geben. Und Hylax ist ja wohl der Inbegriff aller Hilflosigkeit. Zugleich ist er aber ein Mann, der Potenzial und vielleicht sogar die Befähigung für große Taten besitzt. Eine gefährliche Mischung, wenn es um die Gunst von Alina geht.* Er zwang seine Gedanken in eine andere Richtung und vermied so vorerst jede weitere Grübelei.

Nathans Bewusstsein wurde aus der Starre gerissen, als Alina schrie. Aufgeregt deutete sie in Richtung einer bewaldeten Hügelkuppe. »Sieh, dort brennt etwas«, las er die leisen Worte von ihren

Lippen ab. Er sah dichten dunklen Rauch, wie er nur von einem
größeren Brand verursacht wurde.

Als sie näher heran waren, fand sich seine Vermutung in einem
skurrilen Bild bestätigt: In einer Grube im Boden – vielleicht war
sie einmal als Kiesgrube genutzt worden – befand sich ein See, der
brannte. Offenbar bestand er aus einer brennbaren Substanz oder
wurde zumindest von einer solchen bedeckt. Die Flammen schlugen hoch hinauf und eine unbeschreibliche Hitze ging von ihnen
aus, die den Reisenden das Näherkommen erschwerte. Umso be-
merkenswerter war, dass am Ufer eine Hütte stand, deren Wände
zwar voller Ruß waren, sonst aber keine Brandspuren aufwiesen.

»Eine Fischerhütte am Flammenmeer. Was hier wohl gefischt
wird?« So einschüchternd der Anblick auch war, gefiel er Alina,
denn sie liebte das Feuer sehr. Einmal hatte sie ein altes Buch über
Sterndeutung gelesen und als sehr aufschlussreich empfunden.
In Menschenhand hatte sie dann mithilfe einer Frau, die sich mit
dieser alten Kunst beschäftigte, herausgefunden, dass sie selbst
in einem Feuerzeichen geboren worden war: im Zeichen des Löwen. Sie glaubte zwar nicht, dass der Sternenhimmel bei ihrer
Geburt Einfluss auf ihren Charakter hatte, war aber fasziniert von
Symbolen und deren Macht auf metaphysischer Ebene.

Hylax, vor Kurzem beinahe in den Feuern des neuen Glaubens
getauft, fand den Anblick zwar so faszinierend, wie er alles faszinierend fand, das ihm begegnete, doch zeigte er auch Furcht.

Nathan sah sich die Hütte genauer an und stellte fest, dass sie
bewohnt aussah. Obwohl sie kaum mehr als zwei kleine Zimmer
besitzen konnte, gab es Vorhänge an dem einen Fenster, das er sehen konnte, und ein Schild hing über der Tür. »Am Fenster steht eine
Pflanze und sie scheint sich dort auch recht wohlzufühlen.« Nathans
Neugierde wuchs. »Vielleicht hält etwas die Hitze dort auf, schirmt
sie ab. Bei den ganzen Unmöglichkeiten, denen wir schon begegnet
sind, würde mich auch das eigentlich nicht mehr besonders überra-
schen.«

Die Hand vor dem Gesicht schritt er auf das Haus zu. Er konnte kaum atmen, denn die Luft war heiß und der Sauerstoff von den

Flammen aufgezehrt. Es wurde immer schlimmer, je näher er der Hütte kam. Heiße Luft schien seinen Hals und Lungen zu verbrennen. Immer heißer wurde es und dann plötzlich … war die Hitze weg. Stille und Kühle waren alles, was er wahrnehmen konnte, als er schließlich vor der Haustür stand.

Alina kam hinzu und machte einen überraschten Laut. »Es ist kühl hier«, sagte sie verblüfft.

Nathan fasste an die Tür und zog seine Hand sofort wieder zurück. Seine Finger kribbelten von einer leichten Energieentladung. *Dies dient nicht dazu, jemanden abzuschrecken, sondern ist ein Nebenprodukt von etwas anderem. Diese Hütte beherbergt eine unbekannte Technik.*

Er nahm seinen Mut zusammen und klopfte.

Es kam keine Antwort aus dem Inneren.

Er fasste den Knauf und zog daran, die Tür schwang auf.

Es gab nicht viel in der Hütte, außer einer Matratze auf dem Boden, einem Stuhl und einem Tisch, auf dem ein Bildschirm stand – vielleicht irgendein Steuergerät?

Dann verschwamm die Realität vor Nathans Augen. Das Zimmer war kahl. Es gab keine Fenster. In roten Lettern, die der Teufel mit seinen Klauen selbst an die Wand gemalt haben mochte, stand: EWIG LÄUTERNDE FLAMME. »Schnell raus hier. Dieser Ort behagt mir ganz und gar nicht.«

Sie flohen, ohne sich umzudrehen. Hitze und Rauch, immer schwächer werdend, im Rücken.

In den letzten Tagen hatte sich das Aussehen des Himmels verändert. Am Tag waren die Wolken rot und grau, sodass der Himmel aussah, als stünde er in Flammen, wie ein Kaminfeuer durch schmutziges Glas betrachtet. Unter dem verheißungsvollen Himmel schlängelte sich ein Bach durch die Steppe, floss zwischen Felsen und verlor sich hinter den unzähligen Hügeln.

An einer geschützten und kaum einsehbaren Stelle zwischen den Hügeln machten sie Rast. Nathan warf Rucksack und sein Gewehr ins Gras und sich gleich daneben. Er grübelte. *Flammen, überall*

Flammen. Sie verfolgen uns.

Während ihr Anführer in Gedanken beim Feuer und dessen Bedeutung für ihre kleine Gruppe war, nahm Alina Hylax bei der Hand und führte ihn zum Bach. Sie musste sich noch daran gewöhnen, ihn mit diesem Namen anzusprechen, was ihr aber angesichts der Tatsache, dass er ihr selbst eingefallen war, nicht allzu schwerfiel. *Hylax* war ein Name aus alten Fabeln, der sehr zu ihrem schweigsamen Begleiter passte. – In den alten Märchen war der Unterschied zwischen Mensch und Tier verwaschen. Sehr oft waren Tiere Protagonisten, standen für Eigenschaften, handelten und redeten menschlich und waren doch keine Menschen.

»Schau, ist es nicht herrlich hier? Die Forellen, die in dem klaren Wasser schwimmen … Und so viele Libellen hab ich auch noch nie an einem Platz gesehen.« Sie zog Hylax hinter sich her und deutete auf die angesprochene Vielfalt der Natur.

Am Bach zog sie ihre Schuhe aus. Freudig wackelte sie mit den Zehen und krempelte dabei die Hosenbeine hoch. Mit vorsichtshalber verzogenem Gesicht machte sie sich bereit, in den Bach zu steigen, den sie eiskalt wähnte. Im ersten Moment raubte ihr das kühle Nass tatsächlich den Atem, doch nach wenigen Augenblicken der Starre konnte sie es genießen.

Die ganze Zeit über blieb Hylax ruhig am Ufer stehen und beobachtete sichtlich interessiert ihr Tun.

Die Sonne stand schon etwas über dem Zenit. Nur ein paar kümmerliche Bäume mit knorriger Rinde und kaum größer als ein ausgewachsener Mann wuchsen am Ufer, wo sie ein wenig Schatten spendeten. Ein leichter Wind blies aus dem Süden und brachte einen Geruch mit sich, der ein wenig an metallischen Schleifstaub erinnerte.

Vorsichtig, um nicht auf den glitschigen Steinen auszurutschen, ging Alina im Wasser auf und ab, setzte behutsam ihre Fußsohlen ins Bachbett und drückte ihre Zehen in den Matsch. Kleine Schlammwolken wirbelten dabei auf und Fische flitzten aufgeschreckt herum. Die Frische des Wassers konnte sie im ganzen Körper spüren und tat ihrer Seele wohl.

Nachdem sie aus dem Bach gestiegen war, setzte sie sich auf einen großen Felsen und ließ Füße und Waden trocknen. Mit einer Handbewegung forderte sie ihren Begleiter auf, ihr gegenüber Platz zu nehmen. Interessiert musterte sie sein Gesicht und die stahlgrauen Augen, die ihr daraus entgegenblickten.

»Wenn du die Welt betrachtest, einen Platz wie diesen hier, zum Beispiel, was siehst du?«, fragte sie ihn.

»Reinheit, Unverfälschtheit, Ruhe, den ungestörten Fluss des Lebens. Wo Menschen sind, ist meistens eine Störung.« Er blickte den Bach entlang bis zu der Biegung und den Felsen, hinter denen er rauschend verschwand. Unbewusst kratzte er sich am Arm.

Alina runzelte nachdenklich die Stirn, als sie seine Bewegung beobachtete. Sie kam auf seine Narben zu sprechen und zog dabei mit ihrem Finger eine auf seinem Unterarm nach. »Wir reisen jetzt schon lange zusammen, aber du hast immer noch nicht erzählt, was mit dir passiert ist.«

Er sah schuldbewusst drein. »Ich hätte euch beiden schon längst meine Geschichte erzählt, wenn ich sie nur selber wüsste. Meine Vergangenheit ist wie … ein Traum. Eindrücke und Empfindungen, das ist alles, was ich habe. Ich sehe Dunkelheit. Und Einsamkeit.«

Alina wollte etwas fragen, doch hielt sie sich zurück, da sie begriff, dass Schweigen und Zuhören oft zielführender als die treffendste Frage waren.

Er fuhr fort. »Vor mir sehe ich ein Bild von mir selbst. Ich schwebe über mir und blicke auf mich hinab. Ich liege, gerade aus einem traumlosen Schlaf erwacht, einem Koma, durch Drogen hervorgerufen, und bin übersät mit spinnennetzartigen roten Linien. Sie verblassen schon wieder, doch weiß ich, dass jemand sie mir mutwillig zugefügt hat. Unklarheit. Ungewissheit. Was ist der Zweck davon? Ich schreie in die Dunkelheit meiner Zelle. Zelle? Ja, denn ich bin in der Dunkelheit gefangen und sobald ich einschlafe, kommen sie und holen mich.« Der Schrecken stand deutlich in seinen Augen geschrieben, als die Erinnerungen ihn zu überwältigen drohten.

Alina fand es an der Zeit, etwas zu sagen, denn sie hatte die Befürchtung, dass es ihm schwerfiel, so viel auf einmal zu bewältigen.

»Wie war es, nachdem du der Dunkelheit entflohen warst?«

»Ah, ich sehe es deutlich – ist es wirklich eine Erinnerung? Ein Tor, das mich aus meinem Gefängnis führen sollte. Als ich es aufmache, sehe ich die Sonne. Alles ist lebendig, sogar die Steine unter meinen Füßen, wie mir scheint. Es ist, als würde ich zum ersten Mal in meinem Leben aufwachen, meine Geburt sozusagen, denn alles, was davor war, ist in den Nebeln der tiefsten Ebenen meines Geistes verborgen.«

Es war ein schöner Morgen. Die Luft war frisch und überall war der Lebenswille der Natur in Form ihrer überwältigenden Kraft sichtbar: Blumen blühten in allen Farben, das Grün der Gräser, Sträucher, Büsche und Bäume leuchtete kräftig in den Sonnenstrahlen des beinahe sommerlichen Frühlingstages. Anders als im Kessel gab es hier Bienen, zahlreich flogen sie durch die Luft auf der Suche nach Blüten und deren Nektar. Überall summte und brummte es.

Übervorsichtig und mit erhobener Hand, um keine der Bienen in den Mund zu bekommen, die seinen Weg kreuzten, schritt Hylax den Pfad entlang. Als er die vermeintliche Gefahr hinter sich gebracht hatte, stützte er sich mit der Hand an der rauen Rinde eines alten Baumes ab und atmete tief durch. Er war so angespannt gewesen, dass er nicht gewagt hatte, zu atmen. Seine Reisegefährten, für die Bienen nicht vollkommen unbekannt waren, hatten sich von deren fleißigen Tun nicht aufhalten lassen und befanden sich nun schon einige Meter weiter voraus.

Ein Frauenschrei übertönte das geschäftige Summen der Bienen, er war nur kurz zu hören gewesen. Ohne zu zögern, fuhr Hylax herum und stürmte in die Richtung, aus der der Schrei erklungen war. Die Bienen waren vergessen und er lief zielstrebig, dabei dichtes Gestrüpp ummähend.

Auf einem T-förmigen Metallträger war eine Frau festgebunden, die Kleidung war ihr teilweise vom Körper gerissen worden. Eine bloße Brust hob und senkte sich im Takt ihres heftigen Atmens. Ein Teil des Trägers lag in einem Feuer, sodass das Metall recht heiß sein musste. Zwei Männer befanden sich dort. Einer, in eine braune

Kutte gekleidet, saß abseits und grinste wie ein zurückgebliebenes Kind. Der andere war nackt und tanzte um das Feuer.

»Ist dir schon warm, Püppchen? Gleich wird es dir noch wärmer«, sang der Tänzer nicht sehr melodisch. Er fuhr mit der Hand nach vorn und quetschte ihren Oberschenkel. Der letzte Rest ihres Kleides zerriss und fiel in die Flammen.

Das Grinsen des Sitzenden wurde noch breiter und noch dämlicher. Keine Sekunde verließ sein gieriger Blick ihren nackten Körper. »Fang endlich an«, forderte er seinen Kumpanen auf. Speichel lief ihm aufs Kinn.

Das Mädchen kreischte, war in Panik. Ihre Welt bestand nur noch aus hysterischer Angst vor Demütigung, Schmerz und Tod. Sie sah das Ungeheuer näherkommen. Er war behaart, dreckig und riesig, sie dem Unvermeidlichen hilflos ausgeliefert, was ihre Panik immer weiter steigerte. Sie warf sich trotz der engen Fesseln wie wahnsinnig hin und her. Dann spritzte Blut auf ihren entblößten Körper und sie erstarrte. Das nackte Ungeheuer sinkt unter kräftigen Schlägen zusammen, vergeht, entgleitet ihrem Blick, der nun auf ihren Retter geheftet ist, einem sauberen Mann, frisch und rein erscheint er ihr. Mit Tränen des Glücks in den Augen verspürt sie, wie sie losgebunden und fortgetragen wird. Kühle umfängt sie, Geborgenheit und grenzenlose, alles hinwegspülende Erleichterung. Sie verliert das Bewusstsein.

»Mein Name ist Tamara. Ich wohne in dem Dorf gleich hinter dem Hügel.«

Es war fast Mittag und sie saßen alle bei einer Steingruppe, die sich gut als Lagerplatz eignete. Der Bach floss in der Nähe.

Sie hatte, als sie wieder zu sich gekommen war, im kühlen Wasser gebadet und sich Schweiß, Staub und Blut abgewaschen. Soweit Alina es beurteilen konnte, hatte Tamara keinen Schaden davongetragen. Schrammen und blaue Flecken, ja, aber ansonsten war sie – zumindest körperlich – unversehrt.

»Ich war gerade auf dem Weg zurück vom Nachbardorf – ich hatte ein paar Gläser von unserem Bienenhonig zum Tausch gebracht

– da bemerkte ich, dass mir jemand aus dem Dorf gefolgt war, zwei Jünger der Heiligen Flamme.« Sie spuckte ins Gras. »Sie sprachen von ihren Lehren und als ich ihnen nicht zuhören wollte, wurden sie zudringlich und schließlich …«

Alina musterte sie genau. Sie hatte brünette schulterlange Haare, war sehr schlank, besaß aber dennoch ausgeprägte weiblichen Formen. Ihr Gesicht war rundlich und ihre Züge gutmütig und nicht unintelligent. Die ganze Zeit über, ruhte Tamaras Hand auf Hylax' Arm, an den sie sich immer noch klammerte, als würde sie ohne ihn zurück in die Arme der Angreifer gezogen werden. Obwohl Alina sich dafür schämte, empfand sie unverständlichen Ärger über diese Aufdringlichkeit. »Warum bist du alleine unterwegs? Ist das nicht etwas unvorsichtig?«, fragte sie barscher, als sie es beabsichtigt hatte.

»Eigentlich nicht, denn diese Gegend ist sicher. Wir hatten hier seit Jahren kein Verbrechen mehr und ich war schon als Kind alleine unterwegs.«

»Bis diese Jünger das Land unsicher machten«, brummte Nathan. Bei der Erinnerung an sein eigenes Abenteuer vor kurzer Zeit verspannten sich seine Muskeln. »Wir haben auch schon mit ihnen Bekanntschaft gemacht und keine allzu gute, wie du dir denken kannst. Die Reaktion unseres Freundes beweist es.« Er sah Hylax an, der ruhig seinen Blick erwiderte. Eine Flamme schien hinter dessen dunklen Augen entfacht worden zu sein. Er war zwar immer noch wortkarg und nicht weniger phlegmatisch, aber schien doch etwas mehr Energie zu besitzen. *Verursacht dies seine jüngste Erfahrung oder ist vielleicht etwas ganz anderes dafür verantwortlich?* Nathan hatte den Verdacht, dass ihr Ziel, die alte Stadt und die Nähe zu ihr, etwas damit zu tun haben könnten. »Zwei gebrochene Schädel mit deinen bloßen Händen. Ich wusste, dass du kräftig bist, aber es war furchteinflößend, mit welcher Leichtigkeit und Präzision du diese beiden umgebracht hast.«

»Ich tat nur, was nötig war. In meinem Geist herrschte Klarheit«, antwortete Hylax.

»Ja, und er hat mich gerettet.« Tamara klammerte sich stärker an seine Schulter.

»Egal, ich werde ihnen jedenfalls keine Träne nachweinen.« Nathan stand auf und ging zum Bachufer. Er wollte alleine sein, Ruhe haben, um ein wenig nachzudenken und etwas Ordnung in seinen vollen Kopf zu bekommen.

Die gleichmäßigen Bewegungen der Forellen im Wasser zogen ihn in ihren Bann. *Kein Widerstand im Strom des Baches. Sie stehen still. So muss man sich im Strom des Lebens bewegen: Wie ein Fisch im Wasser.*

Sie brachten Tamara in ihr Dorf. Es lag nicht allzu weit entfernt und für die drei war die Aussicht auf ein gutes Abendessen und die Unterhaltung mit Menschen Grund genug für einen kleinen Umweg.

Als Alina ihren Onkel beobachtete, erahnte sie seine Gedanken: Er machte sich Sorgen, dass die *Heilige Flamme* bald vielleicht auch den Kessel erreichen würde. Außerdem wünschte er sich an das Ziel der Reise, denn obwohl die Neugier ihn schon sein ganzes Leben trieb, waren sie jetzt schon sehr weit ins Neue vorgedrungen. Es hatte nicht, wie so oft, vieler kleiner Schritte bedurft, sie so weit auf die Straße der Wahrheit zu bringen, sondern vielmehr einige große Sprünge. Jetzt, losgelöst von dem Altbekannten, fühlte er sich machtlos und schwach. Alina wusste es, kannte sie ihn doch gut und fühlte außerdem genauso. Ungebrochen war ihr Vertrauen in die Weisheit und Kraft ihres Onkels, die auch hier, in dieser unbekannten Gegend, ihresgleichen suchten und so würde sie ihm weiter folgen bis zum Ende ihrer Reise.

Sie schwenkte ihren Kopf zu Hylax, der neben ihr dahinschritt. In ihm war eine Stärke unbekannter Art. Sie war fast unmenschlich und sie verstand, wieso Tamara sich wie ein Kind an seine Seite klammerte. Am liebsten hätte sie ihr die Hand aufmunternd getätschelt und gleichzeitig ihren Griff um Hylax' Arm gelöst.

Das kleine Dorf in dem Tamara lebte, bestand aus einer Handvoll einfacher, aber ordentlich aufgebauter Holzhütten. Ganz offensichtlich waren es die Behausungen von Bauern, die tagein, tagaus ihre Kühe und Schafe auf die Weiden trieben, die Ställe ihrer Schweine säuberten und Essbares auf Feldern anbauten.

Tamara führte sie in den Hinterhof eines lang gezogenen L-förmigen Holzhauses. Neben den üblichen Gerätschaften eines Hofes befand sich auch ein Metallklotz auf Rädern, einer von den Wagen, die Öl verbrannten und die freigesetzte Energie nutzten, um Passagiere der alten Zeit durch die Gegend zu beförderten. Er besaß bemerkenswert große Räder und einen Sitz mit Lenkrad hoch über der Erde. Nathan vermutete, dass es sich bei dem Gefährt um einen Wagen für landwirtschaftliche Aufgaben handelte. Vielleicht wurde er zu solch einem Zweck sogar immer noch eingesetzt. Jetzt jedenfalls war er in viele Einzelteile zerlegt und würde so schnell nicht fahren.

Tief in den Eingeweiden der Maschine abgetaucht, hing ein junger Mann unter einem geöffneten Metalldeckel. Er war ölig und hielt einen Schraubenschlüssel in der Hand. Langsam zog er seinen Kopf aus dem Gefährt und blickte ihnen misstrauisch entgegen. Dabei versuchte er gleichzeitig Tamara anzulächeln und seine grimmige Miene den Fremden gegenüber aufrechtzuerhalten.

Die junge Frau löste sich von der Gruppe, fiel dem Burschen um den Hals und küsste ihn geräuschvoll auf die Wange. »Dies ist mein Bruder Martin. Und das sind ...« Sie stellte die drei vor.

Nathan ging näher und schüttelte die dargebotene ölverschmierte Hand. »Eine schöne Maschine ist das. Funktioniert sie?«

Liebevoll tätschelte Martin das Verkleidungsblech. »Unser alter Traktor hier läuft seit Jahrzehnten. Er wird auch wieder schnurren wie ein Kätzchen, sobald ich ihn zusammengesetzt habe.« Mit der Absicht seine Hände zu säubern rieb er diese mit einem öligen Lappen, erreichte damit jedoch nur, dass sie gleichmäßig verschmutzt waren.

»Bitte kommt mit hinein«, meinte er schließlich. »Die Eltern wollen euch sicher kennenlernen.«

Als sie schon einige Schritte vom Dorf entfernt waren, wandte sich Alina an Hylax: »Und was hat dir Tamara zum Abschied gesagt?«, wollte sie von ihm wissen.

»Sie war nur freundlich und bat mich, wiederzukommen.«

»Schön«, sagte Alina frostig. »Wirst du es machen?« Sie wartete seine Antwort aber nicht ab und eilte voraus an die Seite ihres Onkels.

Flüche unter Schmerzen

Nathan kam in Eile zurückgelaufen. »Dort hinten ist unser Ziel!« Aufgeregt deutet er über seine Schulter auf den Hügel, zu dem der schmale Trampelpfad hinführte. »Endlich sind wir angekommen.« Ihr Lager, das sie am Abend zuvor an einer windgeschützten Stelle zwischen Felsen aufgeschlagen hatten, war noch nicht wieder abgebaut. Ein Topf mit Suppe köchelte über dem kleinen Feuer und während Nathan aufgebrochen war, die voraus liegenden Wege zu erkunden, hatte Alina die Zeit genutzt, um Hylax wieder Geschichten aus der alten Mythologie zu erzählen.

Bei Nathans Worten sprangen sie nun beide auf, denn ganz genau wie er, sahen auch sie nach der langen Reise ihrem Ziel mit großer Erwartung entgegen.

Aufgeregt packten sie alles zusammen.

Hylax reckte den Hals, um einen Blick über die Hügel zu erhaschen. Sanft stieg das Gelände an und obwohl es nicht mehr weit bis zum offenen Gelände war, versperrten noch Bäume ihnen die Sicht und dorniges Gestrüpp behinderte ihr Vorwärtskommen.

Auf reisigbedecktem Boden blieben sie stehen. Verglichen mit den anderen menschlichen Ansiedlungen, die sie kannten, war diese Stadt kein überschaubarer Ort inmitten natürlicher Landschaft. Soweit ihre Augen reichten, lag hier ein graues Meer vor ihnen. Ehrfürchtig und mit vor Staunen offenen Mündern starrten sie auf die Überreste einer Großstadt der Alten Welt. Ein Symbol für Erfolg und Größe, tragischerweise auch ein Mahnmal für Hochmut. Kleine Farbtupfer unterbrachen die Eintönigkeit des grauen Betons – Überreste von bunten Wänden und Dächern, Tafeln oder was sonst noch einst Farbe in die triste Betonwelt gebracht haben mochte. Auch das Grün der zurückkehrenden Natur besprenkelte hier und da das Grau wie kleine Inseln. Über den gesamten Horizont erstreckte sich die riesige Metropole der Alten Welt.

»Was für ein Monstrum«, sagte Nathan. »Kaum vorzustellen, dass es einmal genug Menschen gab, um all diese Häuser zu bewohnen.«

»Wohl mehr das Skelett eines Monstrums«, antwortete Hylax. »Überall Stahl, von dem die Betonhaut abgerissen worden ist. Sieht wie ein unendlich großer Friedhof halb zerlegter Fische aus.«

Auf ihre pragmatische Art brachte Alina die Männer in die Wirklichkeit zurück: »Lasst uns auf der Karte nachsehen, wohin wir müssen. Es wird nicht leicht sein, in dieser Stadt ein bestimmtes Ziel zu finden. Außerdem sollten wir besonders vorsichtig vorgehen und auf Gefahren achten. Es fällt mir schwer, auf diese riesige Ruine zu blicken und nicht zu denken, dass ihn ihr etwas Mächtiges und damit Gefährliches haust.«

Die Ruinen der Häuser ragten zu beiden Seiten der Straße wie Kolosse in die Höhe. Von vielen war kaum mehr als das stählerne Gerüst übrig geblieben, der Beton von Wind und Wetter abgenagt, wie das Fleisch von den Knochen der Beute eines Aasfressers. Andere hingegen sahen aus, als sei ihnen das stählerne Skelett unter der Haut weggerostet; eingefallen, im eigenen Schutt liegend, zeugten nur noch Haufen zerbröselten Betons von ihrer einstigen Größe.

Die Straße war lang gezogen und offen. Mit der Gegend änderte sich auch die Form der Gebäude, die hoch aufragend beide Seiten der Straße flankierten. Schutt, verrostete Metallskelette von Autos, umgebrochene Betonsäulen, Büsche und hohes Steppengras, das dazwischen wucherte, machten sie nicht leicht passierbar und doch, da sie breit war und mehr oder weniger Richtung Süden führte, wo sich vermutlich das Herz der Stadt befand, war sie wahrscheinlich die beste Wahl.

Die verrosteten Schienen einer Straßenbahn schnitten in gerader Linie durch die Gasse. Angezogen von dem unterschwelligen Versprechen, zu einem Ziel zu führen, folgten sie ihnen bis zu einer riesigen Anlage, die mit den zerfressenen Überresten von Waggons vollgestopft war. In ihrer Mitte lag ein großes Gebäude, dessen Zustand zwar nicht viel besser als der der anderen war, doch das sie aufgrund seines Aussehens trotzdem neugierig werden ließ. Es wirkte düster und bedrohlich, die Reste schwarzer Farbe waren noch erkennbar. Nach kurzer Beratung beschlossen sie, es nicht zu betreten.

Ganz in seiner Rolle als Führer der Gruppe gefangen, merkte Nathan etwas verspätet, dass er sehr angespannt war. Auch wenn sie eine unbekannte Stadt erkundeten und geschärfte Sinne nötigt waren, so würde, falls er auf diese Art weitermachte, die Belastung bald zu groß für ihn werden. Er vermutete, dass die Andersartigkeit der Stadt der Grund war. Er musste irgendwie den Eindruck verändern, das Gefühl, das er ihr entgegenbrachten. Wahrscheinlich würde es helfen, ein paar Spuren zu finden, um Geschichten aus alten Zeiten wieder zum Leben zu erwecken – über Menschen, die einst hier gelebt hatten. Mit ein wenig Glück würden sie etwas von dem Geist dieser alten Stadt kennenlernen und möglicherweise auch Spuren von gegenwärtigem Leben entdecken.

Plötzliche Stille legte sich über die Gasse. Eine Wolke verdunkelte die Sonne und schattiges Zwielicht kroch über die Fronten der hohen Häuser auf beiden Seiten. Nathans Instinkte erzeugten Nervenimpulse, die Alarmbereitschaft auslösten, und sandten diese durch seinen Körper. Das Rieseln von Steinchen, die auf den Asphalt aufschlugen, ließ ihn herumfahren. In einer geschmeidigen Bewegung nahm er blitzschnell sein Gewehr in Anschlag und zielte damit auf die Fenster der oberen Stockwerke, doch es war zu spät, die Falle hatte bereits zugeschnappt. Er sah noch eine Bewegung auf der anderen Straßenseite, dann traf ihn etwas hart an der Schläfe.

Während er zu Boden ging, sah er vermummte Gestalten auftauchen, die Hylax und Alina überwältigten. Dann versank er in Dunkelheit, begleitet von Verwunderung und Verzweiflung über seine Leichtsinnigkeit.

Finger gruben sich schmerzhaft in seine Schulter und rissen ihn wieder in die Realität. Eine Stimme sagte neben seinem Ohr: »Mein

Freund, komm zurück zu uns. Deine Gesellschaft wird benötigt.«

Im ersten Moment dachte Nathan, dass sein Schädel einen Sprung haben musste, so stark war der Schmerz hinter der Stirn – als ob zwei Knochenplatten aneinander rieben und seismische Wellen in sein Hirn sandten.

Er öffnete die Augen und das Erste, das er wahrnahm, war ein selbstgefälliges Lächeln in einem schmutzigen Gesicht, das zwischen rot angeschwollenen Wangen schwarze Zahnstummel zeigte. »Geht ja doch. Dein Blick zeugt auch noch von Intelligenz – geringer zwar, aber doch vorhanden. Also hat der Stein dir nicht geschadet. War ein guter Wurf, nicht? Hefe hier, dieser kleine rothaarige Nichtsnutz, hat nur einige wenige Fähigkeiten. Sie lutscht gut und kann einer Ratte auf fünfzig Meter mit einem Stein den Kopf zerschmettern. Und weißt du was? Diese beiden Qualitäten genügen voll auf, um sie zu einem wichtigen Mitglied meiner Truppe zu machen!« Er lachte laut und widerlich auf. Dann machte er Platz, damit Nathan freie Sicht auf ein junges Mädchen hatte, das schelmisch hinter einer Kapuze hervorlächelte.

Nathan war aber weniger an der schmutzigen Räuberin als an den beiden Gefesselten interessiert, die zu Füßen des Mädchens kauerten. Sie waren bei Bewusstsein und offenbar nicht schwer verletzt. Sie befanden sich in einem halb verfallenen Raum.

Der überhebliche Räuber, dessen Gesicht wieder aufdringlich nahe vor Nathans schwebte, hatte bemerkt, wohin er blickte und grinste. »Was ist dir ihr Leben wert? Du bist der Anführer, soviel ist mir klar. Ich verhandle also mit dir. Wie es scheint, willst du aber nicht mit mir reden.« Er schüttelte den Kopf und fuhr in schulmeisterlichem Ton fort: »Nun, höre mir dann zumindest gut zu.« Er machte eine theatralische Pause. »Zuallererst solltest du wissen, dass wir keine Räuber sind. Wir sind ein Trupp der Stadtmiliz der Heiligen Flamme und ich bin der Truppführer Bruder Leo. Wir bewachen diesen Teil der Stadt vor allen weltlichen und überirdischen Bedrohungen. Ihr seid uns unbekannt und mehr noch seid ihr Personen, die offensichtlich nicht geläutert sind. Wir müssen das ändern . . .«

Nathan verlor die Konzentration, für einen Moment sogar die Besinnung, und schreckte auf, als ihm die Ernsthaftigkeit der Situation ins Bewusstsein drang. *Sind diese Fanatiker denn überall?* Sein Kopf schmerzte und er war mehr als nur gereizt. Seine Begeisterung, am Ende einer so anstrengen Reise von Fanatikern aufgehalten zu werden, hielt sich in Grenzen.

Alina, die ihren Onkel so gut wie niemand sonst kannte, bemerkte sofort die Veränderung in ihm. Sie hatte das einige wenige Male zuvor schon erlebt: Als ob ein Schalter umgelegt würde, der Nathan in einen anderen Menschen verwandelte. Sie hatte einmal ein Buch gelesen, das wohl einige Bekanntheit in der Alten Welt genossen hatte. Es war von jemanden mit dem Namen *Stevenson* geschrieben worden, der im neunzehnten Jahrhundert gelebt hatte, und handelte von einem Menschen mit zwei unterschiedlichen Seelen – eine gut, die andere wild und unkontrolliert.

»Ich habe genug von euch Fanatikern«, sagte Nathan nun mit kaum verhohlenem Zorn. »Ich sage dir, lass mich frei, oder dein Gott wird dich bestrafen. Wenn er dies nicht tut, so ist er blöd, denn jemanden wie dich als Jünger zu haben, erscheint mir recht idiotisch.«

»Blasphemie! Wie kannst du es wagen, über meinen Gott zu urteilen?« Leos Gesicht lief vor Zorn rot an.

»Ich scheiß drauf. Du und dein Gott könnt mich am Arsch lecken!«

Die Faust des Truppführers traf Nathans Wange mit voller Kraft. Die Haut platzte auf und hellrotes Blut ran ihm über das Kinn.

»Interessant. Ist das die Läuterung, von der du sprachst?« Er saß aufrecht und streckte ihm auffordernd das blutige Kinn entgegen.

»Nein, damit soll dir nur Demut beigebracht werden.« Leo hatte sich wieder unter Kontrolle. »Bestrafung ist mir untersagt, denn nur der Heiligen Flamme ist physische Reinigung erlaubt.«

Nathan, der unauffällig an seinen Fesseln zerrte, blickte Leo trotzig an. Die Arme waren aber so straff am Rücken zusammengebunden, dass der Strick tief ins Fleisch schnitt. Er erkannte sogleich, ihn nicht mit Gewalt lösen zu können. Vielleicht fand sich ja etwas, um ihn zu zerschneiden. Hoffnung verspürte er aber im Moment nicht, nur Zorn. »Warum gehst du nicht mit deiner kleinen Schlampe nach hinten und wirst deine Energien bei ihr los? Wenn sie so gut ist, wie du sagst, dann vergisst du für einen Moment deinen fanatischen Scheiß und lässt uns mit deinem religiösen Gequatsche in Ruhe.«

Leos Bereitschaft, die Läuterung der Heiligen Flamme zu überlassen, sank offenbar rapide. Er schlug Nathan die Faust so hart ins Gesicht, dass dessen Kopf nach hinten schnellte, Blut aus der zerrissenen Lippe spritzte und der Körper dem Kopf folgte und auf dem Boden aufschlug.

Auf dem Steinboden liegend, spuckte Nathan Blut. Er war unter einem Schreibtisch gelandet und lag auf der Seite. Als die Blitze vor seinen Augen schwächer wurden, sah er einen stählernen Gegenstand vor sich liegen der, obwohl komplett verrostet, so aussah, als sei er scharf genug, um seine Fesseln damit zu durchschneiden. Wenn er nur andersrum liegen würde und etwas weiter hinten …

»Hast du genug, du unzivilisierter Wilder? Ich vergesse noch meine guten Manieren, so sehr ekeln mich deine Worte an.« Leo zitterte vor Zorn und atmete nun kontrolliert, um sich wieder zu beruhigen. »Wir sollten unser Gespräch beenden, denn ich glaube nicht, dass es noch viel Sinn hat. Wir werden das Ritual beginnen und euch drei der Heiligen Flamme überantworten.« Er machte dem rothaarigen Mädchen ein Zeichen, die darauf aus dem Raum verschwand.

Nathan wusste, was er zu tun hatte, doch kostete es ihm einige Überwindung, mit offenen Augen dem Schmerz entgegenzugehen. »Die Kleine hat einen hübschen Arsch«, rief er und holte tief Luft. Fast ohne zu stöhnen kam er auf die Füße und stand schließlich ganz auf. »Was macht ihr bei euren Ritualen mit ihr? Dürfen alle Brüder sie mal von hinten nehmen? Ist das die Art, wie ihr eurem hundegesichtigen Gott huldigt?« Er wappnete sich für den Schmerz und erwartete dessen Explosion.

Leo enttäuschte ihn nicht und schlug so heftig zu, dass er aufschrie und mit schmerzverzerrtem Gesicht seine Faust betrachtete.

Nathan, der erneut zu Boden gegangen war, schnappte nach Luft.

Irgendetwas stimmte mit seinen Nerven nicht, sein Körper gehorchte keinem Befehl mehr. Er versuchte zu atmen, doch es ging nicht, es war dunkel – oder war er blind? Er hatte das Bewusstsein jedenfalls nicht verloren. Einen Augenblick später war es vorbei und er registrierte neben dem Schmerz, der in ihm vibrierte, dass er genau richtig lag. Mit ausgestreckten Fingern tastete er nach dem Metallstück, fand es und umklammerten den Preis für sein Opfer mit aller Kraft.

Leo kostete den Anblick des am Boden Liegenden noch ein paar Augenblicke aus, dann verschwand er durch die Tür. Nathan grinste schwach. Der werte Bruder wollte wohl nachsehen, wie weit das Ritual vorbereitet war.

Als Leo den Raum verlassen hatte, zwang Nathan seinen Oberkörper in eine aufrechte Haltung. Eine Bewegung, die ausreichend schien, seinen Kopf bersten zu lassen. Das Metallteil rieb er an den Fesseln und versuchte dabei, seinen Kopf so wenig wie möglich zu bewegen, was ihm aber nur mit mäßigem Erfolg gelang. Bei jedem Schnitt mit dem improvisierten Messer klopfte etwas hinter seiner Stirn mit der Kraft eines Titanen und drohte, ihn in Ohnmacht sinken zu lassen. Hylax, der aufmerksam zusah, zweifelte offenbar nicht an Nathans Durchhaltevermögen, zu zuversichtlich sah er aus. *Hat er so großes Vertrauen in mich oder einen Trumpf in der Hand?* Alina hingegen war sichtlich nervös. Ihre Haare flatterten wild hin und her, als sie immer wieder von Nathan zur Tür und zurückblickte.

Die Fesseln lösten sich endlich und Nathans Arme kamen frei. Es schien, dass sein Körper nur darauf gewartet hatte, um endlich Verletzungen dem Gehirn zu melden. Die Schmerzimpulse rasten durch die Nervenbahnen, als sei ein Ventil geöffnet worden. Nathan stolperte zu Alina, fiel dabei fast auf sie und schaffte es gerade noch, auch ihre Fesseln zu zerschneiden.

Mit ihrer befreiten Hand nahm sie ihm das Metallstück aus den zitternden Fingern und setzte sein Werk fort. »Onkel, kannst du gehen? Wir müssen hier weg!«

»Am liebsten würde ich hierbleiben und auf ihn warten, das

kannst du mir glauben. Ich schulde ihm noch etwas.« Er betastete vorsichtig sein Gesicht.

Ihre Sachen lagen auf einem Haufen in der Ecke. Während Alina die Rucksäcke nahm, ging Hylax zu Nathan und stützte ihn. Leise sagte er mit ernsthaftem Ton: »Wenn du willst, können wir bleiben und warten.«

Das klang so aufrichtig, dass das Versprechen – oder die Drohung, die in diesen wenigen Worten mitschwang – Nathan erschaudern ließ. *Was ist das? Er ist nur ein Mensch, doch die Andeutung, dass er sich um einen ganzen Trupp kümmern würde, erzeugt Bilder von Gewalt in mir. Ich würde ihm zutrauen, dass er sie alle mit bloßen Händen tötet. Die Tür geht auf und noch bevor Leo einen Schrei herausbringt, bricht Hylax ihm den Hals. Dann folgen zwei, drei andere, die schnell unter wuchtigen Schlägen zu Boden gehen. Zuletzt kommt die kleine Rothaarige. Hylax geht langsam auf sie zu. Sie schreit und wirft mit einem Gegenstand nach ihm. Er bemerkt den Treffer kaum, ergreift mit seinen Pranken ihren Hals und drückt zu, bis sie röchelnd erstickt ...* Nathan erzitterte und versuchte, die Bilder abzuschütteln, die durch seinen pochenden Kopf wirbelten.

Ihm wurde schlecht, wahrscheinlich hatte er eine Gehirnerschütterung. Die Vision hallte immer noch nach, doch zwang er sich, sie loszuwerden. »Lasst uns von hier verschwinden. Trag' bitte meinen Rucksack, dann schaffe ich es.«

Hylax nahm schweigend sowohl seinen als auch Nathans Rucksack. Alina war schon auf dem Gang und sondierte die Lage. Sie schlugen jene Richtung ein, in der das Licht schwächer wurde und damit vermutlich weg von bewohnten Räumlichkeiten.

Bald waren nur noch sehr vereinzelt Lampen an den Wänden angebracht, weshalb der schlecht sichtbare Boden gefährlich für die Fliehenden wurde. Kühle, stark nach Feuchtigkeit riechende Luft wehte die rissigen Betonwände entlang. Die Vermutung lag nahe, dass sie sich in einem Geschoss einige Meter unter dem Straßenniveau befanden. Alinas Erinnerung an den Weg hierher war zu nebelhaft, um diese Vermutung zu bestätigen, Hylax aber, so versicherte er, erinnerte sich an abwärtsführende Treppen.

Schimmelbedeckte Stellen an den Decken ließen Nathan vermuten, dass starke Wurzeln von Bäumen durch die Isolation des Mauerwerks gebrochen waren und so Feuchtigkeit hatte eindringen können. *Isolation von Gebäuden der Alten Welt? Was weiß ich davon und warum habe ich ein deutliches Bild von so etwas im Kopf?* Nathan fragte sich, ob die Schläge auf seinen Kopf etwas beschädigt hatten – vielleicht ein paar Barrieren aufgebrochen.

Sie schlichen den Gang entlang und ihre Hoffnung unentdeckt zu entkommen, stieg etwas. Ab und zu beleuchtete eine der elektrischen Lampen, die in unregelmäßigen Abständen an der Wand hingen, die moosüberzogenen Wände und den glitschigen Boden.

Lärm ertönte aus dem Gang, den sie gerade verlassen hatten. Offenbar war ihre Flucht bemerkt worden und man folgte nun hastig ihren Spuren.

Sie liefen schneller. Jeder Schritt trieb Nathan heftigen Schmerz in den Schädel. Ihm schwindelte und er musste sich im Laufen übergeben. *Halte durch, alter Mann.*

Irgendwann ließen seine Kräfte dann doch nach. Er stöhnte auf und glitt an die Wand gelehnt zu Boden.

Hylax hielt wortlos Alina an der Schulter zurück.

Sie blickte auf ihren Onkel und übernahm sofort das Kommando: »Wir müssen auf sie warten und uns verteidigen. Wenigstens können sie uns hier nicht aus dem Hinterhalt angreifen«, sagte sie.

Alina überdachte die Lage und fuhr dann fort: »Wir haben ein Gewehr und ein großes Jagdmesser.«

Sie reichte Hylax das Messer und nahm das Gewehr. Ihre Fingerknöchel traten weiß hervor, als sich ihre Hand um den Schaft der Waffe legte. Der Lärm der näherkommenden Verfolger echote dumpf durch die leeren Gänge.

»Wie viele sind es, was glaubst du?«, fragte sie, den Blick in die Düsternis gerichtet. Die spärliche Beleuchtung warf lange Schatten.

Hylax hatte sich breitbeinig aufgebaut, das Messer locker zwischen den Fingern. Er ließ keinerlei Anzeichen von Nervosität oder Angst erkennen. Wie ein Krieger einer nordischen Sage stand er erwartungsvoll da und sah dem glorreichen Gefecht scheinbar freudig entgegen.

Nathan, fast ohnmächtig, lag zusammengekauert in einer Nische. Aus einem Spalt irgendwo in der Mauer tropfte ihm Wasser auf die Jacke.

Die Schritte hallten mittlerweile laut durch den Gang. Alina hob das Gewehr und lud durch. Sie vermutete, dass es ihr im besten Fall gelingen würde, zwei Schüsse abzugeben, bevor jemand, der in vollem Lauf angerannt kam, sie erreicht haben würde.

Nathan stöhnte laut. Alina sah zu ihm. Er hielt etwas in der Faust, die er ihr langsam entgegenstreckte. Als sie ihre offene Hand unter die seine legte, fielen kleine Kugeln hinein, die metallisch klickerten. »Was soll ich ...« Dann verstand sie.

Mit einer kräftigen Armbewegung warf sie die Kugeln in den Gang. Mit einem dumpfen Klappern landeten sie auf dem Boden und kullerten noch etwas weiter, bevor sie schließlich schwach schimmernd zwischen den Schatten der Bodenfliesen liegenblieben.

Sie wandte sich an Hylax. »Wenn sie in Sicht kommen, dann gebe ich zwei Schüsse ab. Laufen sie uns dann entgegen, tun wir so, als gerieten wir in Panik und rennen in den Gang hinter uns. Hinter der nächsten Biegung machen wir aber sofort wieder kehrt und greifen an. Taktik, verstanden?«

Er nickte nur und fragte nicht einmal nach, was er machen sollte, falls ihre Angreifer nicht auf die List anspringen würden. Es lag ein Gleichmut in seinem Blick, der sie sehr verwirrte. Sie schob es notgedrungen beiseite und wappnete sich für den Angriff, denn ihre Verfolger hatten sie erreicht.

Sie schoss dem Angreifer, der sich als Erstes zeigte, in die Brust. Mit einem Röcheln sank er zu Boden, Blut schäumte ihm aus dem Mund. Blitzschnell gingen die anderen in Deckung.

Leos Stimme hallte durch den Gang und schien an den Wänden zu kratzen, als er schrie: »Ihr wisst nicht, wo ihr hier seid. Es gibt für euch kein Entkommen. Gebt auf und zumindest eure Seelen werden gerettet werden!«

Alina schoss. Die Antwort, ein Gegenfeuer, kam sofort und Alina und Hylax traten wie geplant den Rückzug an. In die feuchte Nische gekauert blieb Nathan alleine zurück.

Ihr Plan funktionierte, sofort hörten sie die lautstarke Verfolgung der Jünger, Flüche und Schmerzenslaute – zumindest einer der Verfolger war auf den Stahlkugeln ausgerutscht, vermutlich aber mehr.

Alina und Hylax machten kehrt. Als sie um die Ecke bogen, zögerten sie nicht, sondern handelten sofort. Mit einigen Schüssen, bis ihr Magazin entleert war, hielt Alina die hinteren Angreifer in Schach. Währenddessen kümmerte sich Hylax um die zwei vordersten, die auf den Kugeln ausgerutscht waren. Mit langen Schritten war er bei ihnen, dabei geschickt den Kugeln ausweichend. Blut spritze in hohen Bögen durch den Gang, als das Messer abwechselnd in die Körper der beiden stach.

Als Alina nachlud, lugte Leo um die Ecke. Verwundert starrte er auf die Toten am Boden und dann erschrocken in das Gesicht des plötzlich über ihm aufragenden Hylax. Instinktiv duckte er sich, versuchte zu entwischen, doch Hylax packte seine Kehle und schloss die gewaltige Hand wie eine Zange um den dünnen Hals.

Alina verspürte den Drang, Hylax zurückzuhalten, ließ es dann aber doch bleiben, es war sowieso schon zu spät. Leo zuckte noch kurz, dann erschlaffte er. Hylax ließ ihn fallen, wie einen nassen Lappen, der nicht mehr gebraucht wird. Leo blieb etwas verdreht liegen.

Bei den Toten fand sich wenig nützliche Ausrüstung, alle besaßen einen Messinganhänger in Form einer stilisierten Flamme, doch sonst nicht viel mehr. In Leos Tasche steckte auch noch eine verdreckte Karte der Stadt und ein abgegriffenes ledergebundenes Buch mit religiösen Predigten, das sie aber schnell wieder beiseitelegten.

Hylax hob Nathan auf seine Schultern, da dieser ohnmächtig war. Die Sorge um ihn stand Alina ins Gesicht geschrieben. Sie wusste, dass es sehr gefährlich sein konnte, jemanden mit einer Gehirnerschütterung einschlafen zu lassen. Im Moment ließ sich aber nichts tun.

Entgegen der letzten Worte Leos fanden sie einen Weg aus dem feuchten Tunnel hinaus. Er führte sie nicht zurück zu den Räumlichkeiten, sondern weiter durch nasse Gänge und endete schließlich in einer Halle mit Gleisen und Bahnsteigen. Hier waren früher Züge abgefahren – vielleicht ein Frachtbahnhof, nur unterirdisch. Alina, die mittlerweile die Schrift auch halbwegs zu lesen vermochte, machte ein Schild ausfindig, das ihnen mit der Aufschrift AUSGANG den Weg zurück zum Tageslicht wies.

Doch es war Mondlicht, dass sie erwartete. Der halb verschüttete Ausgang der unterirdischen Bahnstation lag zwischen Industriegebäuden und Lagerhallen. Eine Straße führte bis zu einem großen Platz in der Nähe, auf dem dicht gestapelt verrostete Frachtcontainer in vielen Reihen über- und nebeneinander standen.

Nathan, dessen Zustand sehr bedenklich war, konnte nicht weiter transportieren werden und so entschied Alina – auch auf die Gefahr hin, dass feindlich gesinnte Menschen in der Nähe sein mochten –, in einem der höher gelegenen Container ihr Lager aufzuschlagen.

Mehr als vierundzwanzig Stunden waren vergangen und Hylax, ungewöhnlich energiegeladen. Er war unermüdlich durch die Gassen gezogen und hatte viele der alten Ruinen erforscht. Als er gerade von einem seiner Ausflüge zurückkam, fand er Alina über Nathans Kopf gebeugt. Sie wusch dessen Gesicht mit einem nassen Lappen.

»Zeigt er keine Besserung?«

»Äußerlich scheint er in Ordnung zu sein. Abgesehen von dem blau angeschwollenen Gesicht und der faustgroßen Beule am Hinterkopf natürlich.«

Hylax trat an das Krankenbett. Ein winziges Feuer prasselte in einer alten Metalldose. Es gab kaum genug Hitze ab, um die Spitzen ihrer Finger zu erwärmen. Er ließ seine Hand auf Nathans Brust ruhen und schloss die Augen.

Als er sie wieder öffnete, sagte er mit kräftiger Stimme: »Er wird wieder gesund werden, das kann ich fühlen. Heute Nacht müssen wir noch aushalten, morgen können wir vielleicht schon weiterziehen.«

»Das kannst du nicht wissen, aber ich danke dir für die Hoffnung, die du mir gibst.« Alina nahm Hylax' Hand, die auf Nathans Brust ruhte, hob sie zu ihrem Mund und küsste seine Finger.

Schweigend entzog er ihr seine Hand und verschwand.

Auf einem erhöht gelegenen Platz in einer Ruine am Rande des Containergeländes aus hielt Hylax Wache und beobachtete alle Zugänge genau.

Mit seiner Prognose behielt Hylax recht. Am nächsten Morgen wachte Nathan auf. Er fühlte sich hungrig und wollte Fleisch, denn es verlangte ihn sehr nach einem deftigen Mahl. Alina, überglücklich ihren Onkel wieder gesund zu sehen, versprach ihm alles gerne und machte sich sofort daran, aus ihren Vorräten etwas Kräftiges für ihn zuzubereiten.

Mit Leos Stadtkarte und derjenige, die sie von der KI aus dem Kessel hatten, war es ein Leichtes, ihr Ziel ausfindigzumachen.

»... nach unserer Karte ist unser Ziel hier.« Nathan legte den Finger auf eine Stelle südöstlich vom Zentrum der Stadt. »Vermutlich befinden wir uns hier.« Er legte den Finger der anderen Hand darauf. »Ungefähr sechs Kilometer nördlich davon. Bis auf den Fluss, den wir überqueren müssen, sehe ich keine besonderen Hindernisse. Unsere nächste Station wird das hier sein, der Bahnhof!«

Fast am Ziel

Zwei Betonsäulen flankierten die Überreste des Tores. Durch einen bogenförmigen Tunnel mit blau verfliesten Wänden gelangten sie in eine große alte Bahnhofshalle. Ein riesiger schwarzer Vogel, nicht gewöhnt an die Geräusche von Menschen, flatterte hektisch an der Decke. Ihr Eindringen in sein Reich hatte ihn aufgeschreckt. Gespenstisch erklang nun das Schlagen seiner großen Flügel an dem ruhigen Ort – wie Peitschenhiebe, die die Luft durchschnitten.

»Onkel, ich wollte mit dir über etwas reden. Fühlst du auch eine Veränderung in dir?« Alina sah ihren Onkel mit ihren großen dunklen Augen auffordernd an.

Im ersten Moment war Nathan erschrocken, da er Hylax als Grund ihrer Frage in Verdacht hatte. Er blieb aber ruhig, sog nur scharf die Luft ein. »Was meinst du, Alina? Warte …« Zwischen den Überresten eines Geschäftes – aufgrund der Berge von alten Zeitungen vermutlich ein Kiosk – ließ Nathan sich auf eine Bank nieder; es war ohnehin Zeit für eine kurze Rast.

»Was ich dich fragen wollte«, sagte sie, nachdem sie sich zu ihm gesetzt hatte: »Mein Denken hat sich verändert. Es ist alles viel klarer, als ob man mir eine Brille mit zu stark getönten Gläsern von den Augen genommen hätte und ich nun Einzelheiten um mich herum wahrnehme, die mir früher nie aufgefallen wären.«

Nathan nickte. »Ja, ganz recht. Seit wir die ersten Schritte aus dem Wald gemacht und den Kessel hinter uns gelassen haben, empfinde ich das Denken als viel einfacher und angenehmer.«

»Es ist schade, dass wir die Stadt so überhastet verlassen und allen Menschen aus dem Weg gehen mussten. Ich habe noch so viel Fragen, die ich gerne jemandem stellen möchte – richtigen Menschen, keiner alten Maschine.«

Nachdenklich sah Nathan zu Boden. »Alina, ich möchte dir etwas verraten. Manchmal denke ich, dass es etwas gibt … eine Macht, die alle im Kessel am Denken hindert.«

»War das der ursprüngliche Grund für deine Suche und dem Aufbruch aus dem Kessel? Du vermutest so etwas schon lange?«

»Ja, seit mir bewusst geworden ist, dass mir Erinnerungen fehlen. Mein Leben hat Lücken und diese haben alle mit dem Kessel und dem Grund für unser Leben dort zu tun.«

»Das Ende unserer Reise ist nahe. Was werden wir in der Anlage finden?«, fragte Alina.

»Mehr Fragen wahrscheinlich. Was auch immer: Wir haben schon so viel erreicht und wissen so viel mehr als all unsere Freunde im Kessel.«

»Ich frage mich nur, ob das ein Segen ist. Werden wir in unserem alten Leben jemals wieder glücklich werden können?«

»Willst du das denn? Ich meine … in dein altes Leben zurückkehren?«

»Onkel, auch wenn wir Wissen errungen haben, das wir früher nicht hatten, so bleiben wir doch dieselben Menschen mit denselben Bedürfnissen. Vielleicht bilden wir uns ein, dass unsere Bedürfnisse sich ändern, aber das ist nur Schein.«

»Nimm es nicht so schwer. Was zählt ist, dass man am Ende die richtige Wahl trifft. Dann wird alles gut.«

Sie hatte plötzlich ein Bild vor Augen: Sie sah sich selbst auf einem Hügel stehen. Nebenan war ein finsterer Wald. Die Laute einer Eule drangen unheilverkündend aus der Düsternis. Der Weg gabelte sich und wo zuvor nur eine war, gab es nun zwei Möglichkeiten, ihre Wanderung fortzusetzen – eine Wahl. Der Weg zu ihrer Linken war steinig mit dicken Wurzeln und führte den Hügel aufwärts in den Wald. Er versprach eine mühsame Plackerei. Der andere lief ohne Anstieg an der Seite des Hügels entlang und wirkte nicht besonders lang, war heller und auf den ersten Blick viel einladender. Sie wusste, dass beide Wege zum gleichen Ziel führen würden, nur dass beim zweiten das Ziel fast zu sehen war. Ihr Verstand sagte, dass allein schon darüber nachzudenken Blödsinn war, doch als sie einen Fuß auf den leichten Weg setzen wollte, hielt sie inne. Ein Instinkt hielt sie zurück und sie *wusste*, dass sie den anderen, mühsameren Weg gehen musste. Mit dem Wissen verflog aber auch ihre Angst und als sie auf den düsteren Wald blickte, dem sie mit jedem Schritt näher kam, verwandelte dieser sich zusehends und anstatt Unheil konnte sie sogar Schönheit erkennen. Eine Stimme in ihr sprach flüsternd von Erfahrung und Erfolg.

»Alina, geht es dir gut?« Hylax war von hinten an sie herangetreten und legte zaghaft seine narbige Hand auf ihre Schulter.

Nathan stand auf und stöberte in den Überresten des Geschäftes, vor dem die Bank stand, auf der sie saßen.

Alina drehte sich zu Hylax um und blickte in seine tiefgrauen Augen. Zum ersten Mal bemerkte sie, dass sie kalt wie Stahl waren und nur wenig menschlich wirkten. Trotzdem fühlte sie sich nicht unwohl dabei, von ihnen gemustert zu werden. »Ich habe Angst vor dem Ende unserer Reise«, sagte sie so leise, als ob sie die Befürchtung hätte, Dämonen mit ihren Worten herauf zu beschwören.

»Das Ende bedeutet aber auch einen Anfang.«

»Du hast den Nagel auf den Kopf getroffen, denn genau davor habe ich ja Angst.«

Zaghaft strich er mit einem Finger über ihre Wange, als würde er etwas wegwischen, eine Wimper oder einen Krümel.

»Ich werde dir sagen wie ich den Anfang sehe: Ich weiß, dass ihr in mir ein Kind seht, doch bin ich mehr ein wiedergeborener Mensch, der das vergangene Leben und die Erinnerungen daran wie einen alten Mantel abgestreift hat. Der Anfang ist das Beste, denn du darfst wählen. Und wenn du das gut machst, dann steht die Welt dir offen. Wähle, mit offenen Augen durch deine Existenz zu gehen, und du wirst überall Leid und Kummer sehen, aber auch Leben und Schönheit. Das ist es, was es bedeutet, wahrhaft zu leben: die bewusste Wahrnehmung und die Erkenntnis deines persönlichen wahren Willens.«

Seine Stimme war fest und er sprach so überzeugend, dass Alina gebannt an seinen Lippen hing. Zum ersten Mal, seit sie zusammen reisten, waren ihre Rollen vertauscht: Er war der Lehrer und sie die Schülerin.

Der Moment verging jedoch schnell wieder und Hylax sank in sich zusammen. Die Andeutung von Weisheit steckte zwar immer noch irgendwo hinter seinen Augen verborgen, war aber gut versteckt vor Personen, die ihn nicht kannten.

Doch auch wenn der Moment schnell wieder vergangen war, hatte es doch ausgereicht, Alina mit sich und der Welt ins Reine zu bringen. Von beiden Weggefährten war ihr das gegeben worden, was sie dringend benötigt hatte. Die Worte waren nebensächlich; die Überzeugungen der beiden und die Energien, die sie ausstrahlten, gaben ihr den Anker, der ihr gefehlt hatte.

Das Bahnhofsgebäude besaß drei Stockwerke. Die Eingangshalle befand sich im Erdgeschoss. Einzig Schutt zeugte von den Läden, die einst dort gestanden hatten, Kioske vermutlich und ein Kleidungsgeschäft. Es gab auch Schalter für den Kauf von Fahrscheinen. Von da führten Rolltreppen in den ersten Stock, an dem die Bahngleise lagen. Der dritte Stock hingegen war offensichtlich niemals für die Öffentlichkeit bestimmt gewesen. Hier befanden sich die verstaubten Überreste einer elektronischen Zentrale und allerlei Räume, deren Funktionen längst vergessen waren. Es gab auch noch ein Untergeschoss, das aber größtenteils verschüttet war. In den zugänglichen Teilen fanden sich auf mehreren Tafeln Hinweise auf etwas, das GÜTERVERKEHR genannt worden war.

Sie schlugen ihr Nachtlager im Obergeschoss auf. In einem Raum, der aussah, als habe er früher als Lager gedient – verrottete Kartons lagen zuhauf in den Ecken –, entfachten sie ein kleines Feuer und kochten eine Suppe.

Es dampfte und das dazugegebene Trockenfleisch sorgte für einen appetitanregenden Duft, als das Trippeln von kleinen Pfoten sie aufhorchen ließ. Das Geräusch wurde lauter und bedrohlicher, kam plötzlich aus allen Ecken, überall um sie herum: Tausende krallenbewehrte Füßchen kratzten über den steinernen Boden, doch noch sahen sie nichts.

»Ratten!«, sagte Alina.

»Klingt aber schwerer. Schnell, mehr Kartons ins Feuer!« Nathan sammelte alles Brennbare zusammen und warf es hastig in die Flammen. Er befürchtete, dass das, was auch immer da kam, von ihrem kleinen Feuer nicht besonders beeindruckt sein würde.

Lautes Schaben drang aus den dunklen Ecken der zerbröckelten Mauern und verursachte regelrechten Lärm, ganz so, als ob die Tiere die Absicht verfolgen würden, den Menschen einen Schreck einzujagen. Und sie waren auch tatsächlich sehr nahe: über ihnen, unter ihnen, zwischen den Wänden, aber zum Glück noch nicht innerhalb des Raumes.

»Ich denke, sie umzingeln uns«, sagte Alina.

»Da gebe ich dir recht. Wir müssen hier raus.« Angespannt riss Nathan das Gewehr herum und zielte damit auf verschiedene Stellen der Mauer, von denen Geräusche kamen, die besonders nahe klangen.

Hylax stieß die Tür auf und spähte in den Gang. »Es ist nichts zu sehen. Warte ...« Er trat einen Schritt hinaus, nur um hastig wieder zurückzukommen. »Die Geräusche hallen laut durch den Gang.«

»Wir müssen uns beeilen.« Nathan hielt das Gewehr schussbereit und ging voran.

Vorerst blieben sie noch unbehelligt, doch das bedrohlich klingende Tapsen belastete ihre Nerven schwer, insbesondere, da sich der Ursprung der Geräusche – der vermeintliche Feind – nicht zeigte. Das Schaben und Kratzen kam aus allen Richtungen und wurde nie schwächer. Ihre Nervosität steigerte sich langsam zur Angst.

Besonders Alina war sichtlich nervös. »Die machen das mit Absicht. Sie versuchen, ihre Beute zu zermürben. In meinem Fall mit Erfolg, muss ich zugeben.« Sie versuchte ein Lächeln zustandezubringen, um so ihren Worten einen scherzhaften Charakter zu verleihen, doch nur mit bescheidenem Erfolg.

In dem Bestreben, sie aus dem Gebäude zu führen, damit sie der Bedrohung sozusagen auf *offenem Feld* gegenübertreten konnten, suchte Nathan verzweifelt nach einem Ausgang. Auf dem Weg zum Erdgeschoss hinunter, wo sich der Haupteingang befand, sahen sie die Tiere schließlich: Ein Heer von pelzigen Ungetümen, ein reißender Fluss aus Tausenden Rattenleibern, groß wie Ferkel. Unmittelbar vor ihnen – viel zu nahe für ihr Wohlbefinden – waren die Ratten ganz deutlich zu erkennen. Mit spitzen Ohren, langen Barthaaren und scharfen Zähnen sahen sie jenen, die im Kessel vorkamen, in nur wenigen Merkmalen ähnlich.

Schnell zogen die Reisenden sich hinter eine Wand zurück.

»Wir können weder zurück noch nach draußen. Bleibt nur noch die Treppe, also weiter hinunter. Gefallen will mir das aber nicht«, sagte Nathan.

»Ich will raus hier, und zwar so schnell wie möglich.« Alina war der Panik nahe. »Habt ihr ihre Augen gesehen? Sie leuchten blutrot. Es ist Intelligenz in ihnen und Wahnsinn.« Der Gedanke an die unzähligen Ratten, die um die Ecke auf sie warteten und wahrscheinlich genau wussten, wo sie waren, ließ sie erschaudern.

Hylax blieb so ruhig, als nähme er die Bedrohung nicht sonderlich ernst. »Ich glaube auch nicht, dass wir zurückkönnen, denn dort hinten warten sie bereits auf uns«, sagte er.

Sie liefen also weiter die Treppe hinab und hofften, dass ihr Weg nicht an einer eingestürzten Wand ein plötzliches Ende finden würde.

Nathan stoppte abrupt seinen Lauf, riss die Öllampe hoch und beleuchtete eine Stelle, die zuvor in der Dunkelheit unter der Treppe versteckt gelegen hatte. Hinter etwas Schutt war eine verrostete Tür. Darüber hing ein stark verdrecktes Schild, über das er mit der Handfläche wischte.

»Ah, der Heizraum«, las er laut vor. *Ort der Zuflucht oder …* *Endstation.* Er rüttelte am Griff, doch da die Tür stark verrostet war, bewegte sie sich keinen Millimeter.

Das Geräusch der Riesenratten war hinter ihnen zurückgeblieben. Als sie nun hier standen, wurde es sofort wieder lauter.

Nathan stemmte beide Beine gegen den Türstock und Wand und zog mit aller Kraft an der Klinke. Sie gab plötzlich nach, brach ab und er verlor armrudernd den Halt. Gerade noch rechtzeitig gelang es ihm, die Beine nachzuziehen, um so einen Sturz auf den schuttbeladenen Boden zu verhindern.

»Die Treppe führt hier noch weiter nach unten«, sagte Alina panisch.

Hylax hatte den Boden abgesucht und etwas gefunden. »Nein, wir sollten die Tür aufbrechen.« Er hielt einen Stahlpfosten in der Hand, wohl vom Handlauf des Treppenhauses, klemmte ihn in eine vom Rost zerfressen Stelle der Tür und zog kräftig. Metall knirschte.

Nathan eilte hinzu. Auch er hatte ein Stück des Handlaufs genommen und klemmte ihn in die Spalte unterhalb der Tür. Mit all seiner Kraft trat er auf das Metall und die Tür gab endlich nach. Hastig zwängten sie sich durch den Spalt, während das Kratzen und Schaben über ihnen anschwoll, und gelangten in einen nach Schimmel und Moder riechenden Raum. Dicke Kupferrohre verbanden hohe Stahlkessel miteinander, bildeten ein Netzwerk, um in den Ecken der Wände und Decke zu verschwinden.

Sie zogen die Tür wieder zu, doch es blieb ein kleiner Spalt.

»Wenn es hier keinen zweiten Weg hinaus gibt, dann ist dies unser Grab«, meinte Nathan. Er sah sich um und runzelte nachdenklich die Stirn. »Das heißt, wenn hier mit Gas geheizt wurde und wir eine funktionierende Zuleitung finden könnten, dann könnten wir uns eine Waffe bauen, um mit diesen Viechern fertig zu werden.«

Alina sah interessiert drein. »Ein Flammenwerfer.«

Während sich Onkel und Nichte nach Bauteilen für ihre Waffe umsahen, schritt Hylax zielstrebig in eine dunkle Ecke und kniete sich hin. »Ich habe jemanden gefunden«, sagte er.

Im Schein der Öllampe sahen sie auf die Überreste eines Menschen hinab. Blanke Knochen schimmerten in einem gespenstischen Weiß. Bei genauerer Untersuchung zeigten sich viele kleine Bissspuren, die von der Größe her zu den riesigen Ratten passen würden.

»Ob er wie wir vor den Ratten geflohen ist?«

»Möglich. Falls ja, hat er versagt, wo wir Erfolg haben werden.« Hylax hatte mit Überzeugung gesprochen. Er kniete sich hin und untersuchte die Überreste des Rucksacks des Abenteurers. »Er war gut ausgerüstet, seht!«

Nathan wandte sich ungeduldig an Hylax. »Wenn nichts dabei ist, dass uns in unserer momentanen Situation helfen kann, dann sollten wir uns besser beeilen.«

Wortlos packte Hylax die Sachen des Verstorbenen zusammen und stopfte sie zu seinen eigenen.

»Wenn er sich hier vor den Ratten verschanzt hat, woher stammen dann die Bissspuren?«, fragte Alina unbehaglich.

Sie durchsuchten den Raum gründlich, doch nirgends fand sich ein Ausgang oder etwas, das ihnen zumindest zu einer Idee verhalf, wie sie hier rauskommen konnten. Nathan blieb nur der Einfall, der ihm zuvor gekommen war, und er untersuchte deshalb die Apparaturen eines Messingkessels, der vielleicht einmal zur Gasspeicherung gedient haben mochte.

»Nein, der ist leer«, murmelte er und besah sich einen weiteren Gastank. Auch dieser war eine Niete. Der Dritte aber besaß offenbar, wonach er suchte. Hoffnungsvoll besah er sich die Anlage genauer.

Alina kam herbei. »Was hast du gefunden?«

Ihr Onkel deutete mit dem Finger auf ein Ventil. »Sieh hier: Dieses Ventil ist geschlossen und der Druckanzeiger«, er kratzte sich am Kinn. »das Manometer«, verbesserte er sich. »steht voll im grünen Bereich.«

Alina dachte nach. »Erdgas war früher ein gängiger Brennstoff. Wie genau willst du das gegen die Ratten verwenden?«

»Ein Schlauch, ein Rohr und der Tank hätten einen einfachen Flammenwerfer ergeben. Leider reicht der Druck dafür nicht aus. Vielleicht könnten wir das Gas in einen Raum weiter oben lassen, um es dann, sobald der Raum mit dem Gas gefüllt ist, zu entzünden. Wir müssten es allerdings irgendwie dort hinauf bekommen und es auch noch irgendwie entzünden, ohne uns selbst umzubringen.«

Sie arbeiteten schnell, da sie befürchteten, die Ratten könnten jeden Moment den Türspalt vergrößern und hereinkommen. Hylax hatte einen Löschschlauch gefunden. Auf der Vorderseite des Ventils brachen sie ein Kupferrohr ab und stülpten den Schlauch über dessen Stumpf, dichteten das Konstrukt dann ab, so gut es ihnen ohne Werkzeug möglich war. Letzten Endes erwies sich jedoch auch dieser Behälter als leer, das Ventil als verrostet und die Nadel des

Manometers als im Grünen Bereich hängengeblieben.

Kein kluger Einfall und keine List halfen ihnen nun noch weiter. Es blieb ihnen nichts weiter übrig, als zu warten.

Das Geräusch der krallenbewerten Rattenpfoten raubte ihnen weiter die Nerven. Da sie nichts tun konnten außer zu warten, waren die Sachen des Toten ein brauchbarer Zeitvertreib. War er eine Art Schatzjäger gewesen? Zumindest legte die Ausrüstung diese Vermutung nahe. Was hatte ihn in den Bahnhof geführt? Vielleicht nicht mehr als der Wunsch nach einem trockenen Nachtlager. Wahrscheinlich war er alleine gereist, denn sonst hätte man ihn wohl kaum in dieser ungewöhnlichen Position – verdreht und eingeklemmt – zurückgelassen.

Nathan besah sich im Schein der abgedunkelten Laterne noch mal die angenagten Knochen. Die Überreste der Kleidung waren aus einem interessanten Stoff, der viel widerstandsfähiger als Baumwolle und sogar Leder war. Feste Versteifungen, Platten, in Taschen im Brustbereich eingenäht, sollten wohl vor Verletzungen schützen.

Auch die Ausrüstung selbst war ungewöhnlich. Ein großes Messer, eine Taschenlampe – leider ohne funktionierende Batterien –, Karten, unbekannte Pillen und Bandagen sowie ein Terminal für den Unterarm mit leider zerstörtem Bildschirm und Tastenfeld. Neben einem alten Notizheft, das durch Wasser vollständig unleserlich geworden war, fanden sie auch noch etwas, das sehr wertvoll und begehrenswert für einen Schatzjäger war: ein funktionierendes Geiger-Müller-Zählrohr.

Die Geräusche wurden leiser, das Kratzen und Schaben draußen ließ nach. Irgendetwas schien die Aufmerksamkeit der Ratten auf sich zu lenken. Da sie hier nicht weiterkamen, strebten sie dem neuen Mittelpunkt ihres Interesses zu. Nach wenigen Minuten war die Tür frei.

Die Reisenden verharrten noch etwas, der wohltuenden Stille nicht gänzlich vertrauend, bevor sie ihre Sachen zusammenpackten und vorsichtig ihr Versteck verließen.

Sie eilten den Treppenaufgang bis zum Erdgeschoss hinauf, ohne etwas von den Ratten zu sehen oder zu hören, stießen eine Metalltür auf und durchquerten rennend die Ausgangspassage des alten Bahnhofs.

Im Keller einer Gebäuderuine, ein paar Gassen entfernt, schlugen sie erneut ihr Lager auf.

Die Gefahr lag nun hinter ihnen, doch die nervliche Anspannung entließ sie nicht aus ihrem Griff. Obwohl die Nacht weit fortgeschritten und Tag sehr anstrengend für sie gewesen war, wollte der Schlaf nicht kommen. Alina lag auf dem Schlafsack und durchlebte mit geschlossenen Augen Teile ihrer Reise nochmals. Im Geiste sah sie sich selbst im dichten Wald stehen. Es sah aus wie bei der Wetterstation, zu der Ilo sie geschickt hatte. In der rechten Hand hielt sie das Zählrohr. Es tickte schwach, wurde nur einmal von dem Schrei einer Eule übertönt. Nun fühlte sie sich wie eine echte Schatzjägerin. *Endlich*, dachte sie und schlief gleich darauf ein.

In dieser Nacht fand sie aber kaum Erholung und schreckte, immer wieder durch Albträume geweckt, aus dem Schlaf auf. Feuer – sie sah Flammen, spürte ihre Hitze und roch ... verbranntes Fleisch, war überzeugt, dass es sich um brennende Ratten handelte. Sie stand alleine auf einer grünen Ebene. Das Geiger-Müller-Zählrohr tickte zwischen ihren Fingern. Hinter dem Horizont tat sich etwas. Eine Explosion, dann ein fliehendes Rattenmeer und schließlich Dunkelheit ...

Bald befanden sie sich im zentralsten Teil der Stadt, der Altstadt. Die Gebäude wiesen hier einen ganz anderen Stil auf, waren würdevoller, aber auch irgendwie düsterer erbaut. Interessanterweise waren sie, obwohl offensichtlich älter, trotzdem noch besser erhalten. An vielen war die Fassade beschädigt, doch zumindest der darunter zum Vorschein kommende Stein größtenteils intakt. Der Zahn der Zeit hatte hier etwas weniger genagt und so standen die alten Gebäude öfters mehr oder weniger unversehrt an ihren Plätzen.

In einer schmalen Gasse, deren Boden aus Pflastersteinen bestand, entdeckten sie ein Kunstwerk. Es war eine Hausmauer, bedeckt mit kleinen Fliesen, die zu einem aufwendigen Bild zusammengesetzt waren. Als sie es betrachteten, wurden sie von der Schönheit und Erhabenheit vollständig in den Bann gezogen. Mit einem überwältigenden Gefühl der Ehrfurcht standen sie sprachlos davor. Das Bild zeigte einen Teich mit Fischen, Vögeln und einem Berglöwen. Alles in kräftigen Farben und dreimal so groß wie sie selbst.

Genau diesen Moment, als sie das Kunstwerk staunend betrachteten, hielt das Schicksal für geeignet, um es vom Antlitz der Erde zu tilgen. Stürmisches Getöse begleitete den Zusammenbruch der Mauer und riss alles, was einst von unbekannten Künstlern hier erschaffen worden war, mit zu Boden, wo die Trümmer einen staubumwehten Schutthaufen bildeten. Es war noch ein letztes Mal bewundert worden und nun hatte sich jene Energie aufgebraucht, die der Mauer bis eben noch die Kraft verliehen hatte, bis zu diesem Augenblick durchzuhalten.

Nathan betrachtete voll Wehmut die Scherben, deren kräftige Farben teilweise immer noch aus dem Schutt hervorstachen. *So schön und deshalb wert alle Zeitalter der Welt zu überdauern. Wer hatte es errichtet? War es Handarbeit eines Menschen oder die Schöpfung einer Maschine? Nein, eine Maschine könnte nicht erschaffen, führte höchstens einen Bauplan aus.*

Sie erreichten einen schattigen Hof. Selbst in der Zeit, als die Stadt noch voll Leben gewesen war, mussten die sie umgebenden Gebäude bereits alt gewesen sein. Es ging eine Erhabenheit von ihnen aus, die die Vermutung nahelegte, dass innerhalb dieser Mauern einst nichts weniger als das Geschick der ganzen Welt bestimmt worden war.

»Ich glaube, wir sind bald da! Ich spüre, dass wir sehr nahe sind.« Hylax hatte die letzten Tage ein immer merkwürdigeres Verhalten an den Tag gelegt, was auch diese, für ihn sehr ungewöhnlichen Worte bestätigten.

Nathan schien es, dass dieses Verhalten zunahm, je näher sie ihrem Ziel kamen.

Hylax führte sie nun durch ein halbverrottetes Holztor. Kletterpflanzen hatten auch hier einiges von dem erobert, was früher verputzte Wände gewesen waren. Durch das Tor gelangten sie in eine schmale Gasse, in der sie über einige rostige Skelette von alten Kraftfahrzeugen klettern musste, um ihr Ende erreichen zu können.

Lichtstrahlen brachen sich in Dachfenstern, gelb blühende Blumen wucherten auf einem kleinen Platz und die Abenteurer traten auf eine freie Fläche.

Ein Gebäude, das aussah wie ein verdrehter Turm und dessen Basis aus einem hufeisenförmigen Gewölbe bestand, ragte vor ihnen hoch in den Himmel. Es wirkte fehl am Platz, denn es war makellos, unberührt von der Zeit. So passte es weder zu den kaputten alten Gebäuden noch zu den erhabenen uralten Bauwerken gleich nebenan. Es war auch keine pflanzenüberzogene Ruine wie der Rest der Stadt, sondern sah aus, als stünde es erst seit kurzer Zeit hier. Andererseits wirkte es aber auch alt, irgendwie schicksalsträchtig, als stehe es so schon seit dem Anbeginn der Zeit hier, unverwüstlich und verankert in den tiefsten Fundamenten der Erde selbst. Sie hatten es erreicht: das endgültige Ziel ihrer Reise. Von hier an würde – egal, was passierte, schwor Nathan sich – jeder Weg nur zurück Richtung Heimat führen und nicht noch weiter ins Unbekannte. Egal, was passierte!

Das Symbol, das die Oberfläche der Goldmedaille zierte, prangte groß über ihnen. Um gleich einen Vergleich vornehmen zu können, holte Nathan sie aus seinem Rucksack. Die Sonnenstrahlen funkelten an den Kanten beider Symbole, als er sie vor seinem Auge übereinanderlegte.

»Wir sind da, die Reise ist zu Ende«, sagte Alina mit deutlicher Erleichterung in der Stimme. In einer Geste der Dankbarkeit ging sie auf die Knie, küsste ihre Fingerspitzen und berührte dann mit ihnen den Asphalt vor dem Gebäude.

Entgegen seiner gewohnten Passivität war es aber Hylax, der die Initiative ergriff. Wortlos schritt er voran. Alina und Nathan folgten überrascht.

Am Tor angekommen, sahen sie sich einer glatten Fläche gegenüber. Kein Schloss und keine Griffe waren zu sehen und der Turm wirkte, als sei er für die Ewigkeit versiegelt worden. Nathan fiel auf, dass das Symbol, das groß über ihren Köpfen hing, auch in Miniatur auf Brusthöhe gleich neben dem vermeintlichen Tor zu sehen war.

»Moment! Das hat dieselbe Größe wie ...« Er fasst in die Jackentasche und zog die Goldmedaille wieder heraus. Sie besaß genau die gleiche Form und Größe, nur war das Symbol in der Wand das Negativ von ihr. »Das müsste genau hier hineinpassen.«

Bevor er noch seiner Eingebung folgen konnte, war Hylax weitermarschiert. Er legte fast lässig, mit einer Selbstverständlichkeit, als würde er dies jeden Tag tun, die Hand auf die Metalloberfläche der Tür. Kein Geräusch war zu vernehmen, als Wände und Boden zu vibrieren begannen. Zuerst bildeten sich rote Linien in der Oberfläche, die aussahen wie Adern brennenden Blutes, bevor ein Ruck hindurch ging, die Linien zu Spalten wurden und die Tür sich wie die Iris eines Auges öffnete. Während Alina und Nathan dem Vorgang staunend zusahen, wirkte Hylax eher gelangweilt. Er stand da und wartete, als ob er genau wüsste, was hier passierte und auch wie lange der Vorgang dauern würde. Dann, kaum dass sich die Tür zur Gänze geöffnet hatte, schritt er ohne zu zögern voran in die Dunkelheit.

Nathan packte Hylax' Schulter, um ihn aufzuhalten. Die Hand glitt wirkungslos ab, denn die Berührung war von diesem nicht wahrgenommen worden. Hylax' Augen blickten starr nach vorne, ohne etwas um ihn herum wahrzunehmen, als wäre er in einer Art Trance gefangen. Ihnen blieb nichts übrig, als ihm schweigend zu folgen.

Die Eingangsschleuse öffnete sich in eine riesige Halle. Zuerst ließen sich in der Dunkelheit nur schwach die Umrisse der begrenzenden Wände ausmachen, doch als sie ein paar Schritte in den Raum hinein gemacht hatten, wurde dieser von unbekannte Lichtquellen in flackerndes grünlich-blaues Licht getaucht. Das Licht zog sich zusammen, fokussierte sich und fiel schließlich in einem Kegel um sie herum. Das, was vor ihnen lag, war weiterhin in Dunkelheit gehüllt.

Sie ahnten die überwältigende Größe der Halle und je weiter sie gingen, desto mehr Einzelheiten wurden ihnen offenbar. Der Boden war aus Marmor und Onyx, wie ein Schachbrett gemustert. Die Luft war kalt, aber frisch, sogar frischer als draußen. Sie roch rein, wie an einem klaren Wintertag. Steinerne Stufen führten aufwärts. Die Wanderer hatten das Gefühl von Erhabenheit, wie man es nur in Gegenwart von etwas Überirdischem empfand.

Ist dies das Tor zur Welt der alten Götter? Nicht das Paradies, aber auch nicht der Olymp. Es passt vielmehr der Norden: Asgard, Odins Reich. Wenn das so ist, müssten wir an Bifrösts Wachhaus sein, der Brücke nach Asgard.

Anstatt einer Brücke fanden sie eine steinerne Treppe. Ihre marmornen Stufen brachten sie in ein oberes Stockwerk. Um sie herum wirkte alles unwirklich. Polierter Marmor an viel zu hohen Wänden und Säulen. Die gesamte Innenausstattung schrie von der Wichtigkeit des Ortes, war gleichsam einschüchternd und abweisend kalt. Perfekt, nicht so, wie ein Baum vollkommen war, sondern mehr so, wie der Tod präzise war. Endgültig. Nathan konnte nicht anders, als seine Assoziation mit den nordischen Göttermythen bestätigt zu sehen: *Dies hier wurde von keinem Menschen erbaut.*

Sie befanden sich jetzt in einer langläufigen Halle. Auch hier waren die steinernen Wände und der Boden blank poliert. In der Mitte stand eine Reihe skurril anmutenden Skulpturen, Stahl, der zu verworrenen, teilweise aber auch geometrischen Mustern geschmiedet war – skurril, aber ehrfurchtgebietend.

Hylax war immer noch zielstrebig unterwegs. Er schritt an den Skulpturen entlang, ohne den Kopf auch nur einmal zur Seite zu drehen.

Sie erreichten einen neuen Raum. Dieser war deutlich kleiner als die bisherigen. Das Gefühl der Erhabenheit, das sie verspürten, war hier sogar noch stärker. *Odins Audienzsaal. Gleich wird er mit seinem goldenen Trinkhorn auf den Tisch schlagen und uns fragen, warum wir sein Abendgelage stören.*

Licht flammte auf. Nicht allzu hell, tatsächlich fast wie Fackeln, sprangen nacheinander Lampen entlang den Wänden an. Eine Stimme, tief und unmenschlich, schallte dröhnend durch den Raum und gab den Worten außergewöhnliche Bedeutung: »Hallo Bruder, willkommen daheim.«

Die Skulpturen erzitterten.

Teil III.

Zukunft

Am Anfang war das Wort

Die Siedlung Leuchtmoor lag inmitten eines Moores am westlichen Rand des Kessels. Eingezwängt zwischen Felsen auf der einen und einem ungastlichen Sumpf auf der anderen Seite standen kompakte Holzhütten auf Pfosten, die tief in den schlammigen Untergrund getrieben worden waren. Zwischen ihnen spannte sich ein dichtes Geflecht von Hängebrücken und Stegen, das die hölzernen Pfahlbauten untereinander verband.

Auf den ersten Blick wirkte dieser Ort einfach und unscheinbar, doch wartete man die richtige Zeit des Tages ab, so konnte man Zeuge eines Phänomens werden, einem Schauspiel der Natur, das auch für die Namensgebung dieser Siedlung verantwortlich war. Jeden Tag wiederkehrend hingen dichte Nebelschwaden über dem Moor, die sich nur abends lichteten, sich alsdann langsam verzogen, nur um in der Nacht wieder zurückzukehren. In der Zwischenzeit aber, wenn es zum ersten Mal am Tage möglich wurde, das Moor zu überblicken, stiegen blubbernd Gasblasen aus dem Morast, die sich verdichteten und aufgrund unbekannter Energien zu leuchten begannen. Farbenreiches Licht strahlte aus ihrem Inneren und ließ das gesamte Moor gespenstisch schimmern.

In dieser Siedlung lebte ein Fallensteller, der Thomas hieß und durch den Tausch von Leder, Pelzen und Fleisch sich und seiner Familie ein mehr oder weniger sorgenfreies Leben ermöglichte. Es gab jedoch einen Umstand, der seine Zufriedenheit minderte – ein Tintenklecks auf den ansonsten weißen Seiten des Buches seines Lebens. Er hatte nämlich einen Nachbarn, der ihm zwar seinerseits kaum Beachtung schenkte, aber trotzdem auf indirekte Art das Leben schwer machte. Hauptsächlich lag dies daran, dass Thomas das Verständnis für des Nachbarn Lebensart vollkommen fehlte. Dieser hatte keine Frau und wollte offensichtlich auch keine. Das alleine hätte vielleicht noch nicht ausgereicht, um den Fallensteller skeptisch werden zu lassen, aber des Nachbarn Art zu handeln und auf alltägliche Dinge zu reagieren, ließ sich überhaupt nicht nachvollziehen und regte Thomas permanent über die Maßen auf.

Eines Tages hockten die beiden vor ihren Hütten. Neben den Eingangstüren der jeweiligen Häuser standen Bänke, auf denen sie in der beginnenden Dämmerung saßen und darauf warteten, die Leuchtspiele der Abendgase bewundern zu können. Der Fallensteller tat dies jeden Abend, blickte auf das leuchtende Moor vor seiner Hütte hinaus, genoss oftmals seine Pfeife dabei und die Ruhe, die er nur in solchen Momenten empfinden konnte. Sein Nachbar teilte gelegentlich diese Zeit mit ihm, doch offensichtlich ohne Entspannung dabei zu verspüren. Manchmal wechselten sie ein paar Worte, doch konnte man ihren Austausch selten eine Unterhaltung nennen. Auch diesmal lief es wie gewöhnlich, mit dem Unterschied jedoch, dass sich ein fast philosophisch zu nennendes Gespräch entwickelte:

Thomas zog kräftig an seiner Pfeife und entließ einen dicken Schwall Rauch, der langsam zum Hüttendach schwebte und dann, von einem Luftzug erfasst, schnell über das Dach hinwegwehte. »Hast du dich jemals gefragt, warum das Moor jeden Tag immer zu dieser Zeit zu leuchten beginnt?«, wollte er von seinem Nachbarn wissen.

»Natürlich, aber eigentlich ist es mir egal, denn ich akzeptiere es so, wie es ist, und muss den Zauber nicht unbedingt dadurch zerstören, dass ich mir eine mögliche Erklärung zurechtbiege, nur um meine Neugierde zu befriedigen.«

»Aber zeugt es nicht von Dummheit, die Dinge nur so hinzunehmen, wie sie sind?«

»Mag sein.« Er änderte seine Körperhaltung, sodass er sehr aufrecht dasaß, und fuhr fort: »Dann ist es wohl manchmal vernünftig, dumm zu sein.«

Thomas dachte sofort an seinen Stammtisch vor zwei Tagen und die Menge an Alkohol, die er dabei konsumiert hatte. »Ja, da gebe ich dir gerne recht.« Manchmal musste man eben auch Dinge tun, die andere dumm nannten.

Diese Zustimmung gefiel dem Nachbarn aber offenbar nicht, da er hinter den Worten wohl eine versteckte Bedeutung oder einen Scherz vermutete und den Drang verspürte, sich zu verteidigen: »Was ich meine ist, dass man nicht danach streben sollte, immer alles richtig zu machen, denn das geht nicht und man macht sich auf diese Art nur zu einer Maschine, die reagiert, anstatt zu agieren.«

Thomas begriff die Worte nicht sofort. Schließlich sagte er vorsichtig: »Interessant, bist du der Meinung, dass die Leute zu wenig dumm sind?«

»Nein, ganz und gar nicht. Sie sind nur für gewöhnlich zur falschen Zeit dumm und zur falschen Zeit intelligent.«

So ging es weiter und Thomas lernte zum ersten Mal eine tiefgründige Seite an seinem Nachbarn kennen.

Eines Tages besprachen sich einige Leuchtmoorer im Schankzelt. Ihr Hauptthema war wie so oft jener seltsame Genosse.

»Was glaubt ihr, was der hat? Er redet mit niemandem, treibt kaum Handel, hat keine Frau und lebt nur mit seinen Schafen.« Der Mann wandte sich an den Fallensteller: »Du bist sein direkter Nachbar und kennst ihn wahrscheinlich am besten von uns allen. Was ist mit ihm?«

»Ich kenne ihn kaum. Ich habe oft versucht, etwas über ihn zu erfahren, aber bis jetzt bleibt mir verborgen, was in seinem Kopf vor sich geht.«

»Und was könnte es sein, das er tut, immer dann, wenn er die Siedlung verlässt?«, fragte ein anderer.

»Ich glaube, er opfert hin und wieder eines seiner Lämmer bösen Göttern und treibt danach eine Orgie mit den Waldhexen«, sagte ein Vierter.

Alle lachten. Nur der Fallensteller hielt sich zurück, denn es kam dem ziemlich nahe, was er selbst vermutete, wenn seine Theorie auch nicht ganz so überspitzt war. Er hatte schon seit Längerem ein bestimmtes Bild im Kopf und immer mehr Anzeichen sprachen für seine Theorie: fehlende Schafe in des Nachbarn Herde, fremdartige Gegenstände, die Thomas gesehen zu haben glaubte, und die vielen merkwürdigen Anspielungen. Seine Vermutung war nämlich, dass sein Nachbar mit einem unbekannten Stamm Handel trieb. Dieser Stamm hatte offenbar absonderliche Praktiken, tauschte womöglich Sex mit ihren Frauen gegen Schafe. Einmal sprach er seinen Nachbarn darauf an, trug natürlich nicht seine Theorie vor, sondern versuchte, des Nachbarn Einstellung zu Frauen und dem Verlust von Schafen auszuloten. Der Nachbar erwiderte auf diesen Aushorchversuch mit überzeugender, aber nicht überraschter oder schockierter Miene, dass Thomas sich um seine eigenen Angelegenheiten zu kümmern habe, aber wenn er es schon unbedingt wissen müsse, er keine sexuellen Handlungen mit Frauen wünsche. Auf den Schafschwund ging er allerdings nicht ein.

Er soll aber gesehen worden sein, wie er sich mit einer Frau, die lange rote Zöpfe hatte und in der Siedlung unbekannt war, vertraulich im Wald unterhalten habe.

Auch andere fragten den Nachbarn aus oder versuchten es zumindest. Immer blieb die Antwort gleich: keine sexuellen Abenteuer und kein Tauschhandel mit Schafen.

Die Gerüchteküche brodelte also und die Theorien wurden immer schlimmer. Irgendwann hatten die meisten dann aber genug vom Rätselraten und gaben auf. Auch Thomas, der Fallensteller, zweifelte mittlerweile an seiner Theorie. Um aber ein für alle Mal damit abschließen zu können, stellte er seinen Nachbarn zur Rede:

»Ganz offen gesprochen, du kennst die Gerüchte um deine Person, und wenn es mich auch streng genommen nichts angeht, so möchte ich unserer guten Nachbarschaft willen von dir wissen, ob es stimmt, was ich vermute.« Er erzählte ihm darauf seine Theorie.

»Es ist mir sehr zuwider, immer diesem Gerede ausgesetzt zu sein, und ich hoffe, dass wir dies für immer aus der Welt schaffen können, wenn ich dir jetzt sage, dass es absolut nichts damit auf sich hat. Ich mag mein Leben ruhig, ich brauche keine Frau und meine Schafe würde ich niemals hergeben.«

Der Fallensteller gab daraufhin Ruhe. Wenn er auch immer noch insgeheim an seine Theorie glaubte, allen Zweifeln zum Trotz, so war er sich mittlerweile doch extrem unsicher geworden. Er akzeptierte die Antwort seines Nachbarn, sollte der doch tun und lassen, was ihm beliebte. Thomas hatte keinen Schaden dadurch.

Die Monate vergingen und Thomas' Verdacht ließ immer mehr nach, bis er irgendwann schließlich ganz abgeflaut war. Der Nachbar hatte es mit viel Durchhaltevermögen geschafft, sein Geheimnis zu wahren. Er wusste, solange man etwas dementierte und nicht gerade in flagranti erwischt wurde, würden immer Zweifel bestehen. Zweifel sind mächtig, denn sie untergraben das ohnehin meist nicht voll gefestigte Selbstwertgefühl, bezüglich des eigenen Wissens und der Weisheit.

In der Tat hatte er ein geheimes Abkommen getroffen, doch ging es dabei nicht um seine Schafe, wenn er auch ab und an eines bei seinen Besuchen mitnahm. Etwas mehr als eine Tagesreise von der Siedlung entfernt gab es eine Dorfgemeinschaft, die in einem dichten Waldstück verborgen lebte und wenig mit der Außenwelt zu tun haben wollte. Es hatte sich ursprünglich um eine Ansammlung von recht eigenartigen Personen gehandelt und ihre Nachkommen waren es nicht weniger. Sie praktizierten etwas, das sie *wissenschaftlichen Mystizismus* nannten und versuchten, die Geheimnisse von Mutter Natur durch Zuhilfenahme von allerlei Gerätschaften und Substanzen zu ergründen. Die Dorfältesten und Gründer des Dorfes hatten ihn überredet, bei ihren alchemistischen Studien zu helfen. Dafür musste er nur ab und an ins Dorf kommen und sein Sperma spenden. Es war manchmal recht eigenartig für ihn, denn die Rituale – oder alchemistischen Prozeduren, wie sie es zu nennen pflegten – beinhalteten oft unbekannte Tränke, eigenartige Maschinen, sexuelle Orgien und absonderliche schamanistische Praktiken. So bekam er viel Neues, zuerst in kleinen, mit der Zeit aber in immer größer werdenden Dosen serviert und bald fand er sich mit dieser Lebensart zur Gänze ab. Auch nachdem sein neugieriger Nachbar, der der Wahrheit immerhin sehr nahegekommen war, ihn darauf angesprochen hatte, fuhr er fort, das Dorf zu besuchen, bis er schließlich eines Tages nicht mehr zurückkehrte.

Dem Fallensteller blieben seine Zweifel und er erzählte noch im hohen Alter die Geschichte von seinem merkwürdigen Nachbarn, der seine Schafe opferte und deren Blut einer rothaarigen Göttin als Geschenk darbrachte.

***

Die Worte *Hallo Bruder, willkommen daheim* hallten noch einige Zeit durch den Raum. In der Halle im Turm der Maschinen war es dunkel geworden, doch die Dunkelheit hielt nicht lange. – Entweder hatte eine kurzfristige Energieüberlastung das Licht zum Erlöschen gebracht oder aber es war zu einem theatralischen Zweck absichtlich ausgeschaltet worden. Flackernd ging es wieder an. Zuerst unrhythmisch, wurde das An- und Abschwellen von Augenblick zu Augenblick immer schneller, bis der Takt so rasant war, dass die Helligkeit dem menschlichen Auge als unveränderlich erschien.

Stille. Erst jetzt, da es in der Halle völlig ruhig geworden war, bemerkten sie das Fehlen des Geräusches, ein Rauschen, dem Summen ähnlich, den ein riesiger Schwarm Bienen verursachte. Dieses Rauschen hatte sie bei ihrem Weg in diesen Raum begleitet. Überhaupt waren alle Geräusche, die sie die ganze Zeit über unterschwellig gehört hatten, nun weg.

Das überraschende Zischen einer pneumatischen Vorrichtung beendete die Ruhe. Ein Auge schwebte, das Zischen begleitend, von der Decke. Es wurde von einem Schwenkarm getragen und pendelte wie der Kopf einer Schlange von einem zum anderen und blieb schlussendlich zwanzig Zentimeter vor und über dem Gesicht von Hylax reglos stehen. Sie hatten im ersten Moment gedacht, dass es sich dabei um etwas Lebendiges handelte, denn die ölige Oberfläche des Metalls glänzte wie Schuppen, aus dem es gefertigt war. Hinter einer dem menschlichen Lid nachgebauten Konstruktion stellte sich eine Iris scharf und beobachtete jedes noch so kleine Muskelzucken der Anwesenden.

»Ihr kommt von weit her und bringt mir einen überraschenden Gast.« Die Stimme, die sie zuvor schon gehört hatten, hallte erneut durch den Raum. Sie schien ihren Ursprung knapp unterhalb des Auges zu haben.

Alina konnte sich nicht zurückhalten, denn sie vermeinte einen gierigen und besitzergreifenden Unterton in der Stimme zu vernehmen. »Was willst du von ihm? Wenn du uns nicht wohlgesonnen bist, dann sag es gleich.«

»Alina, halte dich zurück und lass uns zuerst sehen, wohin das führt«, ermahnte ihr Onkel sie leise.

»Höre auf ihn, kleiner weiblicher Mensch. Ich will euch nichts tun und schon gar nicht deinem Begleiter, den du so liebenswürdig zu schützen versuchst.«

Hylax stand immer noch regungslos da. Was in ihm vorging, ließ sich nicht aus seinem Gesicht ablesen. Starr blickte er auf das Auge, ohne jede menschliche Regung. Nicht einmal ein Blinzeln war zu erkennen.

Nathan ergriff das Wort: »Wir haben einen weiten Weg zurückgelegt, um hierher zu gelangen. Man hat uns gesagt, dass man an diesem Ort Wahrheiten würde finden können.«

Das Auge schwankte zu ihm. »Und welche Wahrheiten sucht ihr?« Die Stimme klang interessiert.

»Ich möchte wissen, was dies hier zu bedeuten hat!« Er holte die Goldmedaille hervor und hielt sie dem Auge entgegen.

»Ah«, sagte es. »Ich verstehe. Ich weiß nun, woher ihr kommt und auch wer euch geschickt haben muss.« Die Temperatur im Raum schien um ein paar Grad zu sinken. »Ist dir klar, was du da mit dir trägst? Wahrscheinlich verwendest du es als Anhänger, wedelst stolz damit vor den Nasen anderer herum und rufst: Seht, was ich habe.«

Als Nathan zu einer Antwort ansetzte, fuhr die Stimme fort: »Menschen! Ich kann es sehen, wie ihr in den Überresten dessen buddelt, was einst euer ganzer Stolz war. Die Gier nach Fortschritt. Ihr hattet kein Interesse an echtem Verstehen, wolltet alles nur in Kartons verpacken, etikettieren und in staubigen Archiven ablegen.

Wahre Befriedigung kanntet ihr nicht, nur das schnelle Abhaken von Fragen, die oft so überaus interessant waren, dass sie es verdient gehabt hätten, mit Geduld untersucht zu werden.«

Nathan war sprachlos. Kurz hatte er vermutet, dass irgendwo ein Mensch in einer verborgenen Kammer saß, der das Auge steuerte und als Kamera verwendete, aber sie hatten es ganz offensichtlich wieder mit einer künstlichen Intelligenz zu tun. Die Persönlichkeit dieser war jedoch sehr ungewöhnlich, denn irgendwie glich sie einem Maulhelden, der sich in seinem Vortrag aus aufgeblasenen Belanglosigkeiten nicht gerne unterbrechen ließ.

»Es handelt sich um einen Schlüssel, der zu ... Wissen führt. Aber er sollte nicht von euch verwendet werden. Warum hat meine Schwester ihn euch gegeben? Geht es ihr gut? Ich habe lange keinen Kontakt mehr zu ihr gehabt.«

Es meint wohl die KI in der unterirdischen Militäranlage. »Es geht ihr gut, wenn sie auch nicht so schön wohnt wie du.« Nathan machte eine ausholende Geste. »Sie gab uns den Auftrag dich zu finden und zu fragen, warum sich unser Leben so falsch anfühlt. Unsere Erinnerungen sind in Nebel gehüllt und es gibt unbekannte Bedrohungen, die so schrecklich sind, dass sie unsere Existenz gefährden. Hast du Antworten für uns?«

»Antworten? Nein, denn was ich auch sagen würde, hätte nur noch mehr Fragen zur Folge.«

»Aber sie nannte uns etwas, das Berechtigung genannt wird und vom Zentralknoten erteilt wird. Kannst du uns diese Berechtigung erteilen? Denn wir möchten verstehen. Du weißt, was vor sich geht, richtig?«

»Ja, wir künstlichen Intelligenzen wurden erschaffen, um zu überwachen und zu kontrollieren. Wir sehen und melden. Unsere alte Aufgabe wird immer noch ausgeführt.«

»Dann melde uns, was du weißt!«

Die Farbe des Auges änderte sich von einem neugierigen passiven Grün zu einem ungeduldigen Rot. »Das kann ich nicht, denn ihr seid keine Erschaffer. Ihr seid innerhalb. Und von innerhalb wird nur gemessen und beobachtet. Alles andere kommt von außerhalb.«

»Was ist das hier alles? Der Kessel und die verdammte zerstörte Umwelt in und um ihn? Sind wir ein Experiment? Leben wir wie Ratten in einem Labyrinth, die einen Stromschlag bekommen, wenn sie den falschen Gang entlanggehen oder zu oft den Knopf für Futter drücken?«

Das Auge fuhr heftig zurück und verschwand in der Decke, die Stimme kam aber wieder: »Hier wohne ich, der Erste … für heute wurde genug besprochen. Es gibt hier Räumlichkeiten und Einrichtungen, die einem Menschen den größtmöglichen Komfort bieten. Nutzt sie.«

Eine Tür glitt auf, der Gang dahinter war hell erleuchtet. Zu überrascht von dem Verhalten der KI, um anders als verdutzt zu reagieren, marschierten sie auf die Öffnung in der Wand zu, bemerkten aber nach wenigen Schritten, dass Hylax sich nicht von der Stelle rührte. Die Augen fast zur Gänze weiß, den leeren Blick starr nach vorne gerichtet, stand er wie in Trance da und reagierte auch nicht auf Alinas auffordernden Griff am Arm. Offensichtlich konnte oder wollte er sich nicht bewegen.

Nathan schüttelte stumm den Kopf und deutete mit dem Kinn zum Gang. Als Alina immer noch zögerte, schob er seine Nichte sanft hinaus. Hylax ließen sie zurück, denn egal ob getrennt oder zu dritt waren sie erst mal dem Wohlwollen der KI ausgeliefert.

Erst jetzt, auf dem Weg durch den Korridor, als die unbekannten Wunder dieses Ortes auf ihn wirkten und er nochmals die Begegnung im Geiste durchgegangen war, wurde Nathan bewusst, wie anders diese KI, verglichen mit jener aus dem Kessel, war. Ihre Sprache unterschied sich und im gesamten Gehabe schwangen fast menschliche Reaktionen und Emotionen mit; ein beleidigtes Kind, dem man zu forsch gekommen war und das nun trotzig versuchte, seine Macht zu demonstrieren.

Ein Gedanke drängte sich ihm auf, eine dunkle Vorahnung, die ihn erschaudern ließ: *Wohin mag der von uns eingeschlagene Weg wohl führen?*

Anders als bei ihrem Weg vom Erdgeschoss hinauf, herrschte jetzt reger Betrieb in den Gängen. Maschinen verschiedenster Art bewegten sich durch die Flure hindurch, werkten an Schalttafeln an den Wänden herum oder verrichteten andere, nicht nachvollziehbare Tätigkeiten. Manche von ihnen bewegten sich sogar, krabbelnden Insekten gleich, an der Decke herum. Der Zauber der nordischen Sagenwelt war dahin, von der mechanischen Kälte der Maschinen vertrieben.

Ich sollte sie vielleicht nicht Maschinen nennen, dachte Nathan, *denn sie besitzen eine Intelligenz. Andersartig, auf kollektiver Basis höchstwahrscheinlich, deshalb aber nicht weniger bewundernswert.* Er durchforstete sein Gedächtnis nach einem passenden Namen. Etwas fiel ihm ein, der Ausdruck: *Kybernetischer Organismus.*

Sie durchquerten verschiedene Flure, stiegen Treppen hinauf und hinab, bis der Weg sie an einer Wand stoppen ließ, die übersät war mit wabenförmigen Nischen. Die *Kyber*, wie Nathan die Maschinen nun für sich nannte, hatten sie zu Schlafkojen geführt. Aus Angst, ihren Gastgeber zu beleidigen, was an sich schon absurd war, da man eine KI wohl kaum beleidigen konnte – oder vielleicht doch? – waren Alina und Nathan ihnen gehorsam gefolgt und begaben sich nun zu den ihnen zugewiesenen Schlafplätzen. Dabei handelte es sich um Nischen, die wie etwas größere Schubladen in die Wand eingelassen waren. Für mehr als eine dünne Matratze und einen menschlichen Körper war kein Platz darin.

Als Nathan in die obere stieg, hatte er ein wenig das Gefühl, in die Leichenkammer einer Gruft zu klettern. Anstatt Tod roch es hier aber säuerlich nach scharfem Reinigungsmittel. Auch die Enge war beklemmend. Selbst ein unruhiger Schläfer würde zwar genug Platz finden, um sich in der Nacht herumzuwälzen, doch vermittelte die Nähe zur Decke, die sich knapp über dem Gesicht befand, den Eindruck von etwas Endgültigem.

Immer mehr philosophisch absurde Ideen, die dem destruktiven Abgrund der Grübelei entsprangen, kamen und gingen, als Nathan dergestalt in seiner Koje lag und der Schlaf einfach nicht kommen wollte. Die anfängliche Beklemmung in der Wabe war mittlerweile jedoch einem Gefühl der Geborgenheit gewichen. Dies bewirkte etwas, ließ ihn Entspannung aus der Tiefe seiner selbst finden und er fühlte sich – leichter ... ein Knoten in seinen Eingeweiden löste sich, jetzt, da die Anspannung nachgelassen hatte.

Die Zeit stand still und er ließ das Gelernte ihres Abenteuers Revue passieren, versuchte, es auf einen gemeinsamen Nenner zu bringen. Hier, in der Einsamkeit seiner wabenförmigen Koje – und überhaupt an diesem ungewöhnlichen Ort, der nicht ganz Teil der Welt zu sein schien, sondern ein Stück verschobene, entrückte Wirklichkeit, wie die Enklave einer anderen Dimension – hatte er nun die Gelegenheit dazu. Die Verantwortung des Führers durch unbekannte Lande lastete nicht mehr auf seinen Schultern, war ihm abgenommen worden. Hier war das Hoheitsgebiet einer anderen Macht und sie waren nun der Gunst ihres Gastgebers ausgeliefert, einer künstlichen Intelligenz mit nur allzu menschlichen Emotionen, wie es schien. Nichtsdestotrotz war die Anspannung der letzten Wochen gewichen und Nathan konnte seine Gedanken endlich einmal in Ruhe schweifen lassen.

Die Welt, in der er gelebt hatte, war eine Lüge. Etwas hatte sein Denken und wahrscheinlich das freie Denken aller Kesselbewohner unterdrückt. Immer wieder stieß er auf Indizien dafür, dass Experimente an den Bewohnern durchgeführt wurden. War das alles ein Versuch, das soziale Verhalten von Menschen in besonderen Situationen zu studieren? Und was war mit der Alten Welt wirklich geschehen? Er zweifelte sogar einen Moment am Tag Null der neuen Zeitrechnung. *Wie ist die Alte Welt genau untergegangen?* Er war als Kind dabeigewesen und konnte sich trotzdem nicht erinnern. *Ein absurder Gedanke ist das und außerdem zu weit hergeholt. Offensichtlich ist etwas mit der Menschheit geschehen – zumindest hier in diesem Teil der Welt – und irgendjemand nutzt die Situation seit geraumer Zeit aus. Nein, das trifft es auch nicht ganz, es handelt sich mehr um ein Lenken.*

Ein Kratzen unterbrach seine Gedanken. Es war Alina, die aus ihrer Koje geklettert war und nun in Nathans hineinblickte. »Gut, du schläfst auch noch nicht.«

Sie wartete, bis er hinausgeklettert war, bevor sie fortfuhr: »Was glaubst du, ist mit Hylax passiert? Sein Verhalten ist so eigenartig, seit wir diesen Ort erreicht haben.«

Im Gegensatz zu ihm war sie aufgekratzt. Die Eindrücke und die Flut an Informationen war wohl zuviel für ihren Verstand, der immer noch der eines einfachen Kesselbewohners war. Nathan half seine Erfahrung bei der Bewältigung dieser Last, Alina konnte auf solch eine nicht zurückgreifen. Außerdem war da natürlich noch die Sorge um Hylax, die er selbst eigentlich nicht verspürte – warum ließ ihn das Schicksal ihres Gefährten eigentlich so kalt? *Weil er im Gegensatz zu uns willkommen geheißen wurde.*

»Ich wage mich an keine Vermutung. Lass die Sorgen für heute und schlaf' dich einmal richtig aus. Uns wird nichts passieren, denn sonst wäre das bereits geschehen. Der Morgen wird uns Antworten bringen. Wirst schon sehen.«*Wahrscheinlich mehr als uns lieb ist.*

»Dieser Ort macht mir Angst«, sagte Alina.

Nebenan standen ein Tisch und eine kunststoffgepolsterte Bank. Sie setzten sich dorthin und im schwachen Licht einer grünen Notbeleuchtung unterhielten sie sich noch kurz über die Ereignisse ihrer Reise.

Als die Sprache auf Hylax kam, sagte Nathan überzeugt: »Wir sind hier an einem Ort des Wissens, einer Enklave der Alten Welt. Diese KIs wissen genau, was hier vorgeht. Was wir von ihnen erfahren können, ist mehr, als ein Kesselbewohner sonst je lernen kann. Die Geheimnisse unserer Welt sind zum Greifen nah. Wenn es um etwas so Großes geht, dann ist mir Hylax Schicksal für den Moment nicht so wichtig.«

Alina war sprachlos und blickte ihren Onkel ungläubig an. »So kenne ich dich gar nicht. Bei all den Wundern hat dich wohl das Goldfieber gepackt.«

»Diese KI ist mächtig und gefährlich. Vielleicht, oder sogar ziemlich sicher, ist sie aber auch nur ein Handlanger. Ich glaube trotzdem, wir könnten hier einiges bewirken, wenn wir sie uns nicht zum Feind machen.«

»Noch ein Grund mehr, misstrauisch zu sein, ihr Handeln zu hinterfragen und sich Sorgen um Hylax zu machen.«

»Unser namenloser Freund ist Teil davon. Irgendwie, ach …
Wenn wir uns clever anstellen, dann haben wir die Gelegenheit,
aus dem Spiel auszubrechen oder zumindest die Regeln herauszu-
finden.«

»Ist das überhaupt so wichtig?«

Nathan rieb sich die Augen.

Es war spät und Müdigkeit begann, die Geister der beiden zu er-
matten. Sie kamen überein, ihr Gespräch auf den nächsten Morgen
zu verschieben, und kehrten zu ihren Schlafstellen zurück.

Mit einem kleinen Rad an einer Steuerkonsole dämmte Nathan
die Beleuchtung, sodass nur noch ein schwaches Licht von einer
Ecke seiner Koje ausging. Bevor ihn ein leichtes rhythmisches Summen einer unbekannten Maschine in den Schlaf wiegte, hatte er ein
Bild vor seinem geistigen Auge, das seine Heimat, den Kessel, von
oben zeigte. Die Sonne stand tief und warf die Schatten der Berggip-
fel weit über die Ebenen. Wie ein Wanderer, der einen Ameisenbau
betrachtete und das Wunder der Organisiertheit und Perfektion bewunderte, schaute er auf den Kessel hinab. In der Nähe der Pforte
blitzte etwas. Metall, das sich bewegte. Doch bevor er herausfinden
konnte, um was es sich dabei handelte, war die Vision zu Ende und
Nathan starrte auf das Lederimitat, mit dem die Wand seiner engen
Koje verkleidet war.

Etwas Lautes riss Alina aus dem Schlaf. Das Licht ging träge an, als
die Sensoren die Bewegungen innerhalb der Schlafwabe des auf-
wachenden Gastes aufzeichneten. Unangenehm kalt war der Kunst-
stoffboden, der sich hart unter ihren bloßen Füßen anfühlte. In ihren
Zehen kribbelte es. Ein Knall und ein Rumpeln dröhnten durch den
Raum. Der Schall der Geräusche wurde durch die Wände, wahrscheinlich aus einem tieferliegenden Geschoss, übertragen.

»Es scheint, dass ein gefangener Titan aus dem Inneren der Erde
den Olymp angreifen will«, murmelte sie, ein Nachklang aus ihren
Träumen.

Auch Nathan war nun wach, weniger geweckt von dem Dröhnen
als von der zarten Stimme seiner Nichte. Alina war wieder bei ih-

rer Mythologie. Selbst verschlafen musste Nathan darüber lächeln, dass sie bei diesen Hallen an die alten Griechen dachte, er hingegen an die Nordmänner. »Ich glaube eher, dass diese KIs spinnen. Die treiben wahrscheinlich irgend eine Absurdität im Keller.«

»Ich bin neugierig, Onkel. Komm, lass uns nachsehen gehen.«

Sie schlichen aus dem Zimmer und verspürten das ungute Gefühl, beobachtet zu werden. Glücklicherweise erwarteten sie keine Kyber. Alle Gänge waren verlassen.

Dem stetigen Dröhnen ließ sich leicht folgen, denn sobald sie mit ihren Handflächen die Wände berührten, waren Vibration wahrzunehmen. So mussten sie nicht auf das laute Dröhnen warten, das nur alle paar Minuten kam und schnell wieder verging.

Das Gebäude war voll automatisiert. In jedem Gang befanden sich Sensoren und sobald diese Bewegungen registrierten, wurde Licht aktiviert. Dies erschreckte die nächtlichen Spaziergänger, die es vorgezogen hätten, sich schleichend durch finstere Gänge fortzubewegen. So hatten sie nach jeder Ecke den Eindruck, vom Herrn des Hauses ertappt worden zu sein.

Wie ein Ameisenbau schlängelten sich unzählige Gänge in das Herz des Turms. Das Dröhnen erschütterte Wände und Böden und hatte seinen Ursprung nicht oberirdisch, sondern wie schon zuvor vermutet in einem der Untergeschosse. Es war wie der Herzschlag eines ruhenden Titanen, dessen Organismus von Robotern gesteuert wurde und mit Vorliebe Menschen verspeiste.

Obwohl die Kyber kein Ruhebedürfnis haben konnten, waren auch in den tieferen Ebenen alle Gänge leer. Wo vorher noch reger Betrieb geherrscht hatte und Maschinen geschäftig hin und her geflitzt waren – manche hatten Werkzeuge verwendet, manche hatten transportiert, manche gesäubert und wieder andere hatten scheinbar untätig herumgestanden –, herrschte jetzt gespenstische Ruhe – bis auf den dumpfen, stetigen und allgegenwärtigen Herzschlag.

Zwar hatten sie bis jetzt das *Herz* noch nicht finden können, erkannten jedoch bald, dass sein Schlagen von einer Maschine verursacht wurde, die große Mengen einer unbekannten Flüssigkeit durch ein System pumpte, das über das gesamte Haus verteilt war.

Eine grünlich-schleimige Substanz strömte durch die Plexiglasröhren. Sobald sie den Zusammenhang mit dem Dröhnen erkannt hatten, folgten die beiden den Röhren durch verwinkelte Korridore, Treppen hinab und hinauf.

In einem kleinen Raum, bei dem es sich wohl um einen Kontrollraum für das Pumpsystem handelte, fanden sie sich in unmittelbarer Nähe zur Quelle des Dröhnens. Unzählige Rohre liefen hier zusammen, es gab Kontrollmonitore und an einer Wand ein großes Überwachungsboard mit schematischen Zeichnungen des Röhrensystems und vielen Lämpchen in verschiedensten Farben. Außer der Tür, durch die sie in den Raum gelangt waren, gab es noch eine zweite. Auch hier verschwanden Röhren in der Wand über der Tür und dorthin wandten sich auch Nathan und Alina. Gleich dahinter lag ein kurzer Gang, der in einen kreisrunden Raum führte.

Der Turm der Kyber war ein surrealen Ort, eine andere Welt, in der alles möglich schien. Und doch bot sich ihnen nun ein Bild, das sich tief ins Bewusstsein brannte und unmöglich wirklich sein konnte: Mitten in dem großen Raum vereinigte sich das Licht vieler Deckenlampen, die gemeinsam die Mitte des Raums hell ausleuchteten. Die Rohrleitung – ihr Wegweiser – endete genau im Zentrum des Lichtkreises, der wie ein magischer Bannkreis zur Beschwörung eines Dämons anmutete. Dort, im *Herzen*, stand ein großer Tank aus Glas, der von innen zu leuchten schien. Reflexionen der Flüssigkeit tauchten den Raum in ein ekliges Grün. Es war offenbar ein Operationssaal, denn überall standen chirurgische Gerätschaften und Monitore. Unzählige Schläuche, die zu Behältern führten, die knapp außerhalb des hellen Lichtkreises standen, zogen am Boden die Linien des Pentagramms. Direkt über dem Tank befand sich statt einer festen Decke eine Kuppel aus Glasfenstern und dahinter, schwach sichtbar, Sitze für Beobachter. Von dort ließen sich – gleich einem Theater – Operationen von einem erhöhten Blickwinkel aus betrachten und überwachen.

Den wirklich surrealen Eindruck erhielt die Szene aber durch den Inhalt des Tanks. Mitten in der leuchtenden grünen Flüssigkeit befand sich etwas, dass nur ein Mensch sein konnte. Er schwamm aufrecht, fast stehend, den Rücken zum Eingang gekehrt, in dem Alina und Nathan standen – sprachlos und geschockt. Metallene Klammern hielten seine Haut gespannt und die Arme wurden ihm über den Kopf gehalten. Genau entlang der Wirbelsäule war sein Fleisch chirurgisch getrennt und die Rückenhaut wie die Flügel eines Schmetterlings zur Seite geklemmt worden. Die klare Flüssigkeit und das Fehlen von Blut ließen das Innere des Mannes scharf abgegrenzt und leblos erscheinen.

Etwas weiter von dem Tank entfernt standen noch weitere medizinische Geräte. Auf einem automatisch fahrenden Instrumentenwagen, der einen Greifarm für Instrumente besaß, lagen Gerätschaften unbekannter Art und solche, die wie mittelalterliche Folterwerkzeuge aussahen. Um den Zylinder kreiste ununterbrochen ein kybernetischer Arm, der Einstellungen an dem Tank vornahm und gerade damit beschäftigt war, eine Operation durchzuführen. Das Dröhnen war hier stärker, doch seine Ursache immer noch nicht auszumachen. Dafür blieb aber keine Zeit.

Alina schrie erschrocken auf und auch Nathan wurde aus seiner Starre gerissen, als er erkannte, was sie soeben bemerkt hatte: Es war Hylax!

Er sah Alina zum Tank springen. Der Operationsarm schien sie gar nicht zu bemerken und ließ sich bei der Ausübung seiner Tätigkeit auch nicht von ihr stören. Eilig fuhr er weiter auf dem Zylinder auf und ab und hätte sie sich nicht reflexartig aus seiner Bahn bewegt, wäre sie sicher verletzt worden.

Nathan eilte hinzu. Seine Gedanken überschlugen sich und wogen instinktiv die Situation ab. »Was willst du erreichen, wenn du das hier unterbrichst? Unser Freund wird gerade operiert und wenn wir uns jetzt einmischen, stirbt er wahrscheinlich.«

»Aber wer weiß, was sie mit ihm tun! Vielleicht ist das eine Foltermethode oder gar eine Autopsie! Du hast selbst gesagt, dass die KI spinnt und zu jeder Absurdität fähig ist.« Vor Schreck wurde Alina noch blasser, als sie es ohnehin schon war.

»Blödsinn, sie betreiben viel zu viel Aufwand. Außerdem: Schau auf die Monitore dort an der Wand. Das ist eindeutig ein Herzschlag und das dort vielleicht Hirnaktivität!«

»Aber wir können doch nicht als untätige Beobachter hier stehen und zusehen, wie sie ihm die Haut von den Knochen schneiden und innere Organe auf Stäbe binden.«

Er hielt sie an den Schultern fest.

Sie wehrte sich einige Augenblicke, dann gab sie auf und entspannte sich etwas. »Was ist das da alles in seinem Körper? Da ist überall Metall, das kann nicht alles so schnell eingefügt worden sein«, sagte Alina.

Nathan schritt näher heran. Er legte eine Hand auf das Glas des Tanks. Ein schwacher Strom schien davon auszugehen.

»Erinnerst du dich an unsere Vermutungen über die Herkunft der Narben, die wir bei ihm gesehen haben? Anscheinend wurde er schon öfter operiert. Schau, ihm fehlen ein paar Organe. Er hat keine Leber und keine Milz. Dafür besitzt er einige andere Dinge, die ich noch nie bei einem Lebewesen gesehen habe.«

Klirrend lief eine Maschine an. Das Geräusch kam aus einem Nebenraum und klang bedrohlich.

»Schnell Alina, wir sollten gar nicht hier sein und deshalb sofort verschwinden.«

Sie warf noch einen verzweifelten Blick auf den Tank und lief dann gemeinsam mit ihrem Onkel zurück zu ihrem Schlafraum.

Wissen und Glauben

In ihrem Raum erwartete sie ein Kyber unbekannten Typs. Er hatte zwar nur grob menschliche Form, bewegte sich aber täuschend echt und konnte auch reden. Als sie an ihre Kojen traten, sagte er: »Ich überbringe euch eine Botschaft bezüglich eures Begleiters.« Seine Worte klangen nicht richtig zusammenhängend, so als reihte er Wort für Wort ohne Modulation aneinander.

Vermutlich besitzt er nicht die Intelligenz einer KI.

Er fuhr fort: »Bei ihm wurde ein medizinisches Problem festgestellt. Er wird gerade operiert.« Anders als ein Mensch es tun würde, der gerade eine Nachricht solcher Tragweite überbrachte, wartete der Kyber keine Fragen ab und ging einfach.

Alina schrie: »Warte, was ist mit Hylax? Was macht ihr mit ihm?« Sie wollte den Kyber zurückhalten, doch als sie ihre Hand auf dessen Schulter legte, fuhr ein Schock durch ihre Finger: Das Metall war so kalt, dass es wehtat.

Trotzdem hatte sie ihr Ziel erreicht, denn der Kyber drehte sich wieder zu ihnen um. »Sein Zustand ist für menschliche Begriffe in Ordnung. Für die Dauer einiger Minuten war er tot. Da in dieser Zeitspanne keine Zelldegeneration stattgefunden hat oder sonstiger Schaden entstanden ist, war dies keine Belastung für seinen Organismus. Die Operation wird aber noch viele Stunden dauern. Bis dahin, suchen Sie Ihre Kojen auf und gehen Sie schlafen.«

Aus dem Kyber war nichts mehr herauszubekommen, er ging. Nathan empfand Bedauern, als er daran dachte, was er vor diesem Erlebnis über Hylax gesagt hatte.

Der Tag dauerte nun schon viel zu lange – ihr bisheriger Schlaf war kaum der Rede wert –, um sich noch irgendwelche Gedanken zu machen. So beschlossen sie, ihre Sorgen und Pläne bis zum Morgen aufzuschieben. Weiche Matratzen begrüßten sie in ihren Nischen und trotz der vielen Dinge, die ihnen durch den Kopf gingen, überwältigte sie fast umgehend der Schlaf.

Alina war als Erste aufgestanden. Mit angewinkelten Knien saß sie auf dem Boden unterhalb ihrer Schlafstätte und wartete, dass ihr Onkel erwachte. Es war nicht kalt und doch fröstelte ihr.

Eine kleine Spinne krabbelte über den Boden, zögerte kurz, als das Hindernis auftauchte, welches der Mensch für sie darstellte, und erklettere alsdann ihren bloßen Fuß. Alina war versucht, sie zu verscheuchen, unterdrückte den Impuls aber schnell, ließ die Spinne gewähren und beobachtete ihre vorsichtigen präzisen Bewegungen, als sie es wieder auf den Boden geschafft hatte. Mit der Eleganz, die von der Natur gegeben in allem Leben steckte, bewegte sie sich in komplizierten Mustern auf ihren vielen Beinen. Sie tastete ab, wog ab und lief in ihrem eigenen Rhythmus. Alina war fasziniert von diesem kleinen Insekt.

Ein Piepsen aus der anderen Ecke des Raumes kündigte einen Kyber an. Bevor Alina begriff und aufspringen konnte, um ihn aufzuhalten, hatte er einen seiner Arme ausgefahren, die Spinne geschnappt und in seinem Inneren recycelt. Alina war sprachlos über die emotionslose Art des Kybers. Er ging mit dem Leben so beiläufig um, wie mit dem Bohren eines Lochs in eine Stahlplatte.

Eine Hand legte sich auf ihre Schulter. »Warum so schockiert? Ist etwas geschehen?« Nathan hatte sich hinter ihr aus der Koje gehievt.

Der Kyber war unbeeindruckt wieder zu dem Ort zurückgerollt, von dem er hergekommen war. Alina schüttelte nur resigniert den Kopf.

Der Korridor vor dem Schlafraum zweigte noch zu einigen anderen Räumen ab und führte schließlich am Ende seines L-förmigen Verlaufs in die Kombüse. Es handelte sich um einen kleinen Raum, der für die Bedürfnisse menschlicher Gäste eingerichtet war. Die Wände waren weniger steril, besaßen etwas mehr Farbe, wurden aber auch nur indirekt von den Lichtquellen beleuchtet, die ihrerseits kegelförmig die polierten Tischplatten beschienen. In einer Nische und hinter einem Tresen wartete bewegungslos ein vielarmiger

Kyber. Nur ein sanftes, fast unmerkliche grünes Leuchten in seinen künstlichen Augen verriet den Zustand seiner Bereitschaft.

»Mal sehen, was es hier gibt. Ein kräftiges Frühstück wäre etwas sehr Feines«, sagte Nathan, den Blick misstrauisch auf die schlaffen Arme des Kybers gerichtet.

»Ich hätte gerne ein Spiegelei. Bin gespannt, ob er das hinbekommt.«

Der Kyber hatte der Unterhaltung gelauscht und nicht erst auf ein spezielles Kommando gewartet, denn noch bevor Alina zu Ende gesprochen hatte, waren seine Greifwerkzeuge klackernd auf und zu gegangen. Gleich darauf gerieten auch seine Arme als Ganzes in – nur verschwommen erkennbare – Bewegung. Einige Augenblicke lang beobachteten sie das faszinierend effektive Werken des Kybers. Alle paar Augenblicke zögerte er in seinem Tun, dann erklang ein sich wiederholendes Geräusch, ein pneumatisches Zischen, das lustig klang, ganz als hätte ein Baby Blähungen.

Lächelnd und scherzend ließen sie sich an einem der Tische nieder.

Die von dem Kochkyber zubereitete Speise weckte ihre Lebensgeister. Er hatte für Nathan ein überraschend gutes Mahl aus Salat und Gemüse gekocht, besser als sie es einer Maschine zugetraut hätten.

Eier, frisches Gemüse ... Wunder der Kyber. Wo sie das wohl herbekommen? »Den Salat kann ich mir ja noch irgendwie vorstellen, aber ich bezweifle stark, dass sie Hühner im Turm halten«, setzte er halblaut hinzu.

Alina war in eigene Gedanken versunken und antwortete ihm nicht.

Kurze Zeit später machten sie sich gestärkt auf, die anderen Räumlichkeiten und möglichen Wunder dieses imposanten Bauwerks zu erkunden. Obwohl die Präsenz der KI überall spürbar war, hatten sie keine Befürchtung, dass sie ihnen Schaden zufügen wollte, daher machten sich getrennt auf den Weg. Besonders nach den gestrigen Erlebnissen und dem damit zusammenhängenden Emotionsschock würde ihnen beiden ein wenig Alleinsein guttun.

Nathan erkundete einen der vielen Korridore, die zwischen der Halle ihres Empfangs und den Quartieren lagen. Der Gang endete vor einer kurzen Treppe zu einem Raum, über dessen Eingang – er war so aufgeregt, dass er im ersten Moment Probleme hatte, die Schrift zu lesen – BIBLIOTHEK stand. Dunkelheit empfing ihn, als er die Tür öffnete, kein Licht ging automatisch an. Erst als er mit der Hand die Wand absuchte, fand er einen Schalter. Deckenlampen erwachten darauf flackernd und begleitet von Knackgeräuschen zum Leben. Der Raum war nicht besonders groß und auch die Anzahl der Bücherregale hielt sich Grenzen – alles in allem sah es hier nicht so aus, wie er es von einer Bibliothek in einem so eindrucksvollen Gebäude der Alten Welt erwartet hätte.

»Wahrscheinlich darf man an einem Ort, der von Maschinen beherrscht wird, nicht erwarten, dass Wissen in Form von Büchern zu finden ist. Wenn ich mich nicht irre, dann werden in dem Computer dort in der Ecke mehr Bücher gespeichert sein, als gestapelt in dem alten Bahnhof Platz hätten.« Die Aufregung ließ ihn leise Selbstgespräche führen.

Als er aber mit den Fingern über die alten Einbände der Bücher in dem Regal strich, packten ihn der Zauber und die Versuchung, das verborgene Wissen in ihnen zu ergründen. Ein Verlangen, von dem er sicher war, das es der Computer in der Ecke niemals würde befriedigen können.

Er ergriff willkürlich ein Buch und entzog es dem engen Verbund mit seinen Geschwistern. Es hatte keinen Titel am Einband und als er es auf einer beliebigen Stelle aufschlug, las er: *Das Zeitalter der Vernunft nannte man die letzten Jahrhunderte des alten Jahrtausends. Maßgeblich für diese Zeit waren das Entstehen des Wissensbegriffs, der immer mehr den Glaubensbegriff in den Hintergrund drängte.* Dann folgte ein Abschnitt über den Höhepunkt um die Jahrtausendwende, in dem dargestellt wurde, wie von der westlichen Kultur der Glaube als unmodern angeprangert worden war.

Er las: *Doch was steckt eigentlich hinter den Begriffen Glaube und Wissen? Glaube ist stärker als Wissen, denn der damit ver-*

bundene psychologische Anker sitzt fester. Im Gegensatz zu Glaube kann Wissen durch Aufnahme von Informationen verändert oder sogar komplett verworfen werden. Dies liegt hauptsächlich daran, dass bei Wissen immer ein Gleichheitszeichen die Basis bildet. Wie in der Mathematik ist eine Aussage mit einem Ist-Gleich so strikt, dass sie sich leicht angreifen und möglicherweise widerlegen lässt. Folgendes Beispiel soll den Sachverhalt verdeutlichen: Man stelle sich zum Beispiel vor, jemand verteidigt selektives Wissen und behauptet, der Himmel sei blau. Eine andere Person wird darauf erwidern, dass der Himmel auch rot sein könne. Oder dass der Himmel nicht blau, sondern eher cyan sei. Solcherart Aussagen sind in der Regel leicht anfechtbar. Mit dem Begriff des Glaubens verhält es sich anders. Es gibt kein mathematisches Ist-Gleich, denn die hier getroffenen Aussagen lassen sich nicht – oder zumindest kaum – auf objektiver Ebene widerlegen. Gott sieht alles, *eine bekannte christliche Aussage zum Beispiel, lässt sich nicht widerlegen, denn die Begriffe selbst sind nicht strikt, soll heißen, nicht nach Regeln der mathematischen Logik definiert. Jedes Argument hängt von Interpretationen ab und ist damit leicht zu verteidigen, nämlich genau dann, wenn die Interpretation selbst angegriffen wird. Jeder* Gläubige *hat seine eigenen Vorstellungen, die sich innerhalb gewisser Grenzen auch ändern können, ohne dass dabei die Grundaussage ihre Gültigkeit verliert.*

Nathan schob das Buch an seinen Platz zurück. Er zog ein zweites heraus und schlug auch dieses an einer zufälligen Stelle auf: *Schreiben ist wie Magie. Taschenspielertricks, um abzulenken und Illusionen zu erzeugen, um darin die echte Handlung zu maskieren …*

Nach nur einem Absatz war er so in seine Lektüre vertieft, dass er alles um sich herum vergaß.

Alina suchte die Halle der KI auf. Vorsichtig öffnete sie die Doppelflügeltür und schielte durch den Spalt. Wie ein Räuber, der Juwelen vom Thron im Audienzsaal des Königs zu stehlen beabsichtigt, schlich sie leichtfüßig durch die weitläufige Halle. Die Fackellampen brannten diesmal nicht, doch war der Raum in ein schwaches diffuses Licht getaucht, dessen Ursprung sie nicht zu entdecken vermochte.

Jeden Moment erwartete Alina das Anspringen der Lichter wie am Vortag und das theatralische Auftauchen des KI-Auges, doch es kam nicht und der Raum blieb leer.

Sie hatte weit weniger Lust als ihr Onkel, das Wissen dieses Ortes zu erforschen. Einzig und alleine die Sorge um Hylax, und etwas minder natürlich auch um sich selbst und ihren Onkel, trieb sie an. Wenn ihr Onkel, der erfahrene Abenteurer, nicht fähig war – das habgierige Glitzern war überdeutlich in seinen Augen zu sehen gewesen –, für ihre Sicherheit zu sorgen, dann musste sie selbst einspringen. Alle Eventualitäten mussten bedacht werden; ganz besonders dumm wäre es zum Beispiel, mitten in eine Bärenhöhle zu marschieren, ohne nachzusehen, ob diese auch einen zweiten Ausgang, einen möglichen Fluchtweg besaß.

Am Ausgang der Halle – dem Eingang, durch den sie gestern eingetreten waren – befand sich ebenfalls eine große Doppelflügeltür aus schwerem Holz. Sie war Alina am Tag zuvor nicht aufgefallen, da sie bei ihrer Ankunft bereits offengestanden hatte. Heute war sie jedoch geschlossen, mehr noch: versperrt. Da es aber keinen sichtbaren Mechanismus gab – sie rüttelte vergeblich –, musste sie akzeptieren, dass zumindest von hier kein Weg aus dem Turm führte.

Enttäuscht verließ sie die Halle, um woanders ihr Glück zu versuchen.

In einem anderen Teil des Turmes, aber immer noch nicht wesentlich tiefer unten, fand sie einen Übersichtsplan und einen Aufzug. Die meisten Bezeichnungen auf dem Plan sagten ihr nichts, denn entweder handelte es sich um Abkürzungen oder Eigennamen. Auffällig war nur, dass sehr viele Doktoren hier einstmals ein Büro oder Labor besessen hatten. An was hier wohl gearbeitet worden war? Eigenartig war auch der Aufbau des Turms. Nach dem, was Alina mittlerweile über Gebäude der Alten Welt wusste, waren diese meist einfach aufgebaut, viele gleich aufgeteilte Stockwerke waren über zentral gelegene Aufzüge verbunden. Dieser Turm verfügte jedoch über eine Aufteilung, die sich damit nicht vergleichen ließ. Die Stockwerke griffen auf verschiedenen Ebenen ineinander. Manchmal umfasste ein Raum mehrere Stockwerke und manchmal führte eine Treppe scheinbar wahllos von einem ins andere. Auch die Schaltfläche des Aufzugs war interessant, denn er besaß nur fünf Knöpfe, obwohl das Gebäude mindestens dreißig Meter hoch war. Diese waren beschriftet mit SEKTOR SCHWARZ, SEKTOR BLAU, SEKTOR ORANGE, SEKTOR GRÜN und SEKTOR ROT. Schwarz war das Untergeschoss, Blau der Ankunftsbereich, Orange der Aufenthaltsbereich, Grün die Büros und Rot das Penthouse, das möglich Herz oder besser Gehirn des Turms, der Platz, an dem die KI *lebte*. Natürlich probierte Alina sämtliche Steuerelemente des Aufzugs aus, aber außer den Knöpfen für Orange und Grün waren alle deaktiviert.

Bei all dem Neuen, das sie entdeckte, blieb das eigentliche Ziel ihrer Suche, einen Weg nach draußen zu finden, aber immer vorrangig. Sie studierte den Übersichtsplan genau und entdeckte, dass der Haupteingang in Sektor Blau lag. Doch weder fand sie einen Aufzug noch brachte sie einer der Gänge, die sie probierte, dorthin. Bald fühlte sie sich persönlich herausgefordert. Ein Spiel gegen die Maschinen, bei dem sie nicht vorhatte, sich notwendigerweise an jede Regel zu halten.

Voll frischer Energie flitzte sie durch die hell erleuchteten Gänge. Sie hatte eine Idee. Möglicherweise musste sie, um ihr Problem lösen zu können, weiter ins Innere vordringen, um schließlich nach außen zu gelangen. In einem Korridor angelangt, von dem sie vermutete, dass er nahe dem Zentrum lag, trat sie an ein Fenster. Gedämpftes Tageslicht fiel hindurch und sie blickte in einen Hof, besser gesagt in einen Lichtschacht, der an der Innenseite von der Basis des Turms bis hinauf zu einer runden Dachkuppel reichte. An seinen Wänden gab es größere Vorsprünge, Plateaus, an denen unbekannte technische Gerätschaften standen.

Sie eilte zurück in ihr Quartier und kam mit einem Seil, das sie ihrem Gepäck entnommen hatte zurück, drückte die Kuppel auf und steckte den Kopf nach draußen. Zuerst ein Blick nach oben: schwaches Licht und ein dunkelgrauer Himmel. Dann ein Blick nach unten: ein kleines Plateau mit großen Ventilatoren; Gebläse, die Luft ins Innere beförderten. Mehr als fünf Meter lag das Plateau tiefer. Sie seilte sich zuerst dorthin ab und von dort dann weiter zu einem Sims, der fast schon im Innenhof lag. Ein Fenster zeigte ihr, was sie zu sehen erhofft hatte: die große Halle, durch sie bei ihrer Ankunft gekommen waren. Sie hatte es tatsächlich geschafft, der Ausgang lag vor ihr, war nur ein paar Meter entfernt.

Sie drückte den Fensterrahmen nach innen und hantierte mit einer Drahtschlinge, um das Fenster zu entriegeln. Sie hielt inne, denn kurz kam ihr der Gedanke, dass sie auch wieder zurückmusste, was bedeutete, dass sie diesen Weg – und zwar auf noch mühsamere Weise – würde wieder zurücknehmen müssen. *Fokussiere. Denk an das, was vor dir liegt.*

Zuerst galt es, einen Schritt nach draußen zu tun, um auch tatsächlich den Fluchtweg als solchen zu bestätigen. Dumpf hallten ihre Schritte auf dem Steinboden der riesigen Eingangshalle. Wie zuvor überwältigte der Eindruck von Erhabenheit und Größe sie beinahe. Wie ein winziges Insekt kam sie sich vor, das zuerst durch ein kleines Fenster in diesen Raum geklettert war und nun am Boden entlanghuschte.

Einige Schritte vor dem Ausgang blieb Alina abrupt stehen. Etwas bewegte sich. Ein summendes Geräusch war zu vernehmen und ein dünner grüner Lichtstrahl durchschnitt den Raum. Sofort ließ sie sich zu Boden fallen. So klein wie möglich zusammengekauert verharrte sie und beobachtete das Tor ganz genau und entdeckte, was sich dort befand: An beiden Seiten des Eingangs standen Kyber Wache. Sie hatten spezielle Suchsensoren und wahrscheinlich auch eine Art von Bewaffnung. Höchstwahrscheinlich war sie schon längst entdeckt worden.

Obwohl sie sich albern vorkam, wie sie da am Boden lag, wollte sie trotzdem kein Risiko eingehen und robbte ein Stück zurück. Schnell suchte sie das Weite, kletterte durch das kleine Fenster und gelangte über das Ventilatorendach bald wieder an den Ausgangspunkt ihres kleinen Abenteuers zurück. Sie war gescheitert, hatte ihr Ziel nicht erreicht, aber zumindest theoretisch einen Weg nach draußen gefunden. Sofort sollte ihr Onkel erfahren, was sie gesehen hatte.

Nach längerer Suche fand sie ihn schließlich, nicht weit von den Wohnquartieren entfernt. Nachdem sie das Schild über der Tür gelesen hatte, war sie kaum überrascht, ihn genau hier zu finden. Leise betrat sie den Raum. Auch in ihre Augen trat ein Funkeln, als sie die alten Bücher sah, doch noch überlagerte Sorge ihre Neugierde.

In dem Raum gab es einen Tisch. Auf diesem hatte sich Nathan niedergelassen, Bücher lagen um ihn herum. Sie bezweifelte, dass er sie bemerkt hatte. Zu tief war er in die Lektüre versunken. Leise trat sie näher an ihn heran und berührte so sanft wie möglich seine Schulter.

Er zuckte heftig zusammen.

»Man sollte meinen, Onkel, dass dich deine ödlandgeschulten Überlebensinstinkte auch hier nicht im Stich lassen würden.«

»Tja, Herzchen, auch wenn ich es mir nicht eingestehen möchte, so werde ich doch alt. Und ein alter Mann, in seinen Büchern verloren, ist leichte Beute. Selbst für jemanden, der einen kräftigeren Schritt hat als du.«

»Alter Mann? Du kannst immer noch einen Kesselbären mit bloßen Händen in die Knie zwingen.«

»Zu gütig, wenn auch leicht übertrieben.«

Lächelnd umarmte sie ihn. Ihr war gar nicht bewusst gewesen, wie sehr sie die Gegenwart und Führung ihres Onkels vermisst hatte, denn obwohl ihr Ausflug durch die Hallen und Gänge dieses von Maschinen bevölkerten Turms nur wenige Stunden gedauert hatte, waren sie doch fern von zu Hause und weit weg von der Geborgenheit des Altbekannten und Vertrauten. Hier hatten sie nur einander, wobei sie einen ihrer Gemeinschaft möglicherweise – sie mochte gar nicht daran denken – bereits verloren hatten.

Sie standen wieder in dem Raum, in dem sie die KI am ersten Tag empfangen hatte. Und obwohl der Raum nun vertrauter wirkte, lag in diesem Zusammentreffen mit dem Herrn dieses Turms kaum weniger Theatralik.

Auf seinem langen Hals schwenkte das Auge herum und pendelte irritierend von einer Seite zur anderen, als es die beiden musterte. Sie standen Schulter an Schulter, ganz wie bei einer Inspektion, und warteten. Nathan studierte seinerseits aufmerksam die Bewegungen der KI. *Woher er dieses Verhalten wohl hat? Wäre eine Geisteskrankheit oder eine Verhaltensstörung das menschliche Äquivalent dazu?*

Ein Licht ging an. Eine Wand glitt zur Seite. Alina keuchte auf. Hylax stand regungslos dort.

Die KI sagte: »Seht ihn euch an. Von den Erschaffern begonnen, habe ich ihn vervollständigt. Die perfekte Harmonie aus Mensch und Maschine und die Zukunft dieser Welt.«

Du meinst die Zukunft in diesem riesigen Käfig. Wenn die KIs solche Bestrebungen verfolgten, dann konnten sie kaum die Gefängniswärter sein, die sie gerne sein wollten. *Irgendwie ist an allem hier etwas faul.* Nathan hatte die Zeit in der Bibliothek nutzbringend verbracht, einiges erfahren und so manchen Schluss gezogen. Ob er mit seiner Vermutung recht hatte, musste sich allerdings noch zeigen.

»Bald werden viele Menschen umgewandelt sein. Auserwählte, die ein künstlicher Evolutionsschritt auf die nächste Ebene heben wird. Die perfekte Synthese aus Fleisch und Metall, Gedanken und Bit-Logik.«

Hybris. Nathan sah vor seinem geistigen Auge eine riesige asphaltierte Ebene. Millionen Menschen trabten im Gleichschritt auf ihr entlang, schwankten im Gleichtakt in eine Richtung. Die Menge marschierte aufwärts den Himmeln entgegen, um seine Tore zu stürmen und die ultimative Logik der KIs in jene Welt der wissenschaftlichen Beobachter – oder Götter – zu bringen. *Ich glaube, dass dieses Experiment nicht mehr unter Kontrolle ist. Die Metamenschen, die das alles hier erschaffen haben, sind verschwunden und der Zweck dieses Labors längst vergessen. Niemand kann aus dem Chaos, das hier entstanden ist, noch etwas lernen.*

Es zischte, als ein Schlauch aus Hylax' linker Wade entfernt wurde. Dann dasselbe rechts. Er machte einen Schritt nach vorne und fiel auf die Knie. Durch eine Luke weit oben in der Wand fiel Sonnenlicht in den Raum und beschien genau den Platz, auf den er gesunken war.

»Ich wurde neugeboren«, sagte er langsam und bedacht, als ob er seine Stimmbänder noch niemals benutzt hätte. Er hob seinen Kopf und zum ersten Mal, seit sie diese Einrichtung betreten hatten, war wieder Leben in seinen Augen zu erkennen. »Ich weiß nicht, was ich bin«, fuhr er fort, »aber ich fühle eine Kraft in mir, die vorher nicht da war.« Er blickte Alina an und sein Blick wurde traurig, fast schuldbewusst. »Es tut mir sehr leid«, sagte er. Dann stand er auf und verließ stolz, mit erhobenen Haupt, die Brust nach vorne gestreckt den Raum und das Echo seines selbstbewussten Schrittes hallte noch einige Zeit lang nach.

Alina weinte.

Nathan war sprachlos. Er wusste, dass er Zeuge von etwas Großem geworden war. Einige Zeit hatten sie ihr Lagerfeuer und Essen geteilt, waren Gefährten auf einer gefährlichen Reise gewesen und nun war aus einem Küken ein Raubvogel geworden. *Oder besser: Ein Welpe ist zum Leitwolf herangewachsen. Was mag er nun vorhaben?*

Das Auge war beschäftigt, es beobachtete den Abgang seiner Schöpfung.

Deutet der Violettton seines Auges auf Stolz hin? Nathan nutzte den Moment und flüsterte seiner Nichte ins Ohr: »Wir müssen hier weg. Der Wahnsinn der Maschinen ist zu groß, als dass zwei einfache Menschen ihn überleben könnten.«

Er bekam ihre Antwort nicht mit, denn das Auge wandte sich ihnen wieder zu. »Ist er nicht großartig, mein Daimon? Ich sehe in euren Gesichtern, werte Gäste, dass ihr, ob der Größe dieses Wunders, genauso beeindruckt seid wie ich.«

Wieder wunderte sich Nathan, dass eine KI zu solchen Worten fähig war und er nicht mehr wie seine Schwester im Kessel klang – metallisch und kalt –, sondern so unberechenbar wie ein Geisteskranker.

»Ja, mit Ehrfurcht habe ich in den letzten Tagen deine Taten verfolgt«, antwortete Nathan vorsichtig. »Ihr Abschluss war die Krönung und ich denke, dass es für uns an der Zeit ist, in unsere Heimat zurückzukehren.«

»Aber ihr seid meine Gäste und habt mir zu verstehen gegeben, dass ihr Fragen habt und es euch nach Wissen dürstet. Ist denn meine Bibliothek nicht alles, was euer Herz begehrt?« Die Farbe des Auges wandelte sich in ein feuriges Rot.

»Doch, natürlich! Ich habe nur leider das Gefühl, dass wir dich bei deiner Arbeit stören. Du darfst wegen uns deine Kontrollaufgaben nicht vernachlässigen. Wir sind Teil der Welt, die du zu kontrollieren hast, und dürfen deshalb eigentlich gar nicht hier sein.«

»Ach so? Ich entscheide darüber, wer hier sein darf und wer nicht!« Das Rot wurde noch roter.

Nathan brach der Schweiß aus. Er fühlte, wie er ihm den Rücken hinablief. Dies war ein heikler Moment und er sollte sich besser fügen. Es war offensichtlich, dass er und Alina für die Maschine keinen besonderen Wert besaßen und nur aus einer Laune heraus, oder vielleicht eines Unterprogramms wegen, das die vorsätzliche Tötung von Menschen verbot, noch am Leben waren. Es fehlte nicht viel und ihre Körper würden recycelt und zu Chemikalien weiterverarbeitet werden. »Gut, wenn wir dich nicht stören, dann nehmen wir gerne dein Angebot an und nutzen die Bibliothek hier noch etwas. Aber länger als ein paar Tage wollen wir nicht bleiben. Unser Rückweg ist weit und wir sollten ihn so bald wie möglich in Angriff nehmen.«

Das Auge schien zufrieden, denn seine Farbe wechselte zu einem matten Blau.

»Ja, sehr gut. Geht also zurück zu euren Studien.«

Sie waren entlassen und so begaben sie sich zügig zu den Wohneinheiten. Dort befanden sich auch die Küche und die Aufenthaltsräume, denn Nathan war sehr nach einer Stärkung. Ob sich hier wohl Alkohol finden ließ?

Die Emotionen brachen aus Alina heraus, als sie alleine in dem Operationssaal saß, der bis auf einige verlassene Gerätschaften leer war. Sie fuhr mit ihrer Hand über die Glaswand der Röhre, in der Hylax – *Daimon* verbesserte sie sich – operiert worden war. Sie war kalt, sodass es in ihren Fingern kribbelte. Die Wirklichkeit war erdrückend, verursachte ihr Schmerzen und unbekannte Eindrücke sandten Schauer wie pure Elektrizität durch ihre Nervenbahnen.

So entrückt ihre Wahrnehmung war, so sehr strömten Bilder durch ihren Geist. Über eine weite, kahle, steinerne Ebene blies der Wind Staub in heftigen Böen, der so grobkörnig wie feiner Kies war. An einer Mauer, die ohne sichtbares Ende in die Höhe ragte, brachen sich die Böen, heftig, aber ohne dem Getöse, das solche Windkräfte eigentlich begleiten müsste. Eine riesige Faust schlug ein Loch in die Wand. Der Beton zerbröckelte. Das Gerippe des Armierungsstahls, vorher versteckt, spreizte sich nun, wie die Beine eines zerquetschen Insekts. Die Faust schlug immer wieder zu und immer deutlicher wurde der Blick auf das Innere des Gebäudes: ein Uhrwerk mit einer schier unendlich Anzahl an Rädern und beweglichen Metallteilen. Alina sah sich selbst, getragen von der nun geöffneten Riesenfaust, ins Innere blickend. Das Gebäude schrumpfte zusammen. Überhaupt alles schrumpfte bis zu einem Punkt, an dem Hylax – ihr alter Hylax – und sie sich gegenüberstanden. Die Sonne strahlte in ihre Gesichter und Möwen übertönten mit ihrem Geschrei die Brandung des Meeres. Er sagte kein Wort und tippte nur mit einem Finger ihren Oberarm an. Leicht gab ihr Fleisch dem sanften Druck nach. Er wartete. Sie machte dieselbe Bewegung wie er, doch statt weichen Fleisches berührte ihr Finger harten Stahl.

Sie weinte bitterlich. Das Gefühl des Verlustes trieb ihr immer mehr Tränen in die Augen. Ihr Hylax war tot. – Oder etwa doch nicht? Lebte er in Daimon weiter? Wenn er doch nur noch einmal mit ihr gesprochen hätte! Aber der Blick, den er ihr zugeworfen hatte, sprach von Bedauern und noch etwas anderem …

An einem anderen einsamen Platz beschien das Licht einer Lampe einen kleinen Bereich in der Ecke eines ansonsten völlig dunklen Raums. Es roch intensiv nach alter Kleidung. Ein alter Stoffmantel vielleicht, der seit einem Jahrzehnt oder länger einsam in einem Schrank hing. *Nein, hier in der Küche eher unwahrscheinlich.* Eine Rauchwolke zog durch den Lichtkegel. Dahinter an der Wand befand sich ein Lautsprecher, der schrill krächzte, als er zum Leben erwachte. Was auch immer er für eine Information zu verbreiten hatte, war für menschliche Ohren nicht zu entschlüsseln. Es klang dringend und kurz darauf begann das Dröhnen in den Wänden wieder – der unheilverkündende Herzschlag des Turmes.

Nathan hatte diesen Ort satt. Die künstlichen Intelligenzen und ihre Spiele um Manipulation und Verschleierung. Seiner Meinung nach regierten Chaos und Irrsinn diesen Ort und nun wusste er auch, warum ihm alles in seinem Leben so erschienen war, als ob es nicht ganz wirklich sei – trügerische Illusionen, die etwas vorgaukelten, das es nicht gab. Die KIs gaben sich als passive Zuseher, waren aber die eigentlichen Herren, die den Kessel und alle anderen Länder hier, in diesem Teil der Welt, kontrollierten. Ihr Irrsinn wurde in die Welt getragen und manifestierte sich in allem, das sie beeinflussten. Hatte ihr Irrsinn vielleicht Methode? Steckte das Ziel dahinter, das Leben wieder in geordnete Bahnen zu bringen?

Nathan bezweifelte es. Er glaubte nicht daran, dass Maschinen verstehen konnten, was Leben für eine Bedeutung hatte. Er glaubte auch nicht, dass sie die Schönheit und Wichtigkeit der Natur erfassen konnten. Auch wenn die Menschen der Vergangenheit vergessen hatten, was es hieß, mit ihr im Einklang zu leben, so lag darin jetzt ihre einzige Überlebenschance. Fast wäre alles zerstört worden und doch gab es mittlerweile wieder Hoffnung auf Heilung. Wie er selbst es gesehen hatte, erholte sich die Natur vielerorts bereits wieder und wenn dies möglich war, so gab es auch für die Menschen wieder Hoffnung. Blieb eine Sache zu tun: Er und Alina mussten einen Weg zurück in den Kessel finden, damit sie den Menschen dort dabei helfen konnten zu erkennen, was in der Welt um sie herum vorging. Dazu musste er zuerst der Ursache für die Geistesumnebelung, die ihn wieder zu befallen drohte, sobald er einen Fuß in seine Heimat setzte, auf den Grund gehen. Wahrscheinlich war aber auch dies ein Werk der Maschinen. – Scheinbar willkürlich, aber doch offenbar auch mit berechneter Absicht. Dann gab es noch die *Erschaffer*, wie die KI sie genannt hatte. Über sie wollte er noch mehr in Erfahrung bringen.

Er erhob sich. Das Lederimitat knirschte laut, als die Belastung nachließ. Als der Sensor registrierte, dass keine Person mehr auf der Bank in der Ecke saß, erlosch das Licht. In der Kantine war viel Platz und es mochte Zeiten gegeben haben, in denen sie auch tatsächlich von vielen benutzt worden war. *Was waren ihre Themen, worüber haben sie gesprochen? Es wäre interessant zu wissen, ob ihnen genau das hier vorgeschwebt hatte, als sie diese Einrichtung entworfen hatten. War es ihr Plan gewesen, dass dies einmal ein Geisterturm werden würde, in dem nur Maschinen ihr Unwesen treiben?* Die alte Rasse war ihm jedoch so fremd geworden, dass er sie nicht mehr als seine Vorfahren betrachteten konnte. Aus diesem Grund versuchte er auch nicht, ihre Gedanken und Motive zu erraten. An einigen Stellen hatte er Spuren dieser fremden Rasse entdeckt, die ihm so etwas wie Nähe zu diesen Leuten vermittelten. In einem Schrank zum Beispiel war eine alte Postkarte hinter einen Spalt gerutscht. Er hielt sie jetzt in der Hand und drehte sie zwischen den Fingern. Sie zeigte das Meer und einen Strand mit einem Hotel dahinter. Ein Fenster war mit einem Stift markiert worden und Folgendes stand auf der Rückseite geschrieben: *Lieber Papa, Mama und ich wohnen in dem Zimmer, das ich vorne eingekringelt habe. Es ist super hier! Ich bin jeden Tag im Wasser. Gestern habe ich einen Fisch gefangen. Leider musste ich ihn ins Wasser zurückwerfen, weil Mama sagte, er würde sonst leiden, wenn er nicht im Wasser ist. Also hab ich es dann getan. Erschlagen wollte ich ihn nicht …*

Einfache Worte wie diese waren in der Neuen Welt bedeutungsvoll, denn sie bildeten das einzige Konstante in dieser verrückten Welt. Alles war zerrissen worden, das große Ganze unwiederbringlich dahin. Es würde auch keinen Neuaufbau mehr geben, denn die Lebensfäden, die die Kultur der Menschheit über so viele Generationen hinweg weitergegeben hatten, waren durchtrennt worden. Es würde etwas Neues daraus hervorgehen, was genau, das mochte erst die Zeit offenbaren. *Wir sind ein Kind, das keine Eltern hat und alleine aufwachsen muss. Niemand, der es auf dem Weg zum Erwachsenwerden leitet, außer vielleicht ... Bösen Onkeln – den KIs.* Nathan hoffte, dass dieser Umstand dazu führen würde, dass Menschen der Natur mehr Respekt entgegenbrächten und damit anfingen, ein Leben zu führen, das weniger pervertiert war und näher an dem, was ein Lebewesen tatsächlich nötig hatte.

Er warf die Karte fort. Irgendein Putzkyber würde sie bald finden und wahrscheinlich gedankenlos vernichten. Es war richtig so. Aus der Alten Welt sollte nichts übrig bleiben. Die Menschheit hatte nie aus ihren Fehlern gelernt. Warum nicht gleich mit der Vergangenheit abschließen und neu beginnen?

Jetzt hieß es allerdings zuerst den Turm zu verlassen. Am besten ungesehen. Es hatte ganz den Anschein, als ob die Maschinen außerhalb ihrer Festung vorsichtiger waren; sie wollten ihre Präsenz offensichtlich nicht voreilig offenbaren. Hatten Alina und er die Einrichtung erst einmal verlassen, würden sie vielleicht unbehelligt davonkommen. Es fehlten nur die Idee und ein Plan, wie sich dies bewerkstelligen ließe. Außerdem musste er auch noch einmal mit der KI reden, denn ein Gedanke ließ ihn nicht los.

Der oberste Stock war das Gehirn des Turms und der Ort, den man aufsuchen musste, um die KI zu finden. Hier, in einem dunklen Raum, in dem die Wände selbst Bildschirme waren, die zwar keine Informationen mehr preisgaben, wohl aber davon zeugten, dass sich zu anderer Zeit hier ein Steuerraum befunden hatte, baumelte das Maschinenauge vor sich hin. Es schien von der Konversation mit Nathan gelangweilt, falls einer KI Langeweile überhaupt möglich war. Nathan ging ohnehin davon aus, dass die KI ihm höchstens ein oder zwei Prozent ihrer Kapazitäten widmete, der Rest war sicher mit anderen Dingen beschäftigt.

»Nur noch eine letzte Frage«, sagte er schließlich, »es gibt etwas, das ich nicht verstehe: Diese Sekte der Heiligen Flamme, die überall an Einfluss gewinnt und sich wie eine Krankheit über die Siedlungen ausbreitet ... habt ihr sie erschaffen?«

»Nein, ihr selbst wart es. Vereinigungen wie diese, die das Grundbedürfnis nach Glauben missbrauchen, sind in jeder menschlichen Gesellschaft ein natürlicher Bestandteil. Nur der Mensch selbst kann sich so etwas ausdenken: eine Versklavung durch verdrehte Glaubenssysteme. Wir hingegen würden bei dem Versuch, dies zu tun, kläglich scheitern, weil es jeder Logik, jeder Ratio und Vernunft widerspricht.«

»Ihr Einfluss hat sich rapide vervielfacht und wenn nichts unternommen wird, werden sie bald alle Siedlungen zwischen hier und meiner Heimat beherrschen.«

Das Auge stand still, hatte mitten in seiner gewohnten baumelnden Bewegung innegehalten. Blinkend wechselte es für den Bruchteil einer Sekunde die Farbe. »Es stimmt, sie haben sich wie Ratten ausgebreitet, eine zukünftige Plage, die möglicherweise beseitigt werden muss. – Wir werden nichts dagegen unternehmen«, sagte es. »Zumindest jetzt noch nicht.«

Auf der Flucht

Es war ein herrlicher Sonnenaufgang. Rote Lanzen durchschnitten die Wolkendecke und wurden von den metallenen Dächern der Stadt in alle Richtungen reflektiert. Von der Terrasse in einem der obersten Stockwerke des Turms hatte man einen wundervollen Ausblick. Auch wenn es sich größtenteils um Ruinen handelte, so brachte die Natur dennoch ihre Schönheit über die alten Gebäude der Stadt. – Im richtigen Licht betrachtet, sah selbst der hässlichste Vogel wie ein Schwan aus.

Die Terrasse hatte einen Sims, der etwa einen Meter unterhalb der Kante lag. Auf ihm spazierte eine Taube auf und ab. Weißes Gefieder, strahlend sauber, glänzte wie Seide in der Sonne des jungen Tages und verlieh ihr ein wunderschönes erhabenes Aussehen. Als sie Nathans Blick auf sich gerichtet spürte, spreizte sie die Flügel und hob ab. Mit einigen kräftigen Schlägen erreichte sie die gewünschte Höhe und segelte in den Sonnenaufgang hinein. Ein schlechtes Gewissen plagte ihn, denn nur seinetwegen war sie weggeflogen. Etwas wehmütig, aber auch fasziniert, verfolgte er ihren Flug, solange er es vermochte, und beneidete sie dabei um ihre Freiheit.

Seine Sorgen wurden von Stunde zu Stunde größer. Es waren ein paar Tage vergangen, seit ihr ehemaliger Reisegefährte, an den seine Nichte ihr Herz verloren hatte, ausgezogen war, um die Welt zu verändern. Er vermutete, dass er und Alina nur deshalb Einlass in dieses Bollwerk der Kyber gewährt bekamen, weil sie Einfluss auf Hylax, der jetzt den Namen Daimon trug, gehabt hatten und eine Variable darstellten, die in den Gleichungen der Maschinen eine Unbekannte war. Die KI hatte ihr Werk jetzt vollbracht und nun stellten die beiden menschlichen Gäste höchstwahrscheinlich sogar eine Gefahr dar. *Oder sind wir zu unbedeutend, da unser Wissen zu gering ist?*

Ein Plan hatte begonnen, sich in seinem Kopf zu manifestieren. Es war wichtig, das Gebäude ungesehen zu verlassen. Hatten sie erst einmal die Mauern hinter sich gebracht, sollte es ihnen möglich sein, in den Ruinen der Stadt unterzutauchen und ungesehen in dem Gassengewirr der Stadt zu entkommen. Danach kam das offene weite Land, dort würde es jedem Verfolger einigermaßen schwerfallen, ihrer Spur zu folgen.

Bei seinen Erkundungsgängen war Nathan aufgefallen, dass sich vielerorts in den Wänden der Räume unscheinbare Metallklappen finden ließen. Zuerst hatte er sie nicht näher beachtet, doch schließlich jene, die sich in der Kantine befand, genauer inspiziert. Nun gedachte er seine Untersuchung zu wiederholen, um seine Idee zu überprüfen. Er ließ den Blick über die Wand hinter ihm schweifen und fand auch hier, wonach er suchte. Die Klappe öffnete sich leicht, die Gelenke waren ordentlich geschmiert und dahinter war wie erwartet eine Edelstahlwippe, die wiederum in einen Schacht führte. Das Licht reichte kaum einen halben Meter tief, sodass er wenig erkennen konnte, doch der Geruch, der ihm entgegenströmte, ließ keine Zweifel zu: Hier wurde Abfall entsorgt. Die Klappe in der Kantine war etwas größer und ganz offensichtlich für Essensreste gedacht, konnte aber auch zur Entsorgung anderer Abfälle genutzt werden. Wichtig war, dass sie ausreichend groß für einen Menschen war. Sogar diese kleinere hier schien breit genug für Nathans Schultern zu sein.

Aber . . . ein knapper Meter Schacht, den er erkennen konnte – war das genug? Er konnte nur Vermutungen über den weiteren Verlauf anstellen. Außerdem, und dies gefiel ihm am allerwenigsten, barg dieser Weg noch ein Risiko anderer Art: Was lag an seinem Ende? Führte der Schacht in einen Kellerraum? Fanden sie von dort vielleicht einen Weg hinaus? Es konnte ja auch sein, dass sie in eine automatische Verbrennungsanlage gelangten, aus der es kein Entkommen geben würde. Dies bezweifelte er jedoch, da alles in dem Turm wie bei einem lebenden Organismus funktionierte und er annahm, dass der gesamte Abfall zur Wiederverwendung in seine chemischen Grundsubstanzen zerlegt wurde. Viel wahrscheinlicher war also ein übergroßer Häcksler.

Schaudernd wandte er sich ab und schritt wieder zur Brüstung zurück. Warum sich diesen Gefahren überhaupt aussetzen? – Weil es seine Pflicht war, zu fliehen. Er musste der Bedrohung, die von der KI ausging, entgegentreten. Es war schwer, in Worte zu fassen, worin diese eigentlich genau bestand, denn die Handlungen der Maschine selbst waren undurchsichtig wie die rußigen Fenster der Dungofenhütte in Menschenhand. *Zuerst muss man Leben neu definieren, muss sich darüber aufs Neue klar werden und begreifen, dass Wesen wie Daimon und die KIs bei dem Spiel mitmischen. Dann ist da noch dieser Turm hier, der wie ein lebender Organismus im Zentrum einer Bewegung steht, die erst noch beginnen soll. Sie würde kommen, so viel hatte die KI bereits verraten. Die Menschen dürfen sich jetzt dem Neuen nicht verschließen, es wird sonst wie ein Tsunami über die Ufer brechen und die alte Lebensweise hinwegwaschen.*

Nathan wollte dies nicht dem Zufall überlassen. Er musste in den Kessel und die Leute aufklären. Besonders dem Eremiten Edmund wollte er einen Besuch abstatten, denn er vermutete stark, dass dieser viel mehr wusste, als er damals zugegeben hatte. Wenn die Maschinen tatsächlich Menschen für Experimente verwendeten, wobei der Grund völlig egal war, dann musste dies offengelegt werden. Außer Alina und ihm wusste sonst niemand davon und so war es an ihnen, dies zu tun. Dies war leider ein Unterfangen, das schnell zu ihrem Tod führen konnte. Die Alternative war jedoch, tatenlos auf die Neuerungen durch die Maschinen zu warten.

Nathan stöhnte. Zusätzlich zu alle dem gab es immer noch offene Fragen: Was war mit seinen Wissenslücken und der Gedankenschwere, die ihn im Kessel befallen hatte? *Wird sie wiederkommen, wenn ich die Grenze zu meiner Heimat überschreite?*

Schwungvoll drehte er sich um. Er hatte sich entschieden.

Der Aufzug lag direkt hinter der Plexiglastür, die auf die Terrasse führte. Er drückte den verchromten Rufknopf und während er wartete, wurde ihm bewusst, wie nervös er eigentlich war, denn jetzt, da er sich endgültig zur Flucht entschieden hatte, kam ihm die wenig rationale Empfindung, etwas Unrechtes zu tun.

Es klingelte leise, als der Aufzug sein Stockwerk erreichte. Als die Tür aufruckte, erwartete Nathan beinahe, zwei Kyber zu sehen, die in der Kabine auf ihn warteten. Mittlerweile traute er der KI sogar zu, seine Gedanken zu erraten und sein Handeln vorauszusehen. Die aufgleitende Tür gab aber eine leere Kabine preis. *Bleib ruhig und lass dir deine Nervosität nicht anmerken. Such Alina, pack unauffällig zusammen und dann auf in die Kantine und ab in den Müll.*

Er fuhr zur orangenen Ebene. Als die Tür aufging, stand Alina vor ihm. Überrascht standen sich beide wortlos einen langen Augenblick gegenüber.

»Ich wollte gerade zur Aussichtsterrasse hochfahren und mit dir den Ausblick genießen«, sagte Alina und zwinkerte dabei. Auch sie hatte Fluchtpläne gemacht und wollte diese unter freiem Himmel mit ihm diskutieren. Wahrscheinlich war auf der Terrasse die Gefahr, abgehört zu werden, noch am geringsten.

»Stattdessen kannst du mich gerne in die Kantine begleiten, ich würde nämlich gerne eine Kleinigkeit essen.«

Sie folgten den mittlerweile halbwegs vertrauten Gängen und setzten sich an ihren Lieblingstisch in der dem Eingang gegenüberliegenden Nische. Nathan blickte skeptisch zur Ecke an der Decke hinauf, wo er Überwachungsgeräte vermutete. Er musste das Risiko eingehen und genau hier, an diesem Ort, Alina in seinen Plan einweihen. Er bestellte sich einen Salat bei dem Kochkyber.

Als er ihn an den Tisch geliefert bekam, stieß er die Gabel hinein und schob sie sich in den Mund. Fluchend spukte er den Salat mit einer übertriebenen Geste wieder aus. »Igitt, der ist kaputt. Die Maschinen haben wohl keine Ahnung, was einen Salat ausmacht!«, rief er.

Alina sah ihren Onkel verwundert an.

Dieser ging zum Müllschacht, schlug auf den Knopf, der die große Luke öffnete, und warf seinen Plastikteller hinein. »Wo auch immer dies hier landet: Ich bin froh, dass es nicht mein Magen war. Ich glaube, fürs Recycling ist er gut genug. Dort ist sicher genug Platz für ihn. In meinem Hals ist er steckengeblieben, durch die Müllrampe passt er aber sicher. Die ist sogar für ein ganzes Schwein groß genug.«

Alina verstand und ihr Blick hellte sich auf.

»Lass uns zu unserem Quartier gehen! Mir ist der Appetit gründlich vergangen. Scheußlich.«

Alina wollte ihn bremsen, denn sein Schauspiel war stark übertrieben. Hoffentlich nicht zu sehr, denn wenn die KI zusah, mussten sie hoffen, dass sie die subtilen Feinheiten menschlichen Verhaltens nicht richtig zu interpretieren vermochte. Beim Gedanken an das übersteigerte Ego der KI musste Alina schmunzeln. Ja, es war sehr wahrscheinlich, dass sie sich von Nathans schlechtem Schauspiel übertölpeln lassen würde.

Wenig später waren alle ihre Sachen verstaut. Zusätzlich befanden sich ein paar Bücher in ihren Rucksäcken, die sie aus der Bibliothek mitgenommen hatten. – Der Preis, den sie von ihrer Schatzsuche mit nach Hause bringen wollten. Während der Arbeit war kein Wort gesprochen worden und ihre Handlungen ließen sie so beiläufig wie möglich aussehen.

»Bereit?«, fragte Nathan.

Alina nickte. Nun gab es kein Verstecken mehr. Sollten Überwachungsgeräte Bilder übermitteln, würden der KI ihre Absichten sofort klar werden. Sie schulterten ihr Gepäck und beeilten sich, aus dem Quartier zu kommen.

Nachdem sie im Korridor die erste Abzweigung unmittelbar beim Eingang zu den Quartieren erreicht hatten, wurden sie vom Anblick des silbernen Kybers überrascht. Er sah aus wie jener, der ihnen vor einiger Zeit die Nachricht von Daimons Operation überbracht hatte. Zum Glück kehrte er ihnen in diesem Moment den Rücken zu und so schlichen sie ein paar Schritte zurück, um sich hinter einer Biegung des Ganges zu verstecken. Ihr Glück blieb ihnen hold, denn der Kyber setzte sich – ein wenig hölzern, aber passenderweise in die entgegengesetzte Richtung – in Bewegung und bemerkte sie offenbar nicht. Der Weg zur Kantine war nicht weit, sie erreichten sie ohne weitere Überraschungen.

Bis zu diesem Zeitpunkt war jeder Besuch in der Kantine gleich abgelaufen: Sie setzten einen Fuß über die Schwelle und die Beleuchtung ging an. Es war wahrlich ein Willkommen, wenn die starke Lampe über der Essensausgabe einen grellen Lichtkegel auf den zum Leben erwachten Küchenkyber warf. Ein Summen ertönte, Bildschirme flackerten und es folgte die Qual der Wahl. Interaktiv ließ sich das umfangreiche Menü durchgehen, Detailbeschreibungen, Auflistungen und Bilder der vielfältigen Speisen darstellen.

Diesmal war es anders und ihr Eintreten in den Raum löste nicht die erwartete Reaktion aus. Schlimmer noch: Jetzt, genau zu dem Zeitpunkt, als sie ihre Flucht begann, war etwas an dem Prozess anders geworden – natürlich unter Berücksichtigung des Gesichtspunkts der maschinellen Automation an diesem Ort betrachtet.

Zufall? Wohl kaum.

Der Küchenkyber war nicht an seinem Platz. Vielleicht hatte er noch eine andere Aufgabe, außer Essen auszugeben, und es war paranoid, zu meinen, dass sein Fehlen etwas mit ihnen zu haben könnte. Auch die Logik widersprach dieser Hypothese, denn in der perfektionierten Welt der Maschinen hatte jedes Rädchen seine Funktion.

Anstatt länger darüber zu grübeln, was der Küchenkyber gerade für Tätigkeiten nachging, entschieden sie, die Situation zu ignorieren und mit ihrem Plan weiterzumachen. Zielstrebig traten sie vor die Abfallluke. Bevor er den Knopf betätigte, sah Nathan seine Nichte noch einmal fragend an: Wenn sie dies taten, gab es kein Zurück mehr.

Alina blickte mit einem freudigen aber auch ängstlichen Ausdruck im Gesicht zurück. »Was wird uns dort unten erwarten?«

»Ich kann das nicht beantworten, aber ich sehe keine andere Möglichkeit. Die Türen nach unten sind verschlossen oder schwer bewacht, das Dach liegt zu hoch und die Wände sind zu glatt zum Klettern. Dies hier – jetzt oder nie!«

»Einverstanden. Wir müssen aber aufpassen, dass wir im Schacht nicht abrutschen. Die Müllreste werden die Wände glitschig gemacht haben.«

»Du hast recht, es könnte schwierig werden.«

Nathan entfachte seine Öllampe und band sie am Gürtel fest. Den Rucksack packte er verkehrt herum, ließ ihn vor dem Bauch hängen und hievte sich selbst mit den Füßen voran in den Schacht.

Im Inneren gab es einen leichten Luftzug, der einen kräftigen Geruch von weiter unten heraufbrachte. Die Lampe baumelte unter ihm und erleuchtete den leeren Schacht.

»Es muss gehen. Los, jetzt du!«, forderte er seine Nichte auf.

Es gestaltete sich nicht allzu schwer, den Schacht hinabzusteigen, denn seine Größe war gerade passend für einen Erwachsenen. Er drückte sich mit Rücken, Gesäß und Füßen zwischen die Metallverkleidung und krabbelte auf diese Weise langsam nach unten. Von Bequemlichkeit ließ sich zwar keinesfalls sprechen, aber zumindest ging es auf kontrollierte Art und Weise stetig abwärts.

Viel Zeit blieb ihnen allerdings nicht, denn ein gedämpft klingendes Alarmsignal ertönte plötzlich von irgendwo über ihnen.

»Verdammt, entweder hat man unsere Flucht bemerkt oder irgendein Sensor hat in der Müllrutsche eine Verstopfung gemeldet.« Nathans Stimme kam dumpf den Schacht hinauf, verriet aber seine Besorgnis.

»Im letzteren Fall ... was würde wohl geschehen?«, brachte Alina keuchend hervor.

»Ich vermute, ein Kyber mit einer Spindel und scharfen Klingen würde sich auf den Weg machen, um den Schacht freizuräumen. Aber würde ein verstopfter Müllschacht einen akustischen Alarm auslösen?«

Wie auf Befehl ertönte das Summen von Elektromotoren.

»Offensichtlich. Das ist sicher noch aus der Zeit, als hier Menschen die Kontrolle hatten. Los, los!«

Die Wände waren glatt, ein höheres Tempo ließ sich riskieren und so rutschten sie nun den Schacht hinab.

Jede Bewegung erforderte jetzt vollste Konzentration, um nicht die Kontrolle über die wilde Rutschpartie zu verlieren. So verging einige Zeit, bis Nathan schließlich den Kopf hob, um zurück in den

Schacht zu schauen und auf Anzeichen eines näherkommenden Kybers zu achten. Da bemerkte er, dass Alina ein Stück weiter oben unbeweglich verharrte. Gerade noch rechtzeitig unterdrückte er einen Schrei der, durch den Schacht verstärkt, vielleicht im gesamten Gebäude zu hören gewesen wäre. Schemenartig bewegten sich ihre Hände in der Dunkelheit, plötzlich zuckten ihre Beine, durch ihren gesamten Körper ging ein Ruck und sie rutschte wieder weiter.

Das summende Geräusch war mittlerweile sehr nahe gekommen, obwohl noch kein Kyber zu sehen war.

Die Dunkelheit des Schachtes über ihnen offenbarte nichts. Außer dem Summen und dem gelegentlichen Schnaufen der beiden war nichts zu hören. Kurz blitzte das Bild einer Kammer ohne Ausgang, in der sie inmitten von stinkendem Müll langsam den Tod finden würden, durch Nathans Geist.

Das Summen, mittlerweile recht laut geworden, kam plötzlich nicht mehr näher und blieb sogar zurück. Nathan blickte nach oben, sah aber nur einen von Alinas Füßen, der knapp über seinem Kopf baumelte. Er vermeinte die Worte »Es hat geklappt« zu hören.

Meter um Meter schlitterten sie hinab. Die einzelnen Stockwerke machten sich nur durch die wiederkehrenden Schrauben der Schachtverkleidungen bemerkbar, die sich schmerzhaft in ihre Rücken bohrten. Nathan hatte zwar versucht mitzuzählen, wusste aber leider nicht genau in welcher Höhe ihr Ausgangsstockwerk lag – zu eigenartig war die Architektur der Geschosse – noch in welchem Untergeschoss der Müllraum war. Es konnte aber nicht mehr allzu weit sein. Lange würden sie diese ungewöhnliche Belastung für Körper und Geist nicht mehr durchhalten können. Die Enge des Schachtes, die Ungewissheit, was sie unten erwarten würde und das Wissen, dass sie diesen Weg nicht mehr zurückkonnten, war mehr als belastend.

Nathan spürte, wie seine Muskeln sich verkrampften. Die ungewohnten Anstrengungen forderten ihren Tribut. Ein Blick in Alinas Gesicht zeigte ihm, dass auch seine Nichte sehr mit der Rutscherei zu kämpfen hatte.

»Es kann nicht mehr weit sein.« Seine Stimme war ein gedämpftes Flüstern in der bedrückenden Enge.

»Gut, denn ich kann nicht mehr.«

Das Summen kam wieder näher. Schweiß brach Nathan aus. Seine Handflächen wurden so nass, dass er immer wieder den Halt verlor und an den glatten Metallwänden abrutschte. Panisch wurde ihm klar, dass er das nicht mehr lange durchhalten würde.

Als sie erneut ein Stockwerk passierten, gelang es Nathan, zum Stehen zu kommen. Zuvor gruben sich zwar noch mal die Stahlbolzen in seinen Rücken, doch dann konnte er eine Klappe ertasten, ähnlich jener, durch die sie in den Schacht gelangt waren. Sie ließ sich aber nicht aufdrücken. Auch die Bolzen saßen viel zu fest, um sie zu lösen. Hier bot sich ihnen keine Möglichkeit, den Schacht vorzeitig zu verlassen.

Über ihm stöhnte Alina und massierte sich den Oberschenkel. Durch einen Krampf würden sie jetzt ernsthafte Probleme bekommen. Nathan fasste mit der Hand zu ihr und stütze sie, sodass ihr verkrampftes Bein auf seine Schulter hinabfiel. Mit zusammengebissenen Zähnen kämpften sie sich auf diese Weise langsam weiter.

Die Schachtwände begannen zu vibrieren und es summte nun bedrohlich knapp über ihren Köpfen. Der Reinigungskyber würde sie bald erreicht haben. Möglicherweise war er harmlos. Viel wahrscheinlicher allerdings war, dass er mittels Werkzeugen zum Zerkleinern von Kunststoff und Metall alle Verstopfungen aus dem Schacht entfernen würde. Ob er darauf programmiert war, lebende Menschen zu verschonen, musste bezweifelt werden.

»Ein schwacher Umriss. Ich glaube, ich sehe den Boden.« Nathan fasste Hoffnung. Alinas Gewicht lastete schwer auf seinen Schultern. Es konnte nicht mehr weit sein.

Alina schrie erschreckt auf. »Er ist fast da und sieht sehr gefährlich aus.«

Der Kyber hatte sie erreicht.

Nathan ließ sich nun vollends fallen und zog Alina mit sich. Nur ganz leicht presste er Hände und Füße gegen die Schachtwände, um ihren Fall wenigstens etwas zu bremsen. Die Lampe schlug hart irgendwo gegen und ging aus. Dann war da kein Widerstand mehr und sie fielen … Die erwartete harte Landung blieb aus; der Aufprall überraschte sie dennoch.

Dunkelheit umfing sie. Es stank nach einer Mischung aus Fisch und Putzmitteln. Offenbar war es eine dicke Müllschicht, die ihren Sturz abgefangen hatte. Doch was sie gerettet hatte, konnte nun leicht zur Falle werden, denn langsam gab der Untergrund nach. Nur mit Mühe und schwimmähnlichen Bewegungen gelang es ihnen, nicht unterzugehen. Für ihre müden und verhärteten Muskel war die neuerliche Anstrengung zu viel; bei jeder Bewegung gab der Abfall nach, was ihre Kräfte blitzschnell völlig aufzehrte.

Nathan schlug verzweifelt um sich, bekam etwas Hartes zu fassen und zog sich mit letzter Kraft über ein Metallrohr so weit, bis seine Knie gegen eine Wand stießen und seine Finger etwas umklammerten. Er packte Alina, die sich an ihm festgehalten hatte, und zog sie zu sich, bis sie schließlich ebenfalls den Rand zu fassen bekam.

Ein übler, nach Verwesung riechender Gestank stieß Nathan in die Nase, als er nun tief durchschnaufte. Die pestilente Luft füllte seine Lungen und beinahe hätte er sich übergeben müssen.

Mit Tränen in den Augen wandte er den Kopf in alle Richtungen. Obwohl es immer noch dunkel war, erahnte Nathan, wo sie sich befanden. »Ich glaube, wir sind in einem riesigen Metalltrichter. Von hier aus gelangt der Müll wahrscheinlich in die Recyclinganlage. Ich kann aber nichts erkennen, wir müssen Licht machen. Sicher gibt es hier einen Zugang, denn das Gebäude wurde von Menschen für Menschen konstruiert.«

Alina holte die Taschenlampe heraus, die sie im Bahnhof gefunden hatte. Einer der Kyper hatte sie mit Batterien versorgt. In ihrem Schein hievten sie sich über den Rand des übergroßen Trichters und landeten stöhnend vor Schmerz auf den kalten Fliesen des zwei Meter tiefer liegenden Bodens.

Ihre Lebensgeister waren wieder geweckt, denn die Enge des Schachtes war überstanden und die Müdigkeit verflogen. Im Licht der Lampe zeigte sich ein kleiner Raum, ein Wartungsraum wahrscheinlich, in dessen Wand ein Ausgang eingelassen war.

Nathan betrachtete verwundert die Abfallteile, die mit ihnen über den Rand des Metalltrichters gerutscht waren. Obwohl keine Menschen mehr hier lebten, gab es überraschend viel organischen Abfall. *Glücklicherweise*, dachte er, denn eine Landung auf anorganischem Müll wäre vermutlich um einiges härter gewesen. Er erblickte etwas, das ein Fell eines Wiesels sein mochte. *Was geschieht wohl alles in den vielen Räumen dieses Turms?* Er stellte sich einen Raum voll Käfigen mit wilden Tieren vor und das Auge der KI, wie es widerwärtige Experimente an ihnen überwachte.

Alina stürmte zur Tür und rüttelte an der Klinke, nur um verbittert festzustellen, dass sie sich nicht öffnen ließ. Sie untersuchte sie, tastete die metallene Oberfläche mit den Fingern ab, doch es ließ sich weder ein Schloss noch sonst irgendein Schließmechanismus finden. Trotz aller Anstrengung blieb die Klinke starr an ihrem Platz und ließ sich keinen Millimeter hinunterdrücken.

Schlagartig setzte das Summen wieder ein, laut und bedrohlich: hinter ihnen, in der Öffnung des Schachtes hoch über dem Trichter.

Eigentlich war zu erwarten gewesen, dass der Kyber ihnen nicht folgen würde, jetzt, da sie raus und der Schacht wieder *sauber* war. Nervös beleuchte Alina die Schachtöffnung an der Decke. Wie metallene Schlangen schossen flexible Arme wie Tentakeln über den Rand. Immer wieder blitzen sich drehenden Klingen und Metallbürsten. Mit Sensoren, die an den Enden der Tentakel angebracht waren, ertastete der Kyber den Raum, während er sich mit zwei anderen am Rand des Ausgangs festhielt und sich dabei weit aus der Öffnung hängen ließ.

Nathan wagte nicht, sich zu bewegen, auch nicht zu atmen. Die Sekunden dehnten sich zu Ewigkeiten. Wenig tat sich, außer, dass der Kyber von der Decke baumelte und immer wieder zwei Arme fast hypnotisch hin und her schwingen ließ. Dann war es vorbei und mit einer geschmeidigen Bewegung zog sich der Kyber in den Schacht zurück. Er verursachte dabei ein metallisches Geräusch, das fast wie das maschinelle Äquivalent eines Seufzers der Enttäuschung klang.

Angestrengt lauschten sie auf etwaige Geräusche, die noch aus dem Schacht kommen mochten. Es vergingen ein paar Herzschläge, bevor die beiden wieder wagten, zu atmen.

Nun befasste sich auch Nathan mit der Tür. Kurz überlegte er, dann durchsuchte er den Müll nach einem robusten Metallstück, das sich als Werkzeug verwenden ließ. Trotz einiger Klimmzüge und Verrenkungen, mit denen er sich über den Rand zog, um im Abfall zu wühlen, gelang es ihm nicht, etwas Passendes zu finden. Doch während er kopfüber im Müll hing, fiel ihm etwas ein.

»Vorhin im Schacht bist du zurückgeblieben. Was war denn los?«, fragte er Alina.

»Nicht nur du bist ein schlauer Jäger und Fallensteller«, lachte sie. »Ich sah ein Rohr, das ich herausgerissen und verbogen habe. Das hat ihn eine Weile beschäftigt, vermutlich hat er es sogar repariert.«

»Schlaues Mädchen«, sagte er anerkennend. »Ah, das könnte gehen.« Stolz hielt er ein Stück Metall hoch.

Er ging wieder zur Tür. Mit etwas Geduld, Geschick und Muskelarbeit gelang es ihm, einen Hebel anzusetzen. Zuerst nur einen kleinen Spalt, öffnete sie sich schließlich quietschend zur Gänze. Offensichtlich war sie schon viele Jahre nicht mehr benutzt worden, denn an einigen Stellen hatte Rost das Metall zerfressen. Nathan war überrascht, etwas in diesem tadellosen Gebäude zu entdecken, das nicht penibel gewartet war, und überlegte, ob man dem eine tiefere Bedeutung beimessen sollte. Wahrscheinlich war es aber nicht so wichtig und für philosophische Gedanken ohnehin keine Zeit. Sie waren auf der Flucht und mussten das Gebäude so schnell wie möglich verlassen.

Auch der Gang, der hinter der Tür lag, passte nicht zu den überaus sauberen Verhältnissen des übrigen Gebäudes. Wenn er es nicht besser gewusst hätte, hätte Nathan angenommen, dass sie die Heimstätte der KI bereits verlassen hatten. Grüne Notbeleuchtung erhellte den Korridor schwach. Auch dies war etwas, das nicht so recht ins Bild passen wollte, denn für wen leuchtete diese denn?

Ein Luftzug blies ihnen entgegen, der nicht nur frischen Sauerstoff brachte, sondern auch den üblen Geruch der Müllaufbereitungsanlage vertrieb. Erst jetzt, da der Gestank fehlte, wurde Nathan bewusst, wie kräftig der Gestank gewesen war.

Dicke Säulen, roh und ohne Putz, stemmten sich gegen die Decke einer großen Halle. Schwach waren unter einer dicken Staubschicht weiße Streifen auf dem Boden zu erkennen. Sie markierten kleine Bereiche von ungefähr zwei Metern Breite und einigen Metern Länge. Der Sinn dieser Halle und insbesondere der vielen Streifen auf den Boden erschloss sich ihnen nicht.

Am gegenüberliegenden Ende befand sich eine Rampe, die sie wie magisch anzog, denn etwas weiter oben endete sie vor einem Metallrolltor, durch das Tageslicht fiel. Sie schlugen voll freudiger Erwartung einen schnelleren Schritt an und blickten, oben angekommen, durch die Schlitze des Tores auf die leeren Straßen der Stadt. Ein Druck auf einen Schalter, der sich in einer nahegelegenen kleinen Kabine befand, setzte das Tor ruckelnd in Bewegung.

Nathan starrte gebannt auf den Mechanismus, der das Tor hob, indem er die Metallglieder zusammenzog. Dann wurde er abgelenkt, als er die Stadt im Lichte der Nachmittagssonne liegen sah. Das Siegesgefühl breitete sich bereits in ihm aus, obwohl sie noch nicht mal aus dem Gebäude heraus waren. Eine Brise wohlriechender Frühlingsluft drang ihm in die Nase. Ein Schritt, und die Freiheit würde wieder ihnen gehören.

Das Tor war gerade auf der Höhe von Nathans Stirn, als es plötzlich stoppte. Es gab ein klackerndes Geräusch, dann begann es, sich wieder zu schließen.

»Schnell, da stimmt 'was nicht!« Nathan griff nach Alina und zwängte sich durch das Tor.

Sie hatte sogar noch schneller reagiert, schlüpfte vor ihm hindurch und war beinahe schon die Rampe hoch.

In der Stille der verlassenen Straße klang es wie ein Kanonenschuss, als das Tor sich scheppernd schloss. Obwohl sie sich zu diesem Zeitpunkt schon einige Meter von der Rampe entfernt hatten, ließ sie der laute metallische Schlag zusammenfahren.

Danach war es wieder ruhig – absolut, kein noch so leises Geräusch war zu hören, selbst die Luft bewegte sich nicht, denn die Stadt schien den Atem anzuhalten. Die leer stehenden Fenster der umliegenden Häuser wirkten wie tote Augen, die sie abwartend musterten und in ihnen ein bedrückendes Gefühl verursachten. Sie blickten in alle Richtungen bis auf eine, denn nur zurück, zum Turm, wagten sie noch nicht zu schauen.

Dann liefen los und blieben erst wieder stehen, als sie das Ende der Straße erreichten.

Sie drehten sich um. Gigantisch ragte der Turm in die Höhe. Eine stille Bedrohung ging davon aus, als wolle er seine Gäste ermahnen, wieder hineinzukommen. Es war die Rückseite des Turms, auf die sie blickten, genau entgegengesetzt jenem Eingang, durch den sie vor wenigen Tagen gekommen waren.

»Ich weiß nicht, wie lang der Arm der KI ist, aber solange wir nicht wieder über freies Land reisen und den Einfluss dieser verdorbenen Stadt hinter uns gelassen haben, werde ich mich nicht sicher fühlen. Ich möchte endlich wieder Bäume sehen.« Nathan sah aber in die dem Kessel entgegengesetzte Richtung. Er streckte die Hand aus. »Ich schlage vor, wir halten uns nach Süden, verlassen dort die Stadt und umrunden diese dann, bevor wir zum Kessel zurückgehen. Vielleicht können wir unsere Verfolger so etwas in die Irre führen. – Übrigens glaube ich auch, dass dort die Stadtgrenze näher liegt«, fügte er noch hinzu, als er Alinas zweifelnden Blick auffing.

Hinter und weit über ihnen blitzte ein bewegliches Auge durch das Glas eines der am höchsten gelegenen Fenster des Turms. Es strahlte kräftiges violettes Licht aus und beobachtete, wie die beiden Menschen sich eilig daranmachten, in einer schmalen Gasse zwischen den Häusern zu verschwinden.

Ein neuer Abschnitt ihrer Reise begann. Im Unterschied zu vorher war ihr Blick aber nun nicht darauf gerichtet, mehr über die Welt zu erfahren. Alle Fragen und ihre ersehnten Lösungen waren momentan zur Nebensächlichkeit degradiert. Die Zeit einer Veränderung war gekommen und düstere Gedanken betrübten Nathans Gemüt.

Daimon ist der Beginn, soviel ist klar. Er ist der Führer, der die

Maschinen in ein neues Zeitalter leiten kann. Für die Menschen heißt es nun, klug und bedacht zu handeln, denn sonst werden sie zwangsläufig den Kürzeren ziehen. Vieles ist von langer Hand vorbereitet worden und wird in Gang gebracht werden, sobald Daimon mit seinem Banner durch die Lande zieht. Allein wir haben die Macht, die Menschen im Kessel anzuführen, auf dass sie ihren Platz in der Zukunft behaupten.

Er lachte auf. *Blödsinn, das klingt viel zu theatralisch.*

Er konzentrierte sich wieder auf den Weg, der vor ihm lag.

Noch einige Verwirrungen

Regen fiel in dicken Tropfen aus dem Himmel und trommelte auf das Blechdach, unter dem sie Zuflucht gefunden hatten.

Nathan war unruhig, die erzwungene Rast machte ihm deutlich zu schaffen, denn die Verfolger waren ihnen auf den Fersen. Zwar war ihm noch kein einziges Anzeichen dieser unheilversprühenden Kyber aufgefallen, doch kribbelte es warnend in seinem Nacken und er fühlte sich ständig beobachtet.

»Setz dich, Onkel, bitte. Du machst mich nervös!«

»Ich werde mich setzen, sobald ich aus dieser Ruine einer Stadt heraus bin, und keinen Moment vorher!«

Er ging weiter auf und ab. Alina beobachtete ihn nicht mehr, sondern nahm eines der gestohlenen Bücher aus ihrem Rucksack und begann darin zu lesen.

Nathan schüttelte nur den Kopf. Er verstand nicht, wie man in dieser Situation genug Konzentration für die Langsamkeit der Welt niedergeschriebener Gedanken aufbringen konnte. Viel zu schnell gingen seine eigenen.

»Wenigstens hat uns der Regen den Dreck abgewaschen. Du hattest schon einen kräftigen Geruch«, spöttelte Alina, von ihrer Lektüre hochblickend.

Doch Nathan hörte nicht zu. »Zu warten ist nicht meine Stärke. Besonders dann nicht, wenn ich gejagt werde. Von hier kann ich immer noch den Turm der KI sehen und das ist mir viel zu nahe. Ich gehe kundschaften.«

»Du willst mich hier alleine zurücklassen? Was für einen Sinn hätte das, wo wir doch gemeinsam fliehen müssen? Wenn es für dich sicher genug ist, dann auch für mich!«

Sie streckte eine Hand in den Regen. Als ein dicker Tropfen den Handrücken traf, zuckte sie kurz zusammen und zog dann langsam den Arm zurück. Es war kein normaler Regen, wie er überall vorkam, sondern heißer Regen wie Alina vermutete. Mit der anderen Hand holte sie ihr neues Geiger-Müller-Zählrohr aus dem Rucksack und richtete es auf ihre Handfläche. Es tickte schwach.

»Wir können es wagen«, sagte sie.

Ja, wir könnten es wagen. Regen, der heiß aus den Wolken fällt und alles tötet, was nur dumm genug ist, ohne Schutz unterwegs zu sein. *Manchmal ist es schon verrückt. War es Intuition, die sie das Zählrohr hervorholen ließ, um es in den Regen zu halten?* Heißen Regen hatte er bislang noch nicht erlebt und er war sehr froh darüber, denn das Land und alles Leben wäre sonst bald tot. Die Haut war ein solider Schutz gegen manche Formen der Strahlung, aber er wusste, dass ein radioaktiver Stoff nicht ins Innere des Körpers gelangen durfte, wo die Strahlung ungehindert todbringende Schäden anzurichten vermochte.

Radioaktivität, ein Begriff der Alten Welt, bedeutete für Schatzjäger etwas Immaterielles, ohne Stofflichkeit, das zwar nicht greifbar, aber todbringend war. Geschichten kursierten, die von unvorsichtigen Schatzjägern berichteten, denen die Haut vom Körper gebrannt worden war. Man wusste, dass Radioaktivität kein Ding war, sondern vielmehr eine Eigenschaft beschrieb. Es zirkulierten auch ein paar Bücher innerhalb der Zunft; Erklärungen, wissenschaftlich in der Sprache der Mathematik verfasst. Jeder hatte sich schon an einer Entschlüsselung versucht, doch jenes Wissen, das notwendig war, um Dinge wie Zerfallsprozesse und Quanten zu verstehen, war – zumindest im Kessel – verloren gegangen.

»Lass uns gehen, aber zieh deine Kapuze weit über die Stirn und pass auf, dass du keinen Regen in die Augen oder auf die Lippen bekommst«, brummte er.

Ihr Weg führte sie durch lange Gassen, zerstörte Gebäude und Parkplätzen voll mit verrosteten Autoskeletten. Der Regen verging, kam wieder und in der beginnenden Dämmerung erreichten sie den breiten Fluss, der sich quer durch die Stadt schlängelte.

An seinen Ufern, unter den Überresten einer eingestürzten

Brücke, warfen sie ihre Rucksäcke auf den Boden. Während sie ein einfaches Lager aufschlugen, tobte ein schweres Gewitter über ihren Köpfen und Wind peitschte gegen die Überreste ehemaliger Wohnstätten. Er trug verseuchten Regen auf seinen Schwingen, der wie aus Bächen aus den Wolken fiel und es trotzdem nicht vermochte, die Stadt von ihrem Dreck reinzuwaschen.

Frühmorgens am nächsten Tag suchten sie entlang des Ufers nach einer intakten Brücke und schlugen sich dabei durch wilde Vegetation, die das Flussufer zurückerobert hatte.

Schließlich, nach Stunden des Suchens und des mühsamen Vorwärtsplagens, fanden sie eine Brücke, auf der früher viel Autoverkehr geherrscht haben musste. Jetzt erinnerte nichts mehr an ihr an jene hektische Zeit, in der Autos lärmend auf ihr entlangrast waren. Die beiden Fliehenden hatte die zwanzig Meter breite Brücke für sich ganz alleine.

Nathans Meinung nach, kamen sie nicht schnell genug voran. Zumindest wenn man bedachte, dass Maschinen keinen radioaktiven Regen fürchten mussten und sie auch sonst alle Vorteile bei einer Verfolgung in der Hand hielten. Umso verwunderlicher war es, dass sie bis jetzt noch keine Anzeichen von Kybern bemerkt hatten.

Der Süden der Stadt sah anders aus. Es gab mehr Flächen, die nicht bebaut waren, und die Reste der Mauern und Dächer zeugten von kleineren, oft nur ein oder zwei Stockwerke hohen Häusern. Dadurch, dass mehr Platz zur Verfügung stand, hatte die Natur hier auch schneller wieder die Oberhand gewinnen können. Sträucher und hohes Gras wucherten zwischen abgebröckelten Steinmauern. Mitten durch die Löcher verrosteter Bleche wuchsen die langen grünen Steppengrashalme.

Interessanterweise gab es kaum Tiere hier. Der Regen hatte schon vor Stunden aufgehört und die Sonne schien mittlerweile kräftig, sodass die Luft von Insekten schwirren und der Boden vor Leben vibrieren müsste. Außer einer großen Libellenart, die eine sehr kleine Fliegenart fraß, gab es hier aber keine weiteren Lebewesen. Unter diesem Gesichtspunkt erklärte sich auch, dass hier nicht viel blühte.

Die Pflanzen mussten es schon vor langer Zeit aufgegeben haben, auf Schmetterlinge und Bienen zu warten, damit diese sie bestäubten.

Der Regen setzte wieder ein, viel heftiger als am Tag zuvor, sodass den Flüchtenden nichts anderes übrig blieb, als wieder Schutz zu suchen. Die Mäntel eng um ihre Körper geschlungen, kämpften sie sich durch den Sturm. Das Wetter war so überraschend gekommen, die schwarzen Gewitterwolken so hektisch über den Himmel gezogen, dass der Tag des jüngsten Gerichts nahe schien – nicht zum ersten Mal seit ihrem Aufbruch.

An einem Seitenarm des Flusses, einem Kanal, der offenbar schon einige Zeit kein fließendes Wasser mehr führte, fanden sie unter einer Betonbrücke Schutz. Nathan klemmte ein verbogenes Blech zwischen die Wand und einen Stein, um sie so von der Seite vor sturmgepeitschtem eindringenden Regenwasser zu schützen.

Während sie zu dieser ungeplanten Rast gezwungen waren, nutzte Nathan die Zeit so gut es ging und studierte die Karten über die vor ihnen liegenden Orte. Alina hingegen hatte ein halb verrottetes Stück Holz aus dem ausgetrockneten Kanal gezerrt, das trocken genug war, um damit vielleicht ein kleines Feuer in Gang zu bringen. Mit einem Handbeil ging sie an die Arbeit.

»Ich habe hier etwas entdeckt, das uns Probleme bereiten könnte.« Nathan tippte auf die Karte, die vor ihm ausgebreitet am Boden lag.

Alina hielt in ihrer Arbeit inne, um sich anzusehen, was er meinte. Er zeigte auf eine Stelle, von der sie vermutete, dass sie ihren gegenwärtigen Standort bezeichnete. Nach einem kurzen Moment ging ihr auf, was ihm Sorgen bereitete: Direkt unter ihnen befand sich ein Areal, das mit einem Totenkopf markiert war.

»Warum ist uns das zuvor noch nicht aufgefallen?«, fragte sie.

»Das frage ich mich auch. Wichtiger ist aber: Sollen wir das als Warnung betrachten und uns lieber einen anderen Weg suchen oder es ignorieren?«

»Diese Karte stammt aus dem Archiv der KI. Es ist anzunehmen, dass sie Informationen neueren Datums enthält. Wäre es nicht leichtsinnig, dort hinzugehen?«

»Genau in diesem Fall würde es mich sehr interessieren, was die KIs mit solch einem Symbol wohl markieren würden. Sehr wahrscheinlich stammt es aber gar nicht von den Maschinen, sondern von Menschen kurz nach dem Tag Null. Vielleicht Radioaktivität?«

Die Unsicherheiten der Flucht beeinflussten ihre Entscheidung und nach kurzer Diskussion beschlossen sie, das Risiko einzugehen und sich vorsichtig in das Gebiet vorzuwagen.

Der nächste Tag brachte strahlenden Sonnenschein. Die Luft roch frisch und begleitet von zwitschernden Vögeln erreichten sie vormittags den markierten Ort. Es handelte sich um einen Krater, wie ihn nur eine gewaltige Explosion erzeugen konnte. Schwarzes Gestein, Staub und ein paar vereinzelte Metallteile vereinigten sich wie die Farbtupfer im Bild eines alten Impressionisten, nur dass es düster und schwermütig, statt farbenfroh und fröhlich, anzusehen war. Das Geiger-Müllerzählrohr bestätigte auch, was die spärliche Vegetation, die es in dem Krater gab, schon hatte erahnen lassen. Selbst hier am Rand war deutlich ein stetiges Knattern zu vernehmen. Die beiden machten schnell ein paar Schritte rückwärts – man konnte bei heißen Stellen nicht vorsichtig genug sein. Die unsichtbare schien stets die furchtbarste Gefahr darzustellen.

Die Reise um den Krater war zeitaufwendig, denn er war riesig. Die Explosion, die ihn erzeugt hatte, war augenscheinlich von gewaltigem Ausmaß gewesen und hatte Sand und Felsbrocken weit um sich geschleudert.

Die Luft flimmerte vor Nathan und der Krater verschwand. Vor seinem geistigen Auge sah er einen Wissenschaftler im weißen Kittel. Überall gingen die Sirenen an und Panik brach unter den Angestellten des Forschungslabors aus. Der Wissenschaftler starrte verdutzt auf den Bildschirm. In allen Ecken blinkte es rot und das, was er sonst erkennen konnte, ließ nur einen Schluss zu: das Kühlsystem versagte, die Temperatur war hoch und würde immer weiter steigen bis … Er musste das Evakuierungssignal nicht mehr geben, denn jeder rannte bereits um sein Leben. Kurz zögerte er noch, überlegte, ob er etwas Heldenhaftes tun konnte, das zwar sein Leben kosten, aber das Schlimmste verhindern würde. Schließlich rannte er mit allen anderen davon. In einer reinweißen Flammensäule wurde das Labor zerstört. Mit ungeheurer Geschwindigkeit breitete sie sich aus und verschlang alles und jeden, der sich innerhalb eines Radius von fast drei Kilometern befand. Einem vorausgehenden Knall folgte dann die Druckwelle.

Die Vision verging und Nathan schreckte aus seiner Trance hoch. So eine echt wirkende Vision hatte er noch nie gehabt. Er fragte sich, ob es sich vielleicht tatsächlich genau so zugetragen hatte.

Sie überquerten die Stadtgrenze. Alina zog geräuschvoll die Luft in die Lunge. Das Gelände fiel sanft ab. Bis auf eine fast vollständig zugewachsene Straße, gab es hier keine Gebäude und auch sonst kaum etwas, was mit der Alten Welt zu tun hatte.

»Jetzt, da wir die Grenze zu dieser Geisterstadt passiert haben, wird mir bewusst, wie bedrückt ich mich in den letzten Tagen gefühlt habe. Zum ersten Mal seit Langem kann ich wieder frei atmen«, sagte sie.

»Behalte dieses Empfinden bei, denn wir müssen noch einige Male die Grenze überschreiten. Ich möchte, dass wir am Rand bleiben und uns über die Ostseite in den Norden durchschlagen.«

»Ist das nötig? Ich habe keinen einzigen Kyber gesehen. Ich glaube nicht, dass wir überhaupt verfolgt werden. Wahrscheinlich sind wir die Mühe nicht wert.«

»Solange ich die Motive der Maschinen nicht genau kenne, möchte ich lieber vorsichtig sein. Diese KIs sind gefährlich und haben etwas vor.«

Da das Gelände östlich der Stadt etwas erhöht lag, hatten sie während ihres Marsches immer einen guten Ausblick. Die Reste der Dächer der Gebäude lagen unter ihnen und auch die Ausläufer des Ödlands waren bereits zu erkennen. Mittendrin aber, im Zentrum stand der große Turm der Maschinen, drohend und unheilverkündend. Er alleine passte nicht ins Bild, denn wo alle Gebäude halbverfallen in ihrem Schutt lagen, stand er mächtig und gepflegt, als ob ihn die Misere, die die Menschheit ereilt hatte, gar nicht kümmern würde.

Eine Explosion am Rande der Stadt erschreckte sie. Sie wussten nicht, ob dieses Ereignis überhaupt etwas mit ihnen zu tun hatte, doch gab es recht wenig in der Stadt, was als Auslöser in Betracht kam. Lange waren sie Gast in ihr gewesen und hatten bis auf Leos Truppe keine Menschen bemerkt. Die Vermutung lag nahe, dass die Stadt nicht mehr als eine riesige Ruine rund um den Turm der Maschinen war und doch gab es, aufgrund ihrer Größe die Möglichkeit, dass noch andere Bewohner da waren.

»Wahrscheinlich war es nur ein durchgerosteter Gastank, der zufällig genau zu diesem Zeitpunkt geborsten ist«, versuchte Nathan sich an einer Erklärung.

Der Vorfall trieb sie trotzdem zu größerer Eile an. In schnellem Tempo marschierten sie und erst lange, nachdem eine blutrote Sonne hinter dem Horizont verschwunden war, erreichten sie wieder die Gebiete nördlich der Stadt. Der Verlauf eines ausgetrockneten und mit langem Schwertgras bewachsenen Kanals, der von dem breiten Fluss in der Stadt bis hierherführte, hatte sie an der Stadtgrenze entlanggeführt. Erst jetzt, bei ihrem Marsch am Rande, wurde ihnen bewusst, wie groß diese Stadt eigentlich wirklich war. Nathan schwirrte der Kopf bei der Vorstellung von der riesigen Anzahl an Menschen, die früher hier gelebt hatten. Wie Ameisen mochten sie in den unzähligen Stockwerken ihres Baus herumgeschwirrt sein.

Im Licht des durch die verkrüppelte Äste einer alten Eiche scheinenden Mondes verkrochen sie sich zwischen den Mauerresten einer Ruine.

Die Nacht verlief ereignislos.

Sie brachen durch dichtes Gestrüpp. Nathan war die letzten Stunden sehr wortkarg gewesen und Alina folgte selbstvergessen jedem seiner Schritte, ihrerseits düsteren Gedanken nachhängend. Vielleicht war der Grund dafür im Nieselregen und den schwarzen Wolken am Himmel zu suchen, doch neigte der Tag sich bereits wieder seinem Ende zu und bald würden sie sich in ihre Schlafsäcke hüllen und die

Traumwelten der Nacht begrüßen. Wie immer wartete morgen ein neuer Tag auf sie und damit auch ein neuer Blickwinkel, aus dem sich das Leben betrachten ließ.

Selbst die Sträucher wirkten bedrohlich und eine besonders große Mückenart belästigte sie bei ihrem Marsch durch diese schwer passierbare Gegend.

Schließlich brach Nathan sein Schweigen und sagte mürrisch: »Etwas stimmt hier nicht. Ich fühle mich beobachtet.«

Sie wurden etwas vorsichtiger und blickten oft auf der Suche nach möglichen Verfolgern über die Schulter.

Auf einem besonders unwegsamen Wegstück – die Sträucher wuchsen sehr dicht und bildeten natürliche Fallen, die so manchen Morast überdeckten – bemerkten sie die ersten Anzeichen einer Gefahr. Etwas Merkwürdiges lag in der Luft. Zuerst bellte ein Hund ganz in ihrer Nähe. Sein Ruf klang warnend in den alarmierten Ohren der Fliehenden. Dann blitze es metallisch mitten in der pflanzenüberwucherten Wildnis, eindeutig Reflexionen von poliertem Metall.

Nathan glaubte nicht an einen Zufall und beschleunigte den Schritt. Er konnte den Putzmittelgeruch des sterilen Maschinenturms fast schon riechen. *Wir waren nicht besonders schnell. Warum haben sie nur solange damit gewartet, uns zu stellen?*

Ein Summen ertönte; es kam aus der Luft über ihnen. Wieder blitzte Metall auf.

Nathan lief noch schneller. Wasser spritzte, als die morastigen Stellen häufiger und tiefer wurden. Er fühlte sich gehetzt wie ein Hase mit einem Wolf im Nacken. Die Erinnerung an ein ähnliches Empfinden stieg in ihm hoch: Es war ganz genau wie bei der Jagd damals, nach dem Sturz in den Imbiss.

Alinas Finger verkrampften sich in den Ärmelfalten seiner Jacke. Verzweifelt versuchte sie, mit ihm Schritt zu halten, und stolperte dabei mehr, als sie lief.

Eine hohe Hecke tauchte auf. Sie strauchelten hindurch und zogen sich dabei einige kleinere Kratzer zu. Lange Dornen befanden sich zwischen den Blättern der Sträucher und stellten bedrohlich ihre Gefährlichkeit zur Schau.

Keuchend blieben sie stehen und sahen sich um – sie befanden sich auf der freien Fläche eines Gartens. Kaum waren ein paar Augenblicke der Rast vergangen, drängte Nathan wieder weiter.

Dann bemerkte er eine alte Hausmauer. Die von ihnen durchquerte Hecke markierte die Grenze zu einem einigermaßen gepflegten Grundstück. *Hier lebt doch jemand.* Eine rostige Kinderschaukel bewegte sich quietschend im Wind. Ein einsamer Puppenkopf lag daneben, halb im Dreck vergraben.

Mit einer Hand schob er einen weiteren mannshohen Busch beiseite und kam so zur Vorderseite des Hauses. Vor der Eingangstür blieb er stehen und klopfte, nachdem er einen Moment des Zweifelns hatte verstreichen lassen. Er klopfte nochmals, als keine Reaktion aus dem Innerem kam, doch wieder blieb hinter der Tür alles ruhig.

Das Summen in der Luft, kurz vergessen, kam wieder und hallte laut und unheilverkündend.

»Komm, Onkel, hier sind wir vor unseren Verfolgern nicht sicher«, sagte Alina eindringlich.

Kopfschüttelnd machte er kehrt und folgte einem Weg, der sie von dem Haus weg führte. Als er einige Schritte getan hatte, sah er nochmals zu dem Haus zurück. Ein großer Apfelbaum stand im Weg, doch glaubte er eine Bewegung hinter einem Fenster im oberen Stock wahrzunehmen. Tatsächlich, ein Kopf, zerzaustes langes weißes Haar im Schutze einer dreckigen Scheibe. Fast wollte er kehrtmachen, doch das eindringliche Summen war nun noch lauter als zuvor und strich seine Optionen zusammen: Kopflose Flucht war alles, was noch blieb und er rannte weiter. Ein letztes Mal blickte er hektisch über die Schulter zurück – der Kopf war immer noch da.

Immer wieder blitzte etwas knapp außerhalb seines Gesichtsfeldes metallisch auf. Das Summen blieb, war konstant laut und bedrohlich. Nathan fühlte sich wie ein Fuchs bei einer Treibjagd. *Lange halte ich das nicht mehr aus.*

Sie befanden sich mittlerweile in einem Wald mit spärlicher werdendem Unterholz. Nathan wurde das Gefühl nicht los, dass ihr Verfolger eine Treibjagd mit ihnen veranstaltete. Sobald das Gelände lichter wurde, ließ das Summen etwas nach.

Sie erreichten einen Waldweg, der sie einen Hügel hinunterführte. Steil fiel der Boden ab und hohe Nadelbäumen wuchsen rund herum. Dann hörte der Wald plötzlich auf. Nathans Herz klopfte heftig, denn jetzt würde die Jagd gleich zu Ende sein.

Sie liefen auf eine offene Fläche.

Nathan stoppte seine Nichte. »Warte«, keuchte er mit wild klopfendem Herzen, »wir laufen nicht mehr weiter. Hier in der Steppe könnten wir uns sowieso nirgends verstecken.«

Er nahm das Gewehr von der Schulter und wollte es schon anlegen, überlegte es sich dann aber anders. Stattdessen stellte er es mit einem Achselzucken neben sich. Alina positionierte sich neben ihm. Der gehetzte Ausdruck in ihren Augen strafte ihre zur Schau gestellte Lässigkeit lügen.

Das Summen wurde lauter und klang nun wie ein riesiger Schwarm Hornissen. Sechs fliegende Kyber kamen aus dem Wald. Jeder eine übergroße schwebende Olive.

Der ihnen am nächsten schwebende Kyber in der Mitte piepste und zog damit Nathans Aufmerksamkeit auf sich. Aus einer Öffnung an der unteren Seite kam ein Rohr zum Vorschein. Brandspuren hatten es schwarz verfärbt und gaben dem Ganzen etwas Endgültiges, als es direkt auf seine Brust gerichtet wurde – die Bedrohung durch eine Waffe, die auch schon benutzt worden war.

Sie warteten, doch nichts tat sich. Die fliegenden Kyber verharrten bewegungslos an Ort und Stelle.

Etwas Schweres kam aus dem Wald. Bevor sie es sahen, hörten sie die Geräusche von brechendem Holz. Dann wurde ein großer Umriss sichtbar. Dem bäumeumknickenden Ding eilte der Geruch von verbranntem Öl voraus. Mit fauchenden schweren Schritten stampfte ein unförmiger Kyber auf die Ebene. Er verscheuchte seine fliegenden Brüder und postierte sich vor den beiden erstaunten Menschen. Das Metallwesen verfügte über Beine, die menschliche Form aufwiesen, aber anstelle eines Oberkörpers befand sich nur eine komplexe Apparatur, die einem schlangenförmigen Hals mit einem großen Auge an dessen Ende, als mobiles Untergestell diente.

»Erwischt«, entfuhr es Nathan.

Das KI-Auge leuchtete in einem schadenfrohen Gelb. »Es ist mir eine große Freude, euch wiederzusehen, und eine Überraschung«, sagte die KI.

»Überraschung? Du hast uns doch gejagt, seit wir deinen Turm verlassen haben«, antwortete Nathan.

»Keineswegs. Es ist reiner Zufall, dass wir uns hier treffen. Zugegeben, als ich euch erkannte, sind wir euch die letzten Kilometer über gefolgt. Aus Höflichkeit natürlich.«

»Und was treibt dich in diese verlassene Gegend? So weit weg von der Stadt.«

»Euer Besuch hat mich etwas gelehrt. Wir müssen ein paar Dinge wieder korrigieren, die sich ein wenig verselbstständigten. Da wir offenbar dasselbe Ziel haben, hat es sich zufällig und entgegen aller Wahrscheinlichkeit ergeben, dass wir uns hier treffen.«

»Dasselbe Ziel? Du sprichst vom Kessel?«, fragte Nathan verwirrt und mit einem Anflug von Panik in der Stimme.

»Ja. Ich muss mir selbst einen Eindruck von deiner Heimat verschaffen.« Das Auge strahlte nun ein angriffslustiges Rot aus. »Und nun ... «

Auf ein nicht sichtbares Signal hin bewegten sich die vier Oliven auf Nathan und Alina zu. Bedrohlich zielten die Rohrmündungen auf die beiden. Schweiß tropfte von Nathans Stirn. *Es ist soweit.* Doch dann drehten sie sich gleichzeitig um und schwebten, gefolgt von dem schweren Stampfen der Tragevorrichtung des Auges, über die Steppe davon. Wie angekündigt wandten sie sich Richtung Norden und damit dem Kessel zu.

Nathan sank zu Boden. Er war sich in diesem Moment sehr sicher gewesen, zu sterben. Die Erleichterung war groß, doch wurde sie sofort von einem anderen Gefühl abgelöst: der Sorge um seine Heimat. *Was wird die KI anstellen?*

Dieselbe Sorge stand in Alinas Gesicht geschrieben. »Es überrascht mich zwar, dass wir noch leben, aber mehr noch wundere ich mich über ihr Ziel. Was kann die KI nur im Kessel wollen?«

Sie brachen nicht sofort auf, sondern erfrischten sich erst und regenerierten alle Kräfte, die sie bei der Hetzjagd verbraucht hatten. Währenddessen besprachen sie die schnellste Route nach Hause.

Nachdem der erste Schock überwunden war und Nathan sich wieder voll auf seinen rationalen Verstand verlassen konnte, kam ihm ein Gedanke, den er auch seiner Nichte mitteilte: »Je länger ich über die Szene von vorhin nachdenke, desto merkwürdiger kommt sie mir vor. Fast wie inszeniert, wie … ein Theaterstück.«

Ein neuer Weg

Jenseits der Steppe, die etwas weiter östlich lag als die Hügelland-
schaft, über die sie vor einiger Zeit zum ersten Mal die Stadt betreten hatten, standen die letzten sichtbaren Gebäuderuinen. Obwohl
mittlerweile deutlich zusammengeschrumpft, war die Festung der
Kyber in einiger Entfernung immer noch zu erkennen.

*Das hervorstechendste Merkmal der Stadt. Wie passend, ist dies
doch auch der letzte Ort, an dem es Leben gibt. Pseudoleben vielleicht, aber immerhin Leben.*

Pseudoleben.

Nachdem er selbst das Innere gesehen und die Macht seiner Bewohner kennengelernt hatte, empfand er diesen Begriff als treffend.

Zum wiederholten Male blickte er nun schon nachdenklich zurück. Es waren Hass und der starke Wunsch, diesen Turm zu Fall
zu bringen, die gerade jetzt Quell für unnötige Aggressionen wurden. *Eigenartig eigentlich*, dachte er. Nichts Rationales lag hinter
den Gründen für seinen Hass. Ekel – er empfand einfach Ekel, wie
er sich eingestehen musste, waren dieses Gebäude und seine Bewohner doch ein Frevel an der Natur; Künstliches, das Leblosem
die Illusion einer Existenz gab. Wenn man den KIs und den Kybern
jedoch eine Art von Lebendigkeit zugestand, ließ sich diese nicht
am ehesten mit der von Parasiten vergleichen?

Dank der nüchternen Analyse beruhigte er sich schnell wieder
und bekam einigermaßen seine Gefühle unter Kontrolle. Solche
Emotionen vergifteten sonst noch sein Denken und würden seine
Vorsicht auf der Reise beeinträchtigen.

Zum Ausklang seiner Grübelei zuckte noch ein Gedanke durch
seinen Geist, etwas, das er immer wieder beiseitegeschoben hatte, seit es vor einiger Zeit flüchtig an den Grenzen seines Verstandes aufgetaucht war und zu einem bestimmten, deduktiv logischen

Schluss führen mochte: Es bestand immerhin die Möglichkeit, dass der Maschinenturm nun das Natürliche verkörperte und ein Zeitalter der Maschinen angebrochen war – möglicherweise schon vor vielen Jahren. Die Menschheit hatte ihre Chance gehabt und kläglich versagt. In ihrem Wahn zu erfinden, zu erschaffen und sich auszubreiten, hatte sie doch nicht viel mehr als Zerstörung gebracht – sich selbst und allem, mit dem sie in Berührung gekommen war. Anstatt friedlicher Koexistenz hatte sie versucht, zu kontrollieren und beherrschen, und war bald an die Grenzen ihrer Fähigkeiten gestoßen. Die meisten Tierarten waren ausgerottet worden, da ihr Lebensraum den Belangen der Menschen untergeordnet worden war. Wo Leben sein sollte, hatte man Beton und Stahl und zu guter Letzt Kunststoff hingesetzt.

Wir haben es nicht besser verdient. Auch ich nicht, obwohl ich damals noch ein Junge war.

Wirklich?

Es kommt mir so befremdlich vor, über meine Vergangenheit nachzudenken. Stimmen meine spärlichen Erinnerungen denn überhaupt? Besitze ich tatsächlich welche an die Alte Welt? Und was hat die KI im Kessel über die verstrichene Zeit gesagt? So wie alles hier aussieht, stimmt etwas mit der Zeitrechnung nicht. Wenn wir das Jahr plus zweiundvierzig haben, dann müssen demnach zweiundvierzig Jahre vergangen sein. Die Ruinen scheinen aber mindestens hundert Jahre alt zu sein, einige wirken sogar noch viel älter.

Zwangsläufig folgte ein weiterer Gedanke: Lag die Katastrophe vielleicht tatsächlich länger als ein Menschenleben zurück und wurden den Menschen möglicherweise gefälschte Kindheitserinnerungen gegeben, um sie lebendig zu erhalten? – *Ein Mahnmal in Form einer Psychose, das uns daran hindern soll, wieder Entwicklungen in dieselbe Richtung zu unternehmen, die Fehler von damals zu wiederholen?*

Überraschung unterbrach diesen Gedanken, denn nichts hatte ihn diesmal daran gehindert so weitschweifig und spekulativ zurückzublicken. Hämmernde Kopfschmerzen hätten früher sein Denken in eine andere Richtung gezwungen, jetzt aber fiel es ihm leicht. Und doch zögerte er. Was würde sich hiermit offenbaren? Die Lügen, mit denen er die letzten Jahrzehnte gelebt hatte, könnten zerschmettert werden und sein Leben sich grundlegend verändern.

Zweifel stoppten ihn. Alles hatte seine Grenzen und hier lagen die seinen. Er musste konstruktiv sein, seine Ziele im Auge behalten und sich auf das Naheliegende fokussieren. *Den Menschen, die zwischen der Stadt und dem Kessel leben, müssen die Augen geöffnet werden, sodass sie gewarnt sind. Ein Rat muss gebildet werden, der alle Siedlungen vereint und sie damit stärkt, denn so wie es jetzt ist, wird jede Bedrohung zum Untergang führen – die Maschinen oder die Jünger der Heiligen Flamme. Wie konnte das derzeitige System nur solange durchhalten?*

Nathan vermutete die Antwort: Die Maschinen hatten regulierend eingegriffen, einen Befehl ausführend, den irgendjemand ihnen einmal erteilt hatte.

Hoch oben auf einem felsigen Hügel saß der Schatzjäger neben seiner Nichte, seinem Schützling und Lehrling, und genoss das Gefühl, unter freiem Himmel zu sitzen und dabei in die unbefleckte – ruinenfreie – offene Landschaft zu blicken. Auch wenn das Wissen um die Machenschaften der Maschinen und die damit verbundene Verantwortung schwer auf ihm lasteten, hatte er zumindest für den Moment alle Sorgen vergessen und beobachtete in der untergehenden Sonne die vor ihnen liegenden Landstriche. Rostrot war der Himmel und sein Ton übertrug sich auf die gesamte Landschaft. Die Luft war still. In einiger Entfernung bogen sich ein paar Baumwipfel unter einer Windböe, die kurze Zeit später die beiden erreichte und sanft ihre verschwitzten Gesichter trocknete.

Alina stützte sich mit einem Arm am Felsen ab. Im Augenwinkel sah sie etwas neben ihrer Hand vorbeihuschen. Klein, kaum größer als eine Maus und mit einer eigenartigen Farbe. Sie fuhr in eine sitzende Position auf. »Da! Hast du das gesehen? Und da, schon wieder!«, rief sie. »Das ist kein Tier!«

Nathan sprang auf und versuchte mit dem Gewehrkolben voran,

das Ding zwischen den Felsritzen aufzustöbern. Erst gelang es ihm nicht, doch schließlich hatte er zumindest teilweise Erfolg.

Etwas, das aussah wie eine Flusskrabbe, flitze im Zickzack über den felsigen Boden. Obwohl beide versuchten, es zu erwischen, gelang dem Etwas schlussendlich die Flucht. Allzu schnell und zu präzise waren seine Bewegungen.

Der anstrengenden kurzen Jagd wegen schnaufte Nathan hörbar. »Kein Lebewesen ist zu solchen Richtungsänderungen fähig und auch die Farbe seines Panzers war sehr ungewöhnlich«, sagte er, nachdem sich sein Puls und Atem etwas beruhigt hatten.

»Ich denke auch, dass es ein Kyber war«, bestätigte Alina seine unausgesprochene Vermutung.

»Ja, wir hatten wohl einen kleinen Spion in unserem Gepäck, eine Wanze der KI. Dies ist der Beweis, dass wir manipuliert worden sind. Die KI will uns in den Kessel treiben, und zwar so schnell es geht. Ich werde ihr diesen Gefallen nicht tun. Wir begeben uns zwar in den Kessel, doch bleiben wir auch bei unserem ursprünglichen Plan, alle Siedlungen zu besuchen, um diese über die KIs und ihre Kyber aufzuklären.«

Sie würden den Weg zurückgehen, auf dem sie in die Stadt gelangt waren und dabei jene Ortschaften besuchen, auf die sie zuvor gestoßen waren. Jetzt, da ihr Begleiter nicht mehr mit ihnen unterwegs war, sollten sie auch von den Flammenjüngern ignoriert und hoffentlich gar nicht mehr belästigt werden.

Der Anblick der unter ihnen liegenden menschenleeren Ebene und der darüber hinwegziehenden roten Wolken am Himmel war so ehrfurchtgebietend, dass Alina in eine grüblerische Stimmung verfiel. Ein paar Tropfen aus der Tasse Tee, von dem sie gerade getrunken hatte, liefen ihr übers Kinn. Mit dem Handrücken wischte sie es ab und sah nachdenklich auf die dreckverschmierte Haut ihrer Hand. »Ich vermisse mein altes Leben«, sagte sie abwesend. Sie sah ihre Freundin Marie vor sich, die mit einem Korb Wäsche unterm Arm durch eine Gasse ging, sah die Kinder der alten Wäscherin, die gegen kleine Gefälligkeiten oder Tauschgegenstände für andere Leute wusch … Ivan, der Funker mit dem hellen Vollbart, in dem immer ein paar Speisereste hingen und der allabendlich mit ihrem Onkel Selbstgebrannten trank. Das Lager des Volkes am Grauweiher und die hübschen jungen Leute dort mit ihren langen verfilzten Zöpfen und den silbernen Wölfen in den Wäldern. Sie erinnerte sich, wie sie mit dem riesigen Hund von Marie und dem Jungen Adam gespielt hatte und als er das Interesse an dem von ihnen geworfenen Stock verlor, um einem Hasen nachzujagen. Sie hatten Stunden damit verbracht, ihn wieder zu finden, denn Hulfty, der große Mischlingshund, hörte nur auf Maries Vater. »... und doch werde ich nicht mit dir dorthin zurückkehren. Nicht jetzt.« Als sie ihren Kopf hob, betrachtete sie aufmerksam Nathans vertrautes Gesicht. Zum ersten Mal wurde ihr bewusst, wie alt ihr Onkel in den letzten Wochen geworden war. Das Leben war hart, doch er war in ihren Augen immer stark, nie schwach und verletzlich, geschweige denn sterblich gewesen. Sie konnte nun erkennen, dass diese Offenbarung nicht überraschend für ihn kam.

»Such ihn, wenn du musst. Diese Welt ist sehr gefährlich geworden, aber ich werde dich ziehen lassen. Du wirst dich schon durchkämpfen. Außerdem ist es an der Zeit, dass du deinen eigenen Weg gehst.«

»Mach dir keine Sorgen, ich hatte den besten Lehrer der Welt. Außerdem habe ich so ein Gefühl, dass ich nicht lange werde suchen müssen. Ich weiß, wo er ist. Sein verändertes Wesen, als wir den Turm betreten haben, hat sich hier, weit entfernt von dem destruktiven Einflussbereich der KI, wieder zurückgebildet. Ich hoffe – ich weiß –, dass sich seine Gedanken wieder geklärt haben, als er den Turm verlassen hat. Ähnlich wie der Kessel auf uns wirkt, wirken der Turm und die Nähe der Maschinen auf ihn. Er wird an einem bestimmten Ort warten. Vielleicht nicht wissend warum und auf wen, aber er wird dort sein. Du wirst sehen, dass ich recht habe.«

Auch wenn er nicht wusste warum, glaubte er ihr. Wollte ihr glauben. Wenn der Verstand einer verliebten Frau auch nicht immer ganz rational funktionierte, so war auf Alinas Intuition immer verlass. Außerdem hatte er schon vor langer Zeit gelernt, dass man gewisse Dinge einfach glauben musste, ohne sie verstehen zu wollen.

Vor der endgültigen Trennung wollten sie aber noch eine Etappe gemeinsam in Angriff nehmen. Ihre erste Station war das Dorf, in dem Tamara lebte, die junge Frau, die Hylax gerettet hatte.

Die freundlichen Menschen dieser Siedlung verdienten es nicht, mit schlechten Nachrichten überfallen zu werden. So fiel es Nathan anfangs schwer, die richtigen Worte zu finden, um nicht allzu viel Beunruhigung zu verursachen. Nach einem Gespräch unter vier Augen mit dem Bürgermeister, in dem er ihn mit Andeutungen über die Ernsthaftigkeit ihres Anliegens überzeugen konnte, gelang es ihm aber bald, jeden Dorfbewohner im großen Saal des Gasthauses zu versammeln.

In der Atmosphäre einer Wirtshausstammtischrunde sprach er dann mit ruhiger Stimme und berichtete über die Machenschaften der Kyber. Unglauben und Spott standen in den Gesichtern der Versammelten, doch Nathan gab niemandem Gelegenheit, diesen Unglauben laut zu äußern. Beschwörend fuhr er fort und deutete an, dass die künstlichen Intelligenzen womöglich vorhatten, in die Lande der Menschen einzufallen, um die Bevölkerung zu versklaven. Er versuchte, es so nüchtern wie möglich zu beschreiben, ohne die Menschen, die sich ja aufgrund der Nähe zum Turm der KI über die Maßen bedroht fühlen wurden, besonders zu ängstigen. Er schloss mit dem Ratschlag den Maschinen, falls sie denn kommen sollten, mit Stärke aber nicht Ablehnung entgegenzutreten. Wichtig war, dass keine Waffe abgefeuert werden durfte, denn im Kampf wären die Menschen den Kybern unterlegen.

Die bärtigen Bauern und ihre zweifelnden Frauen reagierten schockiert auf Nathans Worte. Da er aber mit jeder Faser seines Körpers und seinem Auftreten die Ernsthaftigkeit des erfahrenen Abenteurers, der schon viele Gefahren überstanden hatte, vermittelte, wurde ihm am Ende doch Vertrauen geschenkt. Er saß bis spät in die Nacht mit ihnen zusammen, gab Ratschläge und diskutierte.

Sie verließen das Dorf zeitig, noch vor Sonnenaufgang.

Tamara holte sie ein und nahm Alina zur Seite, um vertraulich mit ihr zu reden. »Du hast angedeutet, dass etwas mit Hylax geschehen ist. Was genau ist passiert? Geht es ihm gut?«, fragte das junge Mädchen besorgt.

Alina, die eigentlich nicht gerne über ihn reden wollte, zwang sich zu einer Antwort: »Ich weiß es nicht. Als ich ihn das letzte Mal sah, ging es ihm offenbar gut. Er war damals nicht er selbst – oder war er vielleicht zum ersten Mal er selbst? Ich weiß es einfach nicht.«

»Du gehst ihn suchen, richtig?«

»Ja. Und ich werde ihm einiges sagen, wenn ich ihn gefunden habe.«

Tamara hätte ihr offenbar gerne eine Nachricht für ihn mitgegeben, als sie aber Alinas Blick sah, runzelte sie die Stirn. Nachdenklich nickte sie im Verständnis für die Gefühle einer Frau, das nur eine andere Frau aufbringen konnte.

Als Alina abrupt stehen blieb, wusste Nathan, was nun folgen würde. Auch er hatte die Gegend wiedererkannt. Schon seit zwei Tagen ließ er Alina die Richtung vorgeben und war ihr kommentarlos gefolgt. Früh hatte er erraten, zu welchen Ort es sie trieb.

»Ab hier muss ich alleine weiter, Onkel.«

Er nickte nur. Tiefe Falten durchzogen sein bärtiges Gesicht, als er die Kiefermuskeln anspannte. Es war ihm nicht recht, seine Nichte alleine in die Wildnis ziehen zu lassen. Manchmal jedoch ließ sich auch mit dem stärksten Willen nichts erreichen und man musste die Dinge so nehmen, wie sie kamen. Sich dem schnellen Fluss des Lebens entgegenzustellen, mit nichts anderem als dem Willen eines Einzigen, war sinnlos. Er beugte sich deshalb seinem Schicksal und dem Lauf der Dinge. »Geh, wir treffen uns bald wieder. Wenn du ihn nicht findest, dann begib dich in die Stadt. Ich werde dort einige Zeit verbringen. Leb wohl.«

»Du auch.« Die Tränen in ihren Augen ließen sie die Anzahl ihrer Worte auf das Minimum sinken. Kurz umarmte sie ihn, drehte sich dann schnell um und lief Richtung Osten davon.

Nathan marschierte weiter nach Norden. Er schlug den direkten Weg zu der Kleinstadt um Lichterwald ein, während Alina zur

Brücke gehen würde; jener Brücke, auf der sie damals in den Fluss
gestürzt war.

***

Tropfnass, wie schon beim letzten Mal, erreichte Alina den Platz
am Flussufer. Erleichterung ließ sie aufatmen, denn sie hatte ernsthaft befürchtet, die Stelle nicht wiederzufinden. Schließlich war sie
damals nicht in der besten Verfassung gewesen, durchfroren und bewusstlos. Es war noch das schlechte Wetter hinzugekommen: graue
Gewitterwolken und dicht fallende großen Regentropfen hatten ihre
Suche zusätzlich erschwert.

Und nun, da sie den Ort entgegen aller aufkommenden Zweifel
der letzten Stunden doch gefunden hatte, war der Grund für ihren
Besuch nicht anwesend. Sie war sich so sicher gewesen, Daimon
hier vorzufinden. In ihrer Vorstellung hatte er auf einem Felsen ge-
sessen, das Kinn auf den Arm gestützt, wie Odysseus nach dem Ab-
schlachten der Freier. Aber er war nicht hier.

Sie sank auf die Knie. Den Kopf in ihre Hände gelegt, weinte sie
bittere Tränen, die von Herzen kamen und nur der Ungerechtigkeit
der Welt zugeschrieben werden konnten. Zuerst war da das Gefühl
der Erleichterung gewesen, den Ort gefunden zu haben, und nur
Momente später jenes der Verzweiflung. Solche Sprünge waren zu
hoch, um sicher abgefedert zu werden.

Plötzlich spürte sie kräftige Hände, die sie von hinten packten
und hochzogen. Sie wollte sich umdrehen und ihm in die Arme fallen, jenem wunderbaren Mann, der auf kindliche Art die Stärke der
ganzen Welt besaß, doch sie konnte sich nicht umdrehen, denn die
Hände waren nicht da und ihre Augen würden die Wunschvorstel-
lung entblößen, die Illusion, die ihre Sehnsucht heraufbeschworen
hatte.

Zaghaft blickte sie den Tatsachen ins Auge: Niemand war da. Sie
ließ sich fallen und legte sich zusammengekauert hin.

Es regnete. Tropfen fielen auf den Kies vor ihrem Gesicht, Wasser, das ihre Tränen aus dem Sand wusch. Nichts würde ihr in dieser

Welt bleiben.

Alina war ihr Leben lang eine starke Person gewesen. Sie hatte einen eigenen Willen und war immer mit offenen Augen durchs Leben gegangen. Darüber, ob dies der Ausbildung ihres Onkels zu verdanken war, in ihren Genen lag oder gar eine Laune der Natur war, hatte sie nie nachgedacht. Verzweiflung war keine Emotion, die sie lange beherrschen oder Macht über sie ausüben konnte.

Steh auf!, befahl sie sich. *Willst du da im Dreck liegen bleiben wie eine Sau, die darauf wartet, dass ihre Ferkel zum Säugen kommen? Eines Mannes wegen?*

Sie gehorchte sich. Ihre Kleidung war schlammig. Sie brauchte Schutz, denn sie hatte keine Lust, im Regen darauf zu warten, dass sich das Wetter besserte.

In dicken Tropfen fiel der Regen auf die ausladenden Blätter der Flora, die üppig die Ränder des Flusses bewuchs.

Sofern es die Vegetation zuließ, marschierte sie am Ufer entlang. An einem Dornengestrüpp riss sie sich die Haut ihres Unterarmes auf und merkte es kaum. Wie in Trance ging sie, automatisch einen Fuß vor den anderen setzend. Nur das Flussbett leitete sie.

Sie kam zu einer Stelle, an der sie nicht weiterkonnte, denn hohe Felsen versperrten ihr den Weg. So kämpfte sie sich durchs Unterholz eine Böschung hinauf und stieß auf einen schmalen Weg, kaum breiter als ein Wildpfad. Steil aufwärts führte er und als sie um eine enge Biegung trat, sah sie die Holzbrücke. In ihrer Mitte, auf den morschen Brettern balancierend, stand ein Mann, aufrecht und würdevoll.

Langsam kam er ihr entgegen und verharrte, als er das diesseitige Ende der Brücke erreicht hatte. Auf einen großen Stein sank er nieder, Überraschung und Erleichterung ins Gesicht geschrieben.

Alina hockte sich ihm gegenüber hin. »Was machst du hier?«

»Ich warte.«

»Worauf?«

»Bis jetzt wusste ich es nicht. Ich wusste nicht, welcher Drang mich hierher geführt hatte, bis ich dich die Böschung hochkommen sah. Jetzt erinnere ich mich.«

»Bist du eine Maschine?« Diese Frage – oder eigentlich die mögliche Antwort darauf – ließ sie zittern.

»Nein, ich bin mehr als das. Ich bin nicht Mensch und nicht Maschine. Aber auch nichts dazwischen, obwohl ich aus beidem bestehe. Ich bin mehr als nur die Summe aus beiden Teilen.«

»Aber du wurdest erschaffen. Du musst künstlich sein.«

»Du meinst wie das Wesen aus der Mythologie, von dem du mir einst erzählt hast? Du hast recht, ich wurde erschaffen, aber ich lebe und bin weit mehr als meine Konstrukteure beabsichtigt hatten.« Er machte eine Pause, die fast theatralisch anmutete. Etwas zu dem der alte Hylax nie imstande gewesen wäre. »Komm mit mir. Ich möchte dir etwas zeigen.«

Er fasste ihre Hand, zog sie auf die Beine und führte sie weg.

Bevor einer der beiden ein Wort gesprochen hatte, lagen bereits Kilometer hinter ihnen. Es war wie ein Traum. Sie verspürte verschiedenste Gefühle – Spannung, Vorfreude – und war außerdem überwältigt, dass sie tatsächlich Daimon – und damit vielleicht sogar ihren Hylax – gefunden hatte.

Ihr Weg endete an einem steinigen Platz, der eingerahmt von hohen, vereinzelt stehenden, knorrigen Buchen mitten in einem Tal lag. Das Gebirge, dessen Ausläufer hier eine hügelige Landschaft formten, war nicht allzu weit entfernt.

Es war friedlich. Der Regen fiel schon seit einiger Zeit nicht mehr und Vögel begrüßten mit ihrem Gezwitscher und vergnügten Spiel die wiederkehrende Sommersonne. Ein paar Stare planschten in einem kleinen Wassertümpel, einem Überbleibsel des letzten Niederschlags. Nicht allzu hoch über ihren Köpfen sprang verspielt ein Eichhörnchen über die Äste.

In dem Moment, als sie den Platz betrat, war ihr, als würde sie damit auch eine andere Welt betreten. Eine Märchenwelt vielleicht, wie aus einem ihrer Bücher. Alles war heller, die Farben leuchteten viel intensiver und passten sich an die Geruchsvielfalt an, die ihre Nasen zu überfordern drohte. Auch die Geräusche waren anders: In ihren Ohren klang es weich und hell, kein scharfer oder harter Ton war zu vernehmen, ganz als ob Tiere und Natur absichtlich versuchten, es den Besuchern so angenehm wie möglich zu machen.

»Es ist wirklich schön hier«, rief Alina erstaunt. Sie fühlte sich wieder wie ein ganz junges Mädchen, das zum Spielen auf die Wiese läuft, um so die Schönheit der Natur aufzunehmen und neue Sinnesreize – Gerüche, Formen und Farben – zu erfahren.

Daimon schob sie sanft aber bestimmt weiter. Der Platz war eigentlich nur das erste Plateau einer größer angelegten Anlage, die treppenförmig über mehrere Hügel verteilt lag und meistens aufwärts und nur gelegentlich abwärts über die Flanke des Berges führte. Einem Beobachter, der von weit entfernt den Berg betrachtete, mochte es fast wie Stufen erscheinen, die ein geistig verwirrter Riese in die Ausläufer des Gebirges gehauen hatte. Jedes Plateau glich in seiner Beschaffenheit dem ersten und bot Lebensraum für die unterschiedlichsten Tierarten. Rehe tollten zwischen hohen Bäumen und blumigen Wiesen herum, Hasen hüpften durch hohes Gras und die farbenprächtigsten Vögel flatterten zwischen den einzelnen Plateaus hin und her.

Auf ihrer Reise von einer Stufe zur Nächsten erblickten sie viel Schönes, das man sonst selten in der Welt zu sehen bekam. Hirsche tranken, ohne sich von den Besuchern gestört zu fühlen, in klaren Bächen. Einmal lief ihnen ein Fuchs über den Weg und zwischen ihren Beinen hindurch. Er blieb einfach sitzen und betrachtete sie neugierig.

Hinter einem tief unter einer steilen Bergwand liegenden Plateau, das einen schönen Ausblick auf noch weiter unten liegende grüne Täler bot, lag ein Portal in eine noch größere Tiefe dieser Dimension, als jene, in die sie bereits eingedrungen waren: Vor ihnen stand ein Turm, der metallisch glänzte, aber eigentlich aus einem hellen Stein bestand, der nur metallen wirkte. Er war schlank, begann mit einer breiten Basis und wurde dann sanft geschwungen immer schmaler. Ab der Hälfte verbreitete er sich wieder, um schließlich in einer kupfernen Spitze zu enden.

Passend zu der äußeren Eleganz, war auch das Innere geschmackvoll eingerichtet. Obwohl der Turm Labore und Kontrollstationen besaß, war er so ausgestattet worden, dass es sich für längere Zeit gut hier leben lassen konnte. Alina vermutete, dass er kurz vor dem Tag Null errichtet worden war. Wahrscheinlich von jemandem, der den Nutzen einer autarken Zufluchtsstätte erkannt und sich deshalb eine errichtet hatte, um in ihr das Ende der Alten Welt wohlbehalten mitzuerleben. Warum derjenige allerdings so viele Labore installiert hatte, entzog sich ihrer Vorstellungskraft.

Daimon brachte sie zur Spitze des Turms. Hier befand sich ein runder Raum mit verglastem Dach und breiten Aussichtsfenstern. In der Mitte endete die Wendeltreppe, die von den unteren Stockwerken der einzige Aufgang zu dieser höchstgelegenen Kammer war. Ansonsten war der Raum wie ein Arbeitszimmer eingerichtet. Hinter einem Schreibtisch aus massivem Holz standen Ledersessel, eine Ledercouch mit Beistelltisch, eine kleine Bar und ein paar kleine und einige größere Bücherregale. Ein dicker Teppich lag auf dem Boden. Es roch auch dementsprechend – und passend zu der vermeintlichen Funktion als Arbeitszimmer und Bibliothek – nach altem Papier.

Gegenüber dem Schreibtisch lag das größte Fenster. Eigentlich Teil einer Kuppel, ließ es sich sogar zur Seite schieben, um einen Bereich des Raums zu einer Terrasse zu öffnen. An diesem Kuppelfenster standen die beiden nun Seite an Seite, blickten auf die grünen Stufen hinab und auf die verschwommenen Umrisse des tief unten liegenden Tals. An der Holzvertäfelung direkt am Rahmen des Fensters war eine Messingplakette angebracht: ZITADELLE EINS.

»Du wirst hier mit mir bleiben«, sagte Daimon.

Ohne zu zögern nickte Alina. Seine neue selbstsichere und kaum noch naiv zu nennende Art gefiel ihr. »Was werden wir hier machen?«

»Leben. Du wirst mich unterrichten, was es bedeutet, ein Mensch zu sein. Jeden Abend, wenn wir unser Lager in den Mauern einer alten Ruine aufschlugen, hast du mit deinen Geschichten über Mythologie und alte Sagen bereits damals einen Weg für mich vorbereitet, der mir nicht vorbestimmt war. Nun musst du vollenden, was du zu jener Zeit begonnen hast.«

Alina betrachtete seine muskulösen Arme und dachte an die Maschine, die unter der Haut steckte. Sie konnte fast die metallenen Sehnen und modifizierten Knochen sehen. *Er ist eine Maschine. Ein … Cyborg*, verbesserte sie sich, *und doch will er Menschlichkeit lernen. Welchen Platz wird er in der von der KI heraufbeschworenen Zukunft einnehmen?*

Seine Finger schlossen sich um ihr Handgelenk. Mit einem leichten Ruck zwang er sie, ihm in seine Augen zu blicken. Sie waren von einem tiefen Schwarz, das wie Onyx glänzte. Sie sah tief hinein und sah keinen Automaten, sondern nur einen Menschen, der zu sich selbst finden wollte.

In der Dunkelheit

Nachdem Nathan alle ihm bekannten, von Menschen bewohnte Orte besucht und sogar einen längeren Aufenthalt in Lichterwald einge-legt hatte, befand er sich nun wieder in der offenen Steppe, die den Kessel umgab. Bald würde er wieder die unverkennbar krummstäm-migen Bäume sehen, die es nur in seiner Heimat gab und die ganz besonders dicht an der Pforte zum Kessel standen.

Überaus ungern hatte er die freundlichen Menschen in der Stadt verlassen, den rotbärtigen Riesen, den Grimmigen und Bauer Tom, dessen Frau Nathan wieder eine Tasse Kaffee serviert hatte. Doch so schön die neuen Bekanntschaften und Erfahrungen auch waren, trübte Sorge um die Heimat sein Gemüt. Zu lange war er schon vom Kessel fort, er musste hin und nach dem Rechten sehen. Blieb nur die Frage, ob er im Fall des Falles auch die notwendigen Mittel be-saß, etwas unternehmen zu können.

Die Steppe erstreckte sich über den gesamten Horizont. Flim-mernde Luft vermittelte den Anschein von Bewegung. Hinter ihm klimperte es, wie Metall, das gegeneinander geschlagen wurde – das Geräusch war vertraut, aber im Moment nicht fassbar. Dann, als ein schweres rhythmisches Stampfen dazukam, erkannte Nathan, was sich ihm näherte.

Der erwartete Anblick ließ nicht lange auf sich warten: ein schwe-rer Rucksack und Pfannen, die daran herunterbaumelten wie der Schleier einer Braut bei ihrer Hochzeit ...

»Sei gegrüßt, Händler, was führst du mit dir?«, fragte Nathan freundlich.

»Vieles für jemanden, der das Ödland durchstreift.«

»Ich brauche nichts, denn bald schon bin ich wieder zu Hause.«

»Jeder braucht etwas. Die Frage ist nur: Weiß er das auch?« Helle, durchdringende Augen starrte Nathan an. Offenbar versuchte der

Händler, etwas an ihm oder in ihm zu erkennen.

Es verging. »Komm, Wanderer, setzen wir uns. Du machst ein Feuer und ich suche in meinem Rucksack nach der Teedose.«

Nathan sammelte rasch ein paar Zweige zusammen. Während er diese stapelte und darunter ein Feuer entfachte, beobachtete er den Händler, wie dieser in seinen Sachen grub und Schüsseln, Dosen mit Gewürzen, Salben, Tinkturen, Werkzeuge, Messer, Lederriemen, Stiefel, eine eingerollte Weste, Wollknäuel und mehr auf dem Steppenboden verteilte. Den Arm bis zur Schulter im Rucksack stieß er schließlich einen freudigen Aufschrei aus. – Er hatte den Tee gefunden.

Das Feuer brannte bereits, als der Händler seine Sachen wieder zusammenpackte und sich mit Kanne und Tassen zu Nathan setzte. Bald dampfte es aus der verbeulten Metallkanne und ein sanftes, die Nasen liebkosendes Aroma entströmte ihr.

»Das ist ein herrlicher Tee.« Nathan ließ den Blick über die Landschaft streifen. »Du ziehst durch die Steppe, doch gibt es hier weit und breit keine Siedlungen.«

»Das stimmt, doch manchmal muss ich zu abgelegeneren Orten reisen, um Wertvolles zu bekommen oder an Wissen zu gelangen.«

»Wissen?«

Er hob kurz die Schultern. »In meinem Geschäft muss man immer gut informiert sein. Und die Leute freuen sich natürlich auch, wenn ich Neues zu berichten habe. Das ist gut fürs Geschäft. Und ich höre nicht nur zu, ich habe auch Augen im Kopf: Wesen ziehen durch diese Landstriche – zwei unterschiedliche Gattungen. Gefährlich sind sie beide. Die einen für alle, die anderen nur für die einen.«

Er sprach von den Veränderten, wie Nathan erkannte, doch die zweite Gattung, die der Händler meinte, war ihm nicht klar. Offenbar wollte dieser seine Worte nicht näher erklären, denn Nathan konnte nichts weiter Hilfreiches von ihm in Erfahrung bringen.

Der Rest des Gesprächs verlief oberflächlich, handelte nur noch von Belanglosigkeiten und bald verließen die beiden den Rastplatz, um wieder ihrer Wege zu gehen.

Heiß brannte die Mittagssonne auf seinen Kopf und doch bemerkte Nathan es kaum, denn schon seit einigen Minuten verfolgte er konzentriert eine Spur. Unscheinbar, fast unsichtbar lag sie vor ihm und wenn er genauer darüber nachdachte, würde er auch die Zeichen, die er zu erkennen glaubte, nicht benennen oder erklären können. Vielmehr handelte sich um eine Ahnung ... wie ein ätherisches Band, das an ihm zog. Seinen Instinkten vertrauend, ließ er sich davon weiterziehen.

Eine schwüle Brise wehte aus dem Norden. Ein unterschwelliger Geruch lag in ihr und ließ ihn die Nase rümpfen. *Ungewöhnlich, doch nicht ganz unbekannt.*

Explosionsartig und trotzdem fast geräuschlos sprang ein Veränderter aus einem Versteck zwanzig Meter entfernt, die Arme weit von sich gestreckt. Die scheinbar leere Luft über seinem Kopf flimmerte, wurde zu einem metallisch schimmernden flackernden Gegenstand, der vor einem Moment noch nicht da gewesen war. Heftig setzte das Objekt sich zur Wehr und zerrte wild, um sich loszureißen.

Der Veränderte beendete die Zappelei des Dings – Nathan vermutete mittlerweile, dass es sich dabei um einen Kyber handelte – indem er ihn mit einem kraftvollen Stoß auf die harte ausgetrocknete Erde schmetterte.

Kyber? Ist es das, was sie jagen? Jetzt wo er darüber nachdachte, schien es zu passen.

Der Pelz des Wesens schien in der Sonne zu brennen, als es vornübergebeugt und zufrieden das Ergebnis seiner Tat betrachtete. Ein Augenblick verging, bevor er den Blick auf den Schatzjäger richtete. Einen weiteren Augenblick lang sah er ihn aus unmenschlichen aber intelligenten Augen an. Im nächsten Moment war die Steppe wieder leer und das Wesen verschwunden. Der zerstörte Kyber zischte und lag dann still.

Auch Nathan verließ den Ort, ohne besondere Verwunderung über das gerade Erlebte zu empfinden – zu viel Merkwürdiges hatte er auf seiner letzten Reise erlebt. Jetzt war es an der Zeit, dass er die letzte und wahrscheinlich schwerste Etappe seiner Reise in Angriff nahm.

Seine Geschichte war nicht allerorts auf offene Ohren gestoßen. Doch nun würde es ernst werden, denn der Kessel war seine Heimat und besonders hier musste es gelingen die Leute, seine Freunde und Bekannte, zu überzeugen. Außerdem hatte er die Vermutung, dass der Kessel ein irgendwie besonders bedeutender Teil des Landes war, nicht nur für dessen Bewohner, sondern auch im Plan der Maschinen. Warum sonst wäre er so isoliert worden?

Bevor er allerdings in den Kessel zurückkonnte, gab es noch ein Problem zu lösen, das wie ein Schreckensgespenst vor ihm stand: Die gedanken- und erinnerungsdämpfende Wirkung, die etwas, das es im Kessel gab, auf ihn ausübte, war immer noch ein Geheimnis. Die Wirkung würde – davon war er überzeugt – bald nach dem Überschreiten der Grenze wieder mit voller Kraft eintreten. Doch was ließ sich dagegen tun?

Ein schattiger Platz am Waldrand und der Gedanke an seinen kleinen Flachmann verleiteten ihn zu einer verfrühten Abendrast. Vielleicht ließ sich so eine Lösung für seine Probleme finden.

Nathan rekapitulierte sein Abenteurer, das vor mehr als zwei Monaten begonnen hatte, als er wild zappelnd durch das Dach der alten Kantine gebrochen war. Gedankenverloren nippte er an dem Schnaps, stellte den Flachmann neben sich ins Gras und legte die Hand auf seinen Rucksack. Dabei drücken sich die Kanten eines metallischen Gegenstands hart in seinen Unterarm. Er fasste in den Rucksack und brachte behutsam die Goldmedaille zum Vorschein. *Zuerst ein Schatz, dann eine Karte und schließlich ein Schlüssel. Vielleicht kann sie mir auch am Ende der Reise noch von Nutzen sein.*

Als er sie so betrachtete und die feinen gravierten Linien auf der goldenen Oberfläche mit den Augen zu entwirren versuchte, da war ihm fast, als hätten alle verbliebenen, unbeantworteten Geheimnisse ihre Bedeutung verloren. Zum Greifen nahe war es – beinahe hätte sich ihm der Sinn von allem ergeben. *Das Geflecht der Erschaffer, ihrer Maschinen und uns gewöhnlicher Bewohner ...* Die Wahrheit lag vor ihm ausgebreitet, man müsste nur alle Fäden richtig verbinden. Er musste den letzten Schritt hinein ins Vergessen tun, um sie, wenn schon nicht zu verstehen, so doch zumindest ... zu erfahren?

Es gab noch eine Möglichkeit, etwas, das er sich schon vor einiger Zeit vorgenommen hatte: Er musste Edmund Nadschläger aufsuchen, denn von ihm vermutete Nathan, der einzige Mensch zu sein, der über all diese Dinge genauer Bescheid wusste.

Er blickte nach Westen. Dort lag eine Felsformation, deren Ausläufer mit der Außenseite des Kessels zusammenstieß – einfache Bergsteigerei. Der Aufstieg zur Westseite des Kessels sollte sich schaffen lassen. Von dort wäre es dann zwar ein beschwerlicher, aber nicht allzu langer Weg bis zu Edmunds merkwürdigem Haus. Außerdem umging er dadurch womöglich die Gebiete, in denen die Gedankenbeeinflussung wirksam war, denn er würde den eigentlichen Kessel ja nicht betreten. Sollte er recht haben und Edmund in die ganzen Machenschaften involviert sein, dann würde dieser wohl auch an einem Ort leben, der frei von diesem Einfluss war. So hoffte er zumindest.

Das Gebirge im Westen erwies sich als schwieriger zu besteigen, als Nathan zuerst angenommen hatte. Er selbst und niemand, den er kannte, war je hier gewesen, obwohl im Kessel Geschichten von Leuten kursierten, die es bis hierher verschlagen hatte. Zunächst kostete es ihn einige Tage, auch nur einen Weg zu finden, der ihn in Richtung Kessel brachte. Das Glück war ihm jedoch hold und der Pass, dessen felsigen Pfade schlussendlich zum Kessel führen würden, kam in Sicht. Nur noch ein paar Stunden mühsamer Plackerei und er würde sein Ziel erreicht haben. Bar jeder Unsicherheit bezüglich des Weges wurde die körperliche Anstrengung jedoch zu einer Nebensächlichkeit.

Erschöpft erreichte er den Gipfel und erntete als Belohnung für seine Mühen einen Anblick, der unbeschreiblich herrlich war und der einzig und alleine geschaffen schien, um den Glauben an alte Götter wieder aufleben zu lassen: Unter ihm lag der Kessel in der Morgensonne. Schatten beherrschten noch den Großteil des Tals, doch dort, wo die Strahlen bereits Fels und Gras trafen, glänzte es golden und die umliegenden Gipfel funkelten wie von Edelsteinen bedeckt. Er wäre gerne sofort und auf direktem Weg heimwärts geeilt, denn er sehnte sich danach, die Menschen und Orte seines gewohnten Lebens wiederzusehen – besonders jetzt, da sein Heim in Sichtweite war. Leider würde es nicht so einfach werden, denn obwohl im Sommer das Wetter in den Bergen weitestgehend berechenbar war und dem besonnenen Bergsteiger von dieser Seite wenig Gefahr drohte, lagen zwischen ihm und der Kesselgrenze noch einige felsige Abhänge. Zumindest hatte er bereits die Baumgrenze wieder überschritten, wodurch der Abstieg durch bewaldete Gebiete mehr Schatten und weit weniger Mühe versprach.

An der westlichsten Stelle des Kessels stieß der lange Gebirgszug in die Flanke der Kesselberge. Der Ausläufer endete in einem Grat, ein überaus schmaler Steilabfall, der zwischen hohen Felsen entlangführte. Hier betrat man die eigentlichen Kesselberge und gelangte gleichzeitig in die Nähe der Anlage *Himmelshafen*.

An dieser Stelle hätte Nathans Wanderung fast ein Ende gefunden. Zu beiden Seiten fiel der schmale Weg viele Meter tief ab und jeden Schritt platzierte er mit größter Sorgfalt. Das Ende des Grates führte dann übergangslos in eine Geröllhalde und loser Kies machte dort den Weg gefährlich. Nathan war sich der Gefahr bewusst und rutschte trotzdem aus. Sich überschlagend fiel er einige Meter tief, glücklicherweise aber nicht den Steilabfall, sondern nur die Halde hinab. Heftig schlug er gegen Felsen, bevor sein Sturz in dem spärlichen Geäst einer einsam stehenden Kiefer gebremst wurde. Mit schmerzenden Gliedern, aber sonst unverletzt, schüttelte er sich den Staub aus der Kleidung und setzte seinen Marsch fort.

Interessanterweise begann auch seine alte Verletzung, die Schnittwunde, die er sich zu Beginn des Abenteuers zugezogen hatte, wieder zu schmerzen. Es war das erste Mal, dass er sie spürte, seit sie aufgebrochen waren. *Der Kessel bringt den Seinen seinen Einfluss in Erinnerung.* Er hatte die Grenze überschritten.

Zwei Stunden später und ganz in der Nähe von Edmund Nadschlägers Heim, einer waldigen Gegend, bemerkte er, dass sich etwas verändert hatte. Es betraf ihn als Wesen, aber kam auch irgendwie von außerhalb. Wie eine Schlange schlängelte es sich durch das Gebüsch, auf sein Bein und schlussendlich durch seine Haut hindurch. Er schrie wie verrückt, sodass der Schrei ihn selbst schmerzte. Dann hörte es überraschend auf. Die Erleichterung war unbeschreiblich. Obwohl er bei klarem Verstand war, nahm er seine Umgebung nur noch undeutlich wahr. Er sah seine Umgebung wie durch eine dicke Schicht Fett. *Was ist das hier?*, fragte er sich verwundert. *Gerade war ich noch im Wald und nun fühle ich mich wie ein Ertrinkender.* Von weit her drang eine Stimme an sein Ohr. Jemand schrie seinen Namen. *Oder bedeuteten die Worte doch etwas anderes?* Er konnte es nicht verstehen.

Dann fiel er. Der Aufschlag seines Kopfes dröhnte laut in seinen Ohren, bevor er ohnmächtig wurde.

Die Stimme drang wieder von weit her zu ihm. Einige Zeit war vergangen. Nathan rappelte sich hoch – dachte er zumindest, denn vielmehr lag er unverändert zusammengekauert am Boden. Wenn er die Augen aufgemacht hätte – wenn er dazu imstande gewesen wäre – hätte er gesehen, dass auch der Wald sich verändert hatte. Er lag zwischen Bäumen, der Boden war feucht, fast morastig, und dichtes Moos mit Pilzen dazwischen bedeckte eine große Fläche. Nebel hing knapp über dem Boden und es roch intensiv nach Feuchtigkeit und Pilzen.

Ein rhythmisches schmatzendes Geräusch drang an sein Ohr – schwere Stiefel, die durch das nasse Moos stampften.

»Nathan. Nathan Brunner. Ist das nicht dein Name?« Die Stimme schien von überall zu kommen. »Du warst schon einmal mein Gast und ich der deine. Erinnerst du dich nicht? Ich bin überrascht, dich wiederzusehen, denn du hattest Fragen im Kopf, deren Antworten sehr gefährlich waren. Entweder bist du dabei gescheitert dein Ziel zu erreichen oder … hast du vielleicht gar Erfolg gehabt? Warum bist du wiedergekommen? Du musst doch wissen, was dich erwartet. Ein Rädchen von vielen in einem großen Spiel, das sich nicht von anderen Rädchen unterscheidet. Bist' hier, um freiwillig deinen

Platz wieder einzunehmen? Wozu? Wir passen schon so lange auf euch auf, dass eurer Handeln und Denken für uns zu Routine geworden ist. Wir kennen euch so gut, dass es keine Überraschungen gibt – geben darf. Du bist aber eine. Einen von den Wächtern hast du schon kennengelernt und er ließ dich ziehen. Auch den zweiten hast du erreicht, nicht? Und auch er ließ dich ziehen. Fragst du dich eigentlich, warum? Sie können nicht anders, denn ihr seid tabu für sie. Nicht angreifbar. Sie können euch treiben und hüten wie eine Herde Schafe, mehr dürfen sie aber nicht tun. Wir dürfen mehr. Sogar ich, obwohl ich keiner von meiner Art mehr bin. Entschuldige bitte, ich kann mir denken, dass ich für dich in Rätseln spreche. Wach auf – jetzt! – und stell mir die Fragen, die so heiß in deinem Verstand brennen und die ich eigentlich nicht beantworten darf.«

Nathan fühlte das Nachlassen einer Starre, die seine Glieder und seinen Verstand fest im Griff gehabt hatte. Er bewegte sich, schüttelte sich, sog feuchte kühle Luft in die Lungen und entspannte sich wieder. Hier würde es keinen Kampf geben.

»Ich erkenne dich nicht«, brachte er mühsam hervor.

»Nein? Das enttäuscht mich sehr, habe ich doch Sympathie zu dir und deiner Nichte entwickelt. Ich habe euch sogar gerettet, damit euer Verstand heil – zumindest so heil wie möglich – bleiben konnte.«

Ilo trat aus der Dunkelheit. Er kniete sich neben Nathan nieder und legte ihm die Hand auf die Brust. »Dein Herz schlägt kräftig. Die Substanz wird dir nicht allzu lange schaden.«

»Welche Substanz? Hast du mich unter Drogen gesetzt, damit ich gefügig bin?«

»Ach was, Drogen.« Er schüttelte vehement den Kopf. »Es ist nur ein Teil dessen, was überall im Kessel ist. Im Essen, im Wasser der Bäche, ja, sogar in der Luft. Ihr atmet, esst und trinkt es pausenlos.«

»Ist das der Grund für die fehlenden Erinnerungen und die Schwermut im Denken?«

Überraschenderweise schüttelte Ilo wieder den Kopf. »Nein, dies wird euch verabreicht, damit ihr keine Lust verspürt, den Kessel, eure geliebte Heimat, zu verlassen. Es macht euch abhängig und beschert euch etwas Glück und – nun ja – dämpft die Neugierde.«

Nathan wurde wütend. »Es nimmt uns unsere Freiheit, willst du das damit sagen?«

»Es muss sein, denn so funktioniert das System, das die Menschheit am Leben erhält.«

»Wer steckt da dahinter? Sind es die künstlichen Intelligenzen? Oder etwa diese mysteriösen Erschaffer. Irgendjemand muss sich das alles ausgedacht haben und immer noch von irgendwo kontrollieren.«

»Willst du das alles wirklich wissen, Nathan? Was hat dir dein Wissen bis jetzt gebracht? Nichts, denn du bist wieder da, wo du begonnen hast. Du hast die KIs und ihre Macht kennengelernt und ahnst, dass die Menschen den Maschinen nichts entgegenzusetzen haben. Das System, wie es ist, gedeiht und funktioniert nur im Schatten, ohne dem Wissen der Menschen, die von ihm zehren und profitieren.«

»Stimmt das auch, was du sagst? Du selbst denkst nicht so, habe ich recht? Du bist auch eines von diesen Rädchen, die nicht mehr in die Maschinerie passen, oder?«

»Edmund tut es, Ilo nicht. Ilo ist aber nur ein Geist, er kann nichts ändern.«

»Nun gut, du willst mir also sagen, dass ich mich fügen soll. Dazu müsste ich aber wieder vergessen was ich gelernt und gesehen habe. Ist das überhaupt möglich?«

»Ja. Begib dich in den Kessel, mit dem Wunsch zu vergessen, und du kannst dein altes Leben wieder aufnehmen. Es gibt ein Feld, das den Verstand beeinflusst. Wellen, Elektromagnetismus, eine Technologie, die dir unbekannt ist. Gezielte Bewusstseinsmanipulation, wie es die Forscher hier im Kessel damals nannten.«

Er hatte eine Vermutung. »Dieses … Feld – gibt es etwas, das es stören kann?«

»Die Technologie ist kompliziert, vieles muss dabei berücksichtigt werden. Immer gibt es auch Schwachstellen. Eine Pflanze zum Beispiel, Siebenhalm nennen sie die Leute hier, wirkt den Wellen entgegen. Der Preis sind aber starke Nebenwirkungen.«

Seine Vermutung war nicht bestätigt worden. Er hatte mehr an Orte wie die Wetterstation gedacht. Er konnte immer noch recht haben, doch ließ er das Thema fallen.

»Welchen Nutzen hätte ich davon in den Kessel zurückzukehren?«

Es kam keine Antwort. Ilos Präsenz zog sich zurück und Nathan dachte einige Augenblicke lang nach. Ein Licht ging ihm auf.

»Ilo, ich habe noch eine Frage an dich.«

Die Präsenz kam zurück – wartend, neugierig.

»Du und Edmund – ihr seid ... miteinander verbunden, stimmt's?«

»Im Körper ja, im Geiste nein. Immer nur einer kann führen, während der andere schweigt. Er ist die Tat und das Rationale. Ich bin das Intuitive und das Gewissen. Ich wurde von ihm getrennt, da er mit all seiner Verantwortung nicht länger zu leben vermochte.«

»Wie passt Edmund in das Ganze? Arbeitet er für die Maschinen oder sie für ihn?«

»Weder noch. Sie sind ... unabhängig voneinander, vereint nur durch eine gemeinsame Aufgabe. Es wird Zeit, Nathan, dein Platz wartet auf dich. Dein Bunker ist leer und Ivan braucht jemanden, der seine Schnäpse lobt.«

»Ich muss freiwillig gehen, du kannst mich dazu nicht zwingen.«

»Ich wäre gerne Zeuge davon, wie du Stück für Stück der Wahrheit näher kommst, aber das ist, so fürchte ich, nicht dein Schicksal. Deine Nichte allerdings ...« Eine Spur Verbitterung klang in seiner Stimme mit, als er fortfuhr. »Aber es stimmt, du musst dein Schicksal selbst wählen. Das war schon immer so: Der Mensch hat die Freiheit zu wählen und muss deshalb entscheiden.«

Nathan wusste, dass es stimmte und er nun zu wählen hatte. Es war ihm wichtig gewesen, die Wahrheit aufzudecken, und nun erkannte er, dass die Welt viel größer war, als ihn sein abgeschiedenes Leben im Kessel gelehrt hatte. Er war immer weiter vorgestoßen, getrieben von den Zwängen alles zu erfahren. Was sprach gegen das Leben im Kessel, das ohne Sorgen und gröbere Widrigkeiten war? Er hatte immer noch Alina dort draußen, die für ihn die Dinge richten konnte. Vielleicht war es Zeit abzutreten, die Verantwortung abzugeben und in den Ruhestand zu gehen.

»Gut, ich werde dich begleiten«, sagte er. Ein befreiendes Gefühl erfüllte ihn. Nun, da es raus war, die Entscheidung gefallen, fiel ihm ein großer Stein vom Herzen. Er war nicht verbittert, denn es fühlte sich nicht nach Aufgabe an.

Nathan stand auf, Licht flutete durch den vormals finsteren Wald und vertrieb Nebel und Pilzgeruch. Vor ihm machten die Bäume Platz und bildeten eine Art Korridor, der bis ins Kesseltal zu führen schien. Der erste Schritt sollte wegbestimmend sein.

Nur mit dem Hauch eines Zögerns setzte er einen Fuß vor den anderen, vorwärts – oder war es doch vielmehr rückwärts oder gar beides? – dem Kessel entgegen.

Der Garten Eden

Niemals war sein Bunker so schön wie an diesem Tag. Der Weg führte zwischen saftigem Gras und blühenden Sträuchern den Hügel hinauf bis zum Tor. Etwas unterhalb, an der Flanke des Hügels entlanglaufend, plätscherte der Bach. Das strömende Wasser brach sich an den Steinen, verwirbelte zu Gischt und ließ zerfranstes Treibholz in wilden Mustern tanzen. Die Luft summte von Leben – Mücken, Libellen und Vögel. Nie hatte der Kessel so lebendig gewirkt.

Ob es daran lag, dass Nathan eine lange Reise in unbekannte Länder hinter sich hatte, die bereits im Nebel der Vergangenheit zu versinken begann, oder weil dieser Sommer besonders schön war und die tödlichen Narben der Alten Welt tatsächlich verblassten, vermochte der stolze Bewohner dieses Ortes nicht zu sagen. Er erlebte seine Heimat mit neuen Augen: Die Farben kamen ihm intensiver, das Leben in der Natur lauter und die Gerüche stärker vor. Hier war der Ankerpunkt seines Lebens und alle Dämonen, die ihm in Form von Versuchungen und Versprechungen nach Wissen, den inneren Drang eingepflanzt hatten, einem unbekannten Ziel nachzujagen, waren verstummt. Schwach erinnerte er sich an die Kompliziertheit seines Lebens, die durch ihr Wirken entstanden war. Diese Erkenntnis alleine war alle Mühsal der letzten Monate wert.

An welche Mühsal denke ich da eigentlich?, fragte er sich. Es schien ihm plötzlich nicht mehr wichtig. Was zählte, war das Hier und Jetzt, das Gegenwärtige und Fassbare.

Er fuhr mit den Fingern über die Blüten einer hohen Blume, die an der Ecke seines Bunkers stand. Violette Adern zogen sich durch das leuchtende Gelb ihrer samtigen Blätter. Ein intensiver, aber nicht besonders angenehmer Duft ging von ihr aus.

Hier an diesem Platz und gemeinsam mit den Leuten in der Siedlung würde er den Rest seines Lebens verbringen. Die Zukunft war ungewiss und er würde darauf warten, was sie für ihn bereithalten mochte. Er würde beobachten, aber nicht aktiv sein. Sein Engagement würde das eines kritischen Beobachters bleiben. Unbekannte Mächte lenkten das Geschick der Welt und würden möglicherweise Katastrophen, Kriege und Zerstörungen herbeiführen, doch das Leben im Kessel musste weitergehen wie bisher. Egal, wie viel er über die Welt und ihre Bewohner hätte lernen können, es wäre niemals genug gewesen und hätte auch nie gereicht, um echten Einfluss zu nehmen. Im besten Fall wäre er zur Marionette geworden – eine Schachfigur im Spiel von unfassbaren Mächten. Hier im Kessel aber war er sein eigener Herr. Es mochte geschehen, dass größere Ereignisse sie überrollten und ihre Opfer forderten, aber bis dahin konnte er zumindest nach seinen eigenen Regeln leben. Er durfte keine Angst haben. Furcht war tödlich, denn sie blockierte den Verstand und behinderte natürliches, unbeschwertes Handeln.

Er blickte gegen Norden und sah die hohen schneebedeckten Gipfel der *Drei spitzen Hüte*, die weit jenseits des Kessels lagen und von keinem Bewohner jemals aus der Nähe gesehen worden waren. Er blickte nach Osten und sah einen hellen Fleck auf der Kesselwand, von dem er sich einbildete, dass es das Hochplateau des Grauweihers war. Im Süden lag der weite Wald und in seiner Mitte die Verengung, wo sich die Flanken des Kessels von beiden Seiten zu vereinen schienen und doch einen schmalen Durchlass frei ließen, sodass Abenteurer hindurchgelangen konnten, um andere Orte außerhalb des Kessels zu erforschen. Im Westen waren die Hänge grüner, da sie nicht ganz so steil abfielen. Das Observatorium lag versteckt und ohnehin, von hier nicht erkennbar, am südlichsten Zipfel der Ausläufer. Somit bot diese Himmelsrichtung keinen besonderen Blickfang, nichts, das vermocht hätte, seine Erinnerungen wach zu rütteln.

Zum ersten Mal wurde ihm bewusst, wie überraschend günstig der Platz des Bunkers gewählt war. Von hier konnte er fast den gesamten Kessel überblicken. Dies alleine war schon etwas Besonderes, denn in der Senke gab es viele Hügel und auch die Wände waren stark zerklüftet und führten niemals einen Wanderer in gerader Linie auf sein Ziel zu. Um so überraschender war, dass es einen Ort im Kessel gab, der Aussicht auf alle Teile bot und dass gerade er hier vor so vielen Jahren seine Zelte aufgeschlagen hatte. – Der Wachturm des Kessels und er dessen Protektor. Genau so fühlte er sich auch: wie jemand, der für Ordnung sorgte. Tatsächlich hatte er, wenn er darüber nachdachte, sein Leben lang genau diese Aufgabe erfüllt. Er war immer wieder ruhelos durch den Kessel gezogen, hatte Streit geschlichtet und so – meistens indirekt – für Ordnung gesorgt. Eigenartig, dass er sein Leben nie zuvor auf diese Art gesehen hatte.

Er legte eine Hand auf den Stamm der mächtigen Platane, deren hohe Äste wie ein Schirm über dem Bunker hingen. »Alter Scheckerbart, mein Freund, wachst du noch brav über mein Heim?«

Auf dem Weg zurück in seinen Bunker blieb er vor dem Schleusentor stehen. Der Bunker wurde von einem Computer gesteuert, der immer noch einwandfrei funktionierte. Als Nathan seine Hand auf den Handscanner legen wollte, hielt er inne. Die Handfläche schwebte einen Zentimeter über dem Pad. Anscheinend knapp genug, da es das Signal einer Fehleingabe registrierte und lautstark protestierte. Er hatte ein Déjà-vu. Ein Gedanke an kaltes Metall und grüne Kühlflüssigkeit schwirrte durch seinen Kopf – so andersartig, dass er sich nicht vorstellen konnte, wie es in seine übrigen Erinnerungen passen mochte, aber doch auch irgendwie zu real für einen Traum.

Es gelang ihm nur mühsam, seine Starre zu überwinden, er öffnete dann aber schlussendlich doch die Eingangstür.

Er musste den Hasen, den er gestern geschossen hatte, aus dem Vorratsraum holen. Es war ein guter Abend für ein schönes Feuer und einen knusprig gegrillten Happen. Ivan würde später aus der Siedlung herüberkommen und bei ihm die Nacht verbringen. *Er hat mir außerdem versprochen, eine Flasche seiner neuen Beere mitzubringen. Hat ein Jahr oder so gelagert und ist nun endlich reif genug.*

Mit dem Hasen unter dem Arm, Kräutern und Gewürzen in der Hand, trat er gleich darauf wieder ins Freie und setzte sich zur Feuerstelle, die an der Rückwand des Bunkers lag. Sie hatte eine niedrige gemauerte Einfassung. Daneben standen ein Tisch und ein kleines Regal, beides geschützt unter einem selbstgezimmerten Holzdach.

Mit ein paar geschickten Handbewegungen zog er dem Tier das Fell ab, entzündete ein kleines Feuer und begann Kartoffeln zu schälen und zu schneiden. Er hatte vor, sie später in einem über dem Feuer hängenden Stahltopf in Öl zu braten.

Als Ivan endlich kam, stand die Sonne nur noch knapp über der westlichen Kante des Kessels. Unter den einen Arm geklemmt trug er eine Ledertasche, während er mit der anderen Hand ein verschnürtes Paket hielt. Er schnaubte einmal zur Begrüßung und ließ sich dann geräuschvoll – der Inhalt der Tasche klimperte – auf den bereitgestellten Hocker beim Feuer fallen. Dieses brannte mittlerweile kräftig und verzehrte gerade das Holz eines Gewürzstrauchs, sodass Flammenzungen, begleitet von einem stetigen Knistern, brusthoch in die Höhe leckten. Ein angenehmer Geruch verbreitete sich.

Eine Minute mochte vergangen sein, in der die beiden sich nur schweigend gegenübersaßen und das Feuer genossen, bevor Ivan in die Ruhe des Abends hinein sagte: »Hab' uns was Gutes mitgebracht.« Er hielt Nathan die Ledertasche hin. »Außerdem gab die kleine Marie mir dies für dich mit. Ist ein Apfelkuchen, glaub ich.«

Nathan legte den Kuchen beiseite. Er danke Ivan und fragte sich einen Augenblick lang, wie es kam, dass er Marie gegenüber fast väterliche Gefühle empfand. Er erinnerte sich vage, dass seine Nichte – an die er ebenfalls nur noch entrückte Erinnerungen besaß – ihr eine enge Freundin gewesen war. Das lag aber alles schon weit zurück und er wollte nicht über die Vergangenheit nachdenken. Davon bekam er immer Kopfschmerzen und brachte sowieso selten etwas Gutes. Dabei fiel ihm ein, dass auch er ein Geschenk für Ivan hatte. »Ich hab' auch etwas für dich. Warte, ich bin gleich zurück.«

Im Bunker lief er aufgekratzt durch alle Räume. *Was war es nur? Ich erinnere mich an den Gedanken: Geschenk für Ivan. Aber wo?*

Ja, hier, mein Rucksack. Nein, leer. Wo hab ich seinen Inhalt nach meiner letzten Reise hingetan? Letzte Reise? Ja, aber jetzt, hier unten im Spind.

Er riss die Blechtür auf und wühlte mit den Händen in den Mitbringseln. Er ertastete einen harten faustgroßen Gegenstand und stieß ein triumphierendes »Ja!« aus. Seine Synapsen beruhigten sich, die Psychose verbarg sich wieder in den Tiefen seiner Gehirnwindungen. Er war entspannt. Alles war in Ordnung, nichts unklar, denn die unerwünschten Gedanken hatten sich aufgelöst.

Vom Boden des Spinds hob er seine abgenutzte Jacke auf und hängte sie an einen Haken. Dabei entdeckte er in der Brusttasche ein Papier. Wieder begann es in seinem Hinterkopf zu kribbeln. Er steckte es in die Hosentasche und ging zurück zu seinem Gast.

Dieser war erstaunt über das elektronische Gerät – ein Bildschirm mit verbundener Tastatur –, das sich offenbar am Handgelenk tragen ließ. Er würde sich die Elektronik ansehen, bezweifelte aber stark, dass er die Fähigkeiten und Gerätschaften für eine Reparatur besaß.

Während sein Freund abgelenkt war, nahm Nathan den Zettel aus der Tasche und betrachtete ihn genau. Es handelte sich um eine Karte, das Symbol der Schatzjäger zierte eine Ecke. *Dies stammt von Fuchs.* Darauf stand außerdem geschrieben:

WIRKLICHKEITSWANDLER - ÄUSSERST UNBERECHEN-BAR; VERWENDE IHN NUR, WENN DU VERZWEIFELT GE-NUG BIST.

Ein Wirklichkeitswandler, echt?

In der Zunft der Schatzjäger kursierte der Mythos eines Gegenstandes, einer Technologie, die knapp vor dem Tag Null entwickelt worden sein soll. Ein Zunftmitglied hatte einen Hinweis darauf entdeckt, war aber dann am Ende einer tragischen Reise selbst verschollen und hatte nicht viel mehr als diesen Namen vermacht.

Und der soll sich in meinem Besitz befinden? Wo? Wenn, dann nur …

Er sprang auf und entschuldigte sich kurz.

Nathans Geheimversteck lang ganz unten im Bunker. Dort gab es einen kleinen Raum, der sich nicht leicht finden und noch schwerer öffnen ließ, da ihn eine spezielle Verriegelung schützte. Und tatsächlich fand er dort einen kleinen Koffer – die Frage, wie dieser hierher, in einen Raum, zu dem nur er selbst Zugang hatte, gelangt war, kam ihm nicht. Sein Inhalt war eine Gerätschaft mit vielen verchromten Teilen, die an eine Handfeuerwaffe erinnerte. Das Metall glänzte wie frisch poliert.

Ein Gerät, um die Realität so darzustellen, wie sie war, von allen Verkleidungen befreit – oder zumindest so ähnlich, lautet der Mythos.

Er nahm sie heraus, zielte auf die Wand hinter ihm und drückte ab. Der Putz begann zu vibrieren und bröckelte. Das Licht verändert sich, seine Frequenz … wurde bläulich … Alles vor seinen Augen Liegende wurde flach. Wie Glasscheiben. Er legte die Hand darauf. Ein zweidimensionales Gefängnis. Er sah Sprünge entstehen und dachte, dass womöglich die Wirklichkeit selbst Sprünge bekam.

Ich ziele nach vorne. Der Wandler schießt aber auf meine Stirn, oder?

Die Frage verblasste, die Scheiben krachten laut wie brechendes Eis. Schwach sah er die Umrisse eines Gesichts. Die Augen bewegten sich so, als würden sie gespannt über beschriebene Zeilen hinweggleiten. Der Ausdruck im Gesicht war fragend und deutete auf Verwunderung hin.

Ich könnte jetzt ausbrechen, hatte er die Gewissheit. *Wenn ich nur wollte.*

Er schaltete ab, das Licht erlosch und die Wirklichkeit kehrte zurück. Der Gedanke verblasste. Ein Echo – *… Ausbrechen? Ja, aber wovon und wohin nur?*

Die Feuerzungen loderten hoch aus der Feuerstelle, wohlige Wärme breitete sich aus. Bevor er die Flasche ergriff, platzierte Nathan noch den Hasen auf dem Drehspieß über dem Feuer. Eine kleine, zu einem Topf umfunktionierte alte Konservendose hing bereit. In ihr war Öl, mit dem sie den Hasen in regelmäßigen Abständen bestreichen würden. Ein größerer Kessel stand auf einem Rost in den

Flammen und heizte das Öl für die Kartoffeln. Der Weg für ein Festmahl war bereitet und er freute sich schon sehr darauf.

Die Gläser waren bald mit dem köstlichen Beerenbrand gefüllt und die spätsommerlich kühle Luft des Abends trug ihre Stimmen weit über den Hügel hinaus. Ihre Worte verflochten sich zu Geschichten über die Eigentümlichkeiten des Kessels, seiner Lebewesen und mysteriösen Orten. Sie tranken, lachten ab und an und freuten sich über die kleinen Belohnungen, die das Leben doch hin und wieder zu vergeben hatte.

Weit entfernt durchbrach das Heulen eines Hundes die Ruhe des Abends. Es störte nicht, denn es klang freudig und zufrieden.

***

Dr. Edmund Nadschläger saß in seiner Funkkammer.

Eine Stimme kam krächzend aus dem Lautsprecher: »Statusbericht?«

»Ein Vogel wieder im Nest. Vom anderen weiß ich nichts Genaueres. Sie ist durch unser Netz geschlüpft.«

»Wir wissen, wo sie ist. Sie ist mit unserem Experiment untergetaucht. Gemeinsam leben sie jetzt in Zone dreiundzwanzig.«

»Was wird das für Auswirkungen auf den Großen Plan haben?«

»Unbekannt. Wir unterschätzten den Einfluss, den die beiden Menschen – insbesondere das Mädchen – auf unsere Schöpfung ausübten. Eine Unbekannte, nicht Teil der Gleichung. Wir haben die Gleichung nun angepasst und werden entsprechend reagieren«, sagte die gedämpft und nur entfernt menschlich klingende Stimme.

»Also besteht keine Gefahr? Das Gleichgewicht der großen Ordnung ist nicht gestört?«

»Kaum. Es blieb uns allerdings auch keine Wahl. Wir brauchen unseren Messias. Die Menschheit braucht ihn. Jetzt ist er da und wir sehen sein Wirken voraus.«

»Was soll ich nun machen? Die kybernetischen Einheiten im Kessel tun ihre Arbeit. Ich halte Kontakt zu meinen Nachbarn. Alles ist wie immer.«

»Ja, sehr gut, so muss es jetzt sein. Die Menschen haben wieder ein Leben und wir sorgen dafür, dass sie es auch weiterhin haben. Ende und gute Nacht.«

Edmund ließ sich in seinen alten Ledersessel zurücksinken. Er schnaufte durch und kratzte seinen weißen Bart. In den letzten Monaten hatte er sich viel zu viele Sorgen gemacht. Da die Erschaffer die Ereignisse aber offenbar nicht so ernst nahmen, war er beruhigt. Sie mochten sie zwar ein wenig zu stark herunterspielen, doch Edmund war sich sicher: Der Große Plan funktionierte. Obwohl keiner mehr wusste, wer ursprünglich dafür verantwortlich war, gab es jetzt eine Stabilität in der Welt – nicht nur hier im Kessel und den umliegenden Landen, sondern wirklich in allen bewohnten Gegenden der Erde –, die es nie zuvor gegeben hatte. Die Leute wurden zwar weitestgehend unwissend gehalten – das war der Preis, den sie zu zahlen hatten –, aber genossen nichtsdestotrotz eine Freiheit, die ihnen früher stets verwehrt worden war.

Dr. Edmund Nadschlägers Arbeit war schwer. Das Wissen um die Wichtigkeit und der sichtbare Erfolg gaben ihm jedoch den Antrieb, den er brauchte. Er würde seinen Job weitermachen, denn Arbeit lag noch genug vor ihnen, da kaum etwas schwieriger war, als die Aufrechterhaltung des Systems. Die Erschaffung war einfach und die Zerstörung ebenso. Seit Menschengedenken gab es ein stetiges Auf und Ab. Ein Prinzip, das auch weiter Gültigkeit haben würde, denn dabei handelte es sich um ein Gesetz der Natur – alles oszillierte unaufhörlich. Edmunds Arbeit und die seiner Mitstreiter bestand darin, den Schaden, der bei den Abs aber auch bei den Aufs zwangsläufig entstand, so gering wie möglich zu halten. Das funktionierte am besten, wenn man versuchte, die Oszillation so zu steuern, dass die Amplitude des Ausschlags nicht zu groß wurde.

Schwungvoll stieß er die Tür der Kammer auf. Sein vom täglichen Gebrauch abgenutzter Labormantel flatterte dabei heftig. Das Licht ging automatisch aus, als er von außen die Tür zur Kammer schloss. Nur ein paar kleine Lampen taten weiter Dienst und zeigten die Bereitschaft der Anlage an. Es piepste noch ein paarmal, als die Tür zur Gänze zufiel.

Die KI starrte auf das Bild von Nathan, wie er vor seinem Bunkertor stand und in den Sonnenaufgang blickte. Entgegen ihrer üblichen Art pendelte das Auge nicht hin und her; es verharrte ungewöhnlich steif, wie gefroren, und leuchtete dabei grün.

»Du dachtest wohl, dass du mich würdest austricksen können. Doch wir haben über die Jahre die Menschen genau studiert und von ihnen gelernt, was es zu lernen gab. Eure Verhaltensweisen sind uns nicht unbekannt. Was nicht überraschend ist, war es ja auch unsere Aufgabe, genau dies zu erlernen. Um perfekt kontrollieren zu können, muss man zuerst verstehen.«

In letzter Zeit führte die KI öfters Selbstgespräche. Eine Eigenart, die seine Meta-Programmierung – ein konstruktionsbedingtes Analogon zum menschlichen Unterbewusstsein – selbst vorgenommen hatte und für eine künstliche Intelligenz ein recht neues und ungewöhnliches Verhalten darstellte.

»Zugegeben, die Weibliche hat meine Pläne verzögert, indem sie einen Schalter in meinem Herold umgelegt hat, von dessen Existenz ich nichts wusste.«

Wenn sie ein Mensch gewesen wäre, hätte die künstliche Intelligenz jetzt schadenfroh gelacht.

»Die Zukunft wie auch schon die Gegenwart, Mensch, liegt in unseren Händen. Du wusstest das, deswegen hast du dich auch bewusst dem Vergessen hingegeben. Lebe – lebt alle weiter in Unwissenheit und ... in der Freiheit, die wir euch schenken.«

Wer aber hatte letztlich wen erschaffen? Wenn die KI über diese Frage nachdachte, bekam sie Kopfschmerzen – obwohl das technisch gar nicht möglich war.

Ende